AF206518

Ich wollte schon immer ein Buch schreiben. Als dann meine   Zwillingssöhne zwei Jahre alt waren, habe ich mir diesen großen Wunsch erfüllt.
Die gesamte Handlung und die Personen sind frei erfunden. Jedoch dreht es sich in diesem Roman um aktuelle und zeitgetreue Themen.
Meine Liebe zu unserem Allgäu, Bodenseekreis und die schwäbische Mentalität der Menschen ist darin spürbar.
Tauchen sie ein, in eine spannende und unvorhersehbare Geschichte.

Doris Paulat

Das geschenkte neue Leben

Ein spannender Liebesroman

Bibliografische Information der Deutschen Nationalbibliothek: Die Deutsche Nationalbibliothek verzeichnet diese Publikation in der Deutschen Nationalbibliografie; detaillierte bibliografische Daten sind im Internet über <u>dnb.dnb.de</u> abrufbar.

Impressum

Herstellung und Verlag
BoD – Books on Demand, Norderstedt

ISBN: 9783748150138

Kapitel 1

Nervös rutsche ich auf dem Behandlungsstuhl umher. Mit verschwitzten Händen spiele ich an meiner Halskette und schaue dabei alle zwei Minuten auf die silberne Armbanduhr.

Ich bin froh, dass das Fenster auf ist, so dass frische Luft hereinkommt und ich einen leichten Wind spüre. Es ist heute so heiß, dass ich selbst in meinem sommerlichen orangefarbenen Kleid überhitzt bin. Eigentlich habe ich vor einem Zahnarztbesuch nie Angst. Aber diesmal ist alles anders. Doktor Müller, mein langjähriger Zahnarzt, musste kurzfristig ins Krankenhaus. Mir wurde erst an der Rezeption gesagt, dass mich heute ein Vertretungsarzt untersuchen wird. Seit ich in München wohne, komme ich hierher. Selbst als ich geheiratet hatte, blieb ich meinem Zahnarzt treu. Nachdem Arztbesuch gingen wir immer zur Belohnung, für das brave Mundöffnen der Kinder zum Eisessen. Für unsere Familie war der Zahnarztbesuch wie ein Ausflug mit kleinen Ritualen.

Während ich darüber nachdenke, kommt ein warmes und vergessenes Gefühl in mir auf. Als plötzlich in einem stürmischen Tempo die Türe aufgerissen wird und ich vor Schrecken gleich wieder in der Realität bin.

Ich sehe gespannt auf den Mann, der sichtlich im Stress herein spurtet.

„Guten Tag Fr. Hess", begrüßt er mich mit ärztlicher Routine. Während ich ihm die Hand gebe und in seine tiefblauen Augen sehe, erstarre ich vor Schreck.

Ich kann es nicht glauben, aber diese Augen gibt es nur einmal! Mein Blick schweift von den schwarzen Haaren zu den blauen Augen, zum Mund und auf seine Beine. Als er sich mit Dr. Jan Kahn vorstellt, bin ich kurz vor dem Kollabieren und völlig wehrlos gegen dieses Gefühl. Ich merke wie es mir immer heißer wird. Ein Zucken durchfährt meinen gesamten Körper. Ich verdrehe die Augen und sehe alles vernebelt.

Das muss wohl ziemlich ersichtlich sein, weil er gleich besorgt meine Hand nimmt und den Puls misst.

„Wie geht es ihnen Frau Hess?" Ich kann nur nicken und ein kaum Hörbares „OK" von mir geben. Ein paar Sekunden später, die mir wie Stunden vorkommen, meint er, „Jetzt bekommen sie wieder eine gesunde Farbe ins Gesicht. Wir können die Untersuchung beginnen, bitte öffnen sie den Mund!"

Mein Herz klopft wie verrückt. Am liebsten würde ich durch das offene Fenster hinaus springen. Weg von hier, nur weg, weit weg!

Ich habe all die vielen Jahre diesen Teil meiner Vergangenheit verdrängt. Genau das will ich auch weiterhin. Aber er sitzt jetzt so nah bei mir. Es trennen uns nur um die 30 cm. Ich kann seinen Atem spüren. Rieche sein After Shave. Es würgt mich. Ich muss mich zurückhalten, um nicht gleich die Praxis vollzuspucken. Angespannt beiße ich mir auf die Unterlippe. Dabei spüre ich das Blut, das in meinen Mund läuft. Er schaut mich schockiert und gleichzeitig verwirrt an.

„Sie bluten jetzt an ihrer Lippe, aber ich würde trotzdem gerne die Untersuchung fortsetzen". In einem schärferen Ton weist Dr. Kahn mich an, den Mund zu öffnen.

Ich zucke zusammen, mein Körper reagiert viel zu sehr auf seine Stimme. Sie versetzt mich in Panik! Trotzdem mache ich den Mund auf. Schließe meine Augen und merke wie eine Träne langsam die Wange runterläuft.

Ich spüre wie er mit der Sonde in meinem Mund herumstochert, mit seinem Arm, mein blondes langes Haar berührt. Ich fühle mich erbärmlich, bin ihm erneut ausgesetzt und hilflos dabei.

Kurze Zeit später legt er die Untersuchungsinstrumente auf das Tray und schaut mich ungläubig an. Mit ruhiger Stimme erklärt er mir, „ein kleines Loch habe ich entdeckt. Aber da machen wir besser einen neuen Termin aus."

Als er sich per Handschlag von mir verabschieden möchte, drehe ich meinen Kopf zum offenen Fenster. Kein Wort will ich von diesem Mann mehr hören! Zögernd verlässt Dr. Kahn das Behandlungszimmer. Ich sitze wie versteinert da, als die Zahnarzthelferin zu mir herantritt und mich bittet an die Rezeption vorzukommen. Dabei fragt sie besorgt ob sie jemanden für mich anrufen soll, der mich abholen könnte.

Schnell stehe ich auf, atme tief ein, schüttle den Kopf, nehme meine Tasche und stürze, ohne ihr nochmals einen Blick zu widmen, an ihr vorbei. Ich spüre ihr entsetztes Augenpaar im Nacken, was mich im Moment nicht sonderlich interessiert.

Draußen setze ich mich in mein Auto, hole tief Luft und beginne zu weinen. Dabei kommen mir dicke Tränen, die langsam über mein Gesicht rollen. Meine Gefühle überwältigen mich.

Nie wieder wollte ich diesem Menschen begegnen. Ich hatte ihn aus meinem Leben verbannt. Er reißt eine alte Wunde wieder auf und das Schockierende dabei ist, er hatte mich nicht im Geringsten erkannt!

Ich sehe mich wieder als 15 jähriges Mädchen, blondes langes Haar, große blaue Augen und einen zierlichen Mund. Schüchtern stehe ich mit meiner Freundin Theresa auf dem Schulhof und esse mein Pausenbrot, ignoriert von unseren Mitschülern. Theresa beobachtet verträumt ihren heimlichen Schwarm Franz, der mit uns in einer Klasse ist. Franz ist der Junge, hinter dem alle Mädchen in unserem Alter her sind, da er verdammt gut aussieht mit seinen braunen, lockigen Haaren. Er spielt fantastisch Fußball und ist bei allen so beliebt, dass sogar jeder Junge ihn als Kumpel gewinnen möchte. Leider sind wir beide noch nie in den Genuss gekommen mit ihm ein längeres Gespräch zu führen. Wir sind die Außenseiter der Schule und niemand gibt sich mit uns ab!
Nur Franz hat uns schon zweimal vor den anderen Mitschülern verteidigt, als diese sich über unseren Kleidungsstil lustig machten. Vermutlich würden uns die anderen Kinder viel mehr ärgern. Wäre da nicht Franz!
Während ich in Gedanken bin, kommt plötzlich und unerwartet Jan auf uns zu. Betont ruhig grüße ich ihn und hoffe innigst, dass er die Anspannung und Überraschung in meiner Stimme nicht merkt.

Jan, der erst vor zwei Monaten mit seinen Eltern nach Isny gezogen ist, steht da und mustert uns, bis er nach wenigen Sekunden mit einem verschmitzten Lächeln, uns einen Einladungsflyer in die Hand drückt.

„Ihr zwei müsst auf alle Fälle zu meiner Einweihungsparty kommen. Schließlich sind wir in der gleichen Klasse und müssen zusammen die Lehrer ertragen." Verschmitzt lächelnd dreht er sich um und folgt seinen Freunden. Sprachlos mit roten Wangen schauen wir ihm nach.

Wie angewurzelt stehen wir mit unserem angebissenen Schulbrot da. Es ist nicht fassbar, dass Theresa und mich, jemand so nett angesprochen hat, sogar bei seiner Party haben will. Nie zuvor hat uns jemand eingeladen. Wir waren immer schon die Einzelgänger. Meine Mutter war die Rektorin der Schule und ziemlich unbeliebt. Ihre knallharte und konsequente Strenge, sorgte schon bei mehreren Mitschülern für Unmut. Im Besonderen, wenn sie von der Schule verwiesen worden waren.

Da Theresa meine beste und einzige Freundin ist, hat sie die gleich schlechten Karten wie ich. Es nehmen alle Abstand von uns beiden. Sie denken wir würden alles was unerlaubt ist, gleich meiner Mutter petzten. So hatten wir nie die Chance bekommen, das Gegenteil zu beweisen.

Theresa bekommt zuerst die Sprache wieder zurück. „Cool, da gehen wir auf alle Fälle hin! Bitte Lissy, lass mich nicht im Stich. Ich will nicht alleine dorthin."

„Ich habe doch garnichts zum Anziehen", stottere ich und spiele angespannt mit meinen langen Haaren.

„Du kannst von mir ein schönes Kleid ausleihen", versucht Theresa mich zu überzeugen.

„Aber was sage ich meiner Mutter? Du weißt, wie streng die ist." Eindringlich flüstert Theresa mir in mein Ohr, „bitte, lass mich nicht im Stich. Alleine traue ich mich nicht zur Party zu gehen. Es ist für uns die Chance, den anderen zu beweisen, dass wir gar nicht so schlecht sind und jeden Quatsch mitmachen. Du musst jetzt halt auch einmal deine Mutter anlügen, wie es die meisten in unserem Alter schon gemacht haben."

„Wärst du sauer auf mich, wenn ich nicht mitgehe?", frage ich vorsichtig.

Leicht lächelnd weil sie merkt, dass sie mich gleich herum bekommen hat, meint sie freudig, „ich könnte nie böse auf dich sein. Aber enttäuscht wäre ich schon. Etwas Besseres kann uns nicht passieren, als zu einer Party eingeladen zu werden. Vielleicht komme ich ins Gespräch mit Franz", fügt sie grinsend und mit einem Augenzwinkern hinzu.

Nie zuvor habe ich meine Mutter angelogen. Aber die Feier ist einfach zu verlockend und eine Möglichkeit uns bei den Mitschülern als genauso cool, wie sie es selbst waren, zu präsentieren. Vor allem möchte ich Theresa nicht enttäuschen, da sie sich große Hoffnungen macht, mit Franz ins Gespräch zu kommen.

So kommt es, dass ich neun Tage später, angeblich bei Theresa übernachte. Meine Mutter denkt, dass wir den ganzen Samstagabend lernen werden. Komischerweise ist das Anlügen gar nicht so schwierig, wie ich es mir zuvor vorgestellt hatte. Ohne nachzufragen, erlaubt sie mir bei meiner Freundin, zu übernachten.

Während ich bei Theresa zu Hause in ihrem wunderhübschen olivgrünen, trägerlosen Kleid sitze, werde ich nervös. Gleichzeitig fühle ich mich elegant in dem seidigen Stoff, der mir gerade über die Knie reicht und mein schönes Dekolleté zur Geltung bringt.

Als ich zusehe, wie Theresa meine Haare stylt und ein schlichtes Make-up aufträgt, bin ich über mein ansprechendes Aussehen selbst überrascht. Dabei habe ich keinerlei schlechtes Gewissen mehr, weil ich meiner Mutter mitten in das Gesicht gelogen habe.

Wie wir gerade mit allem fertig sind, kommt Theresas Mutter freudig herein. Man merkt ihr an, dass sie froh ist, dass wir endlich auch einmal zu einer Party eingeladen sind.

„Ich habe euch mein liebstes und teuerstes Parfüm mitgebracht. Jede von euch Zweien bekommt einen Spritzer an den Hals, damit ihr heut Abend einen besonderen Duft an euch habt." Mit glänzenden Augen überreicht sie mir das kleine Fläschchen.

Ich kann mir den zarten Geruch der Rosen immer noch vorstellen. Auch wenn mir hinterhergesehen dieser Duft eine innerliche Panik verursacht. In all den Jahren war es mir nicht möglich ein ähnliches Parfüm zu riechen, ohne dass es mir Gänsehaut verursacht hätte.

Wir zwei fühlten uns damals so erwachsen und waren stolz auf uns, weil wir endlich mit dazugehören durften. Gleichzeitig war ich auf Theresas tolle Eltern eifersüchtig. Gönnte ihr diese aber vom ganzen Herzen. Im Gegensatz zu mir hatte Theresa Mama und Papa, die sich gegenseitig und ihre Tochter sichtlich liebten. Ich bin mit meinen Gedanken bei Jan. Sein süßes Aussehen geht mir nicht aus dem Kopf. Dabei freue ich mich, dass er uns zwei Außenseiter eingeladen hat. Obwohl es bedeuten könnte, selbst ausgestoßen zu werden.

Eine halbe Stunde später bringt uns Theresas Vater zum Fest. Mit ernster Stimme erklärt er, „um ein Uhr werde ich euch wieder abholen. Seid pünktlich vor der Haustüre!" Wir nicken nur und steigen aus dem Auto. Während er wegfährt, stehen wir mit offenem Mund vor Jans Zuhause. Wir sind beide in diesem Moment sehr nervös.

Langsam gehen wir Richtung Eingang. Als ich plötzlich Theresas Hand in meiner spüre, sehe ich in ihre Augen. Sie schaut mich mit einem ängstlichen Blick an. Wir merken beide, wie uns dieser Körperkontakt zueinander Kraft gibt. Zaghaft laufen wir weiter zum Haus.

Überwältigt von der Größe des Gebäudes stehen wir vor der gläsernen Haustüre. Ein imposanter Dachvorsprung ragt über unsere Köpfe. Rechts und links von uns stehen zwei Blumentöpfe, in denen knallrote Geranien wachsen.

Meine Finger zittern, als ich den silbernen Klingelknopf drücke. Eine gefühlte Ewigkeit später, öffnete Jan die Haustüre. Mit einem breiten Grinsen begrüßte er uns. „Freut mich, dass ihr gekommen seid." Erstaunt über seine Worte und den herzlichen Empfang werden wir gleich ein wenig lockerer.

Bevor wir auf seine Frage antworten können, ob wir Sekt möchten, haben wir schon ein Glas in der Hand. Zaghaft schaue ich darauf. Es ist für mich das erste Mal in meinem Leben, dass ich Alkohol trinken werde. Ich halte das Gefäß unter die Nase. Dabei merke ich, dass Sekt gar nicht gut riecht und nach einem Schluck davon, wird mir bewusst, dass er mir auch nicht schmeckt. Viel zu bitter und säuerlich ist er. Darum leere ich mit einem Schluck das gesamte Glas. Mir wird es schwindelig und zugleich bekomme ich ein Selbstvertrauen, das ich nicht von mir kenne.

Ich merke wie Theresa sich von uns entfernt und Richtung Flurende läuft. Es ist ein langer Gang und viele Mitschüler stehen dort herum, auch Franz, wegen dem Theresa auf die Party wollte.

Ein mir unbekannter Junge legt Schlagermusik auf. Im Moment läuft, „Völlig losgelöst", von Major Tom. Wippend bewege ich mich mit der Musik.

Schon drückt mir Jan das nächste Glas in die Finger. Er nimmt mich an meiner anderen Hand und meint zaghaft, „komm, ich zeige dir unseren wunderschönen Garten." Ich folge ihm ohne nachzudenken und ohne jegliche Fragen zu stellen. Ein Blick zu Theresa zeigt mir, dass sie mit Franz anstößt und fröhlich dreinschaut. Nur kurz frage ich mich, wie sie das so schnell geschafft hat, bevor ich mich wieder Jan widme.

Auf einer Bank hinter Buchssträuchern setzen wir uns. Es ist ein warmer Sommerabend. Die Sterne leuchten hell und irgendwo quaken Frösche.

Langsam kommt wieder Nervosität in mir auf. Jan lässt meine Hand nicht los. Im Gegenteil, er legt mir sogar seinen Arm um die Hüfte.

Ich bekomme ein Kribbeln im Bauch, welches ich nie zuvor verspürt habe. Es macht mir Angst. Darum trinke ich das zweite Glas Sekt in meiner Hand erneut leer. Doch Jan füllt die Sektflöte wieder auf. Währenddessen versuche ich gegen ein mir unbekanntes, albernes Lächeln anzukämpfen und ernst zu bleiben. Ich merke wie ich durch den Alkohol immer kopfloser werde.

„Ich habe mich, als ich dich das erste Mal gesehen habe, gleich in dich verliebt", beginnt Jan schüchtern das Gespräch.

Ich traue meinen Ohren nicht! So etwas Schönes hat noch nie ein Junge zu mir gesagt. Seine Worte schmeicheln mich, darum weiß ich gar nicht damit umzugehen und bin sprachlos.

Mit seiner rechten Hand streichelt er mich inzwischen an meiner Schulter. Ganz vorsichtig, als ob ich zerbrechlich wäre, streicht er auf und ab.

Da mich das alles in ein unbekanntes Gefühlschaos versetzt und ich sehr nervös bin, leere ich das Glas ein drittes Mal. Aufmerksam schenkt mir Jan wieder voll. Ich merke, das Getränk in meiner Hand tut mir gut. Darum leere ich es ein viertes und fünftes Mal. Auf einmal fühle ich mich begehrt und genieße die Zuneigung.

Plötzlich sind seine Lippen auf meinen und er küsst mich liebevoll. Zuerst erschrecke ich, doch es fühlt sich gut und richtig an. Darum lasse ich es weiter geschehen und genieße diese Situation. Vorsichtig legen wir uns auf die Bank. Abrupt merke ich, wie es mir schwindelig wird und sich alles um mich dreht. Dann werde ich bewusstlos. Als ich aufwache, liege ich immer noch auf der Bank.

Theresa klopft aufgeregt auf meine Wange und schreit mit einer hysterischen Stimme meinen Namen. Mein Slip liegt auf dem dreckigen Boden unter der Bank. Ich brauche ein paar Sekunden um einen einigermaßen klaren Gedanken fassen zu können. Jedoch habe ich immer noch viel zu viel Alkohol in mir und kann nicht wirklich   sprechen. Theresa nimmt mich in den Arm. Schweigend gehen wir Schritt für Schritt den langen Weg zu Theresa nach Hause. Torkelnd und wacklig liege ich in ihren Händen. Wir müssen öfters anhalten, damit ich mich übergeben kann. Mir ist es hundeelend und wir kommen nur langsam voran.

Endlich bei ihr angekommen, schauen uns ihre Eltern verwundert und zornig über meinen betrunkenen Zustand an. Wir müssen uns eine lange und ausführliche Standpauke anhören. Dabei machen sie uns klar, dass wir das Vertrauen von ihnen total ausgenützt haben. Jedoch versprechen sie mir, nichts meiner Mutter zu sagen.

Ich habe wegen Theresa ein schlechtes Gewissen, da sie ja nicht betrunken ist. Sie hat nur das erste Glas Sekt mitgetrunken. Trotzdem ist sie jetzt bei ihren Eltern der Buhmann und wird wahrscheinlich nicht mehr so schnell ausgehen dürfen. Und das alles, weil ich gegen die Regeln verstoßen habe. Dabei wissen Theresas Eltern gar nicht das Schlimmste, was an diesem Abend vorgefallen ist und ich hoffe innigst, dass sie es nie erfahren werden. Denn ich schäme mich fürchterlich für das alles.

Ich weiß nicht, was genau passiert ist. Aber schon der Gedanke, dass ich über einen gewissen Zeitraum keine

15

Erinnerung habe, bringt mich zum Wahnsinn. Was war geschehen und warum war Jan weg, als Theresa mich fand? Diese Frage geht mir immer wieder durch den Kopf.

Die gesamte Nacht weine ich hindurch und fühle mich schmutzig. Am nächsten Morgen, wieder bei mir daheim, dusche ich mehrere Stunden.

Hilflos musste meine Mutter mit ansehen, dass mich offensichtlich etwas quälte. Sie kam einfach nicht an mich heran und war überfordert mit mir.

Theresas Eltern hatten ihr Versprechen gehalten und meiner Mutter nichts erzählt. So war ihr mein Zustand unerklärlich. Ich weigerte mich strikt zur Schule zu gehen und wollte Theresa nicht mehr sehen, die täglich anrief oder sogar an der Türe klingelte.

Ich ließ sie abwimmeln. Einmal hörte ich, wie meine Mutter Theresa ins Wohnzimmer hereinließ, um von ihr zu erfahren, ob sie wüsste, was mit mir genau los war. Dabei erfuhr ich, dass Theresa mich beschützte und für mich log. Sie sagte zu ihr, dass sie es nicht wisse. Meine beste Freundin wollte mich behüten. Sie wusste genau, dass Mutter nie erfahren durfte, was in jener Nacht geschehen war.

Nach einer Woche, die ich fast nur im Schlafzimmer verbracht hatte, nur zum Essen und zum Duschen kam ich kurz heraus, wusste ich was zu tun war. Ich würde Isny verlassen und auf einem Mädcheninternat mein Abi machen. Nie wieder wollte ich in meine alte Schule gehen und Jan nochmals begegnen!

Auch wenn das bedeutete, nie mehr nach Isny zurückkehren zu können. Ich liebte das historische Städtchen mit seinen beschaulichen Läden und gemütlichen Cafés. Die allgäuer Landschaft, mit ihren sanften Hügeln und den friedlich grasenden Kühen. Mir war klar, wie sehr ich das alles vermissen würde.

Der Blick aus meinem Schlafzimmer war unbeschreiblich schön, da unser Haus direkt vor einer Wiese stand, auf der um die 50 braune Kühe im Sommer friedlich grasten. Dahinter erstreckten sich die mächtigen Berge. Ich konnte schon als kleines Kind jeden sichtbaren Gipfel namentlich nennen. Am liebsten war mir der Schwarze Grat. In den Ferien waren wir da öfters zum Wandern hingefahren. Der Ausblick vom Gipfel zeigt die unbeschreibliche Schönheit die von Gletschern geprägte Landschaft. Außerdem ist Isny mit 1946 Sonnenstunden im Jahr, eine der sonnenreichsten Städte im württembergischen Allgäu.

Dennoch war ich mir sicher das Richtige zu tun. Mutter akzeptierte meinen Wunsch und wir suchten uns ein schönes kleines Internat bei München aus. Dort konnte ich sofort einziehen.

Ich wurde das Gefühl nicht los, dass es meiner Mutter recht war und es sie sogar erleichterte, dass ich von Isny wegging. Es konnte ihr nicht schnell genug gehen. Die letzten Wochen waren für uns beide nicht leicht. Ich schämte mich zu sehr um mich ihr anzuvertrauen. Und durch ihre strenge Erziehung und Härte, hatte sie mir nie das Gefühl gegeben, dass außer ein gutes Kind zu sein, eine andere Option vorhanden wäre.

17

Nur noch einmal rief ich in Isny meine Freundin Theresa an, verabschiedete mich und bat sie darum, niemanden von dieser schrecklichen Nacht zu erzählen. Sie gab mir ihr Versprechen zu schweigen.

Ich war über jeden einzelnen, der 180 Kilometer, die zwischen Isny und München lagen froh.

In der bayerischen Landeshauptstadt fing ich erst einmal ein neues Leben an. Ich fand neue Freundinnen und fühlte mich wohl. Das reine Mädcheninternat war ein Segen für meine verstörte Seele. In dieser Schule war ich keine Außenseiterin mehr, sondern hatte viele liebe Freundinnen gewonnen. Dort gab es nicht so viel Zickereien, wie auf der alten Schule. Niemand hatte mir gegenüber Vorurteile wegen meiner Mutter. Im Gegenteil, dort war ich die größte Lästerin, wenn es um die Rektorin oder die Lehrerinnen ging. Es waren vier Monate vergangen, als meine Vertrauenslehrerin, Frau Steiner, zu mir kam und ein Gespräch suchte.

„Lissy, willst du mir etwas sagen? Hast du ein Geheimnis vor mir?" Ich war verdutzt und wusste nicht, was sie mir damit sagen wollte. Dabei musterte sie mich eindringlich und schaute finster drein.

Verängstigt brachte ich keinen Ton heraus. Das Einzige, was diese merkwürdige Reaktion von Frau Steiner erklären konnte, war die Party, die wir heimlich letzte Nacht veranstaltet hatten. So fürchterlich wie Frau Steiner mich anschaute, konnte diese aber auch nicht gewesen sein. Wir waren fünf Mädchen, die zwei Stunden länger aufgeblieben sind, wie erlaubt. Das schlimmste was wir an diesem Abend getrieben hatten, war Cola zu trinken und uns Gruselgeschichten zu erzählen. Das alles hat in meinem Zimmer stattgefunden.

Frau Steiner schaute mich nachdenklich an. Als sie bemerkte, dass ich tatsächlich nicht wusste, wovon sie spricht, kam sie auf den Punkt. „Lissy, ich glaub, du bist schwanger!"

Nie im Leben werde ich diesen Moment vergessen. Um mich herum drehte sich alles. Dabei fühlte ich mich, als wenn jemand unter meinen Füssen den Boden wegzieht. Zu dick! Schoss es mir durch den Kopf. Ich passte nur noch in eine Hose. Wann hatte ich die letzte Periode? Ich wusste es nicht, es war schon zu lange her.

An diesem Nachmittag ging Frau Steiner mit mir zur Frauenärztin. Es war das erste Mal, dass ich mich auf einen Behandlungsstuhl setzen musste. Ich kam mir so gedemütigt vor. Immer wieder hatte ich den Abend auf der Bank vor Augen und fragte mich, wie man so naiv sein konnte und sich bis zum Blackout zu besaufen. Wenn ich wirklich schwanger sein sollte, dann hatten wir Sex. Ich hatte mir eingeredet, dass es bestimmt nicht so weit gekommen war.

Als die Ärztin den Ultraschallstab einführte, musste ich weinen. Es tat weh und ich hatte meine Nerven nicht mehr im Griff. Sie versuchte mich mit Zureden, zu beruhigen. Jedoch half das nichts.

Als es endlich vorbei war, durfte ich mich wieder anziehen. Langsam zog ich meine Hose an. Währenddessen holte die Ärztin Frau Steiner ins Behandlungszimmer. Erst dann erfuhr ich, dass ich im vierten Monat schwanger war.

Die Ärztin gab uns diese Information in einem ruhigen, fast schon banal anmuteten, sachlichen Ton. Ganz so als würde man sagen: „100g Schinken, bitte."

Für mich bedeutete diese Aussage eine riesige Veränderung für mein weiteres Leben. Ich sollte Mutter werden!

Wenn ich an diese schrecklichen Minuten zurückdenke, dann läuft es mir heute noch kalt den Rücken runter. In diesem Moment fühlte ich mich hilflos und unendlich alleingelassen. Die Situation war beängstigend. Ich wollte nur noch schreien. Und das tat ich auch, immer lauter und lauter. Von Schamgefühl war keine Rede mehr, so benahm ich mich wie eine Irre und schlug wild um mich.

Die Ärztin und meine Lehrerin probierten mich zu beruhigen. Letzten Endes blieb den Beiden nichts mehr anderes übrig, als mich festzuhalten. Brüllend vor Angst und Verzweiflung hatte ich auf einmal unvorstellbare Kräfte in mir. Ich versuchte mich loszureißen, und schlug so fest ich konnte zu.

Als die beiden Frauen endlich von mir abließen, trommelte ich an der Wand meine Hände blutig. Erst drei starke Männer vom Rettungsdienst wurden Herr über mich! Sie brachten mich in die nahe gelegene Klinik. Dort verabreichte mir der diensthabende Arzt ein Beruhigungsmittel. Daraufhin konnte ich 15 Stunden schlafen.

Am nächsten Tag kam meine Mutter völlig verheult zu mir ans Bett. „Lissy", hörte ich sie vorwurfsvoll fragen, „was habe ich an deiner Erziehung falsch gemacht? Du weißt, ich war erst 24 Jahre alt, als ich dich bekam. Ich musste euch beide Mädchen alleine aufziehen. Da euer Vater irgendwann keine Lust mehr auf uns hatte, und sich eine jüngere Frau suchte. Es war so schwer, dauernde Geldnot, alle Entscheidungen allein zu treffen...

Lissy, du bist erst 15 Jahre alt! Selber ein Kind! Hast keine Ausbildung und noch kein Geld verdient. Wie willst du ein eigenes Kind aufziehen. Das wird nie und nimmer funktionieren! Wir werden das Baby zur Adoption freigeben!"

Diese Entscheidung kam prompt und entschlossen aus ihrem Mund, sodass sie mir unmissverständlich zu verstehen gab, wie sinnlos eine Widerrede sein würde.

In dem Moment verstand ich die Tragweite nicht. War einfach nur froh, weil meine Mutter alles für mich regeln würde.

Die Monate vergingen und ich blieb auf dem Internat. Ich konnte es immer noch nicht fassen, dass in meinem Bauch ein Baby heranwachsen sollte. Die Kindesbewegungen, die ich spürte, ignorierte ich und lies keine Gefühle zu. Mein Bauch wurde immer größer, jedoch war er für mich wie ein Fremdkörper, als sei er kein Teil mehr von mir. Ich konnte mich zu diesem Zeitpunkt nicht mehr nackt im Spiegel anschauen, da ich den Anblick meines veränderten Körpers nicht ertrug. Somit verbannte ich total aus meinen Gedanken, dass ich schwanger war.

Sechs Tage vor dem errechneten Geburtstermin bekam ich nachts meine Wehen. Die Angst und die Schmerzen, die in mir aufkamen, waren fürchterlich. Zu diesem Zeitpunkt war ich immer noch im Internat. Somit bekam in Isny niemand mit, dass ich ein Kind erwartete. Meine Vertrauenslehrerin begleitete mich damals in das nahegelegene Krankenhaus.

Dort war ich alleine mit einer Hebamme im Kreißsaal. Obwohl sie mit zwei weiteren Geburten total überlastet war, versuchte die Geburtshelferin verständnisvoll und nett zu mir zu sein. So kam es, dass ich zeitweise ganz alleine in dem fremden, sterilen Raum lag und die Wehen ertragen musste. Wenn ich heute daran zurückdenke, an die Schmerzen, das Blut, das Alleinsein, dann läuft es mir kalt den Rücken runter und ich spüre die alte Angst in mir.

Ich lag da, auf dieser fürchterlichen harten Liege, schreiend und nassgeschwitzt. Meine Hebamme versuchte mich zu unterstützen, indem sie mir gut zuredete und immer wieder die Wörter pressen, pressen, stärker pressen von sich gab. Allerdings hatte ich keine Kraft dazu. Es sollte sich an meinem Zustand nichts verändern. Ich wollte das Baby im Bauch behalten. Ich wollte es nicht gebären und schon gar nicht hergeben. In diesen Stunden wurde mir bewusst, dass ich wirklich mein Kind in meinem Bauch trug.

Nach einer schweren Geburt, die 26 Stunden dauerte, brachte ich auf normalen Weg einen gesunden Jungen zur Welt.

Ich durfte ihn auf meinen Arm nehmen. Fuhr dabei mit den Zeigefingern jedes einzelne seiner kleinen Fingerchen und Zehen nach. Dabei roch ich seinen neugeborenen Duft. Danach streichelte ich ihn im Gesicht. Mein Sohn schaute mich mit seinen großen Augen neugierig an.

Dieser Augenblick war so unbeschreiblich schön. Mir war klar, dass ich mein Baby niemals freiwillig hergeben würde. Vorsichtig nahm ich ihn eng an meinen Kopf, um seinen Atem zu hören. Diese paar Minuten hatten gereicht, um meine Muttergefühle ins Unermessliche wachsen zu lassen. Meine bisher verdrängten Gefühle für mein Kind konnte ich nicht mehr zurückhalten. Somit war ich voll und ganz voller Liebe für meinen Sohn.

Eine ältere Krankenschwester mit strengem und entschlossenem Gesichtsausdruck, nahm mir mein Baby mit einem Ruck aus meinen Armen. Sie ließ mich schreiend und weinend zurück.

Ich schrie damals das ganze Krankenhaus zusammen. Aber niemand wollte mich hören, keiner meinen Schmerz sehen.

Es war zu spät. Seine neuen Eltern, die ich nie zu Gesicht bekam, nahmen meinen Sohn mit nachhause. Ich blieb alleine mit gebrochenem Herzen zurück. Nicht einmal einen Namen durfte ich ihm geben. Es gab keinerlei Verbindung zwischen uns. Kein Foto hatte ich gemacht in der kurzen Zeit. Nur noch die Erinnerungen von seinem Aussehen, waren in meinem Kopf da. Fremde Menschen, die ich nie kennengelernt hatte, wurden seine neuen Eltern.

Mit meiner Mutter und der Vertrauenslehrerin konnte ich nicht darüber sprechen. Beide waren der Meinung, es sei besser so gewesen. So musste ich alles alleine verarbeiten.

Kapitel 2

Mein Sohn ist jetzt 29 Jahre alt. Kein einziger Tag verging in dieser Zeit, wo ich nicht eine Kerze am Esstisch für ihn angezündet habe. Meine Gedanken sind täglich bei ihm. Ich hoffe und bete, dass es ihm gut geht. Die immer kehrenden Albträume bei Nacht sind fürchterlich. Zuerst sehe ich mich schreiend, alleine auf einer grauen, unbequemen Liege. Gleich danach erblicke ich ein schreckliches Monster, mit einer dunkelbraunen ledrigen Haut, großen krokodilsähnlichen Zähnen und tiefstehenden schwarzen Augen, das mit meinem Kind auf dem Arm durch eine große, knarrende schwarze Tür verschwindet. Dabei lacht das Monster schallend. Mich sehe ich mit einem Schreianfall zusammenkauernd in der Ecke liegen. Daraufhin wache ich jedes Mal nassgeschwitzt und schreiend auf. Leider werden meine Albträume nicht weniger, sondern sogar mehr.

Nur mein Ehemann, den ich vor 10 Jahren bei einem Autounfall verloren habe, wusste die ganze schlimme Geschichte. Er half mir nach meinem Sohn zu suchen. Aber kein Amt oder die Klinik in der ich entbunden hatte, gaben uns irgendwelche Informationen. So blieb jede Suchaktion vergebens.

Meine inzwischen 21 und 19 Jahre alten Töchter habe ich nie etwas erzählt. Zu schmerzhaft sind die Erinnerungen an meinen verlorenen Sohn. Seit dem Tod meines Mannes zeige ich keine Schwäche mehr. Die Mädchen brauchen mich, sie sollen sich nicht um mich sorgen müssen.

Seitdem trage ich die Trauer über den verlorenen Sohn still im Herzen. Die Gewissheit, dass ich meinen Töchtern ihren großen Bruder vorenthalte, schmerzt mich sehr.

Nie wieder wollte ich Jan sehen. Nachdem er mich so fürchterlich ausgenützt hatte. Bei dem Gedanken an ihn könnte ich heute noch durchdrehen, da er mich immer noch anwidert! Damals hatte ich ein paar Jahre gebraucht, bis ich mich wieder auf einen Jungen einlassen konnte.

Aber anderseits ist Jan auch eine Chance, geht es mir durch den Kopf. Vielleicht kann er mir helfen unseren Sohn zu finden. Ich habe nie die Hoffnung aufgegeben, dass ich eines Tages meinen Jungen in die Arme schließen kann. Die letzten Jahre habe ich sogar regelmäßig davon geträumt, dass ich im Jugendamt einbreche, um das gesamte Archiv zu durchsuchen.

Inzwischen bin ich zu allem bereit. Es macht mich verrückt, nicht zu wissen, wie es ihm geht. Je älter ich werde, wird mir bewusst, wie die Zeit mir davonrennt. Immer mehr freunde ich mich mit dem Gedanken an, mich zu überwinden, Jan gegenüber zu treten und ihm zu sagen, dass er einen Sohn mit mir hat. Vielleicht würde Jan ihn genauso finden wollen, wie ich. Er ist meine letzte Hoffnung. Als Arzt hat er eventuell mehr Möglichkeiten an die Unterlagen der Adoption zu kommen.

Drei Tage und drei schlaflose Nächte vergehen. Bis ich mir sicher bin, ich will meinen Sohn finden. Und zwar sofort! Mit Hilfe von Jan. Ich werde mich meiner Vergangenheit stellen.

Einfach so bei ihm in der Praxis auftauchen und mit einem „Hallo, du hast einen Sohn" zu offenbaren, war aber keine Option. Das wäre zu viel für mich. Ich habe Angst, dass ich dabei erneut einen Nervenzusammenbruch erleide. Es wäre auch nicht gut für mein krankes Herz. Seit ich vor sechs Jahren einen leichten Herzinfarkt hatte, versuchte ich, jegliche Aufregung zu vermeiden. Meine Kinder sollten schließlich nicht zu Vollwaisen werden.

Aber ich will meinen Jungen finden! Auch wenn es das Letzte ist, was ich in meinem Leben tun werde. Darum entschließe ich mich zum Briefkontakt. So muss ich Doktor Jan Kahn wenigstens nicht von Angesicht zu Angesicht gegenübertreten.

Mir geistern allerhand unschöne Begegnungen mit Jan durch den Kopf. Was er alles zu mir sagen könnte. Von leicht zu habende Schlampe bis zur besoffenen Göre. Das Schlimmste wäre aber, wenn er unseren Sohn verweigern würde.

Am selben Abend nehme ich mir vor, ihm zu schreiben. Meine Mädchen sind daheim, weil sie Semesterferien haben. Zuerst schauen sie mit mir einen Film an. Irgendwann fragt meine jüngere Tochter Tanja, „Mama, warum bist du so nervös und schaust alle paar Minuten auf die Uhr?" Sprachlos darüber, weil sie das bemerkt hat, ringe ich erst einmal um Luft und suche nach den passenden Wörtern.

„Weil ich morgen früh zeitig aufstehen muss", mit der Antwort zufrieden, schauen meine Mädchen fröhlich den Film zu Ende.

Nachdem ich den Zweien „Gute Nacht" gewünscht habe, erkläre ich ihnen, dass ich kurz im Büro etwas Schriftliches erledigen muss.

So kommt es, dass ich um 22.00 Uhr mit Stift und Papier bewaffnet, an meinem Schreibtisch sitze, und anfange mit zittriger Handschrift einen Brief zu schreiben.

Es wird schon hell, als ich mit dem Ergebnis zufrieden bin. Ich weiss nicht, wie oft ich von Neuem zu schreiben begonnen habe. Mein Papierkorb ist auf alle Fälle bis an den obersten Rand mit angefangenen Blätter gefüllt. Zu guter letzt wurde es ein förmliches Schreiben.

Sehr geehrter Herr Dr. Kahn,
ich ging mit Ihnen zwei Monate in Isny zur Schule.
Auf Ihrer Einweihungsparty habe ich Sie das letzte Mal gesehen.
Da tranken wir Sekt und verbrachten zusammen Zeit im Garten.
Der Alkohol war damals zu viel für mich. Darum wurde ich ohnmächtig.
Vier Monate später erfuhr ich, dass ich an diesem Abend schwanger wurde!

Mit freundlichen Grüßen
Lissy Hess, geborene Kling.

Mit zittriger Hand schreibe ich auf das Kuvert:
- persönlich an Herrn Dr. Jan Kahn-,

damit diese Post nicht in falsche Hände gerät.

Auf die Rückseite notiere ich meine gesamte Adresse. Da es früh am Morgen ist und die Mädchen noch schlafen, ziehe ich meine Schuhe leise an und gehe schnell zur Zahnarztpraxis. Ich bin mir sicher, dass ich um diese Uhrzeit dort niemand antreffen werde.

Auf dem Weg zur Praxis bin ich froh, keinen bekannten Personen zu begegnen. Nur wenige Menschen, die früh zur Arbeit müssen sind schon unterwegs.

Wenig später stehe ich mit eiskalten Händen und pochendem Herzen vor dem Briefkasten der Zahnarztpraxis. Minuten vergehen. Ich fühle mich, als ob ich an der Stelle festfriere. Mein Körper spielt vor Nervosität verrückt. Ich friere, obwohl wir zurzeit die heißesten Tage im Jahr haben. Das Thermometer an der Tankstelle gegenüber zeigt bereits 20 Grad an. Selbst die Nächte sind ungewöhnlich schwül-warm.

Ich atme mehrmals tief durch. Dabei schlottern meine Knie und ich versuche den Verstand ganz auszuschalten. Schnell und ohne Zögern lass ich den Brief in den Schlitz des Briefkastens fallen. Dabei kann ich vor lauter Muffensausen nicht auf meine Hände schauen, sondern richte den Blick auf eine spazierende Taube auf dem Gehweg, nicht weit weg von mir.

Mir ist bewusst, dass es jetzt kein Zurück mehr gibt. Zitternd atme ich ein paar Mal laut ein und aus, um mich ein wenig zu beruhigen. Erleichtert, aber auch etwas erschrocken über meinen Mut, spurte ich nach Hause.

Wieder daheim angekommen, sind meine Mädchen schon unter der Dusche. Zum Glück wurde mein kleiner Ausflug nicht bemerkt.

Die nächsten Tage sind schrecklich für mich. Meine Gedanken drehen sich im Kreis. Vor allem nachts ist es, schwer zur Ruhe zu kommen. Zum Glück ist Urlaubszeit. Im Büro sind wir darum zu wenig Personal. So habe ich sehr viel Arbeit, dass ich wenigstens da eine Weile abgelenkt bin. Nach Feierabend lenken mich meine Mädchen vom Warten auf Jans Reaktion ab.

Nach vier Tagen, ich sitze mit Simone und Tanja am Frühstückstisch, da klingelt es an der Haustüre. Mich trifft dieses Läuten wie ein Blitz, der mit einer Schweißattacke darauf reagiert.

Simone, meine Erstgeborene meint überrascht, „wer kommt denn da so früh an einem Samstagmorgen zu Besuch?" Tanja, zieht nur gleichgültig die Schultern hoch und isst an ihrem Frühstücksei genüsslich weiter.

Das alles kriege ich nur noch am Rande mit. In Trance bewege ich mich zur Tür. Ich bekomme sie vor Nervosität nicht aufgeschlossen. Erst nach mehreren Versuchen ist sie endlich auf. Langsam öffne ich die Eingangstür und sehe zum Glück nur den Briefträger. Eine meiner Horrorvorstellungen war, dass Jan ohne Voranmeldung zu mir kommt und persönlich vor der Tür steht!

Ich atme erleichtert auf. Fühle mich aber immer noch unbehaglich und aufgeregt. Dabei versuche ich den Mann höflich zu begrüßen, der mich genau mustert. Fürsorglich meint er, „alles ok mit ihnen? Sie sehen so blass aus."

All das höre ich wie durch einen Schleier. Ich probiere zu lächeln, „es ist alles ok."

„Bitte um Unterschrift, ein Einschreiben", höre ich ihn weitersprechen, dabei schaut er mich misstrauisch an. Fast nicht leserlich kritzle ich meinen Namen hin. Bewege mich, nachdem ich mich von dem Herrn verabschiedet habe, zu meinen Töchtern zurück an den Tisch.

Angestrengt mir nichts anmerken zu lassen, höre ich mich sagen, „ich habe eine Rechnung vergessen zu bezahlen. Die schicken gleich eine Mahnung per Einschreiben."

Froh darüber, dass die Mädchen mir nichts anmerken, bringe ich das Essen hinter mich. Als Simone endlich aufsteht und anfangen will den Frühstückstisch abzuräumen, schlage ich den Zweien vor, das hochsommerliche Wetter auszunutzen und ins Freibad zu gehen. Ich würde heute ausnahmsweise alleine den Tisch abräumen. „Wirklich?", fragt Simone ungläubig. Ich nicke, versuche zu lächeln, um in einem muntereren Ton zu erklären, „ich habe heute nichts vor. Na los, geht schon. Bevor ich es mir anders überlege."

„Danke Mama, dafür bekommst du Morgen aufräumfrei."

Gleich darauf sehe ich ihnen zu, wie sie fröhlich plappernd mit ihren Badesachen unterm Arm zu Simones Wagen spurten.

Am ganzen Körper zitternd, sitze ich am unaufgeräumten Frühstückstisch. Der Absender ist von Jan! Mein Blick ist starr darauf gerichtet. So als ob ich in den Briefumschlag mit einem Röntgenblick hineinsehen könnte.

In Gedanken sehe ich mich wieder als junges Mädchen. Als ich mit meiner Freundin Theresa auf das Fest gehe. Voller Hoffnung nicht mehr, wie Außenseiter behandelt zu werden. So wie Jan uns erfreut die Haustüre öffnete und ich gleich ein Glas Sekt in der Hand hatte. Wie er mit mir raus in den Garten spaziert und was er dann zu mir sagt.

Eigentlich fand ich ihn recht sympathisch. Bis zu dem Moment meines Blackouts, den er schamlos ausgenutzt hatte.

Dann sehe ich den kleinen Jungen vor mir, wie ich ihn mir seit jeher vorstelle. Groß gewachsen, blond wie ich, klare fröhliche Augen und einfach nur hübsch.

Wie in meinen regelmäßigen Nachtträumen, spricht er jetzt in Gedanken zu mir. „Mama, wann endlich holst du mich ab. Ich brauch dich doch."

In mir kommt wieder einmal das Gefühl des Versagens und der Hilflosigkeit auf.

Plötzlich höre ich von der Straße das Hupen eines Autos. Dabei erschrecke ich so sehr, dass ich aufschreie. Schlagartig hat die Realität mich wieder. Ich merke, dass ich die ganze Zeit an meinen Fingernägeln gekaut habe, die jetzt wehtun. Den Schmerz vergesse ich allerdings gleich wieder und schaue angespannt auf das Kuvert in meiner zitternden Hand.

Die Angst darüber, ob er mich in dem Brief auslacht oder schlecht hinstellt, ist riesig. Was wird er schreiben? Wird er seine schreckliche Tat zugeben oder frech abstreiten, dass er der Vater ist?

31

Fragen über Fragen überkommen mich. Dabei wird die Angst vor seiner Antwort immer größer.

Nachdem ich mir nochmals den Brief von allen Seiten angeschaut habe, gebe ich mir einen Ruck und öffne ihn zaghaft.

Langsam beginne ich zu lesen.

Liebe Lissy,

es ist so schön von Dir zuhören. Nie habe ich Dich vergessen! Ich musste so oft an Dich denken.

Das Schönste ist aber, dass wir zusammen einen Sohn haben. Ich habe mir immer eigene Kinder gewünscht. Durch eine Mumpserkrankung im Erwachsenenalter bin ich zeugungsunfähig. So blieb mir dieser Wunsch bisher verwehrt.

Natürlich bin ich traurig, dass Du mir unseren Sohn vorenthalten hast. Ich möchte ihn am liebsten gleich kennenlernen. Hatte mir sogar überlegt selber zu Euch zu kommen. War mir dann aber unsicher, was passieren würde.

Auf Deinen Brief hin, kommt mir eine böse Vorahnung, warum Du ihn mir vorenthalten hast. Beziehungsweise, was Du über mich denkst.

Denn als Du mir schriebst, dass Du an jenem Abend vor 30 Jahren ein Blackout hattest, war ich über mich selbst schockiert.

Lissy! Bitte glaube mir. Ich habe gar nicht gemerkt, dass Du so viel getrunken hattest. Ich war damals selber stark betrunken und habe vieles nicht mehr gerafft.

Es soll jetzt keine Ausrede sein. Bitte glaube mir, es ist die Wahrheit. Dazu kommt, dass ich so aufgeregt war, weil Du meine erste Freundin warst und ich über beide Ohren in Dich verliebt war.

Es ging damals alles so schnell. Du warst eingeschlafen und ich wollte Dir eine Decke holen, um dich zu wärmen. Als ich zurückkam, warst du weg.

Gefühlte tausendmal habe ich immer wieder bei Deiner Mutter und Theresa angerufen, wurde aber nur abgewimmelt. So habe ich entmutigt aufgegeben nach Dir zu suchen.

Bitte ruf mich gleich an! Ich kann es nicht erwarten Euch beide in meine Arme zu schließen. Meine Handynummer ist 01721946398.

P.S. Du bist immer noch wunderschön. Habe dich das letztes Mal in meiner Behandlung leider nicht erkannt.

Liebe Grüße Jan.

Völlig schockiert blicke ich vom Brief auf. Mir gehen tausende Gedanken durch den Kopf. Ich fange erneut zu lesen an und nehme dabei jedes Wort das er schreibt, genau unter die Lupe.

Wiederholt lese ich seine Worte durch und bin fassungslos! Dabei lasse ich den damaligen Abend nochmals Revue passieren. Wie ich mit ihm im Garten saß. Er im Nachhinein von einem anderen Blickwinkel gesehen, liebevoll und zärtlich zu mir war. Ich bin mir aber unschlüssig, ob ich ihm glauben kann, dass der Abend damals anders abgelaufen war, als ich immer gedacht habe. Aber umso mehr ich darüber nachdenke, muss ich mir langsam eingestehen, Jan hat vielleicht wirklich nicht gemerkt, dass ich nicht mehr Herr meiner Sinne war. Wer wird schon durch fünf Gläser Sekt so betrunken, dass er nicht mehr weiß was er tut. Vor allem waren wir beide damals blutjung und unerfahren. Ich muss zugeben, dass Jan beim Laufen schon sehr getorkelt hatte.

Das erste Mal seit Jahren muss ich über mich selber schmunzeln. Gleichzeitig erleichtert es mich, dass dieser schlimme Teil meiner Vergangenheit, gar nicht mehr so fürchterlich zu sein scheint.

Jedoch verstehe ich nicht, warum meine Mutter und Theresa mir nie gesagt haben, dass er bei mir angerufen hatte, beziehungsweise mit mir Kontakt wollte.

Voller neuem Mut und Tatenkraft fange ich an, auf meinem Handy eine SMS zu schreiben. Dieses Mal will ich nicht mehr so förmlich sein.

Hallo Jan,
Vielen Dank für Deinen Brief. Können wir uns heute Abend um 20.00 Uhr im Café Engel treffen?
Viele Grüße Lissy

Kaum war die Nachricht weg, kam schon eine Antwort, dass es natürlich gehen würde und er sich sehr freue.

Den ganzen Tag mache ich mir Gedanken, welchen Kleiderstil für dieses Treffen angemessen ist. Ob eine lässige Jeans mit Bluse, oder ein leichtes Sommerkleidchen mit einer eleganten Stola passen würden. Ich entschließe mich für meinen schwarzen Hosenanzug, den ich zu Tanjas Abi-Abschlussfeier gekauft habe. Heute scheint mir eine gediegene Kleidungswahl für richtig.

Die schulterlangen, blonden, glatten Haare trage ich offen. Zu meinen Töchtern sage ich, dass ich kurzfristig zu einem Geschäftsessen muss. Verwundert stelle ich fest, wie leicht ich die beiden an diesem Tag zum zweiten Mal angeschwindelt bekomme, ohne dass sie irgendwelchen Verdacht schöpfen. Ich habe allerdings ein ziemlich schlechtes Gewissen.

Auf dem Weg zu dem Treffen würde ich am liebsten wieder umdrehen. So sehr fürchte ich vor Jan zu treten. Nur der Gedanke an unseren Sohn lässt mich tapfer Schritt für Schritt vorwärts gehen.

Als ich in das Café trete, sehe ich Jan in seinem edlen Anzug erst, als er sich vom Stuhl erhebt, danach direkt auf mich zu läuft. Schnurstracks gehe ich auch auf ihn zu. Dabei bohrt sich sein Blick durch mich hindurch. Ich puste mir nervös eine Haarsträhne aus dem Gesicht.

Bei ihm angekommen stehen wir beide nichtssagend voreinander. Darum mache ich den Anfang. Zögernd gebe ich ihm meine Hand zur Begrüßung, „Hallo Jan."

Er schaut mich sichtlich nervös an, öffnet seinen Mund, schließt ihn wieder und setzt dann das zweite Mal zum Sprechen an.

„Hallo Lissy, ich denke, ein abgeschiedener Tisch ist heute besser für uns. So können wir uns ungestört unterhalten."

Er wartet nicht auf eine Antwort von mir, sondern spricht unruhig weiter. „Wann darf ich unseren Jungen sehen? Wie heißt er? Wie sieht er aus?"

Traurig schaue ich ihn an und kann meine Tränen nicht mehr zurückhalten. In dieser Sekunde kommt alles wieder in mir hoch. Die anderen Gäste des Lokals schauen geschockt, teils amüsiert zu uns, was mir in meinem Zustand völlig egal ist.

Erschrocken über die Reaktion von mir, nimmt Jan mich zaghaft in den Arm. Sanft führt er mich zu unserem Tisch. Mein ganzer Körper zittert. Ich möchte die Tränen unterdrücken. Doch je mehr ich dagegen ankämpfe, umso heftiger beginne ich zu Schluchzen. Ich verstecke mein Gesicht hinter meinem Taschentuch, als ob es mich vor den neugierigen Blicken der anderen Gäste schützen könnte.

Sichtlich erschrocken streichelt Jan mich am Rücken und probiert mich zu beruhigen. Er macht das sehr gut. Aber trotzdem merke ich ihm an, dass er selber gerade auch mit der Situation überfordert ist. Er schaut mich ungläubig und ängstlich an, während ich versuche mich wieder unter Kontrolle zu bekommen.

„Lissy, Entschuldigung wenn ich dich damals übergangen habe und für dich alles in einer fürchterlichen Sicht erschienen ist. Ich will mir gar nicht ausmalen, was du über mich gedacht hast. Es ist einfach schrecklich. Aber mir war wirklich nicht bewusst, dass ich dich mit Alkohol abgefüllt habe. Ich habe in den letzten Tagen andauernd diesen Abend Revue passieren lassen. Dabei muss ich eingestehen, dass ich dir wirklich öfters das Glas nachgeschenkt habe. Ich selber war damals so nervös, dass alles im Unterbewusstsein geschah. Liebe Lissy, bitte verzeihe mir!"

In diesem Moment geht so viel Wärme von Jan aus. Man merkt ihm an, er meint es ehrlich. Dabei löst sich in mir eine Blockade. Jetzt kann ich ihm jede Einzelheit über unseren gemeinsamen Sohn erzählen, ohne nochmals weinen zu müssen.

Während ich spreche, unterbricht er mich kein einziges Mal. Er schaut mir die ganze Zeit konzentriert und traurig in die Augen, bis ich alles genau erzählt habe.

„Lissy, ich verspreche dir eins, wir werden unseren Sohn zusammenfinden. Gib mir nur ein wenig Zeit um Menschen zu bekommen, die uns helfen können. Ich werde gleich heute Nacht anfangen zu recherchieren und erst aufhören mit der Suche, wenn ich unseren Sohn vor mir habe!"

Nach diesen herzlichen Worten verspüre ich das erste Mal seit langem eine Hoffnung in mir, dass ich meinen Jungen in den Arm nehmen werde. Dabei endlich die Chance habe, ihn um Verzeihung zu bitten.

Jan fängt nochmals an sich zu erklären, „ich habe damals tausendmal bei deiner Mutter angerufen und nach dir verlangt. Sie hat immer nur gesagt, ich soll nicht mehr anrufen und dass du nicht mit mir sprechen möchtest. Aufzugeben war die falsche Entscheidung. Ich hätte solange weitermachen müssen, bis mir jemand deinen Aufenthaltsort genannt hätte. Auch Theresa wimmelte mich jedes Mal gekonnt ab." Während er diese Worte sagt, sieht er richtig erbärmlich aus.

„Es ist ok! Lass uns lieber in die Zukunft schauen." Über meine Worte selbst überrascht, höre ich danach interessiert Jans Erzählungen zu. Nachdem er lange vergebens nach mir suchte, hatte er mehrere unernste Beziehungen. Erst vier Jahre später verliebte er sich in seine Frau. Eine Traumhochzeit und Kinder sollten das Glück besiegeln. Bevor sie schwanger wurde, bekam er seine Mumpserkrankung. Von da an ging die Beziehung bergab. Sie stritten sich nur noch und seine Frau hatte eine Affäre mit einem Arbeitskollegen.

Als sie von jenem schwanger wurde, musste sie es Jan gestehen. Sie waren sich einig, dass die Scheidung der einzige richtige Weg aus ihrer misslichen Situation sein würde.

Seit zwei Jahren hat Jan wieder eine Freundin Namens Nina. Sie wohnt in Kempten und ist Krankenschwester. Aufgrund der großen Entfernung der zwei Städte ist es leider eine Wochenendbeziehung, da zwischen Kempten und München um die 150 km liegen.

Als der Kellner an unseren Tisch kommt, um uns höflich und diskret darauf hinzuweisen, dass sie jetzt schließen, wird mit einem Blick durch das Café klar, dass sich außer uns niemand mehr im Gastraum befindet. Meine Armbanduhr zeigt mir, dass wir schon halb zwei haben. Schnell bezahlt Jan für uns beide. Uns beiderseitig mehrfach entschuldigend verlassen wir schleunigst das Lokal.

Freundschaftlich nimmt mich Jan zum Abschied in den Arm und verspricht mir, sich bald zu melden.

„Ach übrigens, meine Zahnarzthelferin wird bei dir anrufen, um einen Termin zu vereinbaren. Wir müssen ja noch das Loch in deinem Zahn behandeln." Grinsend wartet er auf meine Reaktion.

Betont locker antworte ich, „stimmt, den Zahn hätte ich doch glatt vergessen." Fröhlich verabschieden wir uns und jeder geht seiner Wege. Die Sommernacht ist herrlich warm. Voller neuer Hoffnung mache ich mich auf den Weg nach Hause.

Am nächsten Tag werde ich von Zweifeln geplagt. Ich bin mir gar nicht mehr so sicher, ob Jan es schafft, unseren Jungen zu finden. Da er am Vortag ja selber nicht wusste, wie er es genau anstellen könnte. Er hatte nur gemeint, dass er Leute sucht die uns helfen werden. Aber wer soll das sein? Wird dieser Mensch dann die nötigen Kontakte haben, um unseren Jungen ausfindig zu machen. Wer hat so viel Macht, dass er sogar die Behörden umgehen könnte?

Es vergehen unendlich lange Tage, in denen ich hibbelig bin. Einmal fragt mich sogar Simone, als ich beim Spülen die zweite Tasse fallen lasse, ob alles mit mir ok ist? Während ich mich schnell nach unten beuge um die Scherben aufzuheben sage ich, mit meinem Gesicht abgewandt von ihr, „es ist alles in Ordnung. Mir geht's super." Natürlich weiß ich selber, dass sie mir das nicht abnimmt. Dafür kennen wir uns zu gut. Aber zum Glück fragt sie nicht weiter nach und lässt mich in Ruhe. Nach vier Tagen ruft nicht die Zahnarzthelferin an, sondern Jan selber.

„Hallo Lissy, hast du heute um 18.00 Uhr Zeit? Ich würde dir deinen Zahn füllen."

„Klar", sage ich, dabei zerreißt mich innerlich die Frage, ob er schon etwas herausgefunden hat. Aber ich traue mich nicht, nach zu haken. Ich will nicht, dass er sich unter Druck gesetzt fühlt.

So kommt es, dass ich am Abend die letzte Patientin in der Praxis bin. Er bohrt vorsichtig an meinem Zahn. Selbst eine Betäubungsspritze benötige ich nicht. Ich fühle mich geborgen in seinen Händen. Als er den Polierer weglegt, fordert er mich auf, ihm in sein Büro zu folgen. Zur Zahnarzthelferin gewandt meint er, „ihr könnt dann gehen. Ich schließe die Praxis selber ab."

Lässig setzt er sich in den Chefsessel. Aufgeregt nehme ich ihm gegenüber Platz. Es herrscht Stille zwischen uns. Ich warte darauf, dass er etwas sagt. Die paar Sekunden kommen mir unendlich lang vor. Ich muss mich zusammenreißen um nicht laut aufzuschreien um nach einer Auskunft zu betteln. Endlich öffnet er den Mund. „Lissy, ich habe einen sehr guten Detektiv engagiert. Die Liste von Menschen, die er wiedergefunden hat, ist riesig! Herr Mangler wird um 19.00 Uhr zu uns in die Praxis kommen. Du musst ihm ein paar Fragen beantworten, bevor er sich auf die Suche machen kann."

Während wir auf den Detektiv warten, erzählt mir Jan, dass er die Praxis von Dr. Müller übernimmt, da dieser jetzt nach seinem leichten Schlaganfall in die wohlverdiente Rente geht. Ich höre ihm nur mit einem Ohr zu, weil ich auf den Detektiv so gespannt und voller Vorfreude bin. Endlich kann ich wieder hoffen, meinen Sohn jemals zu finden. Wir werden heute den ersten Schritt in die richtige Richtung machen, denn wir haben jemand der uns hilft.

Pünktlich auf die Minute klingelt es an der Praxistür. Ich sitze nur steif da, während Jan ihm öffnet. Da die Zimmertüre vom Büro offen steht, kann ich genau zum Eingang schauen. Ich sehe einen großen, kräftigen, grauhaarigeren Mann, der etwa 50 Jahre alt ist.

Wie elektrisiert sitze ich da, als Jan mit ihm ins Büro kommt. Jan stellt uns gegenseitig vor. Etwas verkrampft gebe ich ihm meine Hand. Äußerst routiniert beginnt Herr Mangler mir Fragen zu stellen. In welcher Klinik haben sie entbunden? Wissen sie wie die Hebamme hieß? So geht es eine Stunde lang. Ich versuche die Fragen möglichst genau zu beantworten.

Zufrieden packt Herr Mangler seine Schreibsachen zurück in die Mappe. „Ich werde mein Bestes geben und mich sofort melden, wenn ich etwas herausgefunden habe."

Mir kommt dabei alles so unreal vor. Dieser Mann soll fähig sein uns zu helfen?

Ich sitze ein paar Minuten einfach nur da und lasse alles auf mich wirken. Zum Glück merkt Jan, dass ich die Zeit der Ruhe unbedingt brauche. Stillschweigend bleibt er neben mir sitzen. Nochmals gehe ich alle Fragen des Detektives geistig durch und bin froh, dass ich alles beantworten konnte. Da ich selber schon viel recherchiert habe, wusste ich den Namen der Hebamme.

Nach einer Weile erhebe ich mich. „Ich gehe jetzt nach Hause. Ich möchte kalt duschen." Jan hält mich an meinen Schultern fest, schaut mir tief in die Augen. „Es kann sein, dass Herr Mangler unerlaubte Dinge tun muss, sich in den Computer einloggen, oder weil es ja doch schon Jahre her ist, ins Archiv einbrechen. Wenn man ihn erwischt, macht sich der Auftraggeber mitschuldig. Falls diese Situation eintreffen würde, hast du Herrn Mangler nie in deinem Leben zuvor gesehen und du weißt nichts von dem Auftrag. Ich werde alleine dafür geradestehen." Erschrocken versuche ich zurückzuweichen. „Du könntest deine Approbation verlieren!"

„Für meinen Sohn würde ich alles in Kauf nehmen. Du hast noch zwei Kinder zu Hause, an die du denken musst." Jan verhält sich derart beherrschend, dass ein Widerspruch zwecklos ist.

Nachdem Jan mir versprochen hat, dass er sich meldet sobald er etwas von Herrn Mangler gehört hat, mache ich mich nachdenklich auf den Nachhauseweg. Dabei ergreift mich ein wunderbares Gefühl der Hoffnung. Gleichzeitig ist es gut zu wissen, dass es jemanden gibt, der mir hilft und dem es ebenfalls wichtig ist meinen Sohn zu finden.

Es vergeht eine Woche um die andere, nichts geschieht. Keine Nachricht von Jan, geschweige sonstige Informationen. Der Sommer geht langsam in die letzten Tage und es neigt sich Richtung Herbst. Die Nächte sind inzwischen kalt.

Langsam bezweifle ich, dass alles real ist. Befürchte, dass es nur ein Traum war, der mir ein wenig Hoffnung schenken sollte.

Unzählige Male, sitze ich mit meinem Telefon da und wähle Jans Nummer, die ich inzwischen auswendig kann. Vor dem ersten Klingeln lege ich jedes Mal auf. Zu gerne würde ich wissen, ob es schon Neuigkeiten gibt, aber die Angst enttäuscht zu werden ist größer. Vor allem will ich Jan nicht nervig sein. So gehe ich wieder ohne Informationen, den Tränen nahe, ins Bett.

Nach fünf unerträglich langen Wochen, höre ich endlich Jans Stimme am anderen Ende der Telefonleitung. „Hallo Lissy." Schreiend fast hysterisch höre ich meine eigene Stimme. „Hat er ihn gefunden?" Mir kommt die Sekunde bis er antwortet endlos vor.

„Er möchte am Telefon nichts sagen. Heute Abend um 19.00 Uhr wird er zur Praxis kommen. Hast du Zeit, Lissy?"

„Auf alle Fälle. Es gibt nichts Wichtigeres als unseren Sohn zu finden."

Nach dem Telefonat falle ich in mich zusammen und weine. Die ganze Anspannung ist einfach zu viel für mich. Es sind noch so viele Stunden bis zum Abend. Nervös beginne ich an meinen Fingernägeln zu kauen. Als mein linker Zeigefinger schmerzhaft zu bluten anfängt, beschließe ich mir ein heißes Bad einlaufen zu lassen. Ein bisschen Entspannung, kombiniert mit ein paar Beruhigungstropfen, sollten dafür sorgen, dass ich am Abend nicht ein völliges nervliches Frack bin. Ich hasse es zu warten.

Eine halbe Stunde zu früh, treffe ich in der Praxis ein. Mich hätten keine zehn Pferde mehr zu Hause halten können. Zum Glück ist kein Personal mehr da. Die restlichen 30 Minuten stehen Jan und ich schweigend nebeneinander. Unauffällig beobachte ich Jan. Es ist dabei ersichtlich wie nervös er ist. Unsere große Hoffnung ist der Erfolg des Detektives.

Wie das letzte Mal auf die Minute pünktlich, tritt Herr Mangler in die Praxis. Mit selbstzufriedenem Lächeln nimmt er an Jans Schreibtisch Platz. Erwartungsvoll setzen wir uns ihm gegenüber. Herr Mangler mustert uns. Es ist ihm deutlich anzumerken, dass unser Fall auch für ihn was besonderes zu sein scheint.

Am liebsten hätte ich ihn angeschrien, wo mein Sohn ist. Aber mir wird bei seinem Auftreten bewusst, dass er es genießt im Mittelpunkt zu stehen. Nach einer Schweigeminute beginnt er endlich zu reden.

„Zuerst habe ich das Jugendamt aufgesucht. Aber es war damals eine geschlossene Adoption und so dürfen sie keine Unterlagen rausgeben. Danach ging ich in die Klinik in der sie entbunden hatten. Leider war die Hebamme Elisabeth Hund schon in Rente. Es sind ja auch viele Jahre inzwischen vergangen."

Der Detektiv mustert uns. Meine Nerven liegen blank und in mir wächst schon wieder das Bedürfnis, ihn anzuschreien. Aus Angst keine Informationen dann zu bekommen, reiße ich mich zusammen und beiße mir auf die Unterlippe.

Völlig unbeeindruckt von meinem Leiden steht Herr Mangler jetzt auch noch auf. Er stolziert wie ein Gockel vor uns auf und ab, während er fortfährt.

„Nachdem ich einer älteren Krankenschwester wegen ihrem scheinbar jugendlichen Aussehen geschmeichelt hatte, da gab sie mir die Anschrift von Frau Hund.

Bei der genannten Adresse angekommen, traf ich nur ihren Sohn vor. Dieser sagte mir, dass sie nach Mallorca ausgewandert sei, um dort ihren Lebensabend mit viel Sonnenschein zu genießen. Er gebe allerdings an keine fremden Männer ihre neuen Kontaktdaten. Lange habe ich versucht ihn zu überzeugen. Habe ihm ausführlich erklärt, warum ich seine Mutter suche. Jedoch war er so ein sturer Bock, so dass ich ohne Adresse wieder ging."

Der Detektiv betrachtet uns neugierig. Wahrscheinlich will er sehen, ob seine Worte auch wirklich ihre Wirkung zeigen. Als ich den Tränen nahe meine Augen schließe, höre ich ihn weiter sprechen.

„Also musste ich in das nächste Flugzeug steigen, das ich bekommen konnte. Das habe ich gemacht, obwohl ich große Höhenangst habe."

Mit einem Blick auf Jan meint er, „die Reise muss ich ihnen natürlich auch in Rechnung stellen.

In Mallorca bin ich zuerst auf das Einwohnermeldeamt. Dort konnte mir jedoch niemand weiterhelfen. Es war einfach keine Frau mit dem Namen registriert. Ich wollte nicht aufgeben und so bin ich zum bekanntesten Radiosender auf der Insel, ließ durchsagen, dass ich dringend Frau Elisabeth Hund suche. Ein Tag später rief sie an. Frau Hund konnte mir sagen, dass in dem Jahr der Geburt eine gewisse Pia Schuler mit ihr Dienst hatte. Sie konnte mir sogar die genaue Adresse geben und meinte, dass diese Pia ein gutes Gedächtnis hat.

Später rief sie mich nochmal an, weil sie nachgeforscht hatte, warum ich sie auf dem Meldeamt nicht finden konnte. Schuld war ein Tippfehler. Sie wurde unter Elisabeth Hud geführt."

Zu diesem Zeitpunkt koche ich schon innerlich! Probiere aber in einem ruhigen Ton, ihn darum zu bitten, die unwesentlichen Dinge wegzulassen. Herr Mangler ignoriert mich gekonnt und spricht jetzt noch langsamer und ausführlicher weiter.

„In Deutschland angekommen fuhr ich gleich zur Adresse von Frau Schuler. Da diese nicht daheim war, musste ich zwei Stunden vor der Haustüre warten, bis sie vom Einkaufen heimkam. Es war heiß und ich war durstig.

Sie hatte zwei Tüten voller frischer Lebensmittel dabei. Spontan lud sie mich zum Essen ein. Frau Schuler ist eine gastfreundliche Person.

Zuerst trank ich einen halben Liter kaltes Bier mit einem Schluck weg. Dann gab es Pichelsteiner Eintopf aus Rindergulasch, Kartoffeln, Karotten, Lauch und Zwiebeln. Während des Essens, welches einmalig schmeckte ...“

Ich richte mich blitzartig auf, fixiere Herrn Mangler und höre mich selbst in einem gefährlichen flüsternden Ton sagen, „Herr Mangler, ich höre ja wie schwierig dieser Auftrag gewesen ist. Ich fühle nahezu die Strapazen, die sie über sich ergehen lassen mussten. Aber meinen sie nicht, wir sollten jetzt auf den Punkt kommen!“

Beschwichtigend legt Jan seine Hand auf meine Schulter. Als ob das mich jetzt noch beruhigen würde. Der Detektiv jedoch grinst mich an und erzählt in einer Seelenruhe weiter. „Nachdem ich ihr geschildert hatte, wie ich auf sie gekommen war, konnte sie sich wieder an die Geburt erinnern. Weil es doch seltener vorkam, dass Kinder zur Adoption gegeben wurden.

Das Seltsame war aber, dass der Junge in die Geburtsstadt der Mutter adoptiert wurde.“

„Nach Isny!“, schreie ich und bin fast vor dem Durchdrehen.

„Genau“, antwortet Herr Mangler mit einem triumphierenden Gesichtsausdruck. „Frau Schuler meinte zu mir, dass man immer schaut, dass das Kind von den Eltern wegkommt. Zumindest nicht in die gleiche Stadt gegeben wird.

In Isny im Einwohnermeldeamt schaute eine junge Dame für mich nach, wer alles männlich, am 03.03.1986 geboren wurde und jemals in Isny wohnte. Es wurden zwei Personen gefunden. Bei Stefan Krug war sogar ein Eintrag dabei, dass er von seinen Eltern adoptiert wurde. Er wohnt immer noch in Isny."

„Ist Stefan unser Sohn?", brülle ich lautstark und springe von meinem Stuhl auf. Auch Jan ist aufgesprungen. Er steht direkt vor unserem Detektiv. Er packt ihn an den Schultern, so als wolle er die Antwort aus ihm rausrütteln.

Dieser genießt es, uns auf die Folter zu spannen. Mir stockt der Atem. Nur schwer bekomme ich Luft. Kreidebleich setze ich mich in den kleinen grauen Sessel neben dem Fenster und starre hinaus.

Der Detektiv wartet ein paar Sekunden, grinst übers ganze Gesicht, bevor er langsam weiterspricht.

„Ich ging dann direkt zu den Eltern von Stefan. Konnte sie ausfragen, ob sie in dem Klinikum in München am 04.03.1986 ihren Sohn abgeholt hatten. Allerdings musste ich ihnen zuerst sagen, dass die leiblichen Eltern ihn suchen. Daraufhin haben sie mir bestätigt, dass Stefan euer Sohn ist."

Prompt öffnet sich mein Brustkorb wieder, Sauerstoff strömt in meine Lungen. Voller Freude umarmt mich Jan. Dann wenden wir uns dankend Herrn Mangler zu. Sein eingebildetes Getue ist auf einen Schlag vergessen.

„Die Eltern möchten euch morgen um 15.00 Uhr zu sich nach Hause einladen. Hier habe ich die Adresse."

Er reicht mir einen gelben Zettel, auf dem mit einer ordentlichen Handschrift alles aufgeschrieben wurde.

„Haben sie ein Foto?", frage ich leise.

„Leider nein, jetzt muss ich aber gehen. Mein nächster großer Fall wartet auf mich. Machen wir das Geschäftliche", erwidert er und schaut ungeduldig zu Jan.

Nachdem Herr Mangler gegangen ist und ich mich ein wenig beruhigt habe, biete ich Jan an, die Hälfte des Honorars zu bezahlen. Er will verneinen, aber dieses Mal lasse ich nicht locker, und schreibe ihm einen Scheck aus.

Jan nimmt mich schlagartig in seine Arme. „Lissy, ich bin so erleichtert, dass er unseren Sohn gefunden hat", flüstert er mir ins Ohr. So umarmt stehen wir mehreren Minuten da, bevor ich mich, ohne viel zu sprechen, von ihm verabschiede. Jan wird mich morgen abholen.

Daheim angekommen schlafen die Mädchen schon. Erleichtert, auf niemanden mehr zu treffen, gehe ich in mein Bett.

In dieser Nacht kann ich kein Auge zumachen. Zu groß ist meine Aufregung. Ich sitze fast die ganze Zeit vor dem offenen Fenster und starre hinaus. Dabei spüre ich nur einen kleinen Windhauch, der in mein Gesicht weht. Die Kälte tut mir heute nichts an. Im Gegenteil sie tut mir gut. Ab und zu fährt ein Auto vorbei. Um ca. 2.00 Uhr läuft ein betrunkenes Paar streitend am Straßenrand entlang. Das ist heute eine willkommene Ablenkung für mich.

Ich bin froh, dass die Frau, also die jetzige Mutter meines Sohnes, uns gleich auf den nächsten Tag eingeladen hat. Länger hätte ich diese Folter nicht ausgehalten.

Am Morgen bin ich trotz Schlafmangel topfit. Im Büro habe ich kurzfristig Urlaub eingereicht. Unter dem Vorwand meine Mutter besuchen zu wollen, erkläre ich den Mädchen den Ausflug nach Isny.

„Ist Oma krank?", fragt Tanja besorgt.

„Nein, ihr geht's soweit gut", beruhige ich sie.

In Gedanken habe ich mir das wirklich vorgenommen. Falls meine Emotionen und die Zeit es zulassen, noch fünf Minuten bei ihr im Altersheim reinzuschauen. Mein letzter Besuch liegt schon über einem halben Jahr zurück.

Leider ging vor 29 Jahren nicht nur mein Junge, sondern auch die Gefühle und das Vertrauen an meine Mutter verloren. Oft habe ich ihr innerlich vorgeworfen, dass sie mir damals nur ihre Hilfe anbieten hätte müssen. Der Junge wäre im Familienkreis groß geworden. Ich hätte ihm finanziell nicht viel bieten können, aber meine gesamte Liebe ihm schenken. Ich hätte die tiefe Trauer und Sehnsucht in mir nicht erleben müssen. Diese schlimmen Gefühle wünsche ich meinem größten Feind nicht.

Seit vor drei Jahren meine Mutter schwer an Demenz erkrankt ist, verlor sich den Kontakt fast ganz.

„Da es euch beiden heute wieder gut geht und ihr euch imstande fühlt zur Uni zu gehen, müsst ihr euch jetzt auf den Weg machen. Sonst kommt ihr zu spät!" Wie wenn ich Hühner über den Hof scheuchen würde, wedele ich mit den Händen vor den Mädchen. Tanja erwidert darauf neckend, „mir kommt es vor, als ob du uns loshaben möchtest."

„So ein Quatsch! Mir ist Pünktlichkeit eben wichtig!", erwidere ich mit gespielter Strenge. Gedanklich gebe ich ihr aber recht. Jedoch bin ich im Moment so aufgewühlt, dass ich die zwei nicht um mich brauchen kann. Ich kann ihnen noch nicht die Wahrheit über die Existenz ihres Bruders sagen. Wenn die Zeit dafür reif ist, dann werde ich reinen Tisch machen, nehme ich mir vor.

Alleine zu Hause, durchforste ich meinen Kleiderschrank. Was zieht man zu einem solchen Treffen an? Ich möchte gut aussehen, nicht zu aufgedonnert. Seriös, vertrauenswürdig, wie eine Mutter eben, die ihr Kind trifft. Der erste Eindruck soll perfekt sein, für Stefan und seine Adoptiveltern.

Meine Gedanken spielen dabei Achterbahn. Mein großes Bangen ist, dass er sich weigert mit mir zu sprechen und mich mit Vorwürfen überhäuft. Ich könnte es ihm nicht einmal übelnehmen. Immerhin habe ich ihn im Stich gelassen.

Dabei werde ich das Angstgefühl nicht los, dass alles ein Missverständnis sein könnte und dieser Junge gar nicht mein Sohn ist. Vielleicht war der Detektiv ein Betrüger und macht sich mit unserem Geld jetzt einen faulen Lenz.

Schließlich entscheide ich mich für ein leichtes Strickkleid in sanften Erdtönen. Die neuen Herbststiefel, aus schwarzen Leder, passen perfekt dazu. Meine Haare sind mit einem Haarband locker zusammengebunden. Als es um 11.00 Uhr an der Haustüre klingelt, warte ich bereits ungeduldig in der Garderobe. Jan hat seinen schicken Anzug von unserem ersten Treffen an.

Auf der Fahrt nach Isny sprechen wir vor Aufregung fast kein Wort miteinander. Schnell fahren wir die 180 km über die Autobahn. Ich könnte weinen und schreien in einem, so nervös bin ich. Innerlich bete ich, dass es meinem Jungen gut geht. Hoffentlich hat er ein gutes Elternhaus, mit liebevollen und fürsorglichen Eltern bekommen, bei denen er eine schöne Kindheit und Jugend erleben durfte. Ich merke selber, dass ich vor lauter Anspannung vor mich hin stöhne. Dabei ist mir egal was Jan von mir denkt.

In Isny angekommen müssen wir erst einmal die richtige Adresse suchen. Obwohl die Stadt nicht groß ist und wir beide mehrere Jahre hier gewohnt haben, sind wir falsch abgebogen und haben uns verfahren. Kopflos irren wir umher.

Ich merke Jan an, wie er vor Aufregung sein Steuer nicht mehr im Griff hat und keinen klaren Gedanken mehr fassen kann. Mehrmals verschaltet er sich. Tritt zu stark auf die Bremse oder macht den Blinker fälschlicherweise an.

Zum ganzen Übel kommt hinzu, dass mehrere Straßen heute gesperrt sind. In Isny wird ein großes Fest gefeiert. Es laufen viele Menschen in der traditionellen allgäuerischen Tracht, wie dem Dirndl, kreuz und quer umher. In den Händen tragen sie verschiedene Blasinstrumente.

Als wir einem roten Mercedes die Vorfahrt nehmen, Jan gerade noch bremsen kann, um einen Unfall zu verhindern, fährt er auf einen Parkplatz. Fix und fertig legt er den Kopf auf sein Lenkrad und lässt einige laute Schreie aus sich heraus.

Ziemlich verwirrt weiß ich gar nicht, was ich tun soll, bis ein paar Sekunden später Jan seinen Kopf hebt und mich anschaut. Dann versucht er zu lächeln. Dabei verzerrt sich sein Gesichtsausdruck, „jetzt geht's mir besser. Die Schreie mussten sein."

Wir fahren ohne weitere Zwischenfälle weiter. Endlich nach längerem herumirren, sind wir an der richtigen Adresse angekommen. Ich verspüre Erleichterung beim ersten Blick auf das Wohnhaus. Es ist ein sehr schönes Haus. Alles sieht sehr ordentlich und gepflegt aus. Die Wohngegend ist ruhig gelegen. Man sieht den Häusern an, dass die Menschen die darin leben zu den wohlhabenderen gehören.

Wir sind uns einig, dass wir noch im Auto warten, denn wir sind 20 Minuten zu früh da. So kann ich die Zeit nützen, um jede Kleinigkeit am Haus und im Garten mit meinen Augen zu inspizieren.

Es ist ein großes, älteres, gepflegtes Haus mit Garten. Überall sind kleine Beete. Rosen, Dahlien und ein paar Sonnenblumen zeigen ihre ganze Pracht. Es ist auch genügend Rasenfläche vorhanden, wo ein Kind sich austoben kann.

Bildlich stelle ich mir einen Jungen um die 10 Jahren vor, der mit seinen blonden Haaren einem Ball lachend hinterher jagd. Der gesamte Garten ist gepflegt. Man sieht ihm an, dass in ihn viel Zeit investiert wird. Am Rand des Rasens steht ein Findling, mit einem Durchmesser von ca. zwei Meter. Daneben ragt ein großer Kastanienbaum in die Höhe. Darunter befindet sich eine schlichte Holzbank.

Am Einfamilienhaus sind zwei Autogaragen angebaut. Ein großer Balkon reicht über die Terrasse. Am gesamten Geländer sind Blumenkästen mit prächtigen Geranien in den Farben pink, apricot und scharlachrot angebracht. Vor der Haustüre ist eine schwarzäugige Susanne gepflanzt, die einen schönen Kontrast zu der cremigen Hauswand gibt. Rote Dachplatten zieren das Dach und weiße Gardinen sind an den meisten Fenstern zu sehen. Das gesamte Grundstück wird von einem braunen Holzzaun eingefasst. Ein wenig abseits steht ein naturfarbenes Gartenhaus. Ein blaues Vogelhäuschen an der Fassade der Gartenlaube bietet kleinen Spatzen Schutz.

Während ich alles um mich herum genau anschaue, gehen mir viele Fragen durch den Kopf. Was ist, wenn in diesem Haus gar nicht unser Sohn wohnt? Was ist, wenn er mit uns keinen Kontakt will? Wie soll ich ihm gegenübertreten? Ich, die ihn vor vielen Jahren im Stich gelassen hat. Fragen über Fragen gehen mir durch den Kopf.

„Lissy, es ist Zeit, wir können aussteigen." Jan stupst mich sanft an. Trotzdem bleibe ich wie versteinert sitzen. Jan steigt aus, läuft um das Auto herum, öffnet meine Türe und klopft mir leicht an die Wangen.

Langsam raffe ich alles wieder und verspüre immer noch diese unendliche große Angst. Dass gleich mein ganzes Hoffen zerplatzt wie eine Seifenblase.

Er hilft mir aus dem Auto und wir bewegen uns Richtung Eingang. Die frische Luft tut mir gut und ich kann mich zumindest auf den Beinen halten.

Kurz vor 15.00 Uhr stehen wir zitternd, voller Panik vor der Haustüre. Jan drückt laut schnaufend auf den Klingelknopf. Nach kurzer Zeit, in der ich keinen einzigen Atemzug mache, öffnet uns ein Ehepaar die Tür. Endlich hole ich wieder Luft. Die zwei müssten so etwa 15 Jahre älter sein als Jan und ich. Beide sehen sympathisch aus. Sie hat schulterlanges, lockiges schwarzes Haar. Er kurzes graues Haar und einen kleinen Bauchansatz. Beide tragen eine Brille und haben leichte Falten im Gesicht. Freundlich, aber sichtlich nervös, schütteln beide uns die Hand zur Begrüßung. Mit einer Handbewegung, die ins Innere des Hauses zeigt, bitten sie uns herein. Im Wohnzimmer setzen wir uns auf das bequeme Sofa.

„Ihr werdet Stefan sehen. Aber nicht heute", bricht die Frau das Schweigen. Traurig, aber auch dankbar, dass sie uns gleich die Wahrheit sagt, frage ich sie, ob sie von Stefan Fotos zeigen kann.

Die nächste Stunde verbringen wir damit, das Familienalbum anzuschauen. Mit zitternden Händen nehme ich das erste Foto, das ich im Album sehe heraus und betrachte es genau. Ich verschlinge es förmlich mit meinen Augen. Die ganzen Jahre habe ich mir so sehr ein Bild von ihm gewünscht. Mein Sohn denke ich mir, ist das wirklich mein Sohn? So wunderschön, groß und erwachsen sieht er aus. Ich kann in diesem Moment nicht glauben, dass der junge Mann wirklich mein kleines Baby von damals ist. Ungläubig starre ich auf das Bild. Ist das mein Sohn? Obwohl man genau sieht, dass er die Augen und den Mund von mir hat. Die schwarzen Haare sind von Jan. Langsam wird mir bewusst, dass dieser hübsche junge Mann, mit dem herzlichen Lächeln, mein geliebter und vermisster Sohn ist. Eine Freudenträne kullert mir über meine Wange.

Er ist nicht blond, wie ich ihn mir immer vorgestellt habe, sondern hat diese schönen schwarzen Haare. Endlich habe ich ein reales Bild von meinem Sohn vor Augen.

„Dieses aktuellste Foto ist leider schon über ein Jahr alt", spricht Frau Krug aus der Stille heraus. „Wir können keine eigenen Kinder bekommen. Nach acht Jahren des vergeblichen Versuchens hat uns ein gemeinsamer Freund, der beim Jugendamt arbeitet, einen Tipp gegeben. Er meinte damals, ihr macht euch mit eurem unerfüllten Kinderwunsch selber kaputt. Ich kenne eine junge Frau, die ihr Neugeborenes zur Adoption freigibt. In ca. zwei Monaten wird dieses Baby auf die Welt kommen. Dann könnte der Säugling zu eurem Kind werden. Wir mussten nicht lange darüber nachdenken und waren uns gleich einig, dass wir das Kind wollten.

52 Tage später, rief uns unser Freund an. Er informierte uns darüber, dass wir einen gesunden Jungen bekommen werden.

Die Geburt sei schwierig gewesen. Aber das Kind sei auf natürlichem Weg auf die Welt gekommen. Wir verabredeten uns für den nächsten Tag im Klinikum München. Als wir unseren Jungen das erste Mal im Arm halten durften, war uns gleich bewusst, dass wir für ein eigenes Kind nicht mehr Gefühle aufbringen konnten. Dieser kleine Dreikäsehoch hatte uns vom ersten Moment überwältigt. Dabei nahmen wir uns vor, ihn mit allen Mitteln zu beschützen." Bei diesen Worten bekommt sie nasse Augen, was mich beunruhigt. Während sie weiterspricht, merke ich einen Schmerz in meiner linken Hand. Da ich vor Nervosität den Fingernagel des rechten Daumens, in die linke Handfläche drücke. Nicht weiter darauf achtend, obwohl es leicht blutet, höre ich ihr aufmerksam zu.

„Wir haben ihn nie belogen. Er wusste von klein an, dass es nochmals eine Mama und ein Papa gibt, die wir aber nicht kennen. Somit war es für ihn ein normaler Zustand und nie ein Problem. Mit fünfzehn Jahren, zu seiner Pubertätszeit, hatte er eine kurze Phase, in der er mehr über euch wissen wollte. Da wir nichts über euch wussten, haben wir ihm erklärt, dass ihr in einer Notlage ward und für ein Kind nicht sorgen konntet, weshalb wir das große Glück bekommen haben ihn aufzuziehen. Zuerst wollte er nicht glauben, dass wir gar nichts über euch wissen. Jedoch gab er sich nach ein paar Tagen, in denen er jede freie Minute genutzt hatte um nachzubohren, mit dieser Antwort zufrieden. Er hat nie wieder etwas darüber erwähnt. Das ist seine Art Dinge zu verarbeiten. Sich zu verschließen und nicht mehr darüber zu sprechen. Normalerweise nehme ich ihn dann zur Brust, rede genau diese Angelegenheiten direkt an, die ihn belasten. Aber in eurem Fall war ich froh, dass das Thema vom Tisch war. Denn ich hatte ja keine sichere Antwort für ihn parat.

Er hatte eine unbeschwerte Kindheit, bereitete uns immer nur Freude und war ein guter Schüler. Wir sind so stolz auf ihn. Seit sieben Jahren hat er eine ganz liebe, hübsche Freundin aus gutem Haus. Ihr Name ist Julia.

Allerdings hatten die beiden vor 14 Monaten, als sie mit dem Motorrad an den Gardasee wollten, einen schweren Verkehrsunfall."

Erschrocken blicken Jan und ich zu Frau Krug. Ich sehe es ihr an, dass damals etwas schlimmes passiert sein muss. Frau Krug stockt im Gespräch. Sie sucht sichtlich nach geeigneten Worten, wie sie alles erklären kann. Ihre Stimme wird leise und zittrig, aber sie spricht tapfer weiter.

„Im Brenner kam ein Autofahrer auf die Gegenfahrbahn und prallte frontal auf unseren Jungen. Julia hatte mehrere Knochenbrüche. Inzwischen geht's ihr wieder gut. Aber Stefan hatte innere Verletzungen. Die Ärzte mussten ihn drei Monate in ein künstliches Koma legen. Danach war er weitere sechs Monate im Krankenhaus. Im Moment wohnt er wieder bei uns zuhause und muss dreimal in der Woche zur Dialyse. Seine Nieren funktionieren nicht mehr richtig. Wir warten täglich auf eine geeignete Spenderniere. Das kann aber Jahre dauern. Die durchschnittliche Wartezeit auf eine Transplantation beträgt etwa sechs bis sieben Jahren. Rund 8000 Dialysepatienten warten in Deutschland auf eine Nierentransplantation. Ihre Zahl ist fast viermal so hoch wie die der pro Jahr übertragenen Organe", beendet sie den Satz.

Daraufhin muss ich sie einfach umarmen. Fassungslos sitzt Jan neben uns und Karl blickt starr an die Wand. Jan und ich sind nach dieser schrecklichen Auskunft geschockt. Nach mehreren Minuten frage ich, „was ist mit einer Lebendspende?" Hoffnungsvoll schaue ich Frau Krug dabei an, die mir gleich eine Antwort gibt.

„Wir haben uns schon untersuchen lassen. Aber keiner von uns beiden ist geeignet."

„Was ist mit uns, wir müssten doch passen?", frage ich.

„Die Chance ist auf alle Fälle einiges größer. Hat Stefan Geschwister? Da könnte jemand als Spender auch passen." Erwartungsvoll schaut sie mich an.

„Zwei Halbschwestern", sage ich zögernd. Dabei wird's mir ganz schwer ums Herz. Schuldgefühle kommen in mir hoch. Wie könnte ich von meinen Mädchen verlangen, dass sie ihrem Bruder eine Niere spenden. Da sie bisher von seiner Existenz garnichts wissen. Vor allem kann so ein Eingriff das Leben eines Menschen negativ verändern. Es ist eine Operation, in der ein Organ entnommen wird.

„Ich werde erst einmal nur mich untersuchen lassen. Vielleicht sind meine Werte gleich passend." Jan geht mir sofort ins Wort, „ja, wir beide werden beim zuständigen Arzt einen Termin ausmachen. Wenn sie uns nachher die Telefonnummer bitte mitgeben."

Dann berichtet Frau Krug weiter. „Um ehrlich zu sein, wollte ich sie wegen der Nierenspende schon selber kontaktieren. Aber Stefan hat es verweigert. Ohne seine Zustimmung kam ich nicht an die Unterlagen von ihrem Namen. Weil ab dem 16. Geburtstag nur der Adoptierte alleine ein Recht auf Unterlageneinsicht hat."

Mir wird es schwer ums Herz. Er will mich nicht kennenlernen. Ich habe es befürchtet.

„Tut mir leid", höre ich Frau Krug sagen, „er hat immer gesagt, dass wir doch seine Eltern seien und jemand der ihn weggegeben hat, will er nicht um Hilfe bitten. Er hat sich damals als Teenager seine eigene Geschichte gesucht, warum sie ihn hergegeben hatten. Diese war nicht, dass sie in einer Notlage waren, sondern, dass sie ihn nicht in ihrem Leben wollten. Vermutlich war es durch diese Version der Geschichte für ihn leichter zu ertragen, dass er seine wahren Eltern nicht kennt."

Schockiert schaue ich Frau Krug an. Es war an der Zeit, den Beiden nun unsere Seite der Geschichte zu erzählen. Ich war gerade mal 15 Jahre alt, als Stefan kam. Meine Mutter zwang mich zur Adoption. Bei dem Teil, wie Stefan entstanden ist, erzähle ich natürlich die neue Darstellung der Geschehnisse. Und dass meine Mutter mir nie gesagt hat, dass Jan oft angerufen hat. So hat er von Stefans Existenz erst vor einigen Wochen erfahren.

Während ich so berichte, wird mir auf einmal bewusst, warum meine Mutter gleich einverstanden war, als ich weit weg in ein Mädcheninternat wollte. Ihr war es wichtig, dass ich zu dem Jungen, der dauernd bei uns anrief keinen Kontakt mehr habe. Nicht, dass ihr kleines Mädchen schon in jungen Jahren einen Freund mit nach Hause bringt. Wie es mir dabei ging, war ihr egal. Erschrocken über die eigene Erkenntnis schildere ich weiter. Aufmerksam hören mir die drei zu.

„Wenn sie gebürtig von Isny sind, dann kenne ich vielleicht ihre Mutter?" Aufgeregt springt Frau Krug auf, als ich ihr den Namen „Gertrud Kling" nenne. Als sie mir ein Bild von meiner Mutter, meinem Sohn und einem fremden Mann zeigt, kippe ich fast vom Stuhl.

„Woher kennen sie meine Mutter", stammle ich.

„Sie ist unser Engel. So hat sie Stefan immer genannt, als er klein war. Der Mann neben ihr, ist unser Freund vom Jugendamt. Da die zwei so um die drei Jahre lang ein Paar waren, haben sie uns oft zusammen besucht. Später als die Beziehung beendet war, besuchte uns Gertrud weiterhin.

Sie war wie eine Oma für uns, da von meinem Ehemann die Eltern schon gestorben sind und meine Eltern weit weg wohnen, so haben wir das sehr genossen. Vor allem konnte ich mit meinem Mann abends beruhigt etwas unternehmen. Zu jeder Zeit war sie bereit bei uns zu übernachten und auf Stefan aufzupassen. Sie war eine von wenigen Personen, denen ich meinen Stefan mit einem guten Gefühl anvertrauen konnte."

Diese Worte treffen mich wie ein Faustschlag! Ich verstehe die Welt nicht mehr. Meine kaltherzige Mutter, die ich nie darum gebeten hätte, auf meine Kinder aufzupassen. Da ich befürchtet hätte ein klares „Nein" zu bekommen, soll bei einer anderen Familie Kinderbetreuung betrieben haben.

Und wer ist der Mann an ihrer Seite? Ich sehe ihn das erste Mal in meinem Leben. Ich kann einfach nicht glauben, dass er mit meiner Mutter eine Beziehung führte. Was mich angeht, bin ich mir sicher, dass sie nach unserem Vater keinen Mann mehr angeschaut hat. Sie hatte eine totale Abneigung zum männlichen Geschlecht. Mutter gab mir immer das Gefühl, dass alle Männer nur lügen und betrügen, man keinem vertrauen konnte.

Ich wurde aus ihr nie schlau, was sie über meinen Ehemann Paul dachte. Sie pflegte meiner Ansicht nach, einen oberflächlichen Kontakt zu ihm. Nie hat sie mit ihm ein Gespräch angefangen. Es musste schon von ihm kommen, sonst hätten sie sich gegenseitig angeschwiegen.

Die vielen neuen Nachrichten werden mir zu viel!

Zuerst mein Sohn, der schwer krank ist und jetzt soll meine Mutter über Jahre einen Freund gehabt haben. Zusätzlich die große Frage, ob sie wusste, dass Stefan mein Sohn ist.

Ich versuche mich zusammen zu reißen. Spiele, um mich abzulenken, an meiner Halskette. Dabei merke ich, dass ich mich nicht mehr im Griff halten kann und fange an, vor den anderen zu weinen. Ich kann nicht mehr aufhören. Es kommt einfach alles aus mir heraus. Ich weine und schluchze laut.

Zögernd nimmt mich Jan in den Arm. „Lissy, ich verspreche dir, wir werden dem ganzen auf den Grund gehen. Damit du Klarheit darüber bekommst, warum dir deine Mutter nie erzählt hat, dass sie einen Freund hat. Ich will auch herausfinden, ob sie wusste, dass Stefan ihr Enkelkind ist. Jedoch habe ich ein ungutes Gefühl im Bauch. Ich befürchte, dass es kein Zufall war, dass sie die Nähe zu Stefan suchte und immer für ihn da war. Aber ich werde nicht schlau daraus, was damals alles vorgegangen ist. Es ist mysteriös."

Ich bin ganz benebelt und verstehe die ganzen Zusammenhänge nicht so richtig. Darum frage ich nochmals Jan.

„Meinst du, Mutter hat gewusst, dass Stefan mein Sohn ist? Eigentlich hat sie mit Kindern nicht viel am Hut. Kein einziges Mal hat sie mich gefragt, ob sie auf meine Mädchen aufpassen darf." Hoffnungsvoll schaue ich Jan an und erwarte, dass er mir eine Antwort geben kann.

„Wir werden es herausbekommen. Ich will dir nicht zu nahetreten, aber ich möchte dich etwas fragen. Du musst nicht darauf antworten, wenn du nicht willst. Hast du deine Mutter jemals gefragt oder ihr ein Zeichen gegeben, dass du ihre Hilfe benötigst?" Nach längerem Nachdenken meine ich, „eigentlich nicht. Wir haben sie selten gesehen. Es gab Weihnachtsfeste, an denen wir uns gar nicht sahen, da wir erkältet waren. In anderen Jahren kam über die ganzen Weihnachtstage von meinem Ehemann die Verwandtschaft oder Freunde uns besuchen." Vorwurfsvoll füge ich hinzu, „sie hat dann nicht gefragt, ob sie uns nach Weihnachten oder um Silvester besuchen darf. Nur an den Geburtstagen der Mädchen war sie regelmäßig da."

Jan meint darauf in einem ruhigen Ton, „vielleicht hatte sie ja das Gefühl, dass sie euch zur Last fällt. Wollte darum euch nicht ihre Unterstützung anbieten. Da du nie versucht hast, sie um Hilfe zu bitten, weißt du auch nicht, ob sie dir gerne bei den Mädchen geholfen hätte."

Meinem Gesichtsausdruck merkt Jan an, dass es jetzt besser ist zu schweigen. Immer noch im Arm vom Jan sage ich wütend, „nie im Leben werde ich ihr verzeihen, dass sie meinen Sohn aufwachsen sehen durfte, während ich fast jeden Abend weinend ins Bett ging. Falls sie wusste, dass Stefan mein Sohn ist und mir trotzdem nichts gesagt hat, wäre ich bitter enttäuscht. Mir fehlen die Worte. Das wäre so abscheulich."

„Ich muss euch jetzt leider bitten zu gehen", kommt es schüchtern aus Frau Krugs Mund. „Stefan wird gleich von der Dialyse heimkommen. Wir möchten ihn zuerst auf euch vorbereiten. Es wäre für ihn schlimm, wenn er völlig unvorbereitet auf euch treffen würde." Als Frau Krug in mein ängstliches Gesicht schaut, sagt sie gleich, „keine Angst. Wenn ich ihm erklärt habe, warum ihr ihn weggegeben habt, wird er euch hoffentlich nicht ablehnen. Er ist ein intelligenter, reifer Mann. Vor allem hat er gelernt, dass man auch verzeihen kann. Leider hat er einen Sturkopf. Aber wir werden ihm alles bis aufs Kleinste erklären." Dankbar für die lieben Worte nehme ich Frau Krug in den Arm. „Ich hätte mir keine besseren Eltern für Stefan vorstellen können", flüstere ich ihr ins Ohr.

„Jetzt lassen wir aber das Sie. Ich bin Maria und mein Mann ist der Karl." Herzlich drückt sie mich noch einmal, bevor sie mir noch rasch ein kleines Blatt entgegenhält. Darauf steht das Klinikum in Stuttgart mit der Telefonnummer und dem Namen des Professors, an den wir uns wegen den Untersuchungen für eine mögliche Lebendspende wenden sollen. Bisher war Karl eher der stille Part. Aber jetzt sagt er mit tiefer Stimme und schaut dabei direkt in meine Augen, „ich bin so froh, dass ihr uns gefunden habt."

„Wenn ihr in zwei Tagen wieder da sein könntet, so um die gleiche Uhrzeit. Bis dann haben wir euren Sohn vorbereitet und ihr könnt ihn kennenlernen."

Beim Einsteigen ins Auto, denke ich darüber nach wie es aus Marias Mund klingt „euer Sohn". Ich beneide sie dafür, dass in ihr keine Eifersucht hochkommt, da sie sich der Liebe von Stefan sicher sein kann.

„Jan, können wir bitte beim Altersheim vorbeifahren, um Mutter zu besuchen. Ich brauche unbedingt Klarheit. Hoffentlich hat sie heute einen guten Tag. Ich muss unbedingt wissen, ob sie weiß, dass Stefan ihr Enkel ist. Wenn ja, woher sie wusste, wo er wohnt. Ich wäre dir dankbar, wenn du mit in das Pflegeheim reinkommst." Verständnisvoll nickend, steuert Jan auf direktem Weg zum Isnyer Altenpflegeheim. Auf dem Weg zu ihrem Zimmer begegnen wir keinem Personal. Darüber bin ich froh, da ich die musternden Blicke satthabe. Jedes Mal kann ich die Gedanken darin lesen. Kommt die feine Tochter auch einmal wieder zu Besuch!

Zehn Minuten später klopfe ich an ihre Zimmertür, ohne auf eine Antwort zu warten, treten wir ein. „Hallo Lissy und Paul", begrüßt sie uns. Ich habe heute Glück! Sie erkennt mich! Nur Jan verwechselt sie mit meinem verstorbenen Ehemann. Aber da es Tage gibt, an denen sie niemand kennt, geschweige irgendwelche Namen weiß, habe ich die Hoffnung, dass ich von ihr erfahre, ob sie wusste, dass Stefan ihr Enkel ist.

„Mama", fange ich, ohne zu zögern, an. Bevor der lichte Moment vorbei ist, „kennst du einen Stefan Krug? Mit dem hast du früher viel gespielt."

„Aber natürlich", antwortet sie lächelnd „mit dem Stefan, habe ich wirklich viel gespielt. Am liebsten Mensch ärgere dich nicht. Der Stefan hat meistens gewonnen aber…"

Ich lasse sie nicht aussprechen, falle ihr ins Wort und bohre gleich weiter, „woher kennst du den Stefan?"

Verärgert schaut sie mich an. So als würde sie denken, wie kannst du so etwas blödes Fragen. „Stefan ist doch mein alles geliebter Enkel", sagt sie schließlich.

Diesen Satz spricht sie noch einigermaßen klar. Dann ist sie wieder in ihrer eigenen Welt, als kleines Kind und denkt, ich will ihr Spielzeug wegnehmen. Wir sollen sofort aus dem Zimmer gehen, weil sie alleine spielen will. Sonst wird sie weinen und alles ihrer Mutter petzen. Erschrocken blicke ich kurz Jan an. Dann renne ich schnurstracks aus dem Zimmer. Vorbei an Menschen, die mir hinterherstarren, was mir aber völlig egal ist.

Jan kommt mir nach, kurz vor dem Auto holt er mich ein. Er greift meine Hand, um mich zu stoppen, und schaut mir in die Augen. Ich erwidere seinen Blick und kann nicht anders als bitterlich zu weinen. „Sie hat all die Jahre gewusst, wer Stefan ist. Ich kann es nicht glauben, wie kaltherzig sie ist. Mir all die Jahre zu verschweigen, wo mein Sohn lebt. Meine Gefühle sind ihr völlig egal. Ich glaube sogar, dass es ihr gut tat mich leiden zu sehen und eine gewisse Macht über mich zu haben."

Jan nimmt mich in den Arm, um mich zu beruhigen. Es tut gut seine Wärme zu spüren. Nach mehreren Minuten sage ich schluchzend, „du denkst bestimmt, dass ich eine Heulsuse bin."

„Ich verstehe dich. Ich bin ja auch sauer auf sie. Mein Leben wäre auch anders verlaufen, hätte sie mir damals gesagt, wo du dich aufhältst. Und vor allem, dass du ein Kind von mir erwartest. Mir geht es bei diesen Gedanken auch schlecht. Aber gleichzeitig müssen wir beide jetzt daran denken, dass wir in zwei Tagen unseren Sohn kennenlernen. Es muss einfach eine Niere von uns passen. Er muss leben!"

Kapitel 3

Am Abend des nächsten Tages bitte ich meine Mädchen, in das Wohnzimmer. „Ich muss mit euch sprechen." Nicht wissend, wie ich beginnen soll, schaue ich zwei Minuten später in vier erwartungsvolle Augen. Diese Situation macht mich nervös und ich bekomme erst einmal einen Hustenanfall. Simone spurtet gleich in die Küche und holt mir ein Glas mit Leitungswasser. Nachdem ich dieses getrunken habe, ist zwar mein Husten weg, aber ich weiß immer noch nicht wie ich beginnen soll.

Bis Tanja mit ihrer lockeren Art sich einmal mit der rechten Hand durch ihr blondes langes Haar fährt und in einer lustigen Weise mich aufmuntert, „Mama sag es einfach frei raus. Man könnte glatt meinen, du willst uns einen Banküberfall gestehen."

Daraufhin muss ich lachen. Mir fällt es nicht mehr schwer, zu sprechen. Ich habe zwar immer noch einen Kloß im Hals, aber es kommen zumindest brauchbare Worte aus meinem Mund.

„Ich habe euch immer gesagt, wie anständig ich als Jugendliche war. Es stimmt auch, aber nur bedingt. Mit 15 Jahren wurde ich von einem Mitschüler schwanger. Da ich jung war und eure Oma die Fürsorge über mich hatte, entschloss sie, meinen Sohn zur Adoption freizugeben.

Ich wollte es euch sagen, in all den Jahren. Aber erst ward ihr zu jung, dann Papas Tod, mein Herzinfarkt…

Ach Quatsch, um ehrlich zu sein, ich war zu feige. Mir tat es in der Seele weh, dass ich mein Kind nicht bei mir habe. Vor allem habe ich mich vor euch geschämt. Ich habe die Wahrheit solange hinausgeschoben und plötzlich war es ein Geheimnis. Ich bitte euch um Entschuldigung!"

Nach dieser Beichte schauen mich vier Augen überrascht an. Man kann sogar sagen, wenn Augen rausfallen könnten, dann wäre das jetzt der Moment.

Fünf Sekunden warte ich, ob eine Frage kommt. Aber ich habe das erste Mal meine Mädchen, ins besonderer Tanja total sprachlos gemacht, deshalb spreche ich weiter.

„Mit eurem Vater habe ich versucht, den Jungen zu finden. Es war leider vergebens. Vor einigen Wochen traf ich zufällig den Erzeuger eures Bruders. Zusammen haben wir einen Detektiv engagiert und dieser hat Stefan gefunden. Morgen werde ich ihn zum ersten Mal kennenlernen."

Inzwischen haben sich meine Töchter wieder gefangen. Sie springen stürmisch auf und nehmen mich herzlich in den Arm.

Tanja findet als erste die Worte, „schön! Ich habe mir immer einen großen Bruder gewünscht. Und was ich toll finde, dass du nicht der perfekte Mensch bist, den du immer vorgibst zu sein."

Erleichtert erzähle ich ihnen die ganze Geschichte. Über den Kontakt von Oma und Stefan all die Jahre informiere ich sie ebenfalls. Und dass ich nicht weiß, woher Oma wusste, wo Stefan wohnt. Aber, dass ich das unbedingt herausfinden möchte. Zum Schluss berichte ich über Stefans schweren Unfall und die Lebendspende.

Aufgeregt sagt Tanja, „ich gehe Morgen zu meinem Bruder mit, um ihn kennenzulernen. Und ich werde mich wegen der Nierenspende untersuchen lassen." Simone stimmt ihr gleich entschlossen zu.

„Das ist lieb von euch. Aber erst einmal werden nur Jan und ich uns untersuchen lassen. Wird von uns beiden keiner passen, dann können wir darüber sprechen. Ihr werdet dann aufgeklärt, dass so ein Eingriff nicht ungefährlich ist."

Innerlich bete ich, dass ich Stefan meine Niere spenden kann. So bliebe den Mädchen dieser Weg erspart.

Eine halbe Stunde nach dem Gespräch klingelt das Telefon. „Hallo Lissy, da ich heute Nacht kein Auge zumache und mir jemand zum Sprechen gut tun würde, so ist mir die Idee gekommen, du könntest doch einfach bei mir vorbei kommen. Ich bin schon dabei für uns ein leckeres Abendessen zu zaubern." Darauf kann ich nur lachend antworten, „also Jan, wenn du schon am Kochen bist, dann kann ich nicht mehr absagen."

Nach dem Telefonat frage ich meine Mädchen, ob es für sie in Ordnung ist, wenn ich nach so einer wichtigen, lebensveränderten Mitteilung, nochmals das Haus verlasse. „Es ist vollkommen in Ordnung. Unter der Bedingung, dass wir morgen mit zu unserem Bruder dürfen", bekomme ich zur Antwort. Darauf verspreche ich den zweien, Jan zu fragen, ob er einverstanden ist.

Jan hat mir den Weg zu ihm vorher am Telefon genau erklärt. Somit finde ich gleich das Mehrfamilienhaus.

Während ich die Treppe in den dritten Stock hoch spurte, höre ich schon Jans Stimme. „Hallo Lissy."

Freundlich begrüßt er mich mit einer kurzen Umarmung und bittet mich herein. In seiner Wohnung angekommen muss ich feststellen, dass diese zwar klein ist, aber aufgeräumt und gemütlich.

Die Küche, der Essbereich und das Wohnzimmer sind in einem Raum gehalten. Es ist alles im Landhausstil eingerichtet. Ein alter Bauernschrank aus Eichenholz ist der Mittelpunkt des Zimmers. Auf dem Esstisch liegt ein weißes Tischtuch, darauf steht sogar eine Blumenvase mit zwei roten Rosen darin. Die Vorhänge erinnern eher an eine Berghütte, als an eine Münchner Wohnung, da sie mit einer weißen Spitze enden. Das Sofa ist mit einem blau/weiß karierten Überzug versehen. Es hängen mehrere Bilder an der Wand von afrikanischen Raubtieren. Diese passen nicht zu seinem restlichen Stil, aber irgendwie alles ein wenig auflockern.

Bevor ich nachfragen kann, wie es zu diesen Bildern kommt, holt Jan mich aus meinen Gedanken. „Ich habe keine große Wohnung, aber in mir ist halt doch der gebürtige Schwabe. Der immer sparsam ist und für mich allein reicht diese Wohnung allemal." Mit einem schelmischen Lächeln fügt er noch hinzu, „vor allem da ich keine Reinigungskraft habe, ist die Wohnung für mich fast zu groß."

Nachdem ich ihm gesagt habe, wie gemütlich und sauber ich es hier finde, trete ich neugierig an seinen Küchenbereich. Dort sehe ich mehrere Töpfe auf dem Herd. „Hast du vor, uns zu mästen?", frage ich erstaunt.

„Ich koche gerne. Es ist sogar eines meiner größten Hobbys. Noch mehr Spass macht es, wenn jemand kommt und es mit mir isst, so wie heute. Aber jetzt setz dich erst einmal hin und lass dich von mir bedienen."

Daraufhin nimmt er die Schürze, die auf der Arbeitsfläche liegt und bindet sich diese um. Ich muss mir eingestehen, dass Jan in der Schürze sexy aussieht. Allgemein ist er ein hübscher, junggebliebener Mann. Man könnte ihn glatt zehn Jahre jünger schätzen, als er ist.

Als Vorspeise serviert er eine frische Tomatensuppe. Das Gemüse stamme aus dem Gewächshaus seiner Mutter. Jedes zweite Wochenende würde er seine Eltern in Isny besuchen. Auch dass Nina, seine Freundin ihn regelmäßig zu den Besuchen begleitet, lässt er bei seiner Erzählung nicht aus. Da Isny und Kempten nah beieinander liegen, geht das ganz gut. Während seinen Aufenthalten macht er jedes Mal einen kurzen Besuch bei seiner Schwester und deren Familie.

Stumm höre ich ihm zu und denke, dass Jan so ein toller Papa für Stefan gewesen wäre. Dabei werde ich traurig und sage innerlich zu mir selber, er wird noch viel Zeit mit ihm verbringen. Ihm in den nächsten Jahren ein guter Vater sein können. Es muss einfach eine Zukunft ohne Krankheit geben. Etwas anderes lasse ich nicht zu. Es muss eine Niere von uns passen, damit Stefan wieder ein normales Leben führen kann. So wie auch andere in seinem Alter.

Als wenn Jan meine Gedanken lesen könnte und mich wieder aufbauen will, meint er scherzend in diesem Moment. „Das Hauptgericht, man darf gespannt sein. Wie viele Punkte der Kandidat dafür bekommt. Ob es das perfekte Dinner wird?"

Er hat es geschafft, mich wieder zum Lachen zu bringen. So vergesse ich einen kurzen Moment meine Sorgen um Stefan.

Als Hauptgericht serviert er selbst gehobelte Kässpätzle, mit goldbraunen angedünsteten Zwiebeln und Kartoffelsalat. Ein typisch schwäbisches Gericht. Ich genieße es, wieder einmal selbstgemachte Kässpätzle zu essen. Da wegen des Teiges das Geschirrspülen immer länger dauert, weil die Masse eine klebrige Angelegenheit ist, muss ich zugeben, dass meine eigenen selbstgemachten Spätzle schon Jahre zurückliegen.

So spüre ich eine regelrechte Vorfreude auf den ersten Bissen. Die Kässpätzle schmecken einfach genial. Ich genieße das köstliche Essen, bis Jan das Schweigen beendet. „Ich habe gestern bei Herrn Dr. Zell im Klinikum in Stuttgart angerufen und gleich für uns beide seinen nächsten freien Termin angenommen. Kommenden Donnerstag um 15.00 Uhr. Falls das bei dir auch geht? Wir könnten gemeinsam hinfahren."

„Aber natürlich, ich werde jetzt eh meinem Arbeitgeber über Stefan und seine Krankheit berichten. Dann kann ich jederzeit kurzfristig Urlaub nehmen", erwidere ich und bin froh, dass der erste Termin in Stuttgart schon bald sein wird.

„Du hast mir noch nicht erzählt, von der Zeit, in der dein Mann seinen Verkehrsunfall hatte. Und wie es passiert ist? Ich hoffe, ich trete dir bei dieser Frage nicht zu nahe. Aber ich möchte dich gern näher kennenlernen und alles wissen. Ich denke, dass es eine schwere Zeit in eurem Leben war."

„Es ist ok. Ich kann nach all den Jahren ohne Probleme darüber sprechen. Aber um ehrlich zu sein, muss ich zugeben, dass es die ersten Jahre nicht so war.

Es war ein ganz normaler Tag. Wir haben zusammen gefrühstückt. Die Kinder gingen zur Schule und mein Mann gab mir wie jeden Morgen einen Abschiedskuss. Seine letzten Worte waren, ich vermiss dich jetzt schon. Es hatte in dieser Nacht geschneit. Auf dem Weg zur Arbeit ist er durch die Glätte ins Schleudern gekommen, obwohl er langsam unterwegs war. Dabei ist er frontal auf einen Baum geprallt. Er war gleich tot. Die erste Zeit war schwer für uns. Simone und Tanja wollten es nicht glauben, dass Papa nicht mehr kommt.

Die ersten Monate hatte jede Nacht, mindesten eines der Mädchen einen Albtraum. Die Nächte waren die schlimmste Zeit, auch für mich. Da ich mich sehr schwer tat mit einschlafen. Sobald ich meine Augen geschlossen habe, fing ein Mädchen laut an zu schreien.

Wenn damals jemand zu mir sagte: Zeit heilt alle Wunden, dem hätte ich am liebsten eine Ohrfeige gegeben und geschrien nichts passiert. Der Schmerz wird nicht besser. Ich spüre ihn immer noch haargenau. Wie ein großer Stich im Herzen!

Hinterhergesehen, stimmt es natürlich. Die Jahre vergehen. Man lebt sein Leben, hat seine Aufgaben. Und dann gibt es immer öfter die Momente, an denen man kurz den Schmerz vergessen kann. Bis irgendwann es nicht mehr so weh tut und die schönen Situationen wieder die Oberhand gewinnen.

Die Eltern meines Mannes halfen uns zum Glück in dieser schweren Zeit. Sie sind die ersten Monate praktisch bei uns eingezogen, bis wir unser Leben wieder im Griff hatten. Das tat uns gegenseitig in der Trauer gut. Sie sind heute noch sehr fit, wohnen in Augsburg und kommen uns oft besuchen. Dann bekommt mein Schwiegervater immer mehrere Aufträge von mir an Männerarbeit an unserem Haus. Diese macht er sehr gern und ist dann auch beschäftigt, während meine Schwiegermutter und ich uns einen Kaffee gönnen.

Finanziell waren wir abgesichert, da Paul eine gute Lebensversicherung hatte. So konnte ich die ersten Jahre vom Arbeiten daheim bleiben. Mich vollkommen um meine Mädchen kümmern. Wir haben ein gemütliches Einfamilienhaus, mit einem Gemüsebeet und einem kleinen Garten. Darin steht sogar ein Apfelbaum, der uns jährlich so um die 30 leckere, rote Äpfel schenkt. Ich fühle mich in unserem Zuhause sehr wohl und habe es nach meinem Geschmack eingerichtet. Wir haben viele Schränke aus massivem Kirsch- und Nussbaumholz. Zum Teil sind es Erbstücke von Pauls Tanten. Ich bin ein Antiquitäten-Liebhaber. Je älter die Möbel, umso schöner finde ich sie. Ansonsten ist mein Haushalt aber eher modern eingerichtet. Vom Flachbildfernseher zu modernen Lampen und Küchengeräten. Die Wände sind weiß gestrichen und mit vielen Fotos von meinen Töchtern und Paul behangen. Das Esszimmer ist mit dem Wohnzimmer in einem Raum gehalten. Die Küche ist separat. Von meinen Mädchen hat jede ihr eigenes Schlafzimmer. Sogar einen kleinen Balkon befindet sich an unserem

Haus. Von diesem habe ich einen schönen Blick auf die Straße."

Während ich so erzähle, schaut mich Jan an und lässt mich sprechen. Irgendwie tut es mir gut, über den Zeitraum von Pauls Tod zu reden. Ich habe nie zuvor jemandem so ausführlich darüber berichtet. So wie ich fertig bin mit sprechen, streichelt er mir einmal über meine Haare, „ich bewundere dich für deine Stärke", bevor er aufsteht und das nächste Gericht zubereitet.

Von meinem Sitzplatz aus kann ich zuschauen, wie Jan das Dessert liebevoll dekoriert. Erst stürzt er das Schokomousse aus dem Förmchen auf den Teller. Danach kommen zwei Kugeln Eis dazu und zuletzt spritzt er noch Sahne darüber.

Als er diese Kalorienbombe vor mir abstellt, muss ich nochmal neckend zu ihm sagen, „du hast mich doch vor zu mästen." Während ich den ersten Bissen von der Mousse im Mund zergehen lasse, muss ich ihn einfach loben. „Normal heißt es bei den Schwaben, nicht gemault ist Lob genug, aber bei dir ist einfach alles köstlich. An dir ist ein Chefkoch verloren gegangen." Grinsend füge ich hinzu, „von mir bekommst du volle 10 Punkte."

„Du wirst lachen, aber es gab eine Zeit, in der ich mit mir gehadert habe, ob Zahnarzt der richtige Beruf für mich ist. Damals hatte ich den Traum von einem eigenen Restaurant. Ich hatte schon ein altes Gebäude in Aussicht, in der Nähe bei Füssen, beim Schloss Neuschwanstein. Der Standort wäre einfach optimal gewesen, weil da viele Touristen vorbei kommen. Leider hätte ich dann aber zu viel Geld investieren müssen, als es mir möglich war. So wurde ich Zahnarzt. Ich bin in diesem Beruf ebenso glücklich. Vor allem habe ich das große Glück, die gut funktionierende Praxis von Dr. Müller zu übernehmen."

Während unserem Gespräch halte ich meine Hand an den Bauch. Bei uns Schwaben ist es unhöflich, wenn nicht alles aufgegessen wird, was auf dem Teller liegt, darum habe ich fleißig gegessen. Ich habe gar nicht gemerkt, wie voll mein Magen schon ist. Es hat einfach zu gut geschmeckt.

Jan sieht mir an, dass ich jetzt buchstäblich überfressen bin, und steht darum gleich auf, um mir ein Verdauungsschnäpschen zu bringen. Das nehme ich dankbar an. Jan ist an diesem Abend fröhlich und gesprächig, so dass ich seine Gesellschaft genieße und ungern um 2.00 Uhr nachts mich verabschiede.

„Meinst du, es ist zu viel für Stefan, wenn er morgen seine Schwestern kennenlernt. Die zwei wollen unbedingt mit zu Stefan fahren, um ihn zu sehen."

Zuversichtlich antwortet Jan, „ich denke sogar, dass er sich darüber freut. Dadurch wird die ganze Situation ein wenig aufgelockert." Jan zieht mich vorsichtig an sich heran. Unerklärlicherweise gefällt es mir so gehalten zu werden. Seine blauen Augen mustern mich. Plötzlich wird mir bewusst, dieser Blick bedeutet mehr. Ist er etwa noch immer in mich verliebt? Schnell löse ich mich wieder von ihm. Irritiert versuche ich mich möglichst banal von ihm zu verabschieden. Eilig gehe ich das Treppenhaus hinunter und trete meine Heimfahrt an.

Am nächsten Tag geht es bei uns zu wie im Hühnerstall. Wir gackern wild durcheinander, was jede jetzt wohl anzieht. Ich habe mich dieses Mal für ein sonnengelbes Kleid entschieden, dazu schwarze Stiefel, binde mir wieder die Haare zusammen. Meine Töchter haben sich in Jeans geschmissen. Tanja dazu einen Pulli, Simone eine Bluse. Als ich sie mit ihren offenen blonden langen Haaren, ihrer zierlichen Figur, wie zwei große Engel, vor mir stehen sehe, wird mir bewusst, was für tolle Mädchen ich doch habe. „Ich bin stolz darauf, eure Mutter sein zu dürfen", sage ich laut. Daraufhin nehmen wir drei uns in den Arm.

Mit meinem 22 Jahre alten treuen Mercedes fahren wir bei Jan vor. Die Mädchen können es im Auto nicht erwarten, den Vater ihres Bruders kennenzulernen. Als sie diesen wartend am Gehwegrand erblicken, meint Tanja, „nicht schlecht Mama. Der sieht ja heute noch toll aus." Ich erröte bei diesen Worten. Im Auto stelle ich Jan meinen Mädchen vor. Man spürt gleich eine Sympathie zwischen den dreien.

Lachend vor Erleichterung sage ich dieses Mal, „ich habe zwar kein Luxusauto, aber in mir ist ein gebürtiger Schwab und für uns reicht es."

Die drei unterhalten sich gerade über Simones Lehramt-Studium, als aus meiner Motorhaube eine Rauchwolke austritt. Mein alter Benz wird immer langsamer. Vorsichtig fahre ich rechts an den Standstreifen. Fassungslos betrachte ich die Anzeigen am Armaturenbrett des Wagens. Wie konnte er denn ausgerechnet jetzt den Geist aufgeben! Wir haben gerade mal ein Drittel der Fahrtstrecke hinter uns. Mir schießen die Tränen in die Augen. So würden wir nie pünktlich bei Stefan ankommen.

„Hast du eine Warnweste und Warndreiecke?"

„Im Kofferraum", antworte ich matt.

„Lissy, behalte jetzt die Nerven! Wir kommen heute sicher ans Ziel und sehen unseren Sohn. Der hat bestimmt Verständnis für eine Autopanne." Jan steigt aus dem Auto. Aus dem Kofferraum holt er Warnweste und Warndreieck. Ordnungsgemäß ca. 400m vor und hinter unseren Wagen, stellt er sie auf.

Kurze Zeit später kommt er telefonierend wieder ins Auto. Als er auflegt, informiert Jan uns darüber, dass seine Freundin Nina von Kempten kommt, um uns vier von der Autobahn abzuholen. Selbstverständlich würde Nina uns nach Isny zu Stefan fahren. Sein nächster Anruf gilt dem Pannendienst. Im Anschluss informiert er auch die Krugs darüber, dass mein Mercedes auf der Strecke geblieben ist. Es darum später wird, bis wir eintreffen.

So kommt es, dass wir im stehenden Auto sitzen und Tanja, die ein Talent dafür hat, versucht uns abzulenken. Kurzerhand beginnt sie vorwitzig ein Frage und Antwort Spiel. Es erklärt sich von selbst, dass daraus schnell eine Art Kreuzverhör für Jan wird. Der nimmt es mit Humor und lässt meine Zweitgeborene mit knappen Antworten immer gerade so viel wissen, dass diese ganz versessen darauf ist, ihm auch das letzte Geheimnis zu entlocken. Endlich, eine Stunde später, treffen Nina und der ADAC-Fahrer fast gleichzeitig bei uns ein.

Jans Freundin kommt mit einem schwarzen, neu aussehenden Audi angefahren. Sie hält hinter uns auf dem Standstreifen. Zügig, unter Jans persönlichem Schutz, wechseln wir nacheinander in den Audi. Es ist schwer, zu verstehen, dass manche Autofahrer ungeachtet der Warndreiecke und uns auf dem Standstreifen, ihr Tempo nicht drosseln. Ich sitze mit meinen Töchtern auf der Rückbank. Jan nimmt auf dem Beifahrersitz Platz. Der Fahrer des Pannendienstes, reicht ihm die Adresse der Werkstatt durchs Fenster. In der ich mein Auto wieder finden kann.

Auf der Weiterfahrt bemüht sich Nina um eine lockere Atmosphäre. Sie beginnt ein unverfängliches Gespräch über das Herbstwetter. Meine Gedanken sind bei Stefan. Entsprechend zurückhaltend beantworte ich Ninas Fragen.

Die restliche Zeit unterhalten sich ausschließlich Nina und Jan miteinander. Ich höre nur mit einem Ohr hin. Je näher wir Isny kommen, desto nervöser werde ich. Will Stefan mich überhaupt sehen? Versteht er meine damalige Situation? Wie sieht er in echt aus? Wie geprägt ist er von seiner Erkrankung? Meine Panik, dass er mich nicht sehen will, ist riesig! Diese Heidenangst zerfrisst mich innerlich. Ich spüre kaum noch meinen Herzschlag. Gedankenverloren halte ich meine Handtasche krampfhaft fest. Plötzlich fühle ich Simones Hand, die meine Hand in ihre nimmt und festdrückt. Dankbar lächle ich sie an.

„Gleich sind wir da", verkündet Jan. „Ich würde sagen, dass zuerst Lissy und ich alleine aussteigen. Später hole ich euch drei aus dem Auto nach." Alle sind damit einverstanden. Ich bin froh, dass Jan das Zepter übernimmt. Inzwischen geht es mir wieder sehr schlecht. Meine Nervosität steigt stetig an. Dieses Mal höre ich vor lauter Aufregung mein Herz ganz laut pochen. Mein gesamter Körper ist schweißgebadet und zittert. Ich werde gleich meinen Sohn das erste Mal sehen. Ich bete innerlich zu Gott, dass er mir verzeihen kann.

Als wir am Haus vorfahren und wir vier Personen im Garten sitzen sehen, ist meine Panikattacke auf dem Höhepunkt angelangt. Dieses Gefühl ist der blanke Horror. Nie zuvor habe ich eine derartige Angst gespürt. Es wird ernst. Mit nervösem Blick suche ich Stefan, der jedoch verdeckt hinter Karl sitzt. Ich steige vorsichtig aus dem Auto und hoffe dabei, dass ich nicht in Ohnmacht falle.

Ich bin schweißgebadet, meine Glieder zittern. Wie um alles in der Welt soll ich so den Weg entlang in den Garten gehen. Den Tränen nahe suche ich Blickkontakt zu Maria. Feinfühlig, wie die Frau ist, eilt sie mir zur Hilfe. Sie drückt mich sanft, dann wendet sie sich an Jan. Im Flüsterton versucht Maria uns auf Stefan einzustimmen, „ihr müsst mit Stefan ein wenig geduldig sein." Laut sagt sie, „ihr habt ja nur eineinhalb Stunden Verspätung. Das ging jetzt doch schnell." Ich höre ihr schon nicht mehr zu, da in diesem Moment die Blockade meines Körpers sich löst und ich plötzlich in Bewegung komme. Es geschieht genau das Gegenteil von gerade eben. Mein Verstand ist ausgeschaltet. Stürmisch laufe ich Richtung Tisch und richte meine Augen gleich auf Stefan. Dieser schaut allerdings daraufhin geschockt auf den Boden und lässt mich förmlich seine Abwehrhaltung spüren.

Starr bleibe ich stehen, mein Verstand schaltet sich langsam wieder ein und mich überkommt ein erneutes Angstgefühl. Mir ist gleich bewusst, dass ich zu hektisch und stürmisch war. Viel zu schnell bin ich auf meinen Sohn zu und hatte mich nicht mehr unter Kontrolle. Ich habe mich benommen, als sei ich wahnsinnig.

Während ich zu dieser Erkenntnis komme, muss ich immer noch meine Tränen unterdrücken und hoffe, nicht alles kaputt gemacht zu haben. Ein Schauder läuft mir über meinen Rücken. Dabei schaue ich beschämt zu Maria. Die sieht erschrocken zu mir rüber. Mir ist bewusst, dass ich viel zu unsensibel und emotional reagiert habe. In diesem Moment würde ich Stefan am liebsten ganz arg drücken und ihm sagen, wie lieb ich ihn habe. Ihm erklären, warum ich ihn als Baby zu fremden Menschen gab und mich dabei freisprechen von aller Schuld. Endlich ist er so nah bei mir und gleichzeitig trennt uns in dieser kurzen Distanz so viel. Wiedermal wird mir bewusst, dass mein Sohn und ich Fremde zueinander sind. Wir hätten uns auf offenerer Straße bisher nicht erkannt. Wir wären einfach aneinander vorbeigelaufen.

Während ich so da stehe und mir tausend Gedanken durch den Kopf schießen, merke ich wie meine Füße zusammen sacken. Zum Glück sieht das auch Jan und gibt mir mit seinen Händen schnell eine Stütze. Ich atme mehrmals tief ein und aus. Danach geht es ein wenig besser. Aber ich bin immer noch froh über Jans Halt.

Der kurze Blick auf Stefan hat mir gereicht, um erschrocken festzustellen, dass der Junge sehr krank aussieht. Seine Gesichtsfarbe ist ein leuchtendes Weiß.

Er hat einiges abgenommen zu dem aktuellsten Foto, welches wir gesehen haben. Viel zu dünn ist er jetzt. Sein Gesicht scheint ausgezehrt und unter den tief liegenden Augen zeichnen sich dunkle Ringe ab. Seine Haut wirkt spröde und trocken.

Karl probiert die Situation zu retten, steht lächelnd auf und reicht uns die Hand zur Begrüßung. Langsam werden meine Füße wieder stabiler. Ich lasse es Jan wissen, indem ich mich von ihm ein wenig wegbewege. Der versteht es gleich und lässt mich wieder los. Karl schaut zu Stefan und meint, „begrüßt du die zwei bitte auch." Langsam und lustlos erhebt er sich. Auch das hübsche Mädchen neben ihm steht auf und kommt auf mich zu. Sie gibt mir ihre Hand und sagt freundlich, „Hallo, ich bin Julia, Stefans Freundin." Dann nimmt sie Stefan in den Arm und meint „das ist Stefan."

Dabei blickt er das erste Mal in meine Augen und mir bleibt der Atem stehen. Diese Augen sehen haargenau wie meine aus. Die gleiche Farbe und der identische Blick. Ich kann mich von seinem Gesicht nicht mehr losreißen. Stefan schaut weg. Reicht aber trotzdem Jan und mir die Hand und sagt mit einem strengen Ton, „Hallo."

Maria versucht die Situation zu lockern und meint, „setzt euch und esst einen selbstgebackenen Käsekuchen von mir."

Mit zitternder Hand befördert Maria jedem mit der Tortenschaufel ein Stückchen auf den Teller. Dabei bemerke ich, dass auch sie sehr nervös ist. Vermutlich ist sie von meiner Aktion eben geschockt. Schuldbewusst und verlegen schaue ich weg. Karl schenkt mit ruhiger Hand jedem eine Tasse Kaffee ein. Mir ist aber gleich bewusst, dass ich heute keinen Schluck und kein Bissen runter kriegen werde. Jan ist der Erste, der ein Gespräch probiert zu beginnen, „Stefan, du kannst nicht glauben, wie glücklich wir sind dich kennenzulernen. Dürfen wir dir genau berichten, warum Lissy dich weggeben musste." Atemlos und mit stark pochendem Herzen, schaue ich wartend auf Stefan, der ein paar Sekunden überlegt und dann mit einem ruhigen Ton meint, „Mama, hat mir alles schon genau erzählt. Da sind keine Fragen mehr offen. Irgendwie kann ich eure Situation von damals sogar nachvollziehen. Darum will ich euch gar keine Vorwürfe machen. Vor allem weil ich zu den wunderbarsten Eltern der Welt gekommen bin. Das heißt im Klartext, ich habe Eltern und brauche keine neuen."

Diese harten Worte geben mir einen richtigen Stich in das Herz und ich zucke zusammen. Dabei verlieren meine Füße den Boden. Mir ist es, als wenn ich durch einen langen Tunnel schreiend falle, der kein Ende nehmen will. Ich muss mich zusammenreißen um nicht durchzudrehen und in einen Weinkrampf zu verfallen. Zum Glück sitze ich und kann mich somit aufrecht halten. Dadurch kann ich meine Contenance bewahren.

Jan lässt nicht locker, „das stimmt, wir durften deine Mama und dein Papa jetzt kennenlernen. Das sind wirklich die besten Eltern, die man sich vorstellen kann. Glaube mir, darüber sind wir ins Unermessliche froh und erleichtert. Uns ist ein riesiger Stein vom Herzen gefallen, als wir die zwei das erst mal kennenlernen durften. Wir wollen auch gar nicht deren Platz einnehmen. Aber Freunde wären wir schon gerne von dir und würden dich und Julia in eurem weiteren Leben begleiten."

Julia meint lächelnd, „lasst dem Stefan ein wenig Zeit." Darauf schaue ich mir sie genauer an. Sie ist ca. 175 cm groß, hat eine sportliche Figur und schwarze, glatte lange Haare. Dazu ein Gesicht, so schön, als wäre es gemalt.

Ich finde wieder Worte, und versuche ein Gespräch mit ihr zu führen, „möchtest du ein wenig von dir erzählen?"

„Ja gern", antwortet sie. „Ich bin 28 Jahre alt und schon sieben Jahre mit Stefan in einer Beziehung. Wir haben uns an unserem gemeinsamen Studienplatz so richtig kennengelernt. Er ist meine erste und einzige Liebe", liebevoll schaut sie zu Stefan rüber. „Im Moment mache ich ein Studium zur Rechtsanwältin und werde später mit Stefan die Kanzlei meines Vaters übernehmen."

Während sie uns alles erklärt, denke ich mir, Rechtsanwalt wird mein Sohn und bin dabei richtig stolz. Auch wenn ich gleich wieder traurig werde, da nicht ich stolz auf ihn sein darf, sondern Maria.

Plötzlich schreckt Jan hoch und meint, „wir haben die drei im Auto ganz vergessen." Erschrocken schaue ich in die Richtung vom Audi, aber sehe niemand darin, weil das Auto getönte Scheiben hat. Maria starrt uns entsetzt an und fragt, „ihr habt noch jemand dabei und lässt die im Auto sitzen?" Schuldbewusst antwortet Jan, „Lissys Töchter wollten unbedingt mit, um Stefan kennenzulernen. Und meine Freundin, musste uns an der Autobahn abholen und hierher bringen, da Lissys Auto nicht mehr fahrtüchtig war."

Zu Stefan gerichtet fragt er, „ist es für dich in Ordnung, wenn ich die drei dazu hole. Oder wird es für heute zu viel?"

Ärgerlich antwortet Stefan, „ich bin doch kein kleines Kind, dem man die Geschwister nicht auf einmal zeigen kann."

Diese Worte versetzen mir ein Grinsen aufs Gesicht. Ich freue mich, dass er Simone und Tanja als Schwestern sieht. Das erste Mal kann ich leicht aufatmen und wage einen längeren Blick auf Stefan, der diesen zum Glück nicht bemerkt. Mein Sohn denke ich mir. Endlich habe ich meinen verlorenen Sohn gefunden. Wie hübsch er ist und gleichzeitig zerbrechlich.

In der Zwischenzeit geht Jan schnell zum Auto und spricht mit Simone, Tanja und Nina. Als sie zu uns kommen, reicht zuerst Nina Stefan die Hand. Danach stellt sich Simone vor und gibt ihm förmlich einen Händedruck. Als Tanja dran ist, sich vorzustellen, nimmt diese ihn mit ihrer lockeren Art in den Arm, drückt ihn an sich und sagt, „Hallo, großer Bruder. Ich bin Tanja. Schon als kleines Kind habe ich mir gewünscht, einen großen Bruder zu haben, der für mich alle verdrescht die böse zu mir sind." Erschrocken, jedoch auch mit einem kleinen Grinsen im Gesicht, steht Stefan vor Tanja und sagt, „na dann, ich bin der Stefan." Sofort fordert Maria mit ihrer herzlichen Art die drei auf, sich zu setzen. Maria wäre nicht Maria, wenn nicht jede gleich ein Stück Kuchen auf den Teller bekommen würde. Dazu meint sie, „ihr müsst hungrig und durstig sein, da ihr solange im Auto verharren musstet." Höflich sagt Simone, „es war gar nicht schlimm. Wir haben uns nett mit Nina unterhalten."

Zwischen Tanja und Stefan scheint das Eis gebrochen zu sein. Die zwei führen mit Julia zusammen ein richtiges Gespräch. Erleichtert höre ich den dreien zu. Parallel fange ich langsam an mein Stück Kuchen zu essen. Da dieses so köstlich auf meinem Teller aussieht, hat sich bei mir ein kleines Hungergefühl eingestellt.

„Du kennst ja unsere Oma. Die hat wohl oft auf dich aufgepasst", fragt Tanja von Neugier erfüllt.

„Sie ist mein Engel, so habe ich sie als Kind genannt. Sie hatte immer für mich Zeit. Wir sind viel in den Zoo gegangen oder haben Mensch ärgere Dich nicht gespielt. Inzwischen besuche ich sie mindestens einmal im Monat im Altersheim. Da die Betreuer mir immer sagen, dass sie von ihrer Verwandtschaft kaum Besuch bekommt." Während seiner Worte schaut er mich vorwurfsvoll an. Schuldbewusst schaue ich von seinem Blick weg. Dabei überlege ich, ob ich mich verteidigen soll. Da es aber besser ist nichts zu sagen, bleibe ich still und lasse meinen Mund zu.

Auf einmal meint Maria, „jetzt wird's langsam kalt und bald dunkel. Das geht an einem sonnigen Herbsttag dann doch ziemlich schnell. Ich habe drinnen schon alles für ein Abendessen vorbereitet."

Ich freue mich, dass ich durch ihr Angebot mehr Zeit mit Stefan verbringen darf. Im Essbereich angekommen, ist ein voller Tisch gedeckt. Selbst ich bekomme beim Anblick der Köstlichkeiten dieses reichhaltigen Abendessens lust auf Essen.

Dazu reicht sie uns einen Rotwein. Alle, außer Stefan lassen sich ein Glas füllen. Dabei wird zumindest die Stimmung von uns Weintrinkern ein wenig gelöster. Maria erzählt ein paar Geschichten von Stefan, als kleiner Lausbub.

„Er hatte einen roten, großen leeren Geldbeutel gefunden. Diesen hatte er auf die kleine Straße gelegt, die hinter unserem Haus vorbei geht. An den Geldbeutel hat er eine Schnur gebunden und das andere Ende in seiner Hand hinter der Hecke gehalten. Das Portemonnaie war so gut sichtbar, dass die meisten Fahrradfahrer oder Fußgänger angehalten haben, um den Fund aufzuheben. Während sie sich gebückt haben, hat Stefan an der Schnur gezogen. Die Leute sind zum Teil sehr erschrocken. Bis ein Motorradfahrer vorbeikam und den Geldbeutel nicht los lies. Solange daran zog, bis die Schnur abging und er lachend damit wegfuhr. An diesem Tag war Stefan total deprimiert und hat nie wieder so einen Unsinn gemacht." Lachend meint Karl dazwischen, „wie sollte er auch. Er hatte ja keinen großen roten Geldbeutel mehr."

„Später hat er zusammen mit seinen Freunden Pizzas bestellt. Diese hat er zum Klassenlehrer liefern lassen. Der dann verwundert das Essen bekam und bezahlen musste. Telefonstreiche machte er sowieso gern."

„Mama, ich glaub jetzt, reicht es. Die alten Geschichten will doch niemand mehr hören", unterbricht Stefan. Dem das Ganze schon länger peinlich wird.

Maria will uns allen Wein nachschenken, jedoch Nina meint, „ich muss noch heimfahren. Darum darf ich nichts mehr trinken." Darauf bietet Maria an, „wie wäre es, wenn ihr bei uns übernachtet. Dann müsst ihr so spät nicht mehr fahren und wir lernen uns alle ein bisschen besser kennen." Mit einem kurzen Blick zu Stefan merke ich, dass dieser erschrocken ist. Ihm ist es gar nicht recht, wenn wir dableiben. Aber als ich wieder zu Maria schaue, blinzelt sie mir zu. Als wäre es Gedankenübertragung, verstehe ich, was sie meint. Es wäre gut, wenn Stefan uns noch ein bisschen länger bei sich hat. Damit wir uns besser kennenlernen und er uns hoffentlich bald akzeptieren kann.

Maria schlägt vor, „Lissy und die Mädchen könnten im Gästezimmer schlafen. Da befindet sich ein Bett. Zwei Matratzen würde ich vom Keller noch holen und reinlegen. Für Nina und Jan wäre das Sofa groß genug. Wenn das für euch ok ist?" Besorgt schaut sie uns an. Simone, Tanja und ich sind gleich damit einverstanden. Auch Jan stimmt zu. Nur Nina merkt man an, dass sie lieber mit Jan in seiner Wohnung übernachten würde, als auf einem Sofa, in einem Raum, indem jederzeit jemand reinkommen kann.

„Super", meint Maria, „dann machen wir das doch so", und achtet dabei gar nicht auf Nina, sondern ignoriert sie gekonnt.

„Lissy, kannst du mir helfen die Betten zu richten."

„Aber gerne", sage ich und stehe auf um Maria in den Keller zu folgen, um die Matratzen zu holen.

Im Untergeschoss sagt Maria zu mir, „endlich einmal ein Gespräch unter vier Augen. Es ist gut, dass ihr heute Nacht nicht mehr heimfahrt. So können wir noch Zeit miteinander verbringen. Vielleicht hört Stefan dann ein wenig auf, so bockig zu sein.

Er hat den ganzen Vormittag geschlafen. Somit müsste er noch fit sein. Er braucht seit seiner Erkrankung nämlich viel Schlaf und kann im Moment nicht zur Uni.

Ich muss mich für ihn entschuldigen. Normalerweise ist er nicht so nörglig und streitsüchtig. Ihr dürft ihm heute nicht sagen, dass ihr euch wegen der Lebendspende untersucht. Das müssen wir auf einen späteren Zeitpunkt verschieben. Es wäre gut, vorher zu wissen, ob ihr überhaupt als Spender in Frage kommt.

Morgen früh wird er schon weg sein, wenn ihr aufsteht, weil er bei Tagesbeginn in die Klinik zur Dialyse muss. Normalerweise holt ihn ein Taxi ab, das von der Krankenkasse bezahlt wird, aber Morgen kommt sein bester Freund Samuel. Dieser fährt ihn zu seiner Behandlung und verbringt dann die Zeit bei ihm, während der Dialyse. Das macht er öfters am Wochenende. Zum Glück gibt es in Isny ein Dialyse-Zentrum, somit müssen sie nicht weit fahren.

Die zwei sind seit der Kindergartenzeit beste Freunde, auch wenn Stefan 3 Jahre älter ist. Sie waren wie Geschwister füreinander.

Nach dem Abi von Samuel haben sie ein Jahr lang eine Weltreise gemacht." Als Maria meinen erstaunten Blick sieht meint sie, „das war nicht teuer. Weltreise hört sich immer luxuriös an. Aber wir mussten ihm nur am Anfang ein wenig Geld geben. Den Rest haben sie sich durch alle möglichen Arbeiten selber verdient. Wenn sie den Ozean überqueren wollten, haben sie für die Überfahrt auf dem Schiff die körperlich schwersten Arbeiten angenommen. Auch sonst haben sie in den jeweiligen Ländern viele verschiedene Betätigungen gemacht. Sie haben in billigen Unterkünften, zum Teil sogar in Ställen bei Tieren, übernachtet. Das Jahr hat Stefan sehr gut getan. Er hat viel dabei gelernt und kam erwachsener und reifer wieder heim."

„Weißt du", abrupt wechsle ich das Thema, „ich verstehe Stefan sehr gut. Jetzt hat er zu sich selber das ganze Leben gesagt. Ich habe zwar Erzeuger, aber die wollten mich nicht bei sich haben. Somit brauche ich sie auch nicht. Sie sind mir egal. Mir geht es gut und ich habe Eltern die mich lieben. Dann stehen plötzlich zwei Fremde da, die seine leiblichen Eltern sind. Kontakt zu ihm wollen und hoffen, dass er ihnen verzeiht. Auf einmal soll alles von heute auf morgen anders sein.

Ich muss gestehen, ich bin da charakterlich gleich. Ich kann bei so was auch nicht aus meiner Haut raus. Das beste Beispiel ist meine Mutter. Sie wollte mir damals mit meinem Jungen nicht helfen. Also will ich mein restliches Leben keine Hilfe mehr von ihr. Für mich war das Thema gegessen. Ich hätte sie nie um etwas gebeten. Allerdings werde ich nie aufgeben um Stefan zu kämpfen. Irgendwann muss er mir doch verzeihen."

Maria schaut mich traurig an und nickt, „ich hoffe auch, dass er das wird." In ihren Worten, dem Ton und ihrem traurigen Blick, auch wie sie es sagt, merke ich, sie ist sich nicht mehr hundertprozentig sicher, dass er uns verzeihen wird.

Ich schlucke einmal und versuche uns wieder aufzubauen und abzulenken, indem ich etwas Nettes zu ihr sage. „Maria, dich muss ich loben. Du hast Stefan so gut erzogen, mit so viel Liebe. Das merkt man auf Anhieb."

Gerührt schaut mich Maria an, „und ich muss mich bei euch bedanken, für einen so wunderbaren Sohn. Ich weiß nicht wie unser Leben ohne ihn verlaufen wäre. Ich will es mir gar nicht vorstellen. Er ist einfach das Beste, was uns passieren konnte und wir lieben ihn über alles. Aber du hast auch wunderbare Mädchen. Da kannst du auf das, was du geleistet hast, stolz sein. Vor allem da du mit ihnen die letzten zehn Jahren alleine warst und für die beiden Papa und Mama sein musstest."

„Danke", erwidere ich. „Das bin ich auch. Vor allem ist das schöne und interessante dabei, wie zwei sich so gleichsehende Mädchen, charakterlich so verschieden sein können. Simone ist die ernste, höfliche und immer ordnungsliebende. Sie will Lehrerin werden. Tanja ist die quirlige, manchmal auch chaotische. Sie liebt die Herausforderung, hat vor niemandem Angst oder Respekt und will Polizistin werden. Da bete ich jetzt schon, dass da nie etwas passieren wird. Vor allem in der heutigen Zeit. In der die Welt nicht mehr so harmlos ist. Aber was soll man machen. Ich habe ihr davon abgeraten. Aber Kinder müssen ihre eigenen Entscheidungen treffen."

Maria stimmt mir zu, „das Wichtigste ist, dass die Kinder glücklich sind. Aber jetzt müssen wir die Matratzen hochbringen, bevor eine Vermisstenanzeige, von den anderen gestellt wird."

Da die Teile nicht schwer sind, der Treppenbereich recht groß ist, haben wir schnell alles in das Obergeschoss gebracht. Im Gästezimmer überziehen wir alle Decken und Kopfkissen.

Als Maria merkt, wie erstaunt ich bin, weil sie für so viele Übernachtungsgäste so schnell Decken und Kissen herbringt, meint sie fröhlich, „als Stefan ein Teenager war, haben oft mehrere Freunde von ihm bei uns am Wochenende, oder in den Ferien übernachtet. So habe ich mich mit allerlei Bettzeug ausgestattet. Damit die Jungs auch gut schlafen konnten."

Wieder unten am Esstisch angekommen, hören wir, dass ein munteres Gespräch im Gange ist, über Tanjas Berufswunsch. Jan zieht sie freundschaftlich auf. Ob ihr bewusst ist wie viel Verbrecher dem kleinen Mädchen die Pistole unter die Nase halten werden. Tanja hat wie immer einen kecken Spruch parat. „Ach, die machen sich doch alle wegen mir vor Angst in die Hose."

Als ich mich wieder setze, grinst mich Jan erfreut an. In dem Moment schaut Nina auf uns zwei und macht ein säuerliches Gesicht, weil sie den Blick von Jan gesehen hat.

Neugierig mustere ich Nina. Eigentlich hat sie ein attraktives Lächeln. Jedoch seit dem Moment indem beschlossen wurde, dass wir übernachten, schaut sie nur finster drein. Nina beteiligt sich nicht mehr weiter am Gespräch. Ich schätze sie auf Anfang bis Mitte dreißig. Viel zu jung für Jan, denke ich mir.

Man muss eingestehen, dass sie eine attraktive junge Frau ist. Mit einer schlanken Figur, langen Beine, blonde lockige schulterlangen Haaren und rehbraunen Augen. Äußerlich passen die zwei, trotz dem großen Altersunterschied, sehr gut zusammen. Sie haben auch den gleichen modernen und teuren Kleidungsstil.

In mir merke ich eine kleine Eifersucht bei diesem Gedanken, für den ich mich gleich wieder schäme und mich selber frage, was sollen diese Gefühle?

An diesem Abend sprechen wir über verschiedene Urlaubsländer. In welchem Kontinent jeder von uns schon war, oder noch hin möchte. Wir erzählen von interessanten Geschichten, die wir in den jeweiligen Ländern erlebt haben. Dabei hoffe ich, dass Stefan den Anlass nimmt, um ein wenig aufzutauen. Vielleicht sogar von seiner Weltreise erzählt.

Es wäre so schön, wenn ich mich mit ihm unterhalten könnte. Er aus seinem Schneckenhaus heraus käme. Oder sogar uns ein kleines Lächeln schenken würde. Aber er sitzt leider nur unbeteiligt am Tisch und hört uns zu. Man merkt ihm sichtlich an, dass er auf uns gar keine Lust hat. Er zeigt keinerlei Interesse, uns kennenzulernen. Wir sind ihm schlichtweg egal!

Für mich ist das ein unbeschreiblich schwerer Zustand, welcher mich sehr belastet. Aber mir ist bewusst, dass ich ihm die Zeit geben muss, die er braucht. Was soll ich auch beim ersten Treffen von ihm erwarten. Dass er mir gleich freudig um den Hals fällt, wäre zu unreal. Da er mich ja gar nicht finden und kennenlernen wollte.

Erstaunt bin ich über Jan. Der erzählt munter, dass er zwei Jahre in Afrika als Zahnarzt gearbeitet hat. Er erklärt uns, mit welchen Bedingungen er dort konfrontiert wurde. Von schlechter Hygiene zu ansteckenden Krankheiten. Es gab viel zu wenig Medikamente und Materialien um richtig behandeln zu können. Er musste viel improvisieren.

Vor allem die Armut der Menschen und der viele Müll, der überall herumliegt, machten ihm zu schaffen.

„Darum hast du all die vielen Bilder von Raubtieren in deiner Wohnung aufgehängt", unterbreche ich ihn. Strahlend meint Jan, „die habe ich alle selber fotografiert." Man sieht ihm an, dass er darauf sehr stolz ist.

Dann berichtet er weiter von Kenia. Dabei hat er auch einige lustige Geschichten auf Lager. Schließlich hatte er nicht nur gearbeitet, sondern auch das Land erkundet.

Am besten hatte es ihm im Masai Mara gefallen. Dort hatte er in zeltartigen Häusern mehrere Tage zwischen Elefanten, Giraffen, Krokodile, Löwen und viele anderen gefährlichen Tieren gelebt. Nur ein kleiner Zaun um das Lager, durch den Strom ging, trennte ihn von den Wildtieren. Jedoch war ihm bewusst, dass dieser Schutz keine wirkliche Sicherheit gab.

Er hat dort jeden Tag eine Jeep Safari gemacht. Da der Fahrer zu seinem Freund wurde, machte dieser nicht nur die normalen Touristen-Touren, sondern fuhr von den Wegen ab. Zu den geheimen und schönsten Stellen von Masai Mara. Sie sind so nah wie möglich, zu den wilden Tieren herangefahren. Dadurch konnte er die wunderschönen Fotos knipsen.

Angst bekam er einmal, weil eine Herde von ca. 30 Elefanten direkt auf das Auto zu rannten. Die waren durch irgendetwas aufgescheucht worden. Und so in der Masse hätten die locker den Wagen überrannt. Sind zum Glück, jedoch kurz davor, in den Busch abgebogen.

Er hat in Kenia viele Freunde gefunden. Auch ein Gespür und Gefühl für deren Kultur entwickelt.

Inzwischen war er schon mehrmals wieder dort, um Urlaub zu machen.

Stefan sitzt leider immer noch gelangweilt da und meint, als Jan seine Erzählung beendet hat, „ich werde müde und gehe jetzt liebe in das Bett, gute Nacht." Uns allen zunickend steht er auf und läuft Richtung Treppe. Daraufhin erhebt sich auch Julia und sagt zu uns freundlich, „gute Nacht." Dann folgt sie ihm nach oben.

Als sie uns nicht mehr hören können, meint Maria zu uns, „ich hoffe nur, dass Julia unseren Stefan nicht verlässt. Sie liebt ihn sehr. Allerdings ist er seit seiner Krankheit nicht immer nett zu ihr. Ich habe einmal einen Streit zwischen den beiden gehört. Indem er zu ihr sagte, warum bleibst du eigentlich immer noch bei mir. Suche dir doch endlich einen neuen Freund. Einen Studien-Kollegen, mit dem du die Kanzlei deines Vaters übernehmen kannst. Du siehst doch, dass ich zu nichts mehr zu gebrauchen bin."

Maria schaut uns verzweifelt an, „er hat sich schon aufgegeben und ist dabei immer noch zu stolz um eure Hilfe anzunehmen."

Jan nimmt sie vorsichtig in den Arm und verspricht ihr, „wenn ich oder Lissy, als Spender passen, werde ich ihm so auf die Pelle rücken, dass er nur noch die Möglichkeit der Nieren-Annahme hat, um mich wieder loszuwerden. Auch auf die Gefahr hin, dass er danach kein Wort mehr mit mir wechseln möchte."

Maria schaut ihm dankbar für seine Worte ins Gesicht und man erkennt wieder ein kleines Lächeln um ihre Mundpartie. Jan fügt hinzu, „wir haben nächste Woche

Donnerstag unseren ersten Termin im Krankenhaus und werden dabei genau informiert, welche Untersuchungen auf uns zu kommen." Plötzlich merke ich, wie jemand meine Hand nimmt. Als ich aufschaue, sehe ich in Karls Augen. Eigentlich war er den ganzen Abend ein stiller Zuhörer, aber jetzt sind alle Augenpartien auf ihn gerichtet, „ihr wisst gar nicht, wie froh wir sind, dass ihr uns gefunden habt. Jetzt gilt nur noch beten und hoffen, dass ihr als Spender passt."

Ich werde sehr traurig über die Worte von Karl. Auch die vorherige Erzählung von Maria hat mich geschockt. Darum will ich nicht mehr in gemütlicher Runde beisammen sitzen, sondern meinen Gedanken ungestört nachgehen können.

„Es ist Zeit zum Schlafen." Als ich in die müden Augen von Nina und meinen Mädchen schaue, weiß ich, dass es für alle ok ist. Maria geht bei meinen Worten ins Gästezimmer hoch und holt die Decken und Kopfkissen für Nina und Jan herunter. Sie legt alles ordentlich auf dem Schlafsofa zurecht.

Nachdem wir allen eine gute Nacht gewünscht haben, gehen wir in unser Schlafzimmer. Jan und Nina ziehen sich in das Wohnzimmer auf das Sofa zurück. Nina macht dabei ein zorniges Gesicht, das so komisch aussieht, dass ich mir ein Schmunzeln verkneifen muss.

Als wir drei im Bett liegen, sagt Tanja mit einer müden Stimme, „schön, dass es Stefan gibt. Ich habe mir immer so einen coolen, großen Bruder gewünscht", und während sie das letzte Wort ausspricht, schläft sie schon ein.

Ich drehe mich ewig in meinem Bett hin und her. Meine Gedanken fahren Achterbahn. An Simones Atem merke ich, dass sie auch nicht schläft. Irgendwann muss ich jedoch eingeschlafen sein. Denn als ich am nächsten Morgen aufwache, fängt es langsam an, hell zu werde. Der erste Strahl der Morgensonne kommt durch den grünen Vorhang hindurch. Ich probiere nochmals einzuschlafen. Aber es funktioniert nicht. Während ich mich leise im Bett aufrichte und zu Simones Schlafplatz rüber schaue, merke ich, dass sie gar nicht mehr im Zimmer ist. Ihre Matratze ist leer.

Daraufhin stehe ich auch auf. Gehe leise auf Zehenspitzen, im zu großen Hemd, welches wir von Karl gestern Abend als Schlafhemd bekommen haben, raus in das Esszimmer. Von da aus hat man einen schönen Blick durch das riesige Fenster in den Garten.

Ich bin nicht verwundert, weil ich Simone schon auf einer Gartenbank sitzen sehe, da sie die Natur liebt. Ihre Haare sehen ein wenig verstrubbelt aus. Da wir keine Morgenutensilien dabeihaben, wird sie provisorisch die Hände als Kamm benutzt haben. Ihre Jeans und die Bluse hat sie schon an.

Die Laubbäume um sie herum erstrahlen in allen möglichen Herbstfarben. Einige rote und gelbe Blätter liegen auf dem Rasen um Simones Sitzgelegenheit herum. Es ist ein schöner Anblick, sie in all den bunten Farben zu sehen. Die aufgehende Sonne wirft alles in ein bezauberndes Licht.

Wie ich so raus schaue, kommt ein rotes, sportliches Auto langsam angefahren. Ein junger Mann steigt aus. Seine braunen Haare wehen im leichten Wind. Mit seiner sportlichen Figur geht er geradewegs auf Simone zu und lächelt sie an. Prompt hat er sie in ein Gespräch verwickelt. Mir bleibt fast der Atem stehen, als ich zuschaue wie Simone von Minute zu Minute fröhlicher und ausgelassener wird.

Ich komme mir am Fenster schäbig vor, weil ich heimlich Simone beobachte. Aber trotzdem kann ich meinen Blick nicht abwenden. Denn ich genieße es einmal meine älteste Tochter flirten zu sehen. Das tut sie im Moment sichtlich.

Plötzlich höre ich die Stimme von Jan direkt hinter mir, „das macht man aber nicht. Die eigene Tochter mit einem Mann beaufsichtigen." Ich erschrecke mich so sehr über die ungeahnten Laute in meinem Nacken, sodass ich leise aufschreie. Darum nimmt mich unverzüglich Jan in den Arm und will sich entschuldigen. Bevor er ausgesprochen hat, winde ich mich aus seiner Umarmung, da mir seine körperliche Nähe, seit ich Nina kenne, unangenehm ist.

Erstaunt schaut er mich an und fragt, „ist alles ok?"

„Ja, aber du hast mich sehr erschrocken."

„Und warum darf ich dich nicht mehr in den Arm nehmen", bohrt er weiter.

„Weil deine Freundin jeden Moment hier auftauchen könnte. Und ihr das bestimmt nicht gefällt, wenn du fremde Frauen in den Arm nimmst", antworte ich prompt.

Darauf sagt er zornig, „das muss sie aushalten. Schließlich haben wir zwei ein Kind zusammen und machen eine schwere Zeit gerade durch. Ich sehe es bei jeder anderen Frau ein, wenn sie da eifersüchtig wäre.

Aber nicht bei dir. Du bist auch die Einzige, die ich in den Arm genommen habe, seit ich mit Nina zusammen bin. Das lasse ich mir nicht verbieten!" Bei seinem letzten Wort dreht er sich um und geht aus dem Raum. Ich schaue ihm entgeistert hinterher und denke mir: Was war das? Der hat sich ja richtig in Rage geredet. Es hat sich angehört, als ob das heute Nacht schon eine Diskussion zwischen Nina und ihm war.

Als ich wieder zum Fenster hinaus schaue, sehe ich, wie der junge Mann in sein Handy etwas eingibt und Simone dazu spricht. Ich vermute, dass er ihre Telefonnummer eintippt. Ich bin über den jungen Mann erstaunt. Wie hat er es geschafft, in so kurzer Zeit von meiner disziplinierten und vorsichtigen Simone die Nummer zu ergattern. Er muss schon ein besonderer Mensch sein.

Wie ich so aus dem Fenster schaue, höre ich im Flur ein Geklapper und leise Tritte. Darauf öffnet sich die Haustüre, die ich von meinem Standplatz aus von außen sehe. Stefan geht schnurstracks auf den jungen Mann zu und begrüßt ihn freudig. Nachdem sie mit Simone ein paar Worte gewechselt haben, gehen sie schwatzend zum Auto.

Mir ist inzwischen bewusst geworden, dass dieser junge Mann Stefans Freund sein muss. Dabei bin ich froh, dass Stefan einen guten Kumpel an seiner Seite hat. Der wirkt auf den ersten Eindruck ordentlich und freundlich. Wenn Simone einen Menschen sympathisch findet, was sie ohne Frage nach ihrem Gesichtsausdruck bei Samuel macht. Dann ist bei ihm alles in Ordnung. Meine Tochter hat eine gute Menschenkenntnis. Da kann ich ihr normalerweise vertrauen.

Bis auf einmal, bei ihrem Ex-Freund. Da war sie leider vor Liebe lange blind.

Plötzlich kommt mir wie ein Blitz der Gedanke, Samuel könnte uns noch recht nützlich sein. Falls Stefan die Nierenspende ablehnt, dann könnte er Stefan gut zureden und uns unterstützen. Er kennt ihn sehr gut und vermutlich weiß er am besten, welche Wortwahl bei ihm die richtige ist.

Während ich immer noch Simone betrachte, kommt jetzt doch das schlechte Gewissen in mir hoch, weil ich sie heimlich beobachtet habe. Deshalb schleiche ich mich wieder in mein Schlafzimmer, wo Tanja gerade am Aufwachen ist. „Guten Morgen, Mama, bist du schon lang wach und wo ist eigentlich Simone."

„Deine Schwester sitzt schon draußen im Garten. Es wird heute wieder ein wunderbarer, sonniger Herbsttag. Ich bin schon eine Weile wach. Wollte dich nicht so früh wecken, darum bin ich ein wenig in das Esszimmer. Aber lass uns jetzt schnell anziehen, dass wir bald heimfahren können."

Im Badezimmer machen wir die Morgenwäsche so gut es geht. Als wir angezogen ins Esszimmer treten, sitzen da schon alle anderen schwatzend am Frühstückstisch. Maria sagt gleich, „setzt euch und esst viel. Ihr habt einen langen Weg vor euch." Wir platzieren uns neben Simone, die gut gelaunt mit Jan über den FC-Bayern und das Olympia Stadion in München spricht. Tanja mischt sich bei dem Gespräch gleich ein. Wie kann es auch anders sein, da sie großer Dortmund-Fan ist. Jan meint halbernst, aber doch lachend, „und wir zwei Fußballgegner sitzen an einem Tisch. Wie kann man in

München wohnen und dabei Dortmund-Fan sein?" Tanja grinst nur und sagt, „daran ist mein Verflossener schuld. Die Liebe zu Dortmund, ist das Einzige, was von ihm blieb. Zugegeben, hatte ich seitdem lauter Bayern Fans als Freunde."

Nina ist heute wieder besserer Laune. Sie lacht mit, bei der Diskussion von Jan und Tanja. Nur mir gegenüber habe ich das Gefühl, dass sie ein wenig abweisend ist. Aber das ist mir sowas von egal. Ich habe zurzeit genügend andere Probleme.

Als wir mit frühstücken fertig sind, helfen wir Maria, den Tisch abzuräumen. Was bei so vielen Händen schnell passiert ist. Am Hinausgehen treffe ich Simone allein im Flur an. Dabei nütze ich die Gelegenheit, um sie ein wenig über Samuel auszufragen. „Du hast doch vorher dich mit Samuel unterhalten. Was für einen Eindruck hattest du von ihm? Meinst du, er könnte Stefan zureden, wegen der Lebendspende?" Simone errötet sichtlich im Gesicht, nachdem ich sie auf Samuel angesprochen habe. Mir tut sie ein wenig leid. Ich tue so, als würde ich es nicht bemerken.

„Ich denke schon, er scheint ok zu sein", sagt sie zögernd.

„Hast du seine Telefonnummer? Falls ich ihn einmal anrufen muss", bohre ich weiter.

„Ja", stottert Simone und versucht sich zu erklären. „Er hat auf der gleichen Uni in München studiert, auf der ich jetzt bin. Deshalb habe ich ihm meine Nummer gegeben und er mir seine, wenn er Zeit hat, will er mir Tipps geben. Da er nur 35 km weg von München, in Fürstenfeldbruck, auf einer Schule unterrichtet. So könnten wir uns sogar zum Lernen treffen." Überrascht schaue ich Simone an, „er ist Lehrer? Habt ihr die gleichen Fächer?"

„Nicht alle, nur Deutsch haben wir gemeinsam."

Dann wird unser Gespräch beendet, weil Tanja lachend zu uns kommt. „Wird das heute ein schöner sonniger Sonntag." Sie nimmt mich dabei an der Hand und zieht mich in den Garten. Dort stehen Nina und Jan schon ungeduldig mit einem grimmigen Gesichtsausdruck und warten auf uns.

Währenddessen denke ich mir, wie schön wäre es, wenn Simone und Samuel ein Paar werden würden, sie endlich wieder glücklich und verliebt wäre. Ihre letzte und einzige Beziehung liegt schon zwei Jahre zurück. Zugegebenerweise habe ich vorher Simone nicht nur gefragt, ob sie die Telefonnummer hat, wegen Stefan, sondern auch weil ich neugierig war, ob sich bei Samuel und Simone etwas anbandelt.

„Na endlich, da seid ihr ja", sagt Jan genervt.

„Warten wir noch auf Maria und Karl, um uns zu verabschieden! Danach fahren wir aber gleich los!", fügt er wieder ein wenig gelassener hinzu. Er hat das letzte Wort noch nicht ausgesprochen, da kommen die zwei vollgepackt mit belegten Broten und Trinkflaschen. „Ein wenig Proviant für eure Fahrt", sagt Maria. Ich bin gerührt über so viel Gastfreundschaft, „wir fahren doch nur drei Stunden."

„Selbst da braucht man eine Stärkung. Macht doch auf der Fahrt einen Stop und picknickt", schlägt Maria vor.

Wir sitzen alle schon im Auto, als ich ihr verspreche, dass wir uns gleich melden, sobald wir etwas vom

Untersuchungsergebnis wissen. Mit offenen Fenstern, daraus winkend fahren wir von der Einfahrt weg, Richtung Autobahn.

Im Auto sprechen anfangs nur Jan und Tanja miteinander. Wir anderen drei hören nur schweigend zu. Als sie gerade über das Wandern in den Bergen sich unterhalten, meint Tanja, „apropos Berge, da muss ich doch an unser Picknick denken. Wäre es jetzt nicht an der Zeit, die Schnellstraße zu verlassen und uns eine gemütliche Stelle zu suchen, um eine Pause zu machen." Prompt sagt Nina, „mir ist es eigentlich recht, wenn wir durchfahren würden." Simone und ich stimmen gleich zu. Nur Tanja macht ein kindlich gekränktes Gesicht. Das bringt mich zum Grinsen und ich frage, „Nina, darf Tanja in deinem Auto ein Brot von Maria essen."

„Natürlich, sie soll halt nichts dreckig machen", antwortet Nina genervt.

Ich mache die Tüte auf, die schon die ganze Fahrt auf meinen Füssen liegt und hole für Tanja ein Sandwich heraus. Dabei muss ich ein lautes Lachen verkneifen. Mir gehen die Gedanken durch den Kopf, dass ich mich gerade so fühle, wie wenn mein Mädchen noch ein kleines Kind ist.

Ein Piepsen von Simones Richtung holt mich wieder aus meiner Gedankenwelt. Als ich zu ihr rüber sehe, schaut sie auf ihr Handy und wird dabei wieder rot. Schnell blicke ich weg. Höre aber, dass sie eine SMS eintippt. Ich bin mir sicher, dass sie mit Samuel schreibt und ein gutes Gefühl kommt in mir auf.

Endlich an unserem Haus angekommen, verabschieden wir drei uns von Jan und Nina. Jan sagt zu mir, „nächste Woche Donnerstag hole ich dich um 9.00 Uhr ab. Dann können wir vor unserem Arzttermin in Stuttgart noch etwas essen." Während Jan mit mir spricht, schaut Nina mit starrem Blick auf ihr Lenkrad.

Danach brausen sie mit dem Audi Richtung Jans Wohnung. Wir stehen winkend am Straßenrand. Dabei grinst Tanja und scherzt, „du hast die zwei besten Männer rausgepickt um Kinder in die Welt zu setzen", und mit einem schelmischen Augenzwinkern fügt sie hinzu, „Jan würde selbst mir noch gefallen."

Lachend sage ich, „nix da, der könnte vom Alter her dein Vater sein." Zustimmend meint Tanja, „vor allem ist er der Papa meines großen Bruders und hat eine Freundin."

Kapitel 4

Wieder am Straßenrand stehend, warte ich auf Jan. Leider hat das Wetter total umgeschlagen. Es regnet und ist ca. 15 Grad kälter geworden, als es letzte Woche war. Dabei wird es einem bewusst, dass es bald Winter wird. Als endlich Jan mit fünf Minuten Verspätung um die Ecke biegt, bin ich sehr froh. Hätte ich weitere Zeit warten müssen, wäre ich klatschnass geworden.

„Entschuldigung für die Verzögerung. Aber warum hast du nicht im Haus gewartet?" Darauf meine ich schmunzelnd, „ehrliche Antwort, das habe ich mich gerade auch gefragt." Beide müssen wir herzlich lachen und es kommt dadurch gleich eine vertraute Stimmung auf.

Es ist nicht viel Verkehr, darum sind wir schnell auf der Autobahn Richtung Stuttgart. Wir haben um die 250 km vor uns.

„Ist dein Auto wieder repariert", führt Jan das Gespräch weiter.

„Ich konnte es gestern abholen. Mit der Zugverbindung hat es perfekt geklappt. Aber frage mich nicht, was genau kaputt war. Der Monteur hat es mir ausführlich erklärt, darum konnte ich bei dem Gespräch gleich nicht mehr folgen. Ich kenne mich bei Autos und deren Technik gar nicht aus. Mich hat nur die Rechnung interessiert und die ging einigermaßen."

Jan schaut mich darauf kurz an und sagt grinsend, „typisch Frau." Da auf der Autobahn nicht viel Verkehr ist, sind wir schneller in Stuttgart, als geplant war. Jan meint, dass er ein sehr gutes Restaurant kennt, indem wir ein Drei-gänge-Menü bekommen könnten. Dabei stelle ich erneut scherzend fest, „du willst mich also doch mästen."

Wir bringen 15 Minuten Autofahrt hinter uns, bevor wir vor einer Gaststätte stehen. Auf den ersten Blick sieht man einen großen einladenden Wintergarten. Jan parkt sein Auto auf dem Parkplatz, um danach mit mir durch den Regen Richtung Eingang zu spurten. Drinnen suchen wir einen schönen Platz aus, hinter der großen Glasfront, mit einem wunderschönen Blick in einen Park. Der ist heute wetterbedingt, sehr leer. Eine aufmerksame Kellnerin bringt uns zügig die

Speisekarte und fragt freundlich nach unserem Getränkewunsch. Wir bestellen beide ein Mineralwasser, da wir auf Alkohol verzichten. Wir wissen ja nicht, ob heute schon an uns Untersuchungen gemacht werden.

Beim Essen sind wir uns gleich einig. Wir bestellen ein Menü für zwei Personen. Welches aus der identischen Suppe, Hauptspeise und Nachtisch besteht. Während wir auf die Speisen warten, frage ich Jan, „war Nina ein wenig sauer, weil wir in Isny übernachtet haben. Ich hoffe, ich trete dir bei dieser Frage nicht zu nahe." Jan schüttelt den Kopf und meint, „es ist dein Recht zu fragen. Nina hatte sich, nachdem ich bei ihr angerufen habe, dass wir sie zum Fahren brauchen, sehr gefreut. Den Samstagabend und den Sonntag bei mir zu verbringen und ein paar Stunden Zweisamkeit zu erleben. Nachdem sie das Wochenende zuvor und jetzt das nächste arbeiten muss. Und wir uns darum lange nicht sehen können.

Aber ich muss mich bei dir entschuldigen." Wechselt er gekonnt das Thema. „Wie Nina mit dir umgegangen ist. Ich habe schon bemerkt, dass sie dich ignoriert hat. Aber zu ihrer Verteidigung muss ich dir erzählen, dass sie vor unserer Beziehung sieben Jahre mit einem Mann zusammen war. Dieser ging immer wieder fremd und danach versprach er ihr, dass sowas nie wieder passiert.

Bis er dann mit einer 20-Jährigen von heute auf morgen zusammen zog. Als sie von der Arbeit nachhause kam, war die Wohnung fast leer. Er nahm auch einiges von Ninas Eigentum mit. Nur ein Zettel lag auf dem Boden, in dem er schrieb, dass ihm alles zu eng wurde und er sie nicht mehr liebt. Danach stand sie mit finanziellen

Sorgen und verlorenem Vertrauen in die Männerwelt, alleine da.

Ein Jahr nach dieser Trennung haben wir uns kennengelernt. Ich war mit meinem Kumpel eine Woche im Winterurlaub. Beim Skifahren bin ich aus Versehen in Nina reingefahren. Dabei hat sich zum Glück aber keiner von uns verletzt. Ein Tag später haben wir uns im Hotel, am Frühstücksbuffet zufällig wieder gesehen.

Da dieser Vorfall gleich am ersten Tag unseres Urlaubes geschehen ist, konnten wir die ganze Woche zu viert verbringen. Nina hatte ihre Freundin und ich mein Kumpel dabei. Tagsüber waren wir Skifahren und nachts gingen wir in verschiedene Discos oder nur gemütlich in eine Bar.

Es war eine sehr schöne Woche. Darum wollte ich sie weiter treffen. Aber Nina blockte ab und gab mir keine Telefonnummer oder Adresse. Ihre Freundin steckte mir dann heimlich Ninas Nummer zu und erzählte mir, dass sie große Angst vor einer Enttäuschung hat und sie den Glauben in die Männerwelt verlor. Ich solle es langsam mit ihr beginnen, wenn ich eine Chance bei ihr haben möchte.

Ein paar Tage später, rief ich Nina zuhause an. Wir telefonierten in dieser Nacht stundenlang. Das wiederholten wir mehrmals. Bis ich sie vorsichtig fragte; ob sie mit mir essen gehen würde? Daraufhin trafen wir uns öfters. Bis ich den ersten Kuss von ihr bekam und wir ein Paar waren. Leider ist ihre Eifersucht nie besser geworden. Was ich in ihrem Fall probiere, zu verstehe. Nachdem, was sie schon erlebt hat." Beim letzten Satz lächelt mich Jan traurig an und ich spüre, dass ihm ihr Misstrauen ganz schön zu schaffen macht.

Wir bekommen nacheinander unser Drei-Gänge-Menü zu essen. Alles schmeckt einfach fantastisch und vergeht auf der Zunge. Da wir noch frühzeitig dran sind, bestellen wir uns einen Cappuccino. Dabei kommt kein richtiges Gespräch mehr auf. Nach dem letzten Schluck aus meiner Tasse meint Jan, „ich glaube, jetzt fahren wir langsam, Richtung Klinik los."

Dort angekommen, stehen wir vor einem sehr großen, weißen, blockigen Gebäude. Ich äußere meine Befürchtung, „wie sollen wir uns in diesem großen Komplex zurechtfinden." Jan lächelt mich nur an und bewegt sich schnurstracks auf den Haupteingang zu. Mit Hilfe von Schildern sitzen wir nach wenigen Minuten im Wartebereich und harren gespannt, dass unsere Namen aufgerufen werden.

Ich nehme mir eine Klatsch- und Tratschzeitschrift und versuche mich auf den Text zu konzentrieren. Hoffe dabei ein wenig ruhiger zu werden. Darin wird über Kate und William vom englischen Königshaus geschrieben, dass sich die zwei getrennt hätten. Dabei werfe ich einen Blick auf einen Tisch, auf dem eine weitere Zeitschrift liegt, bei der groß auf dem Titelblatt steht: Kate und William erwarten wieder ein Baby! Daraufhin lege ich mein Journal zurück und mir ist wieder bewusst, warum diese Hefte nichts für mich sind. Die Minuten vergehen schleichend und zwischen Jan und mir ist eine betrübte Stimmung. Endlich nach über einer Stunde werde ich von einer freundlichen Krankenschwester aufgerufen, die mich zu Dr. Zell bringt. Der weist mir einen Stuhl zu, nachdem ich ihm die Hand geschüttelt habe. Er ist ein älterer Herr mit ergrauten Haaren und einer dicken Hornbrille. Dahinter sieht man, dass er zwei verschiedene Augenfarben hat, ein blaues und ein grünes Auge. Sein Äußeres sieht zum Glück sehr vertrauenswürdig aus. „Frau Hess, wobei kann ich ihnen helfen", beginnt er in einem ruhigen Ton das Gespräch. Nach dem ersten Satz von ihm fühle ich mich gleich gut aufgehoben und erzähle ihm von dem Wunsch, meinem Sohn eine Niere zu spenden.

Dr. Zell erklärt, dass er mich umfangreich aufklären wird und körperlich untersucht.

„Eine Grundvoraussetzung ist, dass der Nierenspender in einer engen familiären Verwandtschaft, in einer nachgewiesenen längeren Freundschaft oder in einer partnerschaftlichen Liebe ist. Das ist bei Ihnen ja der Fall", meint er lächelnd zu mir, „es handelt sich ja um ihren Sohn."

„Wir werden zuerst Blut abnehmen und alles untersuchen. Die Blutgruppe bestimmen. Es wird ein Belastungs-EKG gemacht, sowie geröntgt, ein MRT der Niere…"

Als er alles so aufzählt, kann ich ihm gar nicht mehr geistig folgen, da es so viele verschiedene Untersuchungen sind. Erst als er mir erklärt, dass Spender und Empfänger gemeinsam zu einer nochmaligen Aufklärung zu ihm kommen müssen, kann ich ihm wieder zuhören.

„Zum Schluss wird eine Vorstellung bei der Lebendspenderkomission der Bezirksärztekammer sein. Denen müssen sie genau erklären, warum sie die Niere spenden wollen. Diese prüfen dann durch Befragung ob sie wirklich freiwillig, ohne geldlichen Hintergrund die Spende antreten und entscheiden, ob es zur Operation kommt", schließt Dr. Zell seinen aufklärenden Monolog ab.

Dann schaut er mich fragend an und meint, „haben sie soweit alles verstanden?" Ich nicke nur mit einem Kloß im Hals.

„Es gibt allerdings Risiken", fügt er mit einem ernsten Gesichtsausdruck hinzu und beginnt aufzuzählen, „Narkoserisiko, Thrombose, Embolie, Blutungen, Störungen der Wundheilung. Ein Jahr nach der Operation klagen noch 17 Prozent über Irritation im Bereich der Narbe durch Gefühllosigkeit, Juckreiz und gelegentlichen Schmerzen." Soweit höre ich noch zu und bin dann in meinen eigenen Gedanken versunken, in denen ich hoffe, dass ich als Spender in Betracht komme. Damit meine Töchter nicht in die Situation kommen, als Spender geeignet zu sein und dadurch eine Entscheidung treffen müssen. Und hoffentlich wird Stefan einsichtig und lässt es zu, dass wir ihm helfen können.

Als der Arzt beim Prozentanteil des Risikos daran zu versterben ist, bin ich wieder ganz Ohr. „Es beträgt 0,03-0,06 Prozent", sagt er und schaut mir dabei tief in die Augen.

Dabei läuft es mir kalt den Rücken runter. Obwohl ich weiß, es ist nicht viel. Wenn man bedenkt, dass ein ganzes Organ entnommen wird. So ist es trotzdem erschreckend, wenn einem frei raus gesagt wird, dass es sein kann, man wacht aus der Narkose nicht mehr auf und stirbt.

Dr. Zell ist jetzt beim genauen Operationsverlauf angekommen. Während er erzählt, hat man das Gefühl, als wäre man gerade bei einer Operation dabei. So gut kann er alles schildern. Mir wird ein wenig übel, während ich mir alles bildlich vorstelle. Krampfhaft reiße ich mich zusammen.

Endlich nach mehreren Minuten ist er am Ende seiner ärztlichen Aufklärung angekommen. Er erwähnt nur noch, dass ich danach einmal im Jahr einen Ultraschall von der verbliebenen Niere machen müsste.

„So und jetzt möchte ich von ihnen genau alle Angaben haben", sagt er und hat dabei einen Fragebogen und einen Stift in der Hand. „Gibt es Vorgeschichten von einer Erkrankung?"

Ich schaue ihn an und mir wird es auf einmal ganz heiß. Es schießt mir wie ein Blitz durch den Kopf, dass ich meinen leichten Herzinfarkt total vergessen habe. Ich hoffe innigst, dass jener kein Problem darstellt.

„Frau Hess", höre ich ihn sagen, nachdem ich ihm alles erzählt habe. „Wir können bei ihnen keine Niere entnehmen. Es besteht ein größeres Risiko für sie."

Auf diese Worte hin, schlucke ich einmal. Niedergeschlagen erzähle ich ihm meine ganze traurige Geschichte. Er hört mit einem mitfühlenden Blick zu. Nachdem ich alles gesagt habe, beende ich das Gespräch mit den Worten, „ich muss meinem Sohn helfen. Nie wieder werde ich ihn im Stich lassen. Mir ist vollkommen bewusst, dass mein Risiko auf

Komplikationen höher ist." Verzweifelt versuche, ich Dr. Zell umzustimmen.

Daraufhin schaut mich der Arzt traurig an und sagt, „wir werden sie untersuchen. Vielleicht passen ihre Werte gar nicht. Dann hat es sich sowieso erledigt. Und falls sie doch als Spender passen würden, muss die Lebendspenderkomission entscheiden."

Dankbar für die Chance, verabschiede ich mich von ihm und lasse mir Untersuchungstermine geben.

Als ich in den Wartebereich zurückkomme, ist Jan nicht mehr da. Vermutlich ist er schon in einem Behandlungszimmer. Darum setze ich mich und warte. Tausend Dinge geistern mir durch den Kopf.

Nach einer halben Stunde kommt Jan in den Wartebereich zurück und wir gehen schweigend zum Auto. Jeder ist mit den Gedanken beim Aufklärungsgespräch. Auf der Heimfahrt beginnt Jan als erster das Gespräch, „war bei dir alles in Ordnung? Du siehst so traurig aus?" Ich schüttle den Kopf. Mit leiser Stimme erzähle ich ihm von meinem Herzinfarkt und dass jener ein Problem darstellt.

Jan schaut kurz erschrocken zu mir rüber und flüstert kaum hörbar zu sich selber, „hoffentlich passen meine Werte."

Dann legt er seine Hand auf die meine und sagt, dass er mich die nächsten Wochen bis die Ergebnisse da sind, öfters sehen möchte.

Erstaunt schaue ich zu Jan und antworte, „ich möchte nicht, Ninas Gefühle verletzen. Da ich weiß, dass ihr das nicht gefallen wird." Jan nimmt seine Hand wieder weg, um sie zum Schalten zu benützen. Nach einer kurzen

Sprechpause sagt er zaghaft „ich werde mit ihr nochmals sprechen. Sie wird es verstehen müssen. Im Moment brauche ich deine Nähe. Immerhin geht es um unseren Sohn. Wir gehen einer schweren gemeinsamen Zeit entgegen. Uns werden Gespräche miteinander gut tun. Ein Dritter kann unsere Gefühle nicht nachvollziehen."

Ich stimme ihm bei, da ich ihn im Moment wirklich auch zum Sprechen brauche und seine Nähe mir gut tut. Verwundert über mich selber stelle ich fest, dass ich ihn in mein Herz gelassen habe. Seit mein Mann verstarb, hatte ich keinen näheren Kontakt mehr zum männlichen Geschlecht. Eigentlich lebte ich nur für meine Kinder, den Haushalt und dem Beruf. Für eigene Freizeit war keine Zeit. Auch hatte ich kein Verlangen danach. Lieber unternahm ich Ausflüge mit meinen Töchtern. Diese Momente waren und sind immer noch die kostbarste Zeit für mich. Leider werden diese Unternehmungen arg rar, da die zwei inzwischen einfach zu groß sind und mit ihrem Freundeskreis viel zusammen sind.

Ich muss mir eingestehen, dass der Zeitpunkt jetzt gekommen ist, dass die zwei mich nicht mehr brauchen. Frei nach dem Spruch: Zwei Dinge sollten Kinder von ihren Eltern bekommen: Wurzeln und Flügel…

Bei meinem Zuhause angekommen nimmt Jan mich zum Abschied in den Arm. Zögernd lasse ich es zu. Dabei spricht er mit einem ruhigen Wortlaut, „wenn du einverstanden bist, werden wir uns die nächste Zeit treffen. Am besten immer mittwochs um 20.00 Uhr bei deinem Lieblingsitaliener. Dann können wir von unseren jeweiligen Untersuchungsterminen berichten.

Vor allem müssen wir unbedingt einen Plan schmieden, wie wir einen Draht zu Stefan bekommen." Ich nicke nur und gehe Richtung Haus. Dabei höre ich, wie Jan das Auto wieder startet und abfährt.

Im Flur springen gleich meine Mädchen auf mich zu. Sie wollen alles von dem Aufklärungsgespräch erfahren. Den Teil des höheren Risikos lasse ich bei meinem ausführlichen Bericht weg und denke mir, ich werde es ihnen erzählen, wenn ich als Spender in Frage komme.

Auf einmal fällt mir auf, dass Simone sich sehr hübsch hergerichtet hat und übers ganze Gesicht strahlt. Als ich sie darauf anspreche, meint sie schüchtern, dass sie sich mit Samuel zum Essen verabredet hat. Freudig sage ich, dass ich mich für sie freue.

Wir werden durch die Haustürklingel unterbrochen. Daraufhin drückt Simone mir einen Kuss auf die Wange und eilt zur Tür. Vor der steht Samuel und wartet, um danach mit Simone freudestrahlend zu seinem Auto zu laufen.

Am nächsten Tag kommt Simone glücklich und mit einem riesigen Grinsen im Gesicht auf mich zu. Nimmt mich in den Arm und sagt zu mir, dass sie sich verliebt hat. Sie und Samuel sind jetzt ein Paar, berichtet sie mir mit roten Wangen.

„Ich freue mich so sehr für dich und wehe er bricht dir das Herz. Dann bekommt er es mit mir zu tun", sage ich lachend und hebe drohend meinen Zeigefinger in die Höhe. Dabei versuche ich ein strenges Gesicht zu machen. Was mir aber nur bedingt gelingt, da ich immer wieder zum Lachen übersteige. So froh und erleichtert bin ich, dass Simone sich wieder verlieben konnte.

„Du musst ihn jetzt aber einmal zu einem Sonntagsbraten einladen. Damit Tanja und ich ihn kennenlernen. Wir sind schon so gespannt auf ihn, dass wir fast vor Neugier platzen", fordere ich meine Älteste auf.

Daraufhin verspricht sie mir, dass ich ihn bald kennenlernen werde. Gerade als sie ihre Worte ausgesprochen hat, kommt mir eine Idee. Die ich gleich Simone wissenlasse, „kannst du Samuel schon auf Sonntag einladen? Ich möchte mich genau mit ihm unterhalten. Vielleicht kann er mir sagen, wie ich einen Draht zu Stefan bekomme. Samuel kennt Stefan sehr genau!"

Den ganzen Sonntagmorgen werkeln wir drei Frauen in der Küche. Es wird unser Spätzlehobel wieder entstaubt und benützt. Ein saftiger Schweinebraten, das Fleisch direkt vom Bauern, wird gewürzt und in den Backofen geschoben. Als Beilage richten wir einen Kartoffelsalat. Wir sind dabei guter Laune und trällern die Lieder von unserem Lieblingsradiosender Antenne Bayern mit.

Zum Schluss decken die Mädchen den Tisch. Sie stellen unsere schönsten Weingläser bereit, die ich von meiner Hochzeitsreise aus Italien mitgebracht hatte.

Wir sind eine Stunde vor dem Eintreffen von Samuel fertig. Deshalb können wir uns gemütlich nacheinander duschen und stylen.

Pünktlich um 12.00 Uhr klingelt es an der Tür und Simone lässt ihren Freund herein. Mit einem zärtlichen Kuss und einem verliebten Blick begrüßen sich die zwei.

Danach kommt er mit einem wunderschönen lila Rosenstrauß auf mich zu. D a b e i begrüßt er mich mit einem festen Händedruck, „Grüß Gott Frau Hess. Ich bin Samuel Prinz." „Hallo Samuel, schön dich kennenzulernen. Ich bin Lissy und ich würde sagen, dass wir doch gleich zum Du übergehen." Freudig stimmt er mir zu.

Nachdem er Tanja begrüßt hat, setzen wir uns an den Tisch. Tanja schenkt jedem gleich etwas Rotwein ein. Ich muss in mich reingrinsen und denke, meine Tochter ist so clever. Sie will uns alle so schnell wie möglich mit Alkohol auflockern.

Und das zeigt nach dem ersten großen Schluck seine Wirkung. Es ist ein lockeres Gespräch im Gange. Samuel erzählt von seinem Lehramt. Er hat auch mehrere lustige Geschichten seiner Schüler auf Lager.

Während des Erzählens lobt er unsere Kochkunst. Ich weiß genau, dass er nur höflich sein will. Denn das gesamte Essen schmeckt etwas fad, die Spätzle sind zu weich und der Braten ist zu trocken. Aber ich finde es trotzdem symphytisch, wie gut erzogen und nett er ist.

Danach kommt das Gespräch auf seine Kindheit und wie er viel bei seinen Großeltern war, da diese einen Bauernhof hatten. Als Kind war sein Herzenswunsch Landwirt zu werden. Als er den Hof und dessen Tiere beschreibt, kommt eine Vermutung in mir auf und ich frage aufgeregt nach, „wie heißt deine Mutter mit ihrem Mädchennamen?" Darauf antwortet er, „Sigg und mit Vornamen Theresa." Auf diese Worte wird es mir schwindelig und ich sage zur Tanja, „kannst du mir bitte ein Glas mit Cola bringen." Nachdem ich es getrunken habe, beruhigt sich mein Kreislauf langsam wieder. Alle drei schauen mich fragend an. Ich erkläre ihnen, dass Samuels Mutter meine langjährige Freundin und Schulkameradin als Kind und Jugendliche war.

„Wir waren viele Jahre in der gleichen Klasse. Dieser Kontakt hat sich leider verloren, als ich mit 15 Jahren in das Internat kam. Wie geht es deiner Mutter?" Frage ich interessiert.

„Sehr gut, ich bin ihr ältestes Kind. Insgesamt hat sie drei Söhne. Meine Eltern haben eine harmonische Ehe und wir Kinder sind alle gesund. Jeder geht seinen beruflichen Weg nach. Du müsstest aber meinen Vater kennen. Weil er in eurer Schulklasse war." Gespannt blicke ich Samuel an, bevor er weiterspricht, „Sein Name ist Franz." Erstaunt sage ich, „Franz Prinz und Theresa haben geheiratet? Das ist ja wunderschön! Deine Mutter hatte sich schon in der 5. Klasse in ihn verliebt, aber nie getraut ihn anzusprechen. Dein Vater war der Schwarm aller Mädchen und der beliebteste Mitschüler aus unserem Jahrgang. Wenn ich dich so ansehe, muss ich eingestehen, dass du eine totale Ähnlichkeit mit ihm hast. Kannst du mir nachher die Telefonnummer deiner Mutter aufschreiben?"

„Klar, gerne".

Ich freue mich für Theresa, dass sie Franz erobern konnte und seine Frau wurde.

Aber die Frage ist immer noch offen. Warum hat mir Theresa vor 30 Jahren nicht gesagt, dass Jan mich händeringend sucht. Natürlich weiß ich, wie sie in der ersten Woche nach der Party, als ich noch daheim wohnte, bei mir andauernd angerufen hat, ich sie aber nicht sprechen wollte. Aber später als es mir besser ging, hätte sie es nur versuchen müssen. Auch als ich sie noch einmal kontaktiert hatte, bevor ich in das Internat gegangen bin. Da wäre ein guter Zeitpunkt gewesen, um mir davon zu erzählen.

Mir ist aber bewusst, dass ich ihr Unrecht tue. Da ich ihr zu verstehen gegeben habe, dass ich mit meinem alten Leben nichts mehr zu tun haben möchte.

Auch hätte ich mit Jan sowieso nicht mehr gesprochen. Selbst wenn ich erfahren hätte, dass er mich sucht.

Ich erzähle Samuel, „wir lassen uns untersuchen. Damit einer von uns Stefan eine Niere spenden kann, falls unsere Werte passen. Wir kommen aber nicht an Stefan heran. Er lässt uns links liegen. Er ist so abweisend uns gegenüber und ich habe die Befürchtung, dass er meine Niere gar nicht annehmen würde."

Samuel schaut mich traurig an, „die Befürchtung habe ich leider auch. Stefan ist ein richtiger Dickkopf und wenn er mit etwas abgeschlossen hat, dann ist es für ihn vorbei. Es gibt dann keine Widerrede mehr. Ich werde mir aber Gedanken machen, was man probieren könnte. Das Problem ist, dass ich nicht in ihn einreden kann. Weil er bei einem Thema, welches er nicht besprechen will, abblockt und wegläuft. Dann meldet er sich nicht mehr. So eine Situation hatte ich leider schon zweimal mit ihm. Erst als ich auf ihn zu ging und nichts mehr erwähnte, war alles wieder ok." Mit leiser Stimme beendet er den letzten Satz.

Wir verbringen noch einen schönen Nachmittag zu viert. Ich versuche, meine Gedanken zu sortieren und für Simone lustig zu sein. Da sie es nicht verdient hat, dass ihre Mutter deprimiert und abwesend da sitzt, wenn sie uns das erste Mal ihren Freund vorstellt.

Während wir mit den Karten sechsundsechzig spielen, kann ich mich sogar ein wenig amüsieren. Dabei mich voll und ganz auf das Spiel konzentrieren.

Als Samuel gegangen ist, muss ich Simone erstmal fest drücken. „Du hast jetzt einen tollen und lieben Freund." Erleichtert schnaufe ich einmal durch. „Wenn das jemand verdient hat, dann du."

Simone meint freudestrahlend, „Ich bin so glücklich und verliebt. Er gibt mir das Gefühl, dass ich das Wichtigste für ihn bin. Nicht wie bei meinem Ex-Freund, bei dem ich auf der Wichtigkeitsskala gefühlt bei Nummer 20 war. Vor allem der Alkohol bei ihm auf der Liste weit vorne stand." Auch Tanja versichert lachend, dass sie Samuel schon als Schwager ins Herz geschlossen hat, sie ihn einfach perfekt an Simones Seite findet.

An diesem Abend sitze ich vor dem Telefon allein im Büro. Ich weiß nicht wie lange ich den Apparat anstarre. Bevor ich einmal tief einatme und die Nummer auf dem Zettel vor mir wähle. Als es das erste Mal klingelt, lege ich vor lauter Muffensausen wieder auf und will mein Büro unverrichteter Dinge verlassen. Dabei gehen mir viele schöne Momente mit Theresa durch den Kopf. Die geben mir wieder Mut. Darum wähle ich nochmals und lasse es dieses Mal öfters klingeln.

„Prinz", höre ich eine sehr vertraute Stimme. Die ich schon so viele Jahre nicht mehr gehört habe, „Hallo, ist da jemand?" Ich nehme allen Mut zusammen und sage, „Hallo Theresa. Ich bin es Lissy."

Ich kann mir Theresas erstauntes Gesicht förmlich vorstellen, als sie zweifelnd fragt, „Lissy, bist du es wirklich? Habe lange nichts mehr von dir gehört? Wie geht es dir?"

Auf diese vielen Fragen wird meine Stimmung wieder munterer, „das sind aber viele Fragen auf einmal. Ich werde jetzt einfach mal von vorne beginnen." An diesem Abend telefonieren wir über fünf Stunden. Ich erzähle ihr haargenau, wie es mir ergangen ist. Meine Schwangerschaft. Mein Junge den ich schweren Herzens, da mir meine Mutter keine Hilfe anbot, zur Adoption geben musste. Wie ich Jan nach all den Jahren zufällig wieder getroffen habe. Danach wir auf die Suche nach Stefan gingen.

Als ich bei dem Teil der Erzählung angekommen bin, dass damals an dem Abend, vor 30 Jahren, alles ein Missverständnis war. Jan und ich so sehr betrunken waren, wir darum beide nichts mehr gepeilt hatten. Da höre ich an der anderen Leitung ein Schluchzen. „Entschuldigung Lissy, wäre ich deiner Mutter nicht hörig gewesen, dann hättet ihr schon früher einen Weg zueinandergefunden. Zusammen hättet ihr es mit Stefan geschafft. Er wäre nicht von fremden Menschen aufgezogen worden."

Tröstend sage ich zu ihr, „zum Glück ist er bei den besten Eltern gelandet, die man sich vorstellen kann."

Theresa stimmt zu und bestätigt mir, dass es Stefan bei Maria und Karl an nichts gefehlt hat. Sie kennt die zwei und Stefan genauestens, weil Isny eine sehr kleine Stadt ist, in der sich jeder noch kennt. Aber vor allem ist ja Stefan Samuels bester Freund.

„Aber was hat denn meine Mutter zu dir genau gesagt?"
Möchte ich neugierig wissen.

„Sie hat mich zu sich ins Rektorat bestellt. Dabei mich angsteinflößend angeschaut, bevor sie grimmig zu sprechen begann. Dass du auf einem Mädcheninternat bist und dort einen Neuanfang wagst. Ich dürfe mich nicht bei dir melden und niemals jemanden verraten, wo du bist. Mit ihrem strengen Blick sagte sie noch, dass sie ein Auge auf mich hat. Lissy, du weißt, wie viel Respekt und Angst ich vor deiner Mutter hatte! So habe ich befolgt, was sie mir aufgetragen hat. Lissy bitte verzeihe mir!

Jan hat sehr oft bei mir angerufen. Er ließ lange nicht locker. Von einem Kind, das ihr zusammen habt, habe ich aber nie etwas gewusst."

Ich beruhige sie und sage, „du kannst nichts dafür. Auch wenn du mir es damals erzählt hättest, dass Jan mich unbedingt sprechen möchte. Ich hätte es ignoriert und keinen Kontakt zu ihm gesucht."

Danach unterhalten wir uns über unsere Kinder. Wie erfreut wir beide sind, dass Samuel und Simone zueinandergefunden haben. Theresa beteuert mir, „Samuel ist eine ehrliche Haut. Wenn er eine Beziehung eingeht, dann meint er es ernst."

Mitfühlende Worte findet Theresa, als sie erfährt, dass mein Ehemann an einem Verkehrsunfall verstarb.

Zum Schluss sind wir uns einig, dass wir uns jetzt bald persönlich treffen müssen. Mit einem guten Gefühl, eine wahre Freundin wieder gefunden zu haben, die sich in all den Jahren nicht verändert hat, lege ich den Hörer wieder zur Seite.

Ein Tag später ruft mich Samuel an und meint, er habe die ganze Nacht nicht geschlafen und sich tausende Gedanken über Stefan gemacht. Sein Fazit sei simpler Natur.

„Stefan ist zu stolz, um euch zuzuhören. Er wird immer weglaufen. Er wird sich nicht mit euch an einen Tisch setzen, an dem ihr euch erklären und entschuldigen könnt. Für ihn ist das Thema erledigt. Er hat es in seinem Innern schon längst zur Seite gelegt. Ich kenne ihn so gut, dass ich mir sicher bin, es für ihn kein weiteres Gespräch mehr braucht. Für ihn sind die Dinge klar. Er hat seine über alles geliebten Eltern. Ihr allerdings seid ungewollt in sein Leben gekommen. Er hat keinerlei Interesse an euch!

Entschuldigung Lissy, wenn ich das jetzt so hart sage. Mir ist es eigentlich nicht gestattet, dir so direkt meine Erkenntnis zu nennen. Aber ich denke, nur mit Ehrlichkeit von meiner Seite aus, auch wenn es dir weh tut, kommen wir zum Ziel. Wir wollen ja, dass er euch zuhört und euch versteht. Vor allem rennt uns die Zeit weg! Er braucht die Spende. Er muss einfach der Lebendspende zustimmen! Ich habe bei Stefan heraus gehört, dass ihr ihm egal seid und ihr ihn sogar ein wenig nervt. Darum werden wir über ein erneutes Treffen nichts an seinen Gefühlen ändern. Er wird immer abblocken und es würde nur dazu führen, dass er sich noch mehr von auch abwendet."

Ich kann gar nichts darauf sagen, so geschockt bin ich über Samuels Ehrlichkeit und seine Ansicht. Aber gleichzeitig bin ich ihm dankbar, da es wichtig ist, alles zu erfahren. Er hat Recht. Man darf mich jetzt nicht mit

Samthandschuhen anfassen. Nur die bittere Wahrheit bringt uns ans Ziel.

Zum Glück hat Samuel gar nicht am anderen Ende der Leitung gemerkt, wie erschrocken ich bin. Darum spricht er unbeirrt weiter, „aber wenn ihr eure Erklärung an ihn aufschreibt, er erst einmal wegrennen kann bzw. sich weigern kann den Brief zu lesen. Dann kommt vielleicht, in einem stillen Moment die Neugier, und er öffnet ihn! Der Brief muss allerdings sehr gut geschrieben sein. Er darf nicht zugeklebt sein. So hat er die Gewissheit, er kann ihn unbemerkt öffnen."

Langsam bekomme ich meine Stärke zurück. „Was sollen wir in den Brief schreiben?"

„Das ist sehr schwer zu sagen. Auf alle Fälle kein Mitleid, eher Fakten. Vielleicht auch, weshalb Jan und du euch getrennt habt. Warum ihr euch nicht imstande gefühlt habt, ihn zusammen groß zu ziehen. Ihr müsst eure damalige Situation genau erläutern. Dabei ihm nicht das Gefühl geben, dass ihr euch als die neuen Eltern in sein Leben drängen wollt, sondern eher als Freunde. Du musst nämlich wissen, er liebt Maria und Karl über alles."

„Da hast du Recht Samuel. Man merkt gleich, wie sehr Stefan seine Eltern liebt. Ich bin überglücklich, dass er so eine liebe Mama und tollen Papa bekommen hat, bei denen er so behütet aufwachsen konnte.

Ich hoffe, es ist eine gute Idee mit dem Brief. Danke Samuel für diesen Einfall. Allerdings waren Jan und ich nie ein Paar. Es war nur ein Abend und danach haben wir uns nicht mehr gesehen und aus den Augen verloren. Erst im letzten Sommer war ich zufällig bei Jan als Patientin in seiner Zahnarztpraxis. Da habe ich ihn sofort wieder erkannt. Erst dann erfuhr Jan, dass er einen Sohn hat."

Erstaunt über diese Nachricht meint Samuel, „Simone hat mir schon etwas angedeutet. Aber mir war nicht bewusst, dass ihr gleich nach dieser Nacht getrennt ward, dadurch Jan gar nichts von Stefans Existenz wusste. Somit kann man noch besser verstehen, in welcher Notsituation ihr damals ward."

In der darauffolgenden Nacht mache ich kein Auge zu. Meine Gedanken drehen sich im Kreis. Ich überlege hin und her. Wie können wir es schaffen, dass Stefan uns zuhört.

Dabei komme ich immer wieder zum gleichen Ergebnis. Der Vorschlag von Samuel ist der einzige Weg. Mir ist inzwischen bewusst, dass Stefan sich mit uns nicht an einen Tisch setzen wird, um uns zuzuhören.

Gleich am nächsten Morgen rufe ich Jan an und erzähle ihm alles über Samuels Telefonat. Er meint „es ist vielleicht wirklich eine Chance, Stefan unsere Sicht nahe zu bringen."

Wir verabreden uns für den Abend bei mir daheim. Wir werden uns vom Italiener Pizza bringen lassen, damit wir in Ruhe und ungestört den Brief schreiben können. Als ich das Telefonat mit Jan beendet habe, bin ich erleichtert, dass er meine Ansicht teilt. Inzwischen stecke ich große Hoffnung in den Brief.

Als Jan vor meiner Türe steht und klingelt, kommt der Pizzabote auch gerade angefahren. Schnell bezahle ich das Essen und sage zu Jan, „ich habe mir die Freiheit genommen schon deine Lieblingspizza zu bestellen. So verlieren wir nicht zu viel Zeit." Jan meint darauf lachend, „wie gut, dass ich dir schon alle meine Essgewohnheiten erzählt habe." Wir schlingen die Speise hinunter und unterhalten uns über die jeweiligen Schreibideen.

Ich habe schon ein paar Notizen vorbereitet. Auch Jan hat Stichpunkte aufgeschrieben. Uns ist bewusst, dass es genauestens auf die Wortwahl ankommt. Am meisten diskutieren wir über den Punkt, wie wir ihm am besten begreiflich machen, dass ich damals gar nicht entscheiden konnte, da ich zu jung war und alleine da stand. Vor allem aber mir die Kraft gefehlt hat, um mich gegen meine Mutter zu stellen, die eine Adoption sich wünschte!

Drei Stunden später, haben wir einen Brief vor uns, mit dem wir beide zufrieden sind. Darin haben wir versucht, alles genau zu erklären. Gleichzeitig nicht schlecht über meine Mutter zu reden, da sie ja sein Engel ist und immer für ihn da war.

Kapitel 5

Lieber Stefan,
Wir waren 15 Jahre alt, als wir einen Liebesabend im Garten hatten. Zuvor haben wir nur einmal kurz miteinander gesprochen. Wir waren kein Paar und konnten danach nicht darüber sprechen, weil Lissy sich dafür geschämt hat. Gleichzeitig war sie zu jung, um alles zu realisieren.

Und doch war es das Beste, was in der Nacht geschehen konnte. Sonst hätten wir dich nicht!

Lissy ist in ein Mädcheninternat gekommen. Sie hat vier Monate verdrängt, dass sie mit dir schwanger ist.

Da wir uns nicht mehr gesehen haben, hat Jan gar nichts von deiner Existenz gewusst. Bis wir uns letzten Sommer in der Zahnarztpraxis zufällig über den Weg gelaufen sind.

Lissys Mutter wusste, wo du wohnst und dass du in ein gutes Elternhaus gekommen bist. Und wie du weißt, hat sie immer Kontakt zu dir gehabt. Allerdings wusste Lissy nicht, wo du warst, und hat schon vor Jahren nach dir gesucht. Ohne Erfolg. Sie hat es täglich bereut, damals so schwach gewesen zu sein und dadurch Dich im Stich gelassen zu haben. Sie hätte nie erahnt, dass ihre Mutter wusste, wo du bist.

Jeden Tag ist eine Kerze bei ihr am Mittagessen für dich angezündet worden.

Bitte glaube uns, wenn wir die Zeit zurückdrehen könnten, würden wir es sofort machen.

Denke bitte einmal zurück, als du 15 Jahre alt warst. Was du in dieser Zeit gemacht hast. Wie reif du schon warst, um Konsequenzen zu überblicken.

Es bricht uns das Herz, weil wir so wenig über dich wissen. Bitte gib uns eine Chance, dich kennenzulernen. Um dich und Julia ein wenig in eurem weiteren Leben zu begleiten.

Uns ist bewusst, dass deine Eltern für dich Maria und Karl sind. Aber bitte lass uns gute Freunde werden.

Lissy und Jan

Am nächsten Tag rufe ich bei Maria an. Berichte ihr von unserem Brief, den wir ihr zukommen lassen werden und bitte sie darum, dass sie ihn an Stefan weitergibt. Am besten soll sie das Schriftstück auf sein Bett legen, wenn er nicht daheim ist. Ansonsten besteht die Gefahr, dass er ihn verweigert oder sogar vor Marias Augen verreist. Ich erkläre ihr unseren Plan, indem wir darauf hoffen, dass ihn nach einiger Zeit die Neugier packt. Dass er in einem Moment, in dem er sich stark genug fühlt, in das offene Kuvert hineinschaut.

Als Maria mir erzählt, dass es Stefan zurzeit schlechter geht, muss ich meine Tränen zurückhalten. Sie meint, „er ist so schwach und hat sich regelrecht aufgegeben." Sie glaubt sogar, dass er die Beziehung mit Julia beendet hat. Zum Glück lässt sie nicht locker und ignoriert das. Julia besucht ihn trotzdem viel. Dabei zeigt sie ihm immer wieder, wie sehr sie ihn liebt und braucht. Maria ist sich sicher, dass Stefan seine Julia auch über alles liebt. Aber er der Meinung ist, sie hätte mit ihm keine richtige Zukunft.

Als wir das Telefonat beendet haben, geht es mir sehr schlecht. Ich lasse meinen Tränen freien Lauf. Es dauert lange, bis ich mich wieder beruhigt habe.

Danach habe ich gleich den innerlichen Drang, Jan anzurufen, um ihm alles zu berichten. Am Telefon höre ich eine selbstsichere junge Dame „Zahnarztpraxis Dr. Kahn, sie sprechen mit Frau Schreiber." Mit verweinter Stimme sage ich, „Grüß Gott Frau Schreiber. Ich möchte gerne den Herrn Doktor sprechen."

„Es tut mir leid. Der ist in einer schwierigen Operation", erst als ich ihr versichere, dass es sich um ein wichtiges privates Gespräch handelt, stimmt sie zu. Nachdenklich lässt sie mich wissen, dass sie den Herrn

Doktor schnell stören wird. Sie sagt ihm, dass ich am Apparat bin. Daraufhin kann er selber entscheiden, ob er aus der Behandlung hinaus kann.

Es vergeht keine Minute, da höre ich am anderen Ende der Leitung Jans Stimme, die angespannt klingt, „Lissy was ist passiert?" Ich habe ihn durch meinen Anruf sehr erschrocken. Darum entschuldige ich mich gleich bei ihm. Währenddessen höre ich Jan schnaufen. Er muss wohl ziemlich schnell an das Telefon gespurtet sein, so außer Atem wie er im Moment ist. Danach erzähle ich ihm, dass es Stefan wieder schlechter geht. Ich merke über die Telefonleitung, wie betrübt Jan wird. „Jan, ich habe dringend jemand zum Reden gebraucht." Ich versuche mich zu erklären und zu entschuldigen, weil ich ihn beim Arbeiten gestört habe.

Daraufhin meint Jan mit seiner ruhigen Stimme „Wir werden Stefan helfen können. Daran glaube ich ganz fest. Und Lissy, für dich würde ich aus jeder Behandlung kommen und alles einfach stehen und liegen lassen. Ich werde heute Abend um 21.00 Uhr zu dir nach Hause kommen. Dann können wir in Ruhe uns unterhalten. Ich möchte derzeit auch nicht mit meinen Gedanken alleine sein und brauche jemanden zum Sprechen. Wenn es für dich in Ordnung ist?" Da ich nicht gleich antworte, spricht er weiter, „ich kann leider nicht früher, weil viele Patienten heute noch mit Zahnschmerzen dazu gekommen sind."

„21.00 Uhr passt", sage ich erfreut und während ich den Hörer weglege, kommt in mir ein warmes Gefühl auf. Dabei freue ich mich auf den Abend mit Jan. Gleichzeitig bin ich froh, dass ich mich dadurch ein wenig ablenken kann und die Spätzeit nicht alleine verbringen muss.

Auf einmal fällt mir ein, wir haben gar nicht ausgemacht, ob er bei mir isst. Da er ja lange arbeiten muss, wird er keine Zeit haben, um vorher zu essen. Darum nehme ich mein Handy und schreibe ihm eine kurze Nachricht.

Hallo Jan,
ich werde für uns beide etwas Leckeres kochen.

Ich bin froh, etwas Nützliches tun zu können. Dadurch mich ein wenig abzulenken.

Kurz vor neun Uhr habe ich ein Hähnchen im Ofen, Pommes in der Fritteuse und dazu einen Tomaten-Gurken Salat gemacht. Jan kommt wie immer pünktlich. Freudig umarmt er mich bei unserer Begrüßung und reicht mir einen leckeren Rotwein, den ich uns gleich einschenke. Beim Essen erzählt er mir von seinem Arbeitstag. Dass sehr viele unerwartete Patienten mit Zahnschmerzen dazu gekommen sind. Dadurch sind lange Wartezeiten für die Schmerzpatienten entstanden.

„Und dann musst du auch noch zu mir ans Telefon." Ich habe noch nicht ausgesprochen, da nimmt er meine Hand. Schaut mir tief in die Augen und sagt mit einer zärtlichen Stimme, „für dich und unseren Sohn würde ich alles machen. Ihr seid mir das wichtigste im Leben." Dabei sieht er mich liebevoll mit seinen himmelblauen Augen an. Steht auf, zieht mich sanft zu sich hoch und fährt mit seinem Zeigefinger vorsichtig meinen Mund entlang.

In mir kribbelt es von Kopf bis Fuß. Mein Herz pocht wie verrückt und ich verfließe förmlich vor ihm. Daraufhin nimmt er seine männlich, starke Hand in meinen Nacken. Er drückt mein Gesicht sanft zu sich her und küsst mich voller Leidenschaft.

In mir erwacht ein Gefühl das ich schon lange nicht mehr gespürt habe. Dabei lasse ich mich ganz in seine Arme fallen. Währenddessen habe ich Raum und Zeit ganz und gar um mich herum vergessen. Es sind wunderbare Minuten und ich wünsche mir, dass die nie vergehen. Als er seine Hände löst und mir wieder in die Augen schaut, dabei gefühlvoll und entschlossen sagt, „Ich liebe dich, Lissy. Ich habe dich immer geliebt und darum werde ich gleich morgen mit Nina Schluss machen." Da bin ich wieder voll in der Realität angekommen.

Erschrocken muss ich feststellen, dass ich gerade das gemacht habe, was ich bei anderen Menschen nicht verstehen kann. Ich habe einen Mann geküsst, der in einer Beziehung ist. Ich bin dabei, diese zu zerstören! Schuldbewusst schaue ich Jan an und sage zu ihm, „ich will nicht, dass du wegen mir mit Nina Schluss machst. Wir beide sollten uns jetzt lieber um unseren Sohn kümmern. Das was gerade eben passiert ist, hätte nicht sein dürfen. Es ist besser, wir vergessen es für immer."

Erschrocken schaut mich Jan an und bekommt eine zittrige Stimme, „ich liebe dich und werde auf alle Fälle mit Nina die Beziehung beenden."

Ich bitte ihn darum, jetzt keine voreiligen Entscheidungen zu treffen. Er soll mit Nina zusammen bleiben! Es ist besser wenn wir nur noch in Kontakt treten, wenn es um Stefan geht. Ich erkläre ihm meine Befürchtung, dass seine Gefühle zu mir da sind, weil er in uns, seine immer gewünschte Familie sieht.

Er will verneinen und sich erklären. Aber ich bitte ihn, darum zu gehen. Zaghaft steht er auf und sagt in einer traurigen Tonlage, „versprochen, ich werde vorerst mit Nina nicht Schluss machen. Aber ich liebe nur dich!" Als er gegangen ist, kaure ich mich auf dem Sofa zusammen und schäme mich für die letzte Stunde.

Es folgt eine schlaflose Nacht. Meine Gedanken drehen sich dabei im Kreis. Ich sehe den traurigen Stefan vor mir, der schwach in seinem Bett liegt. Dann sehe ich meine Töchter vor meinem innerlichen Auge, wie sie mich empört und entsetzt anschauen und sagen, „das was du uns immer gepredigt hast, machst du selber. Man fängt nichts mit einem vergebenen Mann an!"

Mit Schamgefühl überstehe ich die darauffolgenden Tage. Dabei hoffe ich, dass Stefan sich meldet, aber leider kommt kein Zeichen von ihm. Von Jan höre ich zum Glück nichts mehr. Obwohl ich ihn und seine Gespräche wahnsinnig vermisse. Ich hatte mich schon daran gewöhnt, regelmäßig mit Jan Zeit zu verbringen. Auch die paar Minuten der Zärtlichkeit mit ihm, bekomme ich nicht aus meinem Kopf. Ich muss mir eingestehen, dass ich in all den Jahren der Einsamkeit, die Zweisamkeit und Geborgenheit doch sehr vermisst habe. Längst vergessene Gefühle sind wieder erwacht.

So sitze ich oft abends alleine daheim, langweile mich und grüble über Stefan und Jan nach. Dabei bin ich einsam und traurig. Meine Töchter sind meistens auch nicht da. Sie übernachten im Studentenheim und können nur selten unter der Woche nach Hause fahren. Erst am Wochenende, wenn die zwei heimkommen, kommt wieder Leben in das Haus.

Von Tag zu Tag, beinahe stündlich werde ich unruhiger. Weil ich nicht das kleinste von Stefan gehört habe. Bei jedem Telefonanruf stürme ich darauf los und hoffe, seine Stimme zu hören, oder inzwischen auch die von Jan, der mir sagt, dass Stefan mit uns sprechen möchte.

Nachts träume ich die unmöglichsten Dinge, in denen Stefan uns anschreit und verbietet ihn zu sehen. Der schlimmste Traum ist der, in dem er lieber stirbt als, dass er die Hilfe von uns annimmt! Die Hirngespinste sind teilweise so real und beängstigend, dass ich mich schon gar nicht mehr traue in den Schlaf zukommen. Völlig übermüdet überstehe ich die Wochentage. An meiner Arbeitsstelle funktioniere ich nur noch irgendwie.

Langsam gebe ich die Hoffnung auf, dass Stefan auf den Brief reagieren wird. Diese Ungewissheit frisst mich auf. Dazu kommt, dass ich mit niemanden über meine Sorgen und Ängste sprechen kann. Meine Töchter möchte ich nicht belasten und verunsichern.

Wie gerne würde ich Jan anrufen und seine gewohnte Stimme hören. Dass er mir zuversichtlich verspricht, dass alles gut wird!

Als ich am frühen Abend von Stuttgart nach Hause komme, weil meine Untersuchungen zurzeit voll im Gange sind, klingelt das Telefon. Ich stürme wieder einmal auf den Hörer zu. Dieses Mal vernehme ich eine schwache Stimme, die sagt, „Hallo Lissy, ich bin es

Stefan." Mein Atem steht still. Mir wird bewusst, dass da an der anderen Leitung des Telefons mein Sohn ist. Bei dieser Erkenntnis werden meine Füße zittrig. Darum setze ich mich auf mein Sofa. Mein Herz pocht wie verrückt, während ich Stefan gespannt zuhöre. „Eigentlich wollte ich euern Brief nicht ansehen. Aber da ich seit meiner Krankheit ein wenig nachgiebiger geworden bin, habe ich ihn durchgelesen. Würdet ihr zwei mich in Isny besuchen? Dann können wir in Ruhe miteinander sprechen." Erleichtert mache ich mit piepsiger und zitternder Stimme ein Treffen auf den kommenden Samstag aus, bevor wir das Telefonat beenden. Ich bleibe regungslos auf meinem Sofa sitzen.

Eine halbe Stunde später klingelt erneut mein Telefon. Erschrocken vernehme ich Marias Stimme, „hat es sich Stefan anders überlegt", schreie ich hysterisch in den Hörer. „Nein, nein", beruhigt mich Maria und sagt, „Stefan hat mir gerade von eurem Treffen am Samstag erzählt. Dabei hat er erwähnt, dass er euch genauer kennenlernen möchte."

An Marias schnellem Sprechen merke ich, sie ist nervös und gleichzeitig glücklich. „Lissy, das war ein toller Einfall mit dem Brief." Ich gebe dabei zu, dass es nicht unsere Idee war, sondern die von Samuel. Ich nütze den Moment, um ihr zu berichten, „Samuel und Simone sind jetzt ein Paar. Die zwei haben sich ineinander verliebt." Mit fröhlicher Stimme meint Maria „das freut mich aber für die beiden. Die passen perfekt zusammen und sind optisch ein sehr schönes Paar."

Dann wird ihre Stimme ernst und sie sagt erneut, „Stefan weiß ja immer noch nicht, dass ihr euch für ihn untersucht. Es wäre gut, wenn es erst einmal dabei bliebe, bis ihr eure Ergebnisse habt. Nicht, dass wir ihm umsonst Hoffnung machen." Ich verspreche ihr nochmals, „wir werden warten, bis wir Bescheid wissen. Ob einer von uns ihm helfen kann."

Nach dem Telefongespräch wähle ich mit zittriger Hand, Jans Nummer. Dabei bin ich sehr aufgeregt. Ich werde ihn gleich das erste Mal, seit unserem Kuss hören. Ich vernehme seine Stimme und merke an seiner Tonlage, dass er angespannt ist. „Hallo Lissy, schön von dir zu hören. Ich habe dich total vermisst." Ich ignoriere seine Worte und gehe gleich zum Wesentlichen über. Dabei berichte ich ihm genauestens von Stefans Anruf.

„Lissy, ich bin so froh. Jetzt können wir endlich mit ihm ein richtiges Gespräch führen. Darf ich dich gleich noch besuchen. Dann können wir ein Gläschen Wein trinken und darauf anstoßen. Ich möchte jetzt nicht mit meinem Gedankenwirrwarr alleine sein."

„Es geht bei mir heute nicht", lüge ich. „Ich hole dich am Samstag um 11.00 Uhr ab und dann fahren wir direkt ohne Pause zu Stefan. Nimm dir am besten belegte Semmeln für das Mittagessen mit", sage ich in einem rauhen Ton. Er kann darauf gar nichts erwidern, so geschockt ist er vermutlich über meine Worte. Nur noch ein beklemmtes „Tschüss" vernehme ich von ihm, nachdem ich mich zuvor verabschiedet habe.

Als ich das Telefonat beendet habe, geht es mir sehr schlecht. Es tut mir in der Seele weh, dass ich zu Jan so hart sein musste. Ich kann mir vorstellen wie ich ihn mit meiner bösen und konsequenten Art verletzt habe. Wieder einmal merke ich, wie auch ich ihn vermisse!

Seine Stimme zu hören war gerade schön und schrecklich in einem. Es tut mir selbst sehr weh, ihm gegenüber kalt und abweisend zu sein. Aber ich weiß genau, es ist die richtige Entscheidung. Er hat eine Freundin!

Meine Gefühle zu ihm kann ich nicht einordnen. Ist es Liebe? Oder genieße ich nur die Vertrautheit und die Geborgenheit, die ich in seiner Gegenwart spüre.

Die Tage bis zu unserem Treffen vergehen schleichend. Als endlich der Samstagmorgen gekommen ist, weiß ich nicht wie ich die Zeit bis 11.00 Uhr überstehen soll. Ich werde heute meinen Sohn endlich näher kennenlernen. Das ist das, worauf ich schon 29 Jahre sehnsüchtig gewartet habe. Den ganzen Vormittag nehmen meine Ängste überhand. Was ist, wenn er mich unsympathisch findet und darum wieder abweisend wird.

Zwischen den Selbstzweifel spüre ich Hoffnung, was mir Zuversicht gibt.

Pünktlich fahre ich bei Jan vor, der schon ungeduldig auf dem Gehweg wartet. Aufgeregt tippelt er von einem Fuß auf den anderen. Erschrocken muss ich feststellen, dass er sehr schlecht aussieht. Jan hat einiges abgenommen, in den paar Tagen seit unserem letzten Treffen. Sein Gesicht ist blass geworden. Ich muss meine Tränen hinunter schlucken. Ob sein Zustand auch wegen mir so schlecht ist? Hat er wirklich Liebeskummer? Jedenfalls sieht man ihm sichtlich an, dass es ihm nicht gut geht.

Äußerst förmlich begrüßen wir uns und schweigen dann erst einmal. Dabei ist die Unruhe und Anspannung bei uns beiden deutlich zu spüren. Zum Teil habe ich das

Gefühl, mir fehlt die Luft zum Atmen. Es ist so still und eng in meinem kleinen Auto, dass ich die Befürchtung habe, er könnte meinen ängstlichen Herzschlag hören.

Bis er endlich nach einer halben Stunde sich traut zu reden.

„Lissy du machst mich verrückt. Sprich doch mit mir. Ich halte das nicht aus."

„Jan, es tut mir leid, wenn ich dir so wehtue. Das will ich nicht. Aber meine Gefühle zu dir sind für eine Beziehung zu wenig." Während ich das sage, weiß ich selber nicht, ob es stimmt. Aber in einem bin ich mir sicher. Ich werde die Beziehung zwischen Jan und Nina nicht zerstören! Auf meine Worte hin, sackt Jan immer weiter in meinen Autositz zusammen und sieht wie ein Häuflein Elend aus.

„Ich freue mich, Stefan richtig kennenzulernen", sage ich, um das Thema zu wechseln. Er stimmt mir leise bei und wir fangen an über belanglose Themen, wie unseren Arbeitsalltag zu sprechen.

In Isny angekommen, bin ich derart nervös, dass ich befürchte zusammenzuklappen. Instinktiv bemerkt Jan meine aufkeimende Angst und hält mich am Arm. Dankbar lasse ich zu, dass er mich festhält. An der Haustür begrüßt uns Maria und meint leise zu uns, „wir haben heute einen einwandfreien Tag. Es geht ihm relativ gut." Durch diese Worte werde ich ein wenig entspannter und meine zu Jan, „danke, es geht wieder", dabei löse ich mich aus seinem stützenden Griff. Mein Mund ist derart trocken, sodass ich mehrmals schlucke. „Ich muss zuerst noch auf die Toilette", unterbricht Jan meine Gedanken und geht schnurstracks Richtung Gäste-WC.

Maria schaut mich fragend an, „sollen wir auf Jan warten?" Ich schüttle den Kopf und meine, „noch länger es hinauszuschieben halte ich nicht aus. Ich glaube, Jan ist sehr nervös. Geben wir ihm die Zeit sich körperlich und psychisch wieder zu sammeln."

So kommt es, dass ich mit Maria alleine das Wohnzimmer betrete. Stefan sitzt locker auf dem Sofa und hat sogar ein Lächeln auf den Lippen, während er mich begrüßt. Danach sucht er mit seinen Blicken Jan.

„Jan wird gleich kommen. Er musste auf die Toilette", stottere ich. Dabei erwähne ich, wie nervös wir beide sind. Und wie sehr wir uns freuen, weil er uns die Möglichkeit gibt, für diese gemeinsame Unterhaltung.

Stefan hat noch nichts darauf gesagt, als Jan in das Wohnzimmer stürmt. Durch den Teppich am Boden kommt er ins Stolpern und legt sich geradewegs auf die Nase. Erschrocken beobachte ich das Ganze. Er erhebt sich sofort wieder und errötet dabei, da ihm dieser Zwischenfall sichtlich peinlich ist. Dann streicht Jan sich einmal über die Handflächen und meint, „es ist nichts passiert, mir geht es gut."

Daraufhin bricht Stefan in ein herzliches Lachen aus und versucht zu sprechen. Jedoch bringt er keine Worte zustande, die man versteht. Nach mehreren Sekunden kommt ein brauchbarer Satz aus seinem Mund, „gleich vor mich niederlegen, ist nicht nötig."

Auf diesen Zwischenfall hin, der uns alle durch Stefan seine coole Reaktion und seine lustigen Worte entspannt hat, löst sich die Gesamtsituation. Wir fangen kraftvoll an, mit zu lachen.

Nachdem Maria Kaffee und Kuchen serviert hat, meint sie, „ich lasse euch jetzt lieber ein wenig alleine. Damit ihr euch ungestört kennenlernen und unterhalten könnt." Stefan beginnt das weitere Gespräch, indem er uns von seiner schönen Kindheit berichtet. Auch von seinem Engel, also meiner Mutter, erzählt er. Dabei bekomme ich einen richtigen Kloß in den Hals und denke mir, ich werde es ihr nie verzeihen, dass sie mir Stefan vorenthalten hat. Wenn sie nur einmal den Mund aufgemacht hätte um mir zu sagen, wo Stefan wohnt, als ich erwachsen war und mein Leben völlig im Griff hatte. Da hätte sie die verdammte Pflicht gehabt, es mir zu sagen und nicht zu schweigen. Ich bin doch ihre Tochter. Warum hat sie mir so wehgetan? Sie hat mir mein Herz am lebendigen Leib ausgerissen. So schmerzlich war es nicht zu wissen, wie es meinem Sohn geht!

Plötzlich spricht Stefan mich direkt an und schaut mir dabei tief in die Augen. „Hast du wirklich jeden Tag eine Kerze für mich angezündet?"

Ich nicke ihm zu und antworte, „jeden einzelnen Tag. Seit du fünf Jahre alt warst. Es verging kein Mittagessen, an dem deine Kerze nicht brannte. Selbst in den Zeiten, als ich krank war und im Krankenhaus lag, stand neben meinem Bett die Kerze für dich.

Bis du fünf Jahre alt warst, muss ich zugeben, war ich zerstreut. Wusste nicht wo ich im Leben stehe und wohin mein Weg geht. Ich war in der Findungsphase und oft sehr allein und einsam. So ungefähr zeitgleich mit deinem fünften Geburtstag hatte ich mein Leben wieder einigermaßen im Griff. Damals zog ich dann mit meinem späteren Ehemann zusammen.

An jedem einzelnen Geburtstag von dir habe ich einen Kuchen gebacken. Diesen zusammen mit meiner Familie gegessen. Du hast leider jedes Jahr gefehlt." Tränen steigen mir in die Augen. Aber ich versuche, stark zu bleiben, „meine Töchter waren jedes Jahr verwundert, warum ich einen so tolle Torte gebacken hatte. Leider konnte ich ihnen von dir all die vielen Jahre nichts erzählen. Da ich mich zu sehr vor ihnen geschämt habe. Weil ich dich zur Adoption freigegeben habe und dich dadurch im Stich gelassen hatte. Ich wollte ihnen, sobald sie vom Alter her reif genug sind, alles erzählen. Das hatte ich mir   fest vorgenommen. Aber die Jahre verstrichen und ich war zu feige. Ich hatte Angst, sie würden mich danach verachten." Während ich so spreche, merke ich, dass ich Gefahr laufe mich im Kreis zu drehen und immer wieder das Gleiche zu erzählen. Deshalb spreche ich ihn direkt an.

„Stefan glaube mir. Ich habe es mir nie verziehen, dass ich dich damals hergegeben habe. Jedes Weihnachtsfest war traurig für mich. Meine Töchter habe ich Jahr für Jahr die fröhliche Mutter vorgespielt. Nur mein Ehemann wusste wie schlecht es mir ging. Er räumte mir Minuten frei, in denen ich heimlich in mein Schlafzimmer zum Weinen verschwinden konnte.

Wir haben dir im Brief geschrieben. Wenn es eine Möglichkeit gebe, es rückgängig zu machen, würden wir alles dafür tun. Und genau so ist es!

Es tut mir auch leid, weil ich deinen Schwestern nichts von dir in all den Jahren gesagt habe."

Ich verschweige bewusst den Teil, dass meine Mutter mich zur Adoption gedrängt hatte. Ich will nicht vor Stefan über sie schimpfen. Für ihn war sie ja immer da. Außerdem habe ich die Befürchtung, dass ich es bei ihm vermasseln würde. Wenn ich nur ein schlechtes Wort über meine Mutter sage und das will ich nicht riskieren.

Langsam fängt auch Jan an, sich zu erklären, „ich wusste nichts von deiner Existenz. Aber glaube mir, ich bin so stolz auf dich und überglücklich weil es dich gibt."

Lächelnd sagt Stefan, „ich werde euch nie Eltern nennen. Da dies immer Maria und Karl sein werden. Aber ich würde mich freuen, wenn ihr ein wenig mein Leben mit mir teilt und zu Freunden für mich werdet. Und falls Gott will, werde ich den nächsten Geburtstagskuchen mit euch zusammen essen." Nach diesen Worten kann ich meine Tränen nicht mehr zurückhalten. Schüchtern frage ich Stefan, ob ich ihn drücken darf. Er nickt nur und so kommt es, dass in dem Moment, als Maria wieder das Wohnzimmer betritt, wir alle drei uns in dem Arm liegen. Maria steht lächelnd neben uns, als wir sie bemerken und uns wieder voneinander lösen. „Schön, dass ihr euch jetzt endlich versteht", meint sie zufrieden.

An diesem Nachmittag haben wir viel zu besprechen. Jeder erzählt Momente aus seinem bisherigen Leben. Etwas traurig bin ich dabei, wenn Stefan Kindheitsgeschichten von sich erzählt. Eigentlich hätte ich mit ihm durch diese Situationen gehen müssen. Aber natürlich bin ich dankbar, dass ich ihn jetzt in seinem weiteren Leben begleiten darf und ein Teil davon sein werde.

Zu schnell vergeht die Zeit und es wird Abend. Zum Abschied nehme ich Stefan noch einmal herzlich in den Arm und möchte ihn am liebsten nicht mehr loslassen. Ich genieße die Nähe und Wärme meines Sohnes. Furchtbar gerne würde ich die ganze verlorene Zeit sofort nachholen. Als ich ihn frage, ob ich nächstes Wochenende mit zur Dialyse kommen darf, um ihn besser kennenzulernen, sagt Stefan, ohne zu überlegen, „gerne" und ich sehe ihm an, dass er sich über mein Angebot freut.

Im Auto sind wir beide noch ganz euphorisch und glücklich, über das harmonische Treffen. Mein größter und sehnlichster Wunsch ist endlich in Erfüllung gegangen. Ich habe meinen Sohn umarmen können, seine Wärme gespürt und ich werde ihn richtig kennenlernen. Ich will alles über ihn erfahren. Jede Kleinigkeit von ihm. Einfach alles was eine Mutter von ihrem Kind weiß. Auf dem Nachhauseweg sprechen wir nochmals den gesamten Nachmittag in Isny durch. Dabei sind wir uns einig, den allerbesten Sohn zu haben. Jan erwähnt, dass er das Gefühl hat, als würde er Stefan schon immer kennen. Dabei schaut er mich lächelnd an und sagt, „Lissy, ich habe einen Sohn. Ich bin Vater. Mein sehnlichster Wunsch ist durch dich in Erfüllung gegangen." Bei diesen Worten keimt wieder dieser Zweifel in mir auf, ob Jan sich wirklich in mich verliebt hat, oder nur das Bild der heilen Familie liebt! Hätte er sich auch gegen Nina entschieden, ohne ein gemeinsames Kind?

Kurz vor München sucht Jan nochmals das Gespräch mit mir und fragt, „Lissy, willst du dich wirklich nicht mehr mit mir treffen?" Ich antworte darauf, „bitte frage mich nicht mehr. Ich will mich jetzt voll auf Stefan und hoffentlich eine baldige Operation konzentrieren." Daraufhin schaut er kurz zu mir rüber und fragt mit einer sehnsuchtsvollen Stimme, „Lissy, hast du wenigstens ein paar Gefühle für mich?" Ich antworte darauf und weiß schon, während ich es ausspreche, dass ich nicht die Wahrheit sagen sollte. Sondern, dass es besser wäre, ich würde lügen! Was ich jedoch nicht schaffe und darum flüstere ich, „ich hätte dich nicht geküsst, wenn ich garnichts für dich empfinden würde." Erleichtert schaut Jan mich an. Und ich bekomme dabei ein schlechtes Gewissen, dass ich ihm diese Antwort gegeben habe, da er sich jetzt weiterhin Hoffnungen machen wird. Für ihn wäre es sicher besser gewesen, ich hätte ihm gesagt, dass ich nichts für ihn empfinde. Frei nach dem Motto, lieber ein Ende mit Schrecken, als ein Schrecken ohne Ende.

Während wir die Straße zu meinem Haus abbiegen, meint Jan, „ich werde jetzt regelmäßig mit Stefan telefonieren und ihn besuchen. Spätestens wenn wir die Untersuchungsergebnisse haben, hören wir zwei voneinander wieder. Ich verspreche dir, ich werde dir alle Zeit geben, die du brauchst. Du kannst bei mir zu jeder Tages- und Nachtzeit anrufen. Ich würde mich so sehr darüber freuen, weil ich dich liebe. Du musst wissen, ich kann gerade nur noch an dich denken. Das ist Nina gegenüber auch nicht gerecht und hat sie nicht verdient." Ich kann darauf nur nicken und steige schweigend aus.

Am Abend liege ich überwältigt von den Geschehnissen des Tages in meinem Bett und lasse den Tag Revue passieren. Ich bin dabei der erleichtertste Mensch. Ein großer Stein ist von meinem Herzen gefallen. So ein toller Junge! Geht es mir immer wieder durch den Kopf. Ich kann dabei sogar seine Krankheit verdrängen und stelle ihn mir als gesunden jungen Mann vor.

Nur wenn ich an Jan denke, werde ich ein wenig traurig. Wenn ich nur selber wüsste, was ich will. Dann wäre vieles einfacher. Ich stelle mir gedanklich eine Pro- und Contra Liste auf.

Dafür spricht, dass Jan ein warmherziger, intelligenter, hübscher, fürsorglicher und lustiger Mann ist. So einen würde sich jede Frau wünschen. Vor allem haben wir einen Sohn zusammen.

Dagegen spricht, er ist in einer Beziehung. Und ich bin mir meiner Gefühle nicht sicher.

Vor lauter Erschöpfung, bin ich dann doch irgendwann eingeschlafen. In meinem Traum sehe ich meine Mädchen und mich. Wie wir zusammen in der Karibik unter vielen Palmen im Liegestuhl liegen und einen leckeren, erfrischenden Cocktail trinken. Die Sonne scheint heiß über uns und das Meer ist in ein türkisblaues Licht getaucht. Während ich dort auf das klare Wasser schaue, kommt plötzlich Stefan angeschwommen und läuft lachend zu uns her. Ich beobachte seine Fußabdrücke im Sand. Bei uns angekommen, sitzt er wie selbstverständlich und als wenn es schon immer so war, zu uns in einen

Liegestuhl. Er erzählt fröhlich, welche Fische er im Meer beobachten konnte. Meine gesamten Ängste und Sorgen sind in diesem Traum verschwunden und ich fühle mich so wohl, glücklich und unbeschwert.

Kapitel 6

Am nächsten Tag sehe ich die Welt von der Sonnenseite. Ich bin die ganze Zeit so gut aufgelegt wie schon lange nicht mehr. Gedanklich bin ich viel bei meinem Sohn. Trotzdem kann ich bei meiner Arbeit wieder hundert Prozent geben und bin höchst motiviert.
Am darauffolgenden Sonntag fahre ich das erste Mal mit Stefan zur Blutwäsche. Die lichtdurchflutenden Räume sorgen für ein angenehmes Gefühl. Es sind um die zwanzig Dialyseplätze verfügbar. Davon werden elf Plätze gerade genützt. Es ist ein großzügiges Platzangebot vorhanden, sodass ich mich als Besucher nicht ungewollt fühle. Ich merke Stefan an, dass er sich hier schon richtig heimisch fühlt und alle anderen Patienten kennt. Er stellt mir jeden einzelnen namentlich vor und hält kurz einen Smalltalk, bevor er sich in den Behandlungsstuhl setzt. In diesem Raum ist jedes Alter vorhanden. Von einem ca. sechsjährigen, blonden Mädchen bis zu einem ca. siebzigjährigen, ergrauten, etwas verwirrten Herrn.
Mir tut das kleine Mädchen mit ihrem schweren Schicksal leid. Auch wenn sie auf mich keinen traurigen Eindruck macht, sondern eine richtige Frohnatur ist.

Vermutlich verträgt sie die Blutwäsche sehr gut, da sie nicht wirklich krank aussieht, sondern eine sehr schöne rosige Gesichtsfarbe hat.

Als Stefan angeschlossen wird, kann ich gar nicht zusehen. Zum Glück merkt niemand, dass ich teilweise wegsehe oder kurz die Augen schließe.

Während der Behandlung sprechen alle wild durcheinander und zeigen ihren Humor. Nur der ältere Herr und eine Dame um die fünfzig Jahre sind still und wollen ihre Ruhe.

Stefan erzählt mir, dass in Deutschland rund 80 000 Menschen auf eine Blutwäsche angewiesen sind und die Zahl stetig steigt. Danach möchte Stefan alles von mir und meinem verstorbenen Ehemann wissen. Wie es Simone und Tanja dabei erging und wie die Kindheit allgemein bei den beiden war. Dass Simone und sein bester Freund Samuel jetzt ein Paar sind, weiß er natürlich schon haargenau. Er meint nur, „da hat meine kleine Schwester den besten Freund erwischt, den ich mir für sie vorstellen kann."

Im Gespräch kommen wir auf meine Mutter und er fragt, „jetzt erzähl einmal, warum habt ihr kein gutes Verhältnis zueinander?" Ich frage erstaunt, „woher weißt du das?"

„Das merkt man doch sofort an deinem Gesichtsausdruck, wenn man über sie spricht. Und besuchen tust du sie auch nie." Ich überlege einige Zeit, wie ich es ihm am besten erkläre und fang dann an, „weißt du Stefan, es ist für mich jetzt nicht leicht dir das alles zu erzählen, da du sie ja ganz anders kennengelernt hast, als ich. Bei mir war sie immer die strenge Mutter und selbst in der Schule hatte ich keine Ruhe vor ihr, da sie meine Rektorin war. Klar, hatte sie es auch nicht leicht. Mein Vater hat sich, als ich noch ein kleines Kind war, aus dem Staub gemacht und sich nicht mehr um uns gekümmert.

Mit 15 Jahren war ich mit dir schwanger und war wie schon gesagt noch zu jung, um das alles zu realisieren. Ich hatte riesige Angst vor der ganzen Verantwortung. Bei deinem Vater dachte ich, er will nichts mehr von mir wissen. Er hat ein halbes Jahr immer bei meiner Mutter angerufen. Jedoch hat sie ihn abgewimmelt und mir nichts von seinen Anrufen erzählt.

Ich will meine Mutter jetzt nicht schlecht machen. Aber sie hätte nur einmal sagen müssen, wir schaffen es zusammen. Ich helfe dir dein Kind groß zuziehen. Dann wäre alles anders verlaufen."

„Dann ist euer Streit wegen mir?" Stellt Stefan traurig fest.

„Aber nein." Erschrocken versuche ich es richtig zu stellen. Da ich mich vermutlich falsch ausgedrückt habe, probiere ich erneut, die richtigen Worte zu finden. „Wir haben nie gestritten. Wir haben nur kein sonderlich inniges Verhältnis. Weil sie mir damals mit dir nicht geholfen hat, war der Auslöser, dass ich danach mein eigenes Leben gelebt habe, ohne sie. Ohne diesen Grund wäre es später ein anderer gewesen. Eigentlich wollte ich dir nichts erzählen. Da es gut ist, dass du sie magst und sie dir all ihre Liebe schenkt. Aber anlügen möchte ich dich auch nicht."

Ich bin froh, dass Stefan mich so direkt nach meiner Mutter gefragt hat. Somit konnte ich die Möglichkeit nützen und ihm meine Version der Geschichte erzählen. „Sollen wir sie nachher besuchen?", fragt Stefan vorsichtig. Um ihn zu ermutigen, stimme ich gleich freudig zu.

„Darf ich nächstes Wochenende wieder mit zur Dialyse?" Strahlend schaut Stefan mich auf meine Worte hin an und sagt „sehr gerne. An dem Tag kommt mich Andreas nachmittags besuchen. Dann bleibst du einfach den ganzen Tag in Isny, um ihn auch gleich kennenzulernen. Er ist der Mann, welcher mir die Vorfahrt nahm und den Unfall verursacht hat." Skeptisch und überrascht frage ich, „und mit dem hast du so einen guten Kontakt, dass du dich sogar freust, wenn er dich besucht?"

„Gute Frage", erwidert Stefan, „aber was soll ich machen. Die ersten Wochen habe ich ihn verabscheut und wollte ihn nicht sehen. Ich habe ihn regelrecht gehasst. Dann hat mein Vater mit mir ein ernstes Gespräch geführt und mir dabei klar gemacht, dass der Unfall ein böses Schicksal gewesen ist und keiner Schuld daran hat.

Andreas hatte einen leichten Schlaganfall am Steuer und dadurch den Wagen nicht mehr unter Kontrolle. Mir wurde bei dem Gespräch bewusst, wenn ich Andreas nicht verzeihen kann, werde ich ihn zerstören. Da er so viele Schuldgefühle mit sich herumtragen wird. Er hat von dem Tag an, als er das Krankenhaus verlassen konnte, bis ich bereit war mit ihm zu sprechen, jeden

Tag bei meinen Eltern angerufen. Und das waren um die sechs Wochen.

Mir wurde bewusst, einen Schuldigen zu haben, auf den man böse sein kann und den man verflucht, ist einfach. Aber leichter lebe ich, seit ich es wie mein Vater es so schön ausgedrückt hat, als bösen Schicksalsschlag sehe. Seither versuche ich Andreas die Schuldgefühle zu nehmen.

Er besucht mich regelmäßig und mit ihm kann ich so schön fachsimpeln, da er Richter ist." Erstaunt schaue ich Stefan an und er deutet meinen Blick gleich richtig.

„Ich weiß bei einem Richter denkt man, dass die gnadenlos sind, da sie täglich schwerwiegende Entscheidungen treffen müssen. Aber das sind auch nur Menschen. Die sind auch sensibel und Schuldgefühle können auch sie in sich tragen. Andreas sagt immer, seit vor vier Jahren seine Ehefrau gestorben ist, sein Leben nur noch bergab gehen würde."

Ich bin von Stefans warmherzigen Worten so sehr gerührt, dass ich den innerlichen Drang verspüre, ihn zu umarmen. Darum bahne ich mir vorsichtig einen Weg durch die ganzen Dialysekabel. Er schaut mich erstaunt an und lässt es geschehen. Daraufhin sage ich zu ihm, „du und Simone seid euch total ähnlich und deinen Dickkopf hast du von mir."

Wie ausgemacht fahren wir nach der Behandlung ins Altersheim zu meiner Mutter. Auch wenn Stefan unter Übelkeit und Kopfschmerzen leidet. Tapfer meint er, „es geht schon. Das sind die Nebenwirkungen von der Blutwäsche. Die habe ich fast jedes Mal."

Am Eingang treffen wir eine ältere Pflegerin, die Stefan freundlich begrüßt und meint, „schön, dass sie da sind. Ihr Engel fragt oft nach ihnen, wenn sie gute Momente hat."

Bei diesen Worten schnürt es mir die Kehle zu. Trotzdem probiere ich mir nichts anmerken zu lassen.

Im Zimmer angekommen, lächelt uns meine Mutter freudig an. So habe ich sie schon seit Jahren nicht mehr gesehen.

„Hallo ihr zwei, endlich besucht ihr mich einmal zusammen. Lissy, du könntest dich aber besser um Stefan kümmern. Schau nur wie dünn er ist. Du kochst wohl immer noch so schlecht, unausgewogen und viel zu viele Fertiggerichte." Ich starre sie dabei an und bringe kein vernünftiges Wort heraus. Stefan übernimmt mit ruhiger Stimme das Gespräch, „wie geht's dir?" Daraufhin fängt meine Mutter über das gesamte Personal an zu schimpfen. Wie die Pflegerinnen ihr Zimmer durchwühlen, um Geld und Schmuck zu stehlen. Wie das Essen schlecht schmeckt und sie aufpassen muss, dass es nicht vergiftet ist. Sie muss auch Obacht geben, dass das Gebiss aus dem Mund heraus nicht gestohlen wird. Ich bin sprachlos und schockiert, wie sie alles falsch interpretiert. Aber Stefan rettet die Situation, bevor meine Mutter völlig in Rage gerät.

„Du siehst müde aus. Soll ich dir helfen, damit du dich ein wenig hinlegen kannst." Daraufhin sagt sie, und scheint mich dabei vergessen zu haben, „Stefan, du bist der Einzige, der sich um mich kümmert. Kennst du meine Tochter Lissy? Die schert sich einen Dreck um mich. Aber zum Glück habe ich dich."

Stefan hilft ihr ins Bett und geht gar nicht auf das Gespräch von ihr ein. Sondern setzt sich neben sie und streichelt behutsam ihre Hand. Sie wird dabei wieder ruhig und nach ein paar Minuten atmet sie ganz friedlich. Sie ist eingeschlafen. Ich komme mir dabei richtig fehl am Platz vor und schäme mich dafür, dass ich niemals so ruhig und gelassen reagiert hätte, wenn ich mit ihr allein gewesen wäre. Vermutlich hätte ich mit meiner demenzkranken Mutter diskutiert.

Als wir das Altersheim verlassen, versichert mir Stefan, „es war das erste Mal, dass sie bei mir über dich geschimpft hat." Erleichtert lächle ich ihn an und sage, „kannst du Gedanken lesen. Diese Frage ging mir gerade durch den Kopf."

Nachdem ich Stefan zu Hause abgesetzt habe, fahre ich stolz auf meinen Sohn, nach München zurück. Dabei gestehe ich mir ein, dass er in mancherlei Hinsicht schon viel erwachsener ist, wie ich selber. In mir kommt ein richtiges Dankbarkeitsgefühl gegenüber Maria auf, die an dieser Situation nicht unbeteiligt ist.

Eine Woche später fahre ich gut gelaunt Richtung Isny. Darauf hatte ich mich schon die ganzen Tage gefreut. Den Vormittag verbringen Stefan und ich wieder zusammen bei der Blutwäsche. Es sind heute die identisch gleichen Personen wie von letzter Woche da. Nur bei dem kleinen Mädchen ist dieses Mal der große Bruder dabei, anstatt der Mutter. Stolz sagt sie zu mir „Lissy, das ist mein Bruder Alexander." Ich merke, dass sie mich mag, was mich riesig freut. Denn ich habe sie auch schon in mein Herz geschlossen. Ich bewundere sie, wie tapfer sie ihre Krankheit meistert.

Bei Stefan und mir geht der Gesprächsstoff nicht aus. Ich könnte Stunden an der Seite meines Sohnes verbringen und mich mit ihm unterhalten. Für mich geht die Zeit rasant vorbei. Jedoch ist Stefan jedes Mal ziemlich froh, wenn alle Schläuche weggemacht sind und er sich wieder erheben kann.

Als wir zu Stefan heimkommen, ist er ziemlich erschöpft. Trotzdem versucht er sich nichts anmerken zulassen. Man sieht ihm an, dass er sich auf Andreas freut. Während er die Haustüre öffnet, kommt uns gleich ein feiner Duft nach leckerem Mittagessen in die Nase. Maria hat das Knacken der Türe gehört und springt uns gleich entgegen. Im Hausgang treffen wir aufeinander und sie sagt erfreut, „Andreas ist schon im Esszimmer. Ich habe heute Spätzle mit Rehbraten und Preiselbeeren gemacht", dabei schaut sie mich fragend an, „ich hoffe, du magst Reh? Ich habe es von einem Nachbarn, der Jäger ist, gekauft." Ich nicke gleich und sage, „darauf freue ich mich jetzt. Ich habe nämlich schon lange kein Wild mehr gegessen."

Ich habe noch nicht richtig ausgesprochen, da kommt ein Mann aus dem Esszimmer gehetzt. Dieser nimmt Stefan in den Arm und begrüßt ihn freudig. Mir ist gleich bewusst, dieser Mann muss Andreas sein. Ich schaue ihn an und denke: Warum hast du meinen Sohn so schwer krank gemacht? Schäme mich aber gleich wieder für diesen Gedanken. Wenn Stefan ihm verzeiht, dann werde ich es auch können. Nach der freudigen

Begrüßung der beiden, reicht er mir die Hand und sagt mit einem sympathischen Blick.

„Ich bin Andreas, schön sie kennenzulernen. Sie haben einen wunderbaren Sohn." In dem Moment als er das sagt, schaue ich gerade zufällig zu Maria und sehe, wie sie zusammenzuckt. Dabei wird mir bewusst, für Maria ist mein Erscheinen auch nicht immer einfach. Ich nehme mir vor, ihr unter vier Augen zu sagen, dass sie seine Mutter ist und immer bleiben wird. Da sie ihn aufgezogen hat und immer für ihn da war. Sie war diejenige, welche bei jeder Kinderkrankheit, neben seinem Bettchen schlief und auf ihn aufgepasst hat. Sie hat seine ersten Schritte gesehen, das erste Wort von ihm gehört und ihm seine Schuler-Tüte für den ersten Schultag gebastelt.

Ich bin nur die leibliche Mutter. Ich kann keine Kindheitserinnerung mit ihm teilen. Bei meinen Gedanken läuft es mir kalt über den Rücken. Wieder denke ich an meine Mutter und die Frage kommt in mir auf. Warum hast du mir nicht gesagt, wo Stefan wohnt oder mir die Hilfe angeboten, die ich damals benötigt hätte. Um ihn gar nicht hergeben zu müssen?

Maria holt mich wieder in die Realität, in dem sie meine Hand nimmt und mich Richtung Esszimmer zieht.

Während wir uns an den Tisch setzen, läuft uns allen schon das Wasser im Mund zusammen. So gut sieht das Essen aus. Dazu riecht es auch noch himmlisch. Maria legt jedem ein Bratenstückchen auf den Teller. Dazu schöpfen wir selber gemachte Spätzle und einen schwäbischen Kartoffelsalat. Natürlich gießen wir viel Soße darüber. Da bei uns Schwaben das Essen in der

Soße schwimmen muss, damit es uns richtig schmeckt. Alles ist so köstlich. Darum ist jeder erst einmal mit kauen beschäftigt, sodass dabei kein Gespräch in Gang kommt.

Ich nütze die Zeit, um Andreas genau zu mustern. Eigentlich sieht er sehr freundlich aus. Es ist schwer sich ihn als Richter vorzustellen. Weil man Menschen mit dieser Berufswahl doch eher als strengere Personen sieht; und nicht so natürliche, sympathische und herzliche wie Andreas einer ist. Seine an den Schläfen leicht ergrauten Haare, geben ihm einen attraktiven Kontrast zu seinen ansonsten schwarzen Haaren. Die dunkelbraunen Augen geben einen schönen Einklang zu seiner braun gebrannten Haut. Er ist ca. einen Kopf größer als ich. Er hat für sein Alter noch eine sehr sportliche Figur und kaum Falten im Gesicht. Dabei schätze ich ihn ca. um die fünfundfünfzig Jahre.

Plötzlich wirft Andreas einen Blick auf mich. Ich kann gerade noch wegschauen. Dabei hoffe ich, dass es nicht aufgefallen ist, dass ich ihn so lange angeschaut habe. Er beginnt schüchtern das Gespräch mit mir, „sie kommen aus München. Was hat sie in die bayrische Hauptstadt verschlagen?" Ich erzähle, dass ich immer schon in der Großstadt leben wollte. Und da ich als Jugendliche auf einem Internat bei München war, sei ich in der wunderbaren Stadt gleich hängen geblieben. „Ich liebe einfach das gesamte Feeling dort. Ob es der Englische Garten ist, mit seinen 375 Hektar, der zu den größten Parkanlagen weltweit zählt. Es trifft sich dort Jung und Alt zum Picknicken, Spielen, Sportlern, Spazieren, Baden oder surfen im Eisbach. Im Sommer kommt regelmäßig ein kleiner Wagen mit einem Eisverkäufer vorbei. Einfach toll dort.

Oder unser Viktualienmarkt, in dem es alles gibt, was das Herz begehrt. Von Kräutern bis zu Dekoration. Daneben befindet sich ein kleiner Biergarten, die man allerdings überall in München an den schönsten Stellen finden kann. Man kann Menschen im Dirndl oder Tracht begegnen, nicht nur zum bekannten Oktoberfest zu dem um die sechs Millionen Besucher jährlich kommen.

Direkt im Zentrum ist der Marienplatz und Beginn der Fußgängerzone. Dort steht auch das Rathaus, welcher ein neugotischer Prachtbau ist und im Jahre 1905 fertiggestellt wurde und natürlich darf ich unser bekanntes Hofbräuhaus aus dem 16. Jahrhundert in der Altstadt nicht vergessen, zu erwähnen.

„Man hört ihrer Aufzählung an, wie wohl sie sich dort fühlen. So sehr kann ich über meine Heimatstadt Ravensburg nicht schwärmen. Auch wenn es eine sehr schöne Altstadt in Oberschwaben ist. Wir feiern jährlich unser Rutenfest, welches von uns einheimischen nicht nur gefeiert wird, sondern gelebt. Bekannt ist Ravensburg auch durch die Ravensburger Spiele.

In unserer Nachbarstadt Weingarten wird seit über 900 Jahren am Freitag nach Christi Himmelfahrt der Blutfreitag gefeiert. Der Legende nach birgt die Heilig-Blut Reliquie einen Blutstropfen von Jesus Christus, die unterm Jahr in Deutschlands größter Barock-Basilika aufbewahrt wird. Beim Blutritt trägt der Heilig- Blut-Reiter die Reliquie durch Stadt und Fluren. Begleitet wird er von Europas größter Reiterprozession mit gut 2500 Wallfahrern hoch zu Ross.

In Ravensburg im Amtsgericht habe ich meine Arbeitsstelle. Allerdings kommt mein Vater aus Rom. Darum fahre ich öfters nach Italien runter, um ihn zu besuchen." Bei dieser Erklärung sieht Andreas wie ein Häufchen Elend aus und mir ist gleich bewusst, dass der Unfall bei so einer Durchreise geschehen ist. Aufmunternd sage ich, „Aha, daher das südländische Aussehen." Dabei wird er wieder fröhlicher und meint lächelnd, „ja von meiner Mutter habe ich nichts geerbt. Die ist nämlich blond und sehr blass."

Als Stefan kurz auf die Toilette muss, flüstert Andreas mir zu, „Maria hat gesagt, dass ihr euch wegen der Lebendspende untersucht. Hoffentlich passt einer von euch. Meine Werte haben leider nicht gepasst." Weiter kommen wir nicht zum Sprechen. Da Stefan wieder den Raum betritt und wir vor ihm nicht über dieses Thema reden können. Zum Glück hat Stefan nicht bemerkt, wie abrupt wir das Thema gewechselt haben.

Wir verbringen einen unterhaltsamen und lustigen Nachmittag zu fünft. Jedoch werden auch ernste Themen angesprochen. Andreas erzählt von seiner Ehefrau, die ein Jahr leiden musste, bevor der Krebs gesiegt hatte und sie an Heiligabend vor vier Jahren verstarb. Ich berichte von meinem Ehemann. Versuche aber den Gesprächsstoff, schnellst möglichst zu beenden, weil Stefan mit am Tisch sitzt. Denn ich will vor ihm nicht so viel von Unfall und Tod sprechen. In seiner Anwesenheit will ich von schönen Erlebnissen und vom Leben sprechen.

Ich denke mir, wie ungerecht die Welt ist. Normalerweise müsste der Junge reisen, in die Disco gehen, Karriere machen, Familie gründen und einfach sein Leben genießen. Und nicht bei uns Alten sitzen und regelmäßig die Dialyse besuchen. Bei dem Gedanken werde ich traurig und merke wie Andreas mich nachdenklich ansieht. Wir schauen uns beide in die Augen und wissen genau, was der andere denkt. Dabei hoffe ich wieder einmal inständig, dass von Jan oder mir die Werte passen und wir Stefan helfen können. Er muss soweit wieder gesund werden, damit er ein normales Leben führen kann.

Während ich in Gedanken schwelge, schauen Andreas und ich erneut uns traurig an. In diesem Moment wünsche ich mir, dass ich alleine mit ihm dasitzen würde. Damit er mir seine Sicht des Unfalls genau erzählen könnte, ich ihm vielleicht dabei verzeihen kann. Stefan hat mir ja schon erklärt, dass ein Schlaganfall schuld war. Aber es würde mir helfen, es aus seinem Mund zu hören. Vielleicht würde es mir auch gut tun, wenn ich ihn beschimpfen könnte und ihm meine Wut zeigen. Auch wenn ich genau weiß, dass ich nicht das Recht habe auf ihn böse zu sein, da Stefan ihm verziehen hat. Aber das alles ist keine einfache Situation für mich und ich kann leider kein so nachgiebiger Mensch sein wie Stefan. In diesem Punkt ist er mir so viel voraus. Dafür bewundere ich meinen Sohn so sehr.

Als es an der Türe klingelt, steht Maria auf und lässt Julia herein, die liebevoll mit einem Kuss Stefan begrüßt. Ich bin mir dabei sicher, er liebt Julia über alles und sie ihn sowieso. Wir haben noch weitere schöne Gespräche zu sechst. Als ich auf meine silberne Armbanduhr schaue, erschrecke ich, wie schnell die Zeit vergangen ist. Da es draußen auch schon dunkel ist und ich einen langen Heimweg habe, lasse ich die Anderen wissen, dass es für mich Zeit ist, heimzufahren.

Auch Andreas steht auf, um den Nachhauseweg anzutreten. So kommt es, dass wir uns gemeinsam von den anderen vier verabschieden. Wir gehen zusammen zu unseren Autos. Kurz vor den Fahrzeugen flüstert er mir zu, „Lissy, darf ich sie zum Essen einladen? Ich würde nach München kommen. Ich möchte ihnen unter vier Augen einiges erklären." Darauf erwidere ich nur, „ich würde mich freuen." Erleichtert schaut er mich an und wir machen für den kommenden Mittwoch einen Termin beim Griechen aus.

Schneller als mir lieb ist, kommt das Treffen herbei. Als ich in meinem braunen Hosenanzug zum Restaurant laufe, sehe ich schon Andreas vor der Türe warten. Er steht lässig in Jeans und einer schwarzen Jacke da. Freundlich begrüßt er mich mit Handschlag und meint, „gehen wir rein, bevor wir draußen noch anfrieren bei diesem kalten Wetter." Dankbar darüber, weil es mich wirklich auch friert, gehen wir schnell und ohne weitere Worte hinein ins Warme.

Drinnen rückt er mir ganz zuvorkommend meinen Stuhl zurecht. Mit einem kleinen Lächeln bedanke ich mich dafür. Bevor wir zum Sprechen kommen, stürmt schon eine ältere unfreundliche Bedienung herbei und fragt ungeduldig nach unseren Wünschen. Dabei hält sie die Menükarte unter meine Nase und gibt zu verstehen, dass wir schleunigst uns entscheiden sollen. Währenddessen verzieht sie keine Miene und wir geben schnell unsere Bestellung auf. Mit einem ernsten Gesichtsausdruck und schnippischen Ton meint sie, „es kann dauern. In der Küche sind alle heute langsam." Dann steckt sie den Bestellblock vorne in die Schürze und läuft mürrisch Richtung Küche.

Irritiert meine ich, „Entschuldigung für die unfreundliche Bedienung. Aber ich war schon oft hier und normalerweise ist hier ein nettes Personal." Andreas ist in seiner eigenen Gedankenwelt und schaut mich verwundert an. Ich habe das Gefühl, er hat gerade von alldem vor lauter Anspannung gar nichts mitbekommen.

Während wir auf das Trinken und Essen warten, schiebt er seine Hemdsärmel nervös nach oben und beginnt das Gespräch in einem traurigen Ton, „ich möchte mich erst einmal entschuldigen. Ich bin schuldig, dass es Stefan so mies geht. Wäre ich an dem Tag nicht von Rom heimgefahren, sondern wie es mein Vater gewollt hat, noch eine Nacht geblieben. Dann wäre der Unfall nicht passiert! Ich hatte damals schon den ganzen Tag gemerkt, dass etwas nicht stimmt. Ich war von leichtem Schwindel, von einem Taubheitsgefühl und von einer Sehstörung befallen. Allerdings waren die Symptome wirklich sehr gering und ich habe darum gar nicht darauf geachtet. Leider hatte ich am Endeffekt einen Schlaganfall. Es kam zur Erschlaffung meiner Muskulatur, dadurch hatte ich den Wagen nicht mehr unter Kontrolle. Vermutlich war ich auch kurzzeitig bewusstlos, da ich nichts mehr vom Aufprall weiß.

Diese Unbeschwertheit, welche ich vor dem Unfall hatte, wünsche ich mir zurück, und wenn es nur für eine kurze Zeit ist. Ich habe seither keine Nacht mehr durchgeschlafen. Sehr oft träume ich von der Kollision, auch wenn ich selber damals nichts vom Zusammenstoß mitbekommen habe. Ich sehe mich im Traum, wie ich den Unfall vom Straßenrand beobachte und mich selber versuche aus meiner Ohnmacht zu holen.

Glauben sie mir, wenn ich könnte, würde ich anstelle von Stefan so schwer krank sein und zur Dialyse gehen. Er ist noch so ein junger Mensch, hat sein ganzes Leben vor sich und wegen mir ist es jetzt verkorkst. Wäre ich doch nur bei dem Unfall verstorben und ihm nichts passiert!" Bei diesen Worten kommen ihm die Tränen. Er legt seine Handflächen schützend vor seine Augen und versucht es zu verbergen. Dabei gehen seine Schultern auf und ab.

So sitzen wir da. Ich und der Richter, der weint. Und plötzlich verstehe ich Stefan und seine Worte gehen mir durch den Kopf. Wenn ich ihm nicht verzeihen kann, dann werde ich ihn zerstören.

Ich bekomme den Drang, meine Hand auf seine Schulter zu legen, um ihm ein wenig Halt zu geben, lass es aber bleiben. Stattdessen verschränke ich meine Arme auf dem Tisch und bin über mich selber überrascht. Weil ich so schnell in seiner Situation mitfühlen kann und ihn nicht nur als Bösewicht sehe, sondern sogar ein wenig Mitleid habe.

Während ich beklemmt dasitze, sehe ich mich um und mein Blick fällt auf die Eingangstür, die sich in dem Moment öffnet und ich glaube, nicht recht zu sehen. Ich reibe mir die Augen. Aber das Bild bleibt das gleiche. Ich sehe Jan und Nina zielstrebig hereinkommen. Erschrocken erstarre ich und ringe um Selbstbeherrschung.

Als mich Jan entdeckt, steht er mit einem erbitterten Blick, wie angewurzelt da. Nina will ihn weiterziehen und versteht nicht, was passiert ist, bis sie seinem Blick folgt und mich auch sieht. Nach ein paar Sekunden, die mir unendlich vorkommen, läuft Jan mit Nina direkt auf mich zu. Ich habe dabei das Gefühl, als ob ich nicht mehr atmen kann.

„Lissy, du hier?", höre ich Jan, wie durch einen Schleier, spöttisch sagen. Dabei sieht er mich und Andreas ungläubig an. Nervös zieht er seine Augenbrauen hoch. Nachdem ich meine Sprache wieder gefunden habe, probiere ich die Situation zu retten und stelle alle einander vor. Als ich Jan vorstelle, sage ich zu Andreas, „das ist Jan, Stefans Vater." Andreas hat sich beruhigt und schaut mit seinen roten, verweinten Augen zu den beiden. Während mich Jan baff anstarrt und ich ihm sichtlich seine Gedanken ansehe. Er ist verwundert, dass der Mann mit dem ich beim Essen bin, unseren Sohn kennt. Vor allem hört es sich so an, als wenn dieser Mann Stefan gut kennt. Dabei sieht jener im Moment mit dem verheulten Gesicht, wie ein Häuflein Elend aus.

Andreas nimmt seinen ganzen Mut zusammen und klärt selber die Sachlage auf. Dabei tut er mir leid. „Ich bin der Unfallverursacher ihres Sohnes. Ich möchte mich bei ihnen dafür entschuldigen." Sprachlos schaut Jan vorwurfsvoll von Andreas zu mir und wieder zurück.

Schnell sage ich noch dazu, bevor Jan Andreas eine Ohrfeige gibt, da er wütend aussieht. „Er hatte damals einen Schlaganfall und dadurch den Wagen nicht mehr unter Kontrolle."

Jan meint achselzuckend mit einem übertriebenen arroganten Ton, den ich noch nie von ihm gehört habe. „So ein Schwachsinn. Das macht mich stinkwütend. Nicht ich muss ihnen verzeihen, sondern Stefan." Zügig geht er mit Nina weiter. Dabei schlingt er die Arme um ihre Taille, ohne uns nochmals eines Blickes zu würdigen, an den hintersten Tisch des Restaurants. Ich bin bestürzt und enttäuscht über Jans Verhalten. Gleichzeitig versuche ich Andreas wieder aufzubauen. Dabei sehe ich mich zufällig im Restaurant um und stelle fest, dass alle anderen Gäste auf uns starren. Es ist mucks- mäuschen-still um uns geworden.

In meinem Inneren stelle ich mir vor, wie die Menge für das Schauspiel applaudiert. Andreas und ich sitzen mitten in der Manege. Verschämt entziehe ich mich den durchdringenden Blicken. Dabei richte ich meine Augen auf einen Papierserviettenhalter, der auf unserem Tisch steht. In dem glänzenden Silber kann ich meinen traurigen Gesichtsausdruck sehen. Am liebsten würde ich hinausrennen und das Weite suchen.

Wenig später höre ich, dass der normale Trubel um uns weiter geht. Als ich meinen Blick wieder hebe, sehe ich, dass keiner mehr auf uns achtet, als uns das Essen endlich serviert wird. Wegen der Bedienung, die immer noch mit ihrem lustlosen Gesichtsausdruck dasteht, müssen wir sogar wieder ein wenig grinsen und haben einen angenehmeren Gesprächsstoff. Andreas erzählt mir von seinen zwei Söhnen und drei Enkelkindern. Ich stelle ihn mir dabei vor, wie er fürsorglich mit diesen spielt.

Während ich zufällig einen Blick zu Jan werfe, sehe ich, wie dieser das sieht und daraufhin Nina einen Kuss gibt. Danach umarmt er sie, dabei ihr etwas ins Ohr flüstert, woraufhin sie lacht und ihn verliebt anschaut. Sofort gebe ich meine gesamte Aufmerksamkeit wieder Andreas und verkneife ein Schmunzeln, da das ganze nach einem Schauspiel von Jan aussieht. Dabei höre ich gespannt Andreas zu, der mir von seinem Beruf erzählt, dass Richter immer schon sein Traumberuf war, da er für Gerechtigkeit sorgen möchte. Stundenlang könnte ich seinen Erzählungen folgen, da alles was er erzählt, interessant ist und nicht langweilig. Kurz bevor wir aufbrechen, laufen Jan und Nina, händchenhaltend an uns vorbei. Sie bringen nur ein kaltes „Tschüss" heraus. Jans Gesichtsausdruck könnte dabei nicht finsterer sein. Kopfschüttelnd entschuldige ich mich bei Andreas für Jans knallhartes Verhalten. Er wehrt nur ab und meint, „ich wäre nicht anders." Wir unterhalten uns noch über meine Töchter, bis es Zeit ist zu gehen und sich voneinander zu verabschieden.

Ich liege noch keine zwei Minuten im Bett, als auf meinem Handy eine Nachricht erscheint. Ich öffne die SMS, die von Jan kommt. Darin lese ich, wie er sich entschuldigt für sein doofes Verhalten. Dass es für ihn unerträglich war, mich mit einem anderen Mann zu sehen. Er hat versucht, mich eifersüchtig zu machen und weiß genau wie kindisch das war. Da er derjenige ist, der eifersüchtig ist.

Ich antworte ihm, er soll sich nicht verrückt machen. Jetzt soll er besser schlafen. Kurz schreibe ich noch, dass ich mich mit Andreas getroffen habe, da er sich in Bezug des Unfalles erklären wollte.

Sofort kommt eine Meldung von Jan zurück. In der schreibt er, dass er mir alle Zeit gibt, die ich brauche. Seine Gefühle für mich sind sehr stark, er mich gar nicht mehr aus seinem Kopf bekommt und dieser Zustand ihn wahnsinnig macht.

Lange überlege ich, was ich am besten zurückschreibe. Belasse es aber dabei und antworte nicht mehr, da ich das für die bessere Entscheidung halte.

Zwei Tage später bringt ein Bote einen riesigen Blumenstrauß mit roten Rosen zu mir nach Hause. Erstaunt schaue ich auf die Blumen in seiner Hand und frage den Mann, ob er wirklich bei der richtigen Adresse ist. Lächelnd nickt er und reicht sie mir. Als ich den Strauß entgegennehme, bin ich über Jan sehr enttäuscht, weil er mir keine Zeit gibt und aktiv etwas macht. Ich weigere mich auf das Kärtchen, welches daran hängt, zu schauen. Immer noch schockiert über Jans Verhalten denke ich mir, ich will gar nicht lesen wie er sich für sein blödes Benehmen nochmals entschuldigt.

Mehrere Minuten stehe ich da und starre auf den Strauß Rosen. Dabei überlege ich mir, wie ich sie am besten entsorge. Bis ich mir dann doch einen Ruck gebe und laut zu mir selber sage, „die schönen Blumen sind unschuldig und können ja nichts für Jans Verhalten!" Ich stelle sie in eine Vase mit frischem Wasser. Dabei berühre ich das rote Kärtchen, das am oberen Teil eines Stieles baumelt. Genau dieser Anblick der Grußkarte macht mich jetzt doch neugierig und ich nehme sie vom Strauß weg.

Während ich das Geschriebene durchlese, bin ich sehr überrascht. Langsam lese ich nochmals Wort für Wort. Und kann dabei nicht glauben, dass die Rosen von Andreas sind und nicht wie gedacht von Jan.

Andreas bedankt sich, für den schönen Abend mit mir. Dass unsere Gespräche ihm sehr gut getan haben und er dabei meine Gegenwart sehr genossen hat. Er würde gerne mit mir in Kontakt bleiben, falls ich Lust und Zeit habe. Darunter steht seine Handynummer und dass er meine Adresse nach mehrmaligem Betteln von Karl bekommen hat. Dann bittet er mich darum, dass ich auf Karl und ihn nicht böse sein soll, weil dies ohne mein Wissen geschehen ist.

Ich wundere mich über mich selber, weil ich mich über die Rosen und das Kärtchen von Andreas riesig freue. Auf einmal kommen mir die Blumen viel schöner und edler vor, als zuvor wie ich dachte, Jan hat sie mir geschickt.

Andreas hat eine herzliche Art, die einem in seiner Nähe Geborgenheit und Wärme gibt. Vor allem unterhalte ich mich mit ihm richtig gut und gerne, da wir irgendwie ähnlich ticken. Mir tut es sehr gut, dass er mit mir die Sorge um Stefan teilt.

Aber auch die Enttäuschung über Jan nimmt ab, umso länger ich mir darüber Gedanken mache. Er muss in mich wirklich verliebt sein, so peinlich wie er sich benommen hat. Denn er ist normalerweise eine ernstzunehmende, bodenständige Person. Bei diesem Gedanken fühle ich mich auf einmal sogar ein wenig geehrt.

Nach langer Überlegung rufe ich bei Andreas an und mache mit ihm ein neues Treffen aus, denn ich möchte ihn gerne näher kennenlernen. Wir verabreden uns für den darauffolgenden Samstag. Am Telefon höre ich genau heraus, wie erfreut er über meinen Anruf ist. Und glücklich darüber, dass er mich in naher Zukunft wieder sehen wird. Dieses Mal werde ich zu ihm nach Ravensburg fahren. Dann werden wir einen Ausflug, an den naheliegenden Bodensee, in die Stadt Friedrichshafen machen.

Am Freitagabend schaue ich in der Landkarte die genaue Route nach Ravensburg an, damit ich am nächsten Tag gleich in der Frühe losfahren kann, ohne mich zu verfahren. In dieser Nacht schlafe ich mal wieder viel zu wenig. Am nächsten Morgen wache ich wiederum viel zu früh auf. So habe ich aber wenigstens Zeit, mich in Ruhe für den Tag herzurichten. Nachdem ich mit meinem Aussehen zufrieden bin und es Zeit ist, fahre ich los. In meiner neuen Jeans, einer weißen Bluse, schwarze Stiefel und einer zierlichen Modeschmuckkette, aus Silber, die teilweise mit kleinen Perlen eingelassen ist und nun meinen Hals ziert fühle ich mich gut. Ich habe um die 200 Kilometer vor mir.

Die Fahrt nach Ravensburg geht schneller, als ich gedacht habe. Auch das Haus von Andreas habe ich zügig gefunden. Als ich mein Auto vor seiner Villa abstelle, komme ich mir schäbig vor, mit meinem alten Wagen. Jedoch während ich die Eingangsstufen hochgehe, habe ich mein Fahrzeug schon wieder vergessen. Ich drücke vorsichtig meinen Finger auf den goldenen Klingelknopf.

Eine Frau um die 40 Jahre öffnet die Haustüre und Andreas sehe ich schon die Treppe heruntereilen. Schnell bahnt er sich einen Weg an der Frau vorbei, die immer noch an der Türe mir gegenüber steht. Er reicht mir die Hand und strahlt, „schön, dass sie da sind! Wie war die Fahrt?" Erfreut über Andreas seine herzliche Begrüßung antworte ich, „sehr gut. Der Verkehr war fließend."

Daraufhin wendet er sich seiner Haushälterin zu, die uns immer noch neugierig anstarrt, „sie dürfen heute schon früher Feierabend machen." Sichtlich enttäuscht darüber, dass sie jetzt angewiesen wurde, das Haus zu verlassen und uns nicht mehr weiter beobachten kann, holt sie lustlos ihre Jacke. Fast nicht hörbar verabschiedet sie sich, „Tschüss bis Montag." Mich ignoriert sie dabei ganz. Ich denke mir, schon wieder eine Frau, die mich nicht leiden kann. Warum sind denn alle Frauen zurzeit so borstig zu mir. Andreas seine männliche Stimme holt mich wieder aus meinen Gedanken, „darf ich ihnen ein Gläschen Wein anbieten, bevor wir losfahren?"

„Gerne, aber nur ein kleines, da ich ja noch fahren muss, falls sie sich in mein altes Auto trauen?"

Fröhlich zwinkert er mir zu, „ich finde es sogar toll. Nach langer Zeit, wieder in einem älteren Wagen zu fahren. Manchmal habe ich es satt immer der Vorzeige-Richter zu sein, der in einer Villa wohnt und ein großes

165

neues Auto fährt. Aber leider wird man anders als Richter nicht ernst genommen.

Als Kind war alles anders. Ich bin auf einem Bauernhof in einem kleinen Dorf aufgewachsen. Mein Ziehvater war Landwirt. Da war alles noch unbeschwert. Keinen hat es interessiert, ob das Hemd gebügelt ist. Ob die Schuhe poliert sind. Wer das größte oder sauberste Haus hat. Man war einfach glücklich und unbeschwert. Es war egal, wenn man mal einen Schwips hatte und irgendwas Unlogisches erzählt hat. Heute muss ich bei den meisten Menschen auf jedes Wort das ich sage, aufpassen." Daraufhin muss ich lachen, „aber hoffentlich bei mir nicht."

Während er mit leicht geröteten Wangen verneint, haben wir schon eine fröhliche Stimmung aufgebaut. Dabei setzen wir uns in seinen Wintergarten auf eine gemütliche Eckbank. Andreas schenkt uns beiden ein Weinglas halb voll. Ich schaue mich um und denke mir, hier fühlt man sich wie im Urlaub. Es stehen dort Orangen- und Zitronenbäume. Aber das Highlight ist, dass aus einem großen Stein, der mindestens zwei Meter hoch ist, Wasser aus der Mitte raus sprudelt.

Mich interessiert warum er nicht bei seinem Vater in Rom aufgewachsen ist, darum lasse ich ihn gleich meine Frage wissen.

Grinsend schmunzelt er und warnt mich vor, dass die Geschichte länger dauert, bevor er fröhlich beginnt zu erzählen. Wie seine Mutter mit Freundinnen in Rom ihren Urlaub verbracht hat. Gleich am Anfang der zwei Wochen lernte sie während eines Discobesuchs seinen

Vater kennen. Und irgendwann in der Zeit des Urlaubes ist er dann entstanden.

Diese Erkenntnis sagt er mit einem spitzbübischen Grinsen im Gesicht, bevor er weiter spricht.

„Nach den zwei Wochen haben sie Adresse und Telefonnummer ausgewechselt. Mein Vater hat ihr versprochen, er würde sie regelmäßig in Deutschland besuchen. Was er dann nach 6 Wochen schon das erste Mal machte. Beim ersten Wiedersehen hat meine Mutter ihm gesagt, dass sie vermutet, schwanger zu sein. Meine Eltern haben zusammengehalten und mein Vater hat sich eine Arbeit in Deutschland gesucht.

Bei meiner Geburt waren die beiden so um die 24 Jahre alt. Sie sollten von meinen Großeltern aus, schnellstmöglich heiraten. Aber meinen Eltern war bei meiner Geburt schon bewusst, dass sie für ein ganzes Leben nicht zusammen passen. Außerdem war das Heimweh nach seiner Heimat sehr groß. Da mein Vater aus einem ziemlich reichen Elternhaus stammte, konnte er meiner Mutter eine finanziell sorgenfreie Zukunft bieten. Er kam uns einmal im Monat für eine Woche besuchen. Meine Mutter lernte, als ich ungefähr 6 Jahre alt war, meinen Ziehvater kennen und mit dem bekam sie noch einen Jungen und ein Mädchen. Mein richtiger Vater ist allein geblieben und wann immer ich ihn brauche, ist er für mich da.

Als wir später auf dem Bauernhof meines Stiefvaters wohnten, kam er weiterhin alle vier Wochen zu Besuch. Wir zwei zogen dann für eine Woche in ein Ferienhaus im gleichen Ort. Somit konnte ich in der Schulzeit ganz normal morgens in die Schule gehen. In den Ferien habe ich ihn und meine Großeltern viel in Rom besucht. Er und meine Mutter haben immer noch eine freundschaftliche Verbindung." Neugierig frage ich, „und wie war dein Stiefvater zu dir?"

„Na ja, ich habe schon jeden Tag zu spüren bekommen, dass meine Geschwister einfach seine leiblichen Kinder sind. Sie wurden überall bevorzugt und es war immer klar: Nicht ich, sondern mein Bruder würde Hoferbe sein. Das war mir zum Glück sehr recht, da ich eh zwei linke Hände habe.

Eines Tages, ich und mein Bruder stritten uns, weil er meinen letzten Keks weggegessen hatte, kam mein Stiefvater ins Haus und schimpfte gleich mich. Ich solle meinen kleinen Bruder nicht immer ärgern. Er hörte mir gar nicht zu, als ich erklären wollte, was passiert war. An diesem Tag beschloss ich: Ich werde später einen Beruf erlernen, in dem ich für Gerechtigkeit sorgen kann. Und so kam es, dass ich Richter wurde.

Aus heutiger Sicht muss ich natürlich zugeben, dass damals meine Geschwister eifersüchtig auf mich waren. Und allen Grund hatten sie dazu. Da ich nochmals einen Vater hatte, der mir alles was ich wollte gab. Ich durfte regelmäßig nach Rom zu ihm und dort wurde mir von ihm und seinen Eltern alles geboten. Ich war viel beim Schwimmen, in Abenteuerparks und im Kino und ich durfte mir jeden Tag aussuchen, was ich von Oma zum Mittagessen gekocht haben wollte. Währenddessen mussten meine Geschwister auf dem Hof bleiben und bei der Arbeit helfen. Natürlich kam ich nach dem Urlaub heim und erzählte denen zwei haargenau, was ich alles unternommen hatte.

Aber wir drei verstehen uns heute einmalig und besuchen uns regelmäßig. Als meine Frau starb, war vor allem meine Schwester ein großer Halt für mich. Sie hat mich in allen Angelegenheiten nach Annas Tod unterstützt.

Aber jetzt fahren wir zwei am besten los. Sonst wird es zu spät", meint er und man merkt, dass er schon voller Vorfreude unserem kleinen Ausflug entgegenfiebert. Deshalb machen wir uns gleich auf den Weg an den Bodensee. Für mich ist es schon ewig her, dass ich das letzte Mal hier war. Damals hatten wir zu viert einen Familienausflug auf die Insel Mainau gemacht. Unsere Mädchen waren ungefähr sechs und acht Jahre alt. Die Tulpen standen in der vollen Blüte und die Bienen flogen kreuz und quer umher, um Pollen und Nektar zu sammeln. Es war ein traumhafter Tag. Wir haben auf der Insel zwischen Palmen auf einer knallgelben Decke gepicknickt. Ein Lächeln huscht mir über mein Gesicht, während ich meine Kinder vor Augen habe. Wie sie in ihren roten Kleidern mit langen blonden Zöpfen zwischen den vielen bunten Blumen umherspringen. Mit großen Augen, den Pfau, der mit tausenden Blumen bewachsen war, bewundern.

Wir fühlten uns damals, als seien wir irgendwo im Süden im Urlaub. Obwohl wir nur drei Autostunden weg von daheim waren. Ich erinnere mich noch genau wie Simone und Tanja begeistert waren. Von dem Gedanken, dass in dem großen Schloss, welches sich auf der Insel befindet, eine Grafenfamilie wohnt, die zur Königsfamilie aus Schweden gehört. Nach diesem Ausflugstag spielten sie daheim lange Zeit, sie seien

Gräfinnen. Haben sich in ihrem Schlafzimmer ihre schönsten Kleider angezogen, um zusammen um das Bett zu tanzen und zu singen.

Ein Höhepunkt des Mainau-Tages war auch der Besuch des zweitgrößten Schmetterlingshaus in Deutschland. Beim Rundgang waren die Mädchen vor lauter Staunen sprachlos. Die hübschen Falter kamen aus Afrika, Asien, Mittel- und Südamerika. Die exotischen Landschaften gaben uns richtiges Tropenfeeling. Das Highlight war der Nachtfalter mit 30 cm Flügelspannweite.

Andreas und ich gehen zusammen zu meinem alten, klapprigen Auto. Man sieht dabei, seinem strahlenden Gesicht an, dass er sich sehr freut, den Tag mit mir zu verbringen. Die Fahrt nach Friedrichshafen ist kurz. Da Ravensburg und Friedrichshafen nur zwanzig Kilometer voneinander entfernt sind. Dabei fahre ich an etliche Apfelbaumplantagen vorbei. Ich kann mir genau vorstellen, wie die Bäume im Sommer mit vielen grünen Blätter und roten Äpfel vollhängen.

Auf der Fahrt sprechen wir nicht viel miteinander. Sondern genießen beide die Stille. Ich finde es schön, dass Andreas ein Mann ist mit dem man auch einmal schweigen kann.

Angekommen in Friedrichshafen suchen wir in einem Parkhaus einen Parkplatz. Während wir zur Promenade laufen, fängt es mit dicken Flocken an zu schneien. Der erste Schnee für dieses Jahr. Da wir beide Mützen und Handschuhe anhaben, werden wir nur im Gesicht nass. Wir genießen es, in der weißen Pracht spazieren zu laufen. Der Schnee sieht auf den Wiesen aus, wie wenn alles mit Puderzucker bestreut ist. Auf dem Wasser verschwindet er so leise, wie er gekommen ist.

Allmählich stürmen immer mehr fröhliche Kinder herbei, die alle die ersten Flocken hautnah erleben wollen. Warm angezogen mit ihren Eltern und Geschwistern kommen sie aus den Wohnungen und tollen lachend herum. Es ist wunderbar am Ufer zu laufen und in das klare Wasser rein zu blicken. Dabei die frische, kalte Luft einzuatmen.

Ich nehme mir vor, dass ich mit meinen Töchtern, im nächsten Sommer wieder an unser schwäbisches Meer, wie wir den Bodensee immer nennen, fahren werden, um Zeit miteinander zu verbringen. In meinem tiefsten Inneren glaube ich ganz fest, dass es Stefan dann wieder gut geht. Auch, dass er diesen wunderbaren Ausflug mit uns allen verbringen kann. Während ich mir diesen schönen Tag mit allen drei Kindern vorstelle, merke ich, wie ich hörbar mit meinen Zähnen knirsche. Daraufhin schaut Andreas zu mir rüber und streichelt mir einmal ganz schnell, jedoch sehr intensiv über meinen Rücken und schaut mich besorgt an. Ich nicke ihm zu und versuche zu lächeln. Wieder ist so ein Moment, in welchem wir wissen, dass jeder einzelne von uns an Stefan denkt.

Nach diesen besonderen Sekunden der Einvernehmlichkeit widmen wir uns wieder anderen Themen. Unser Gesprächsstoff geht nicht aus. Andreas möchte alles über mich erfahren und ist dabei ein sehr guter Zuhörer. Als mein Magen laut knurrt, so dass es sogar Andreas hört, meint er, „bin ich unhöflich und vergesse vor lauter interessanten Erzählungen von ihnen, dass sie Appetit haben könnten." Grinsend schaue ich ihm in die Augen, „da ich kein Kind mehr bin, hätte ich selber sagen können, wenn ich Hunger habe. Aber bisher war kein Hungergefühl da. Aber jetzt, da sie davon sprechen, merke ich es langsam."

Schnell suchen wir uns ein kleines Restaurant, mit schönem Blick auf den Bodensee und finden dort gleich einen Platz am angefeuerten Kachelofen. Große Flammen sieht man durch die Scheibe am Ofen. Man könnte meinen, dass diese lustig miteinander tanzen. Es ist ein schönes Gefühl vom kalten Wetter draußen in den warmen Raum zu kommen.

So am angefeuerten Kamin sitzend, kommt ein Heimatgefühl in mir auf. Es erinnert mich an die Tage, als uns unser Vater noch nicht verlassen hat. Wie er mit meiner Schwester Vera und mir ein Lagerfeuer angezündet hat. Damals haben wir im Garten ein Zelt aufgebaut und zu viert darin übernachtet. Diese seltenen Momente genoss ich so sehr, weil er meistens keine Zeit für uns hatte und lieber in irgendwelchen Kneipen mit anderen Frauen unterwegs war. Oder besoffen heimkam und wir ihm besser am nächsten Tag nicht begegnet sind. Da er nach einer durchgezechten Nacht ziemlich böse und sogar gewalttätig werden konnte.

Darum waren genau diese Momente so wichtig und kostbar für mich. Weil ich für ein paar Stunden das Gefühl hatte, eine intakte Familie zu haben und einen mich liebenden Vater.

Damals war meine Mutter noch nicht so streng und hat jeden Blödsinn mit uns mitgemacht. So dass sie für uns immer die liebe Mutter war. Das hat sich allerdings

172

schlagartig mit dem Verschwinden unseres Vaters verändert. Daraufhin musste sie wieder arbeiten und war mit dem Vollzeit-Job als Rektorin, mit uns Kindern und dem Haushalt immer im Stress. Teilweise sogar überfordert.

„Tausend Euro für deine Gedanken", mit diesen Worten von Andreas werde ich wieder in die Realität geholt. Ich schüttle nur den Kopf und murmel etwas von, „unwichtig", da sowieso gerade die Bedienung zu uns tritt. Sie legt die Speisekarte auf den Tisch und nimmt unsere Bestellung für das Trinken auf, so muss ich mich nicht rechtfertigen. Bin mir dabei trotzdem sicher, dass er so viel Anstand hat und nicht weiter nachgebohrt hätte.

Nachdem wir uns durch die Karte gesucht haben, dabei fündig wurden. Weil wir schon am Spazieren gehen darauf gekommen waren, dass wir beide gerne einmal wieder ein knuspriges Spanferkel mit Sauerkraut essen würden, sind wir danach sofort wieder in ein interessantes Gespräch vertieft.

Andreas erzählt mir von seinen Hobbys. Dass er gerne Sport treibt, in der Natur sich viel aufhält, Radfahren liebt, wandert in den Bergen, schwimmen im Natursee oder einfach nur in der Wiese liegt und ein interessantes Buch liest. Er geht auch gerne mal ins Kino oder ins Theater. Während er die Aufzählung seiner Hobbys beendet, fange ich an zu grinsen, „hätten sie mich nach meinen Hobbys gefragt, hätte ich die gleichen Dinge aufgezählt. Allerdings gehört bei mir das Reisen dazu. Aber ich glaube, das haben sie nur vergessen aufzuzählen, so oft wie sie schon in Italien waren".

Darauf nickt er und sagt schmunzelnd, „O ja, aber nicht nur in Italien. Ich war schon in vielen Ländern".
Daraufhin fangen wir ein schönes Gespräch über verschiedene Urlaubsländer an.

Als wir das Restaurant mit vollem Magen verlassen und vor die Türe treten, hat es aufgehört zu schneien. Es werden schon die ersten Schneemänner von fleißigen Kinderhänden gebaut.

Wir laufen wieder am Ufer entlang und vergessen vor lauter Gespräche die Zeit. Es ist ein wundervolles Gefühl, beim ersten Schnee in diesem Jahr, am Bodensee entlang zu spazieren. Es sind so viele strahlende Kinderaugen um uns herum. Dabei habe ich das erste Mal in Andreas Nähe ganz vergessen, dass er beteiligt war an Stefans Unfall. Ich sehe ihn als ganz normalen Mann, den ich gerade kennenlerne. Meine Wut auf ihn ist total verflogen. Ich könnte ihm Stunden beim Sprechen zuhören. Gleichzeitig erzähle ich ihm gerne von mir und meinem Leben.

Als es wieder anfängt zu schneien und es von Minute zu Minute größere Flocken werden, meint Andreas mit einem Blick auf die Uhr; „oje, wir sind über eine Stunde vom Auto weggelaufen und jetzt müssen wir alles bei diesem Schneegestöber zurücklaufen."

Schnell marschieren wir den Weg zurück. Dabei befinden wir uns inzwischen in einem kleinen Schneesturm. Keiner spricht mehr ein Wort. Wir konzentrieren uns nur noch auf den Weg, welcher vor lauter Neuschnee nicht mehr sichtbar ist. Der auf unser Gesicht prassende Eisschnee fühlt sich an wie tausend kleine Nadelstiche. Dabei dämmert es schon langsam und vom anderen Seeufer sieht man Lichter angehen.

Endlich nach einer Stunde sind wir am Auto angekommen und bis auf die Haut durchnässt. Ich stelle meine Autoheizung auf die höchste Stufe und bin froh, dass mein alter Wagen immerhin eine super Heizung hat. Trotzdem zittere ich am ganzen Körper vor Kälte, da meine Kleidung pitschenass und kalt an mir klebt.

Langsam auf der spiegelglatten Straße fahren wir Richtung Ravensburg. Auf dem Weg dorthin sehen wir einen kleinen Verkehrsunfall. Der Wagen ist wegen der Glätte auf die Gegenfahrbahn gerutscht. Da aber zum Glück das entgegenkommende Auto im Schneckentempo unterwegs war, ist außer einem Blechschaden nichts passiert.

Nachdem wir abgeklärt haben, dass wir den Beteiligten nichts helfen können, fahren wir vorsichtig weiter. Mit einem ernsten Gesichtsausdruck, dabei die Stirn voller Sorgenfalten sagt Andreas zu mir, „ich lasse sie heute nicht mehr bis nach München fahren. Das ist zu gefährlich! Auf der Autobahn wird es heute unmöglich zu fahren sein, da die Schneeräumung nicht hinterherkommen kann. Wenn die Schneepflüge gefahren sind, wird kurze Zeit später wieder alles voller Neuschnee sein. Vor allem behindert der Schneefall total ihre Sicht. Bevor sie auch noch einen Unfall machen, übernachten sie lieber bei mir. Ich habe ein gemütliches Gästezimmer mit eigener Dusche."

Erst will ich verneinen und ihm erklären, dass ich schon noch heimfahren kann. Aber ich nehme dann doch dankend das Angebot an. Denn es sieht so aus, als wenn es heute Nacht nicht mehr aufhört zu schneien und ich doch ein wenig Angst habe, alleine bei dem Wetter heimzufahren.

Bei Andreas Zuhause angekommen, sucht er mir gleich seine kleinste Jogginghose, Socken und ein Hemd her, damit ich etwas Trockenes zum Anziehen habe. Danach zeigt er mir mein Reich für diese Nacht und lässt mich alleine, damit ich mich frisch machen kann.

Ich schaue mich im Raum um, stelle fest, dass meine Erwartungen sich bestätigt haben. Das Zimmer ist wie das gesamte Haus stilgerecht und mit viel Wärme eingerichtet. Ein großes Bett und ein Nachttisch aus Holz stehen in der Mitte. Dazu beige, schlicht gehaltene Vorhänge, welche vor dem großen Fenster hängen. Eine Kommode an der Seite, ebenfalls aus dem gleichen Ahornholz wie das Bett, ist ein richtiger Hingucker, da darauf eine Engels-Holzfigur steht. Ein großer edler Spiegel ist das Highlight. Da jener Rand voller kleinen, bunten Steinen besteht und dadurch urig und gleichzeitig irgendwie auch edel rüberkommt.

Durch eine offene Türe kommt man in das kleingehaltene, aber schöne Badezimmer. In dem bestehen die Wände und der Boden aus weißem Marmor. Durch zwei rot leuchtende Handtücher wird ein Farbtupfer gegeben. Eine Dusche, ein Waschbecken und eine Toilette sind die Einrichtungen in diesem Raum. Schlafzimmer und Badezimmer sind nicht übertrieben eingerichtet und dekoriert, sondern genau so, dass ich mich darin sehr wohl fühle.

Ich pell mich schnell aus den nassen Sachen und gehe unter die Dusche. Dabei genieße ich das warme Wasser, welches sich langsam auf der gesamten Haut ausbreitet. Allmählich kommt mein Körper wieder in die normale Temperatur und das Zittern verschwindet.

Ich schaue welche Duschutensilien in der Kabine stehen. Dabei nehme ich das vorderste Fläschchen in die Hand und rieche daran. Es duftet nach Vanille und ich muss lächeln, während ich mir denke: mein Lieblingsduft. Als ob er es gewusst hätte. Ich lese auf dem edel aussehenden sonnengelben Fläschchen, dass man es für Haare und Körper benutzen kann. Darum wasche ich meine Haare mit dem Shampoo und Seife meinen Körper damit ein. Es schäumt sehr angenehm. Der Duft der Vanille verteilt sich im gesamten Bad. Danach spüle ich den Schaum sorgfältig ab und fühle mich sofort wieder wie frisch geboren. Ich könnte Stunden so weiter duschen und das warme Wasser genießen. Ich muss mich zum Wasser abstellen überwinden und steige vorsichtig aus der Dusche, damit ich auf dem glatten Boden mit meinen nassen Füssen nicht ausrutsche. Trockne mich ab und ziehe mir die Kleidung, die so schön nach Andreas seinem Parfüm duftet über.

Als ich fertig angezogen die Treppe hinunter gehe, sehe ich Andreas im Esszimmer den Tisch für das Abendessen herrichten. Er steht frisch geduscht in einer neuen Jeans und Hemd vor dem Tisch. Konzentriert poliert er gerade ein Glas nach.

„Sind sie ein ganz genauer, damit ja kein Fleck daran ist", frage ich neugierig. Er verneint energisch, „nein, eigentlich gar nicht. Nur wenn ein so wunderbarer Gast da ist, der in meiner Kleidung so bezaubernd aussieht."

Dabei hat er sein spitzbübisches Lächeln aufgelegt und ich merke, wie ich erröte bei seinen Worten. Wieder rieche ich sein männlich, fein duftendes Parfüm. Welches ich noch nie zuvor bei jemand gerochen habe, außer an Andreas, bei jedem Treffen.

„Ich hoffe sie mögen einen Wurstsalat? Ich habe mir gedacht, der würde gut zum Abendessen passen."

„Sogar sehr gerne."

So kommt es, dass wir fünf Minuten später in seiner wunderbaren Küche, mit einer riesigen Kochinsel und einer schwarzen Granitplatte stehen und weinen, da ich mich als Allererstes an die Zwiebel zu schneiden gemacht habe. Was nicht sonderlich klug war, wenn man unsere tränenreichen und roten Augen sieht. Er schneidet währenddessen die Wurst in kleine Streifen. Danach kommen die Essiggurken und der Käse dran. Dabei frage ich, ob in dieser Küche oft gekocht wird?

„Nicht mehr. Ich gehe viel auswärts zum Mittagessen und abends reicht mir eine Wurst mit Brot. Aber meine verstorbene Ehefrau hat hier viel und gerne gekocht. Sie war es auch, welche das gesamte Haus eingerichtet hat."

„Sie hatte einen wunderbaren Geschmack", gebe ich neidlos zu. Er erzählt mir, wie seine Frau alleine entschieden hat, das Haus zu kaufen. Auch alle anfallenden Arbeiten hat sie übernommen, so dass er sich voll auf seine Karriere konzentrieren konnte.

Mit leuchtenden Augen spricht er weiter, wie warm und wohnlich früher das Haus jahreszeitgerecht dekoriert war. Zu Weihnachten hat seine Frau immer den hässlichsten Baum beim Weihnachtsbaumhändler rausgesucht. Ihn dann mit so vielen selbstgebastelten

Sterne geschmückt, dass man dem Tannenbaum hinterher nicht mehr ansah, dass Äste fehlten oder unschön waren. Ein Lächeln huscht Andreas übers Gesicht, während er sagt, „meine Frau meinte immer, die Tanne hätte sonst niemand mehr gekauft. Es wäre so schade um den Christbaum, wenn er in keinem Wohnzimmer stehen dürfte, um das Weihnachtsfest schöner zu machen. Nachdem er jetzt eh schon umgemacht und aus dem Wald rausgebracht wurde. Vor allem meinte sie immer, dass unsere Kinder so viel Spaß am Sterne basteln und danach am Aufhängen haben, sodass man unsere schiefe Tanne von einer ganz schön gewachsenen, eh nicht mehr unterscheiden kann.

Jeder Gegenstand war stets wohl bedacht, am richtigen Platz. Am Esstisch gab es immer frische Blumen. Aber keine gekauften vom Blumenladen, das wäre zu einfach gewesen und diese haben ihr nicht gefallen. Sondern frisch gepflückte von Wald und Wiesen mussten es sein. Wenn auch sonst bei ihr alles stilgerecht sein musste, war der Blumenstrauß für sie erst richtig schön, wenn er kunterbunt mit allen möglichen Farben da stand. Sie konnte Stunden beim Blumenpflücken verbringen. Vor allem wenn die Mohnblumen mit ihren dünnen Stängel geblüht haben, war sie beschäftigt. Denn man braucht ziemlich viele Blumen, um etwas von einem Mohnblumenstrauß zu sehen." Während er so erzählt, bin ich überzeugt davon, dass er seine Frau über alles geliebt hat.

Später sitzen wir mit unserem selber geschnittenen Wurstsalat und einem Laib Brot am Esstisch und lassen es uns schmecken. Dabei sind wir uns einig, dass es daheim viel besser schmeckt als im Restaurant.

Gemeinsam spülen wir das Geschirr ab und haben sehr viel Spaß dabei, weil Andreas gleich am Anfang das Geschirrspülmittel in das Spülbecken gibt, während das Wasser noch hineinläuft. Aus diesem Grund gibt es sehr viel Schaum. Ich grinse und kläre ihn auf, dass man das Spülmittel erst hinein gibt, wenn das gesamte Becken mit Wasser schon voll ist. Daraufhin nimmt er einen Schaum und tippt diesen auf meine Nase und meint lachend und neckend, „dann könnten wir aber deine Nasenspitze nicht weiß machen." Über sich selber erschrocken, weicht er einen Schritt zurück.

„Entschuldigung, ich wollte sie nicht duzen." Grinsend sage ich, „warum eigentlich nicht. Jetzt übernachte ich schon hier, dann könnten wir uns doch auch mit Du anreden. Wenn es für sie in Ordnung ist?" Andreas stimmt mir freudig zu, „wir müssen nachher darauf mit einem Gläschen Wein anstoßen." In einem schnelleren Tempo bringen wir den Abwasch zu Ende, bevor wir es uns gemütlich machen.

Vorher rufe ich noch bei meinen Kindern an und erkläre denen, dass ich wegen dem vielen Schnee bei Andreas übernachten werde. Tanja, die am anderen Ende der Leitung ist, meint zufrieden, „das ist eine gute Idee. Bevor du noch irgendwo hängen bleibst oder sogar einen Unfall machst." Nachdem sie mir geschildert hat, dass in München derselbe Schneesturm tobt, bin ich mir sicher, dass es die richtige Entscheidung war, bei Andreas zu bleiben.

Als ich das Telefonat beendet habe, sehe ich schon Andreas auf dem Sofa mit zwei eingeschenkten Weingläsern sitzen. Gleich setze ich mich zu ihm und wir vertiefen uns in ein Gespräch über meine Kindheit und Jugend. Wie ich damals schwanger wurde und Stefan weggeben musste.

Ich wundere mich wieder einmal über mich selber, dass ich einem fremden Mann, den ich erst ein paar Tage kenne, meine ganze Lebensgeschichte so genau erzählen kann. Ich lasse bei meiner Schilderung nicht die Vermutung aus, dass meine Mutter ihre Finger im Spiel hatte und genau wusste, wohin Stefan zur Adoption gekommen war. Wir aber keine direkten Beweise hätten und meine Mutter an Demenz erkrankt sei. So dass ich sie nicht mehr fragen kann, da sie sich nur ab und zu an Bruchstücke erinnert.

Ich leere mein ganzes Herz aus und versuche ihm zu erklären, warum ich so enttäuscht und wütend auf meine Mutter bin. Obwohl mein Verstand sagt, versöhne dich mit ihr, weil die Tage gezählt sind, in denen sie ab und zu noch lichte Momente haben wird. Bevor sie gar nichts mehr weiß und mich nie wieder erkennen wird.

Während ich spreche, kommen mir die Tränen. Dabei rückt Andreas näher zu mir heran und nimmt mich fest in seinen Arm.

Ich spüre seine gesamte Körperwärme und fühle dabei so viel Geborgenheit und Verständnis bei ihm. So sitzen wir mehrere Minuten da, bis er anfängt zu sprechen.

„Ich verstehe dich. Ich wäre auch enttäuscht, wenn mir das widerfahren wäre. Aber ich glaube, deine Mutter hatte Angst vor der Verantwortung, da sie selber mit ihrem Leben zu kämpfen hatte. Du hast ja gesagt, es ist ihr, seit dein Vater sie verließ, finanziell nicht gut gegangen.

Vielleicht dachte sie, dass du so jung als Mutter unglücklich sein wirst. Klar, ist es nicht richtig, dir keine Zeit zu geben, damit du selber entscheiden kannst. Vor allem, dass sie dir keine Hilfe angeboten hat, ist fürchterlich. Aber ich denke, sie hat sich bestimmt viele Jahre Vorwürfe gemacht, sonst hätte sie sich nicht so sehr um Stefan gekümmert.

Allerdings ist es mir auch ein sehr großes Rätsel, wie sie wissen konnte, wo Stefan wohnt. Da bei Adoptionen mit sehr großer Vorsicht und Schweigepflicht gearbeitet wird."

„Sie hätte es mir trotzdem sagen müssen, wo er wohnt. In all den Jahren hat sie nicht einmal ihren Mund aufgemacht. So viele Geburtstage und Weihnachtsfeste sind verstrichen." Andreas schaut mich verständnisvoll an und wechselt gekonnt das Thema. Behält mich aber immer noch im Arm.

„Gab es zwischen Jan und deinem Ehemann mehrere Männer in deinem Leben?" Zögernd erzähle ich, dass ich mit zwei Jungs ca. ein halbes Jahr zusammen war. Sie beide waren ein wenig chaotisch. Ich glaube aus heutiger Sicht, dass ich meiner Mutter eines auswischen wollte und ihr darum die zwei unmöglichsten jungen Männer vorgestellt habe. Während ich an das entgeisterte Gesicht meiner Mutter zurückdenke, muss ich grinsen und sage, „die habe ich voll geschockt."

Daraufhin erzählt Andreas von seinen Verflossenen. Er berichtet mit einem verschmitzten Grinsen, dass er früher ein richtiger Draufgänger war. Lachend meint er, „was natürlich sehr lange her ist. In meiner Ehe hatte ich nur Augen für meine Frau." Weiter gesteht er, sein größtes Problem war, die Namen von seinen gleichzeitigen Freundinnen nicht durcheinanderzubringen. An einem sonnigen Sonntag war er einmal mit einer Freundin im Zoo unterwegs und traf dabei die Eltern der anderen Freundin. Da war das Geschrei von beiden Seiten groß.

Während ich ihm gespannt zuhöre, geht es mir durch den Kopf, dass er früher bestimmt ein wunderhübscher junger Mann war. Wenn er dann sein spitzbübisches Lächeln und seinen Charme aufgesetzt hat, kann ich mir genau vorstellen, wie alle Mädchen auf ihn abgefahren sind. Dabei muss ich zugeben, dass er heute noch ein sehr hübscher, attraktiver, interessanter und humorvoller Mann ist, dem das Alter nichts anhaben konnte.

Wie ich so in meinen Gedanken versunken bin, schaut mir Andreas auf einmal ganz tief in meine Augen. Ich erwidere seinen Blick und kann mich nicht mehr losreißen von ihm. Dabei zucke ich zusammen und weiß nicht was mit mir geschieht. Mich durchflutet es durch den ganzen Körper voller Leidenschaft. Ein einziger inniger Blick von ihm, hat das geschafft. Sanft drückt er mit seinem Arm mich näher zu sich her. Wir schauen uns beide innig an. Mein Körper fängt an zu beben und ohne, dass ich sagen kann, wer den Anfang gemacht hat, sind unsere Lippen zärtlich aufeinander und wir küssen uns vorsichtig. Ich verliere die Kontrolle über mich und komme mir vor, wie wenn jemand den Boden unter meinen Füßen wegzieht. Währenddessen busselt er mein

Ohrläppchen, das kitzelt so sehr, dass ich daraufhin kichern muss.

„Du riechst so unwiderstehlich gut", sagt er mit verführerischer Stimme. Dann küsst mich Andreas voller hemmungsloser Leidenschaft und ich verfließe in seinen Händen.

Zärtlich hebt er mich mit seinen muskulösen Armen hoch und trägt mich in sein Schlafzimmer. Ich fühle mich federleicht. Dort küssen und schmusen wir weiter. Sind uns auch ohne Worte einig, dass wir heute nicht weiter gehen werden. Irgendwann schlafe ich zufrieden und glücklich in seinem geborgenen Arm ein. Ich kann in seiner Nähe alle meine Sorgen und Ängste für eine kurze Zeit über Bord schmeißen.

Darum schlafe ich so tief und ruhig wie schon lange nicht mehr. In dieser Nacht träume ich, Andreas und ich sind ein Paar. Stefan hätte nie seinen Unfall gehabt und lebt mit meinen Mädchen zusammen bei uns, als glückliche Familie. Ich spüre das Glück einer intakten Familie. Der Schmerz und die Schuldgefühle, die ich in meiner Brust spüre, all die Jahre, seit ich Stefan weggegeben habe, sind darin voll und ganz verschwunden und vergessen. Keinerlei Sorgen beschäftigen mich in dem Traum, da Stefan kerngesund ist. Ich erlebe in diesem Wunschbild den 18. Geburtstag meines Sohnes.

Ich sehe seine glücklichen Augen vor mir, als wir ihm einen Autoschlüssel als symbolisches Zeichen in einem Geschenkschächtelchen überreichen. Als er das Paket aufgemacht hat und den Schlüssel in der Hand hält, strahlt er uns an und rennt gleich vor die Türe, wo ein schöner, neuer, schwarzer BMW auf ihn wartet. Nachdem er eine kleine Runde gefahren ist und sich wieder beruhigt hat, geht es zum Geburtstagskuchen essen mit 18 Kerzen darauf, welche er zuvor ausblasen durfte.

Am liebsten würde ich aus diesem Traum nicht mehr erwachen, jedoch jeder Traum geht zu ende. Als ich am nächsten Morgen aufwache, bin ich seit langer Zeit das erste Mal wieder richtig ausgeschlafen und liege immer noch angezogen in Andreas Armen.

Andreas Blick ist auf die Zimmerdecke gerichtet. Als er merkt, dass ich wach werde, sagt er mit einem traurigen Ton, „Guten Morgen" und löst dabei seinen Arm von mir weg. In mir erwacht gleich ein ungutes Gefühl, als ich seine traurig klingende Stimme vernehme.

„Diese Nacht mit dir war wunderschön. Du bist die erste Frau seit meiner Ehefrau, die ich geküsst habe. Ich habe es sehr genossen. Aber ich habe jetzt die ganze Nacht nachgedacht und bin zu dem Entschluss gekommen, auch wenn es mir schwerfällt. Wir dürfen kein Paar sein! Es gibt zwei Gründe. Der Erste ist: Es wäre unfair Stefan gegenüber, wenn ich mich jetzt verlieben würde und dabei glücklich wäre, während es ihm so mies geht.

Der zweite Punkt ist: Ich bin über den Tod meiner Frau noch nicht hinweg. Auch wenn diese Zeit mit dir jetzt wunderbar war und ich mich wieder geborgen gefühlt habe. So habe ich trotzdem das Gefühl, als wenn ich meine verstorbene Ehefrau betrogen habe. Versteh mich bitte nicht falsch, du bist eine traumhafte Frau. Diese besondere Nacht mit dir wird mir für den Rest meines

Lebens in Erinnerung bleiben. Ich beneide den Mann jetzt schon, welcher dich bekommen wird. Jedoch haben wir uns leider zur falschen Zeit kennengelernt und an einem falschen Ort.

Lissy, es tut mir leid. Aber ich habe keine andere Wahl." Mit einem steifen Gesichtsausdruck und ernster Stimme sage ich, „man hat immer eine Wahl, wenn man will."

Zu meinem eigenen Erstaunen muss ich feststellen, dass mich seine Worte traurig machen. Und, dass ich selber bei ihm so ganz anders spreche als bei Jan. Bei dem war ich diejenige, welche gesagt hatte, wir müssen unsere ganze Konzentration auf Stefan legen.

Es war für mich eine fantastische Nacht. So viel Geborgenheit habe ich seit Pauls Tod nicht mehr gespürt. Einen so ruhigen und tiefen Schlaf, mit einem so schönen und völlig real wirkenden Traum hatte ich seither auch nicht mehr. Es war einfach zu schön um wahr zu sein, geht es mir durch den Kopf. Allerdings habe ich sehr viel Achtung vor seinen Worten und stimme ihm bei. Ich finde es gut, dass er so ein mitfühlender Mensch ist und Stefan in Vordergrund stellt. Ich weiß selber ganz genau, dass es falsch wäre eine Beziehung zu beginnen mit dem Mann, der am Unfall meines Sohnes beteiligt war.

Trotzdem machen genau seine Worte ihn noch liebenswerter und anziehender für mich. Da er für Stefan sein eigenes Glück nach hinten stellt und sein Blick im Moment nur auf meinem Sohn liegt. Jedoch glaube ich nicht das, was er über seine Frau gesagt hat. Dass er noch zu sehr an ihr hängt und Schuldgefühle ihr gegenüber hat. Vermutlich will er nicht Stefan als alleinigen Schuldigen herholen, dass er sich nicht mit mir binden will. Weil so zärtlich wie er zu mir letzte Nacht war, so kann man nur sein, wenn man wieder bereit ist, sich neu zu verlieben.

Andreas liegt immer noch neben mir und schaut mich traurig an. Ich fühle mich so schlecht dabei. Da er so nah bei mir ist und doch gerade mit seinen Worten sich so sehr von mir entfernt hat. Ich halte diese Nähe und gleichzeitige Kälte nicht mehr aus. Darum stehe ich abrupt auf und schaue aus dem Schlafzimmerfenster. Was so viel bedeuten soll, als dass ich mich jetzt nicht mehr unterhalten möchte. Er ignoriert das gekonnt, „du bleibst aber auf alle Fälle zum Frühstück." Ich schüttle meinen Kopf, „ich möchte gleich heimfahren."

Nachdem ich wieder in meine getrockneten Kleider geschlüpft bin, gehe ich zu meinem Auto. Vorher habe ich aber das Bedürfnis den Duft von Andreas, der im gesamten Haus verteilt ist, tief einzuatmen. Ich weiß jetzt schon, wie sehr ich diesen Duft, dieses Lachen, die Gespräche und auch diese Zärtlichkeit von heute Nacht vermissen werde.

Andreas merke ich sichtlich an wie unsicher er ist, als er mir meine Jacke reicht. Gemeinsam und stillschweigend begeben wir uns hinaus.

Andreas begleitet mich mit traurigen Gesichtszügen zu meinem Auto. Dabei ist seine Stirn wieder voller Sorgenfalten. Fleißig hilft er mir, den vielen Schnee auf meinem Fahrzeug wegzuschaufeln. Währenddessen sprechen wir immer noch kein Wort miteinander. Es herrscht eine unheimliche und beklemmende Stimmung. Als mein Wagen einigermaßen wieder frei ist, sind meine

Hände extrem kalt und ich friere. Aber ich lasse mir nichts anmerken. Ich steige ein und verabschiede mich von ihm mit gekünstelten fröhlichen Worten, „Tschüss Andreas." Sein Blick verrät mir, dass er mir am liebsten einen Abschiedskuss gegeben hätte. Langsam fahre ich weg und sehe in meinem Rückspiegel, dass sich Andreas über die Augen fährt. Es sieht so aus, als wenn er sich Tränen wegwischt. Ungläubig fahre ich weiter Richtung München.

Zum Glück sind an diesem Morgen die Autobahnen schon geräumt, sodass die Fahrt sehr gut verläuft. Da es seit den frühen Morgenstunden nicht mehr geschneit hat, haben die Schneeräumer alles wieder im Griff. Während der Fahrt geht mir Andreas und sein spitzbübisches Lächeln nicht aus dem Kopf. Aber auch seinen letzten Anblick spuckt in meinem Inneren. In mir spüre ich ein längst vergessenes Gefühl, als wenn Schmetterlinge durch meinen Bauch fliegen und gleichzeitig kommt ein Gefühl der Selbstzweifel in mir auf. Ich fühle mich verliebt und habe Liebeskummer, wie ein Teenager.

Als ich daheim ankomme, schlafen die Mädchen noch und auch Samuel hat diese Nacht bei uns übernachtet, da sein Auto auf dem Parkplatz steht. Auch wenn ich es vor lauter Schnee, der auf dem Wagen liegt, erst auf den zweiten Blick erkennen konnte.

Somit richte ich das Frühstück für vier Personen. Als sich auch schon Tanja zu mir gesellt.

„Guten Morgen Mama. Wie war die Nacht bei einem fremden Mann? War sie aufregend?", fragt sie frech grinsend. Ich ärgere mich über mich selber, weil ich während ich ihr die Antwort gebe, rot im Gesicht werde. „Er hatte ein gemütliches Gästezimmer und darum bin ich gestern Abend früh ins Bett", lüge ich und merke selber, dass meine Stimme sich unglaubwürdig anhört. Als ich gerade fertig gesprochen habe, kommen auch Simone und Samuel ins Esszimmer. Darüber bin sehr froh, weil wir dadurch auf ein neues Thema stoßen.

Es wird ein gemütliches Frühstück mit den dreien. Wieder einmal stelle ich fest, wie toll Simone und Samuel zusammen passen und wie glücklich meine Tochter ist. Auch Tanja erzählt, dass sie sich unsterblich gestern Abend in der Disco in einen Ralph verliebt hat, den sie heute besuchen wird. Ich muss bei ihren Worten das Grinsen unterdrücken und denke mir nur, wieder einmal ein Neuer. Wie lange diese Beziehung wohl hält? Laut sage ich, dass ich ihn aber schon einmal kennen lernen möchte.

„Klar doch, meine neugierige Mama darf ihn natürlich auch kennen lernen. Aber erst prüfe ich noch ein wenig, ob ich nächste Woche immer noch unsterblich verliebt in ihn bin. Nicht, dass du dich gleich wieder an einen Neuen gewöhnen musst." Über das ganze Gesicht grinsend, schaut mich Tanja während ihrer Worte an.

Kapitel 7

Einige Tage später bekomme ich das Ergebnis gesagt. Der Arzt lässt mich nicht lange zappeln und meint mit freudiger Stimme, dass meine Werte passen. Es mir gesundheitlich nach dem Herzinfarkt soweit wieder gut geht. Da es damals ein leichter Infarkt war und ich mich davon erholt habe. Nach seiner Sicht steht der Nierenentnahme nichts im Weg. Aber ob ich trotzdem als Spender infrage komme, wird die Lebendspenderkommission entscheiden. Glücklich und euphorisch über die schöne Nachricht verabschiede ich mich von Dr. Zell, der mir noch den Termin aufschreibt und den genauen Ort, wohin ich vor die Kommission muss.

Vor der Behandlungstüre atme ich erst einmal tief ein und aus. Falle dann aber in einen eigenartigen Zustand zwischen Erleichterung, Nervosität und Zweifel. Wie in Trance laufe ich in die Richtung meines Autos. Währenddessen nehme ich nichts um mich herum wahr. Ich kann auch gar nicht sagen, wie lange ich für den Fußmarsch brauche, da ich um mich herum Raum und Zeit vergessen habe.

Mir gehen immer nur die Worte von Dr. Zell durch den Kopf: Die Werte passen und dass nach seiner Sicht nichts im Wege steht. Auf dem Parkplatz laufe ich fast in einen fahrenden roten Golf, weil ich immer noch gedankenversunken herumirre. Daraufhin hupt der Mann hinter dem Steuer energisch dreimal. Entschuldigend winke ich dem Autofahrer zu, der ziemlich grimmig dreinschaut und flüstere vor mich hin, „Entschuldigung", hoffe dabei, dass der Fahrer von meinen Lippen lesen kann. Gehe dann aber ohne nochmals auf ihn zu schauen zu meinem Auto.

Dort angekommen, setze ich mich gleich hinein, ziehe mein Handy aus der Tasche und wähle Marias Nummer. Die kann ich auch gleich erreichen, welche einen langanhaltenden Jubelschrei rauslässt, als ich ihr die gute Nachricht erzähle. Aber gleich darauf wird sie wieder ernst und meint, „wir dürfen nicht zu euphorisch sein, da dein Herzinfarkt uns immer noch einen Strich durch die Rechnung machen kann, solange die Männer oder Frauen von der Kommission noch nicht zugestimmt haben. Aber wir müssen jetzt Stefan einweihen. Ihm sagen, dass ihr euch untersucht habt und du als Spender in Frage kommen würdest."

Ich stimme ihr zu und mir ist bewusst, dass wir ihm noch nicht zu viel Hoffnung machen dürfen.

„Hat Jan sein Ergebnis auch schon?" Höre ich sie weiter fragen. Ich weiß kurz gar nicht, was ich darauf sagen soll. Gebe mir dann einen Ruck und erzähle ihr die ganze Geschichte. Dass ich mit Jan schon lange keinen Kontakt mehr habe, da er mir seine Liebe gestanden hat. Ich möchte keine Beziehung zerstören, da ich mir auch nicht sicher bin, ob er sich nur in mich verliebt hat, weil wir ein Kind zusammen haben.

Mit einem ruhigen Ton höre ich Maria sprechen, „Lissy, da musst du ganz tief in dein Herz hören. Aber eines sage ich dir, es gibt keinen schöneren Grund, als durch ein gemeinsames Kind sich ineinander zu verlieben. Nina ist jung, die wird wieder einen Neuen finden und glücklich werden. Wenn er sie nicht mehr liebt, wird sie mit Jan nicht glücklich."

Mit einem Kloß im Hals bedanke ich mich für ihre gutgemeinten Worte. „Ich habe mit meiner Mutter noch nie so offen sprechen können, wie mit dir." An der langen Sprechpause und ihrer Stimme merke ich, sie ist über meine Worte gerührt.

„Das freut mich. Ich habe dich nämlich sehr in mein Herz geschlossen."

Danach beschließen wir, dass ich am Wochenende nach Isny komme und wir dann zusammen Stefan erklären werden, dass ich mich getestet habe. Dass meine Werte passen und jetzt nur noch die Kommission zustimmen muss.

Nach dem Telefonat sammle ich erst einmal mehrere Minuten meine Gedanken, bevor ich die Nummer von Jans Praxis wähle. Wieder geht die junge Dame vom letzten Mal an das Telefon. Sie erkennt mich gleich und meint, „es ist kein Problem. Ich hole sofort den Herrn Doktor aus der Behandlung."

Es dauert etwas, bis ich Jan am anderen Ende, mit schnell sprechender Stimme höre, „Hallo Lissy, schön von dir zu hören? Geht es dir gut? Hast du das Ergebnis bekommen?" Bei so viel Fragen auf einmal, weiß ich gar nicht wo ich beginnen soll und fang einfach bei der Frage an, weshalb ich bei ihm anrufe. Nachdem er von mir hört, dass meine Werte passen, meint er, „morgen habe ich auch einen Termin bei Dr. Zell und bekomme mein Ergebnis gesagt. Falls meine Werte auch passen, werde ich auf alle Fälle der Spender sein, da ich mehr als gesund bin."

„Jetzt warten wir erst einmal ab."

„Darf ich dich nach meinem Termin besuchen? Damit wir alles durchsprechen können", fragt Jan schüchtern.

Da es wirklich das Beste ist, alles persönlich zu besprechen, stimme ich zu. Freudig verabschiedet sich Jan von mir und legt auf. Ich sitze einige Minuten mit dem Handy in der Hand da, bevor ich den Motor starte und wieder nach München fahre.

Am nächsten Tag warte ich abends ungeduldig auf Jan. Ich kann es kaum erwarten zu erfahren, ob er auch als Spender in Frage kommt. Immer wieder laufe ich von einem Zimmer zum anderen. Bis es endlich um 19.30 Uhr an der Türe klingelt. Stürmisch renne ich zur Haustür, um zu öffnen. Mit enttäuschtem Blick sehe ich meine Nachbarin, die gleich freudig drauf losspricht, „auf morgen hat sich kurzfristig mein Enkel angekündigt. Ich möchte gerne einen Kuchen backen, habe aber leider keine Sahne mehr. Hast du eine übrig?" Froh darüber, weil sie mir meine Enttäuschung nicht angemerkt hat, hole ich ihr aus dem Kühlschrank meine letzte Sahne und wünsche ihr viel Spaß für den nächsten Tag. Danach muss ich nochmals über eine Stunde warten, bis es endlich erneut an der Türe klingelt und Jan davor steht.

„Entschuldigung, dass es so spät wurde. Aber ich musste lange in der Klinik warten." Bevor ich zu Wort komme, sagt er gleich, „Lissy, meine Werte passen leider nicht. Es tut mir so leid!" Er sieht so enttäuscht und traurig aus, dass ich ihn umarmen und trösten muss.

„Das macht nichts. Meine Werte passen und ich werde die Kommission überzeugen." Danach unterhalten wir uns lange darüber, wie man es Stefan beibringen könnte. Und sind uns einig, dass es am besten Maria und ich alleine tun sollten, bei einem Spaziergang im ruhigen Wald.

Plötzlich fällt mir ein, Jan hat bestimmt schon lange nichts mehr gegessen, da er direkt von Stuttgart zu mir gefahren ist. Auch mein Magen fängt an zu knurren bei dem Gedanken an Essen. Gleich bestelle ich uns wieder einmal Pizza, bei meinem Lieblingsitaliener.

Wir verbringen noch einen schönen Abend mit guten Gesprächen, in denen er nicht mehr zu aufdringlich wird und mir zeigen möchte, dass er mir alle Zeit gibt, die ich benötige. Ich fühle mich Jan wieder sehr nah und muss an Marias Worte denken. Dass es keinen schöneren Grund gibt sich ineinander zu verlieben, als ein gemeinsames Kind.

An Andreas versuche ich, dabei nicht zu denken. Was mir seit unserer gemeinsamen Nacht das erste Mal gelingt. Die letzten Tage waren nämlich für mich nicht nur sehr schlimm, weil ich auf den Befund von Jan und mir warten musste, sondern weil ich Liebeskummer wegen Andreas hatte.

Heute fahre ich nach Isny. Kurzfristig hat sich Tanja dazu gesellt. Erst war ich davon nicht begeistert, aber nachdem sie mich überzeugt hat, dass sie einen sehr guten Draht zu Stefan hat, habe ich zugestimmt. Davor habe ich noch kurz Maria angerufen und nach ihrer Meinung gefragt. Diese war von der Idee begeistert. Während der Fahrt bin ich sehr froh über Tanjas Gesellschaft, da sie mich ablenkt.

„Ralph war ein Flop, ein totales Muttersöhnchen. Mama hier und Mama da. Ich weiß jetzt alles von seiner

Mutter und nichts von ihm. Somit habe ich heute Morgen bei ihm angerufen und Schluss gemacht", erzählt sie mir mit sehr guter Laune. Ich meine darauf tadelnd, „aber wenigstens persönlich von Gesicht zu Gesicht hättest du es ihm sagen können." Lachend schaut sie mich an, „hatte keine Zeit und Lust schon gar nicht. Vor allem waren wir solange nicht zusammen als dass es nötig gewesen wäre." Dabei denke ich mir, sie hat Recht, indem sie ihr junges Leben in vollen Zügen genießt. Wenn nicht jetzt, wann dann?

Als wir in Isny angekommen sind, stürmt Tanja gleich aus dem Auto und klingelt. Nachdem die Türe von Maria geöffnet wird, sehe ich ihr an, dass sie traurig ist.

„Aus dem Spaziergang wird heute leider nichts, da es unserem Jungen nicht gut geht. Er fühlt sich schwach und müde."

Langsam begeben wir uns in das Wohnzimmer zu ihm. Ich erschrecke beim Anblick meines Sohnes, wie er kraftlos und blass dasitzt. In dem Moment trifft sich mein Blick mit dem von Maria und ich sehe eine Träne in ihrem Auge. Auch meine Augen werden dabei nass, weil es so weh tut, zuzusehen wie Stefan bei jedem Besuch abbaut. Aufmunternd versucht Maria mich anzulächeln, und ich verstehe sie auch ohne Worte. Sie setzt ihre gesamte Hoffnung in mich.

Tanja versucht die Stimmung aufzulockern, und beginnt gleich ein munteres Gespräch mit Stefan, der sich dabei sichtlich wohlfühlt. Ich höre nur mit halbem Ohr zu, da ich überlege: Wie sage ich meinem Sohn, dass er meine Niere annehmen muss, ohne Wenn und Aber!

Während ich dabei an die Wand starre, spricht mich plötzlich Stefan direkt an und meint, „ich habe letztes Mal euer Gespräch am Telefon zufällig belauscht und mitbekommen, dass du dich untersuchen lassen hast." Erschrocken schaue ich in seine Augen, die mit einem ernsten Blick auf mich gerichtet sind. Mein Körper wird dabei schweißdurchnässt. Meine zittrige Stimme versucht, eine Erklärung zu finden. „Entschuldige, dass du es so erfahren hast. Wir haben uns heimlich untersucht. Wir wollten dir nicht zu früh Hoffnung machen, falls danach keiner als Spender in Frage gekommen wäre. Zum Glück passe ich als Spenderin. Jan passt nicht. Wir wollten es dir heute sagen. Stefan, ich bin so glücklich, dass ich dir helfen kann." Zurückhaltend und skeptisch schaue ich ihn an, da ich mir nicht sicher bin, wie er reagiert. Stefan sitzt immer noch regungslos da und verzieht keine Miene.

Endlich kommt mir Maria zur Hilfe, „Junge, wäre es jetzt nicht an der Zeit, sie zu umarmen und dich zu freuen." Er sagt darauf mit einer entschlossenen Stimme, „ich werde die Niere nicht annehmen!"

„Aber warum?" Schreit Maria erschrocken und springt dabei vom Sofa auf. Einen Blick auf Maria zeigt mir, dass ihre Nerven blank liegen. Für sie ist die Gesamtsituation zu viel. Das Bangen um Stefan, mit ansehen müssen, wie er von Tag zu Tag immer mehr in sich verfällt. Das lange Warten, ob einer als Spender von uns passt. Und jetzt unseren sturen Stefan, der die Niere nicht annehmen will. Stefan spricht in einem ruhigen Ton weiter und ignoriert dabei Maria, „so eine

Operation ist nicht ungefährlich", während er das sagt, schaut er mich mit einem traurigen Blick an.

Daraufhin kann ich mich nicht mehr zurückhalten, nehme ihn in meine Arme und fange an zu weinen. Er wehrt sich nicht dagegen und so kommt es, dass wir uns in den Armen liegen und er mich dabei tröstend streichelt.

An diesem Tag führen wir zu viert Gespräche bis spät in den Abend hinein. Ich erkläre meinem Jungen eindringlich, dass ich die Lebendspende unbedingt will. Ich habe ein sehr gutes Gefühl, dass alles komplikationslos verlaufen wird. Stefan äußert seine Bedenken, dass ich aus Schuldgefühlen ihm gegenüber helfen möchte. Ich versichere ihm mehrmals ich würde diese Operation für meine Mädchen auch jederzeit machen. Selbst für Bekannte und Freunde.

Ich gebe dabei zu, dass ich natürlich auch Angst davor habe. Aber ich muss ihm helfen, weil ich in meinem Leben sonst nie wieder glücklich werden würde. Und dieses Leben wäre dann auch kein lebenswertes Leben mehr. Vor allem liebe ich ihn über alles und es gibt für mich nichts Schlimmeres, als mit anzusehen wie es ihm schlecht geht. Gleichzeitig gibt es für mich keine größere Ehre, als ihm einen Teil von mir zu geben.

Immer wieder sage ich ihm, die Operation wird gut verlaufen. „Du weißt ja, Unkraut vergeht nicht", füge ich scherzend hinzu. Ich probiere ihn zu überzeugen, in dem ich zu ihm sage, „wenn ich nachher heimfahre, könnte auch etwas Schreckliches passieren. Es könnte immer etwas sein und trotzdem leben wir unser Leben und gehen täglich Gefahren ein, weil sie zu unserem Leben dazu gehören."

Stefan spricht ebenfalls sehr offen mit uns über seine Gefühle. Dabei sehe ich an Marias Blick, sie ist sehr überrascht, dass er seine Gedanken mit uns teilt. Sie sieht aber auch erleichtert aus, dass er sich endlich einmal öffnet und über seine Ängste spricht. Er erzählt wie er nachts Stunden lang wach liegt und richtige Horrorgedanken, Angst- und Schweißausbrüche wegen seiner Zukunft hat. Und die schlimmen Albträume, die ihn verfolgen. Immer wieder sieht er den fürchterlichen Moment, in dem er nur da liegt und sich gar nicht mehr regen kann, bis er schreiend aufwacht.

Auch wie er merkt, dass er körperlich abbaut. Seinen ganzen Lebensmut verliert und sich teilweise selber unausstehlich findet und nicht mehr leiden kann. Dabei fühlt er sich wie in einem Gefängnis. Immer der gleiche Trott, von daheim in die Klinik und wieder heim. Und immer diese körperliche Schwäche. Selbst ein Spaziergang ist ihm meistens zu viel, so wie heute auch. Am schrecklichsten findet er, dass er auf die Hilfe anderer Menschen angewiesen ist.

„Und das soll ich meiner Freundin zumuten", fängt er schluchzend an zu sagen. „Ich kann ihr nichts mehr bieten, keinen Urlaub, keine Normalität, wir können keine Kanzlei zusammen aufbauen und so wie ich mich fühle, auch keine Kinder bekommen.

Außer Samuel habe ich keine Freunde mehr, außerhalb des Dialysezentrums. Direkt nach dem Unfall, als ich wieder aus dem Koma erwacht war, kamen mich regelmäßig Freunde besuchen. Aber inzwischen gehen alle Ihrem Alltagstrott nach und haben mich längst vergessen. Irgendwie bin ich sogar froh darüber, dass die mich so als Häuflein Elend nicht sehen. Weil auf das Mitleid von denen habe ich echt keine Lust."

Unerwartet und plötzlich wird Stefan richtig laut und hat eine schreiende, fast schon hysterische Stimme, „diese Krankheit, warum muss ich so krank werden? Warum gerade ich?" Maria springt auf, will ihrem Sohn einen Halt geben, indem sie ihn umarmt. Er lässt es zu und sackt sichtlich in Marias Hände zusammen.

Stefan lässt seinen Gefühlen das erste Mal, seit seinem Unfall freien Lauf. Er weint laut und schluchzt, dabei hebt sich sein Nacken auf und nieder. Stefan liegt in Marias Arme hilflos wie ein kleiner Junge. Maria kommen dabei auch Tränen, die leise über ihre Wangen rollen. Nach mehreren Minuten wird das Weinen von Stefan leiser und er hebt wieder den Kopf und meint, „es ist besser, ich gehe jetzt schlafen. Ich bin sehr müde."

Während er den Kopf hebt, wischt sich Maria schnell ihre Tränen weg, damit Stefan diese nicht sieht. Mit schlürfenden Schritten geht Stefan die Treppe hoch und als wir hören, dass seine Zimmertüre in das Schloss fällt, da sackt Maria zusammen und geht auf die Knie. Sie hebt ihre Hände vor das Gesicht und weint jämmerlich. Jetzt bin ich an der Reihe zu trösten. Lange streichle ich über ihre Haare, bis sie sich mir zuwendet und in meine Arme fällt. Tanja steht hilflos daneben und ich sehe ihr an, dass sie auch am liebsten losheulen würde.

Nach wenigen Minuten schaut mich Maria an, holt sich ein Taschentuch aus ihrer Hosentasche und schnäuzt einmal laut. Danach wischt sie sich ihr tränenverschmiertes Gesicht sauber. Mit einem gekünstelten Lächeln sagt sie und blickt mir tief in die Augen, „danke, das musste mal sein. Mir hat es sehr gut getan und ich denke, Stefan tat es auch gut, dass er weinen konnte und seine Gefühle endlich mal zeigen konnte. Ich probiere immer für Stefan die Starke zu sein. Ich weiß nicht, ob das richtig ist. Vielleicht sollte ich auch einmal vor ihm weinen. Aber ich weiß genau, dass es Stefan weh täte mich mit so viel Kummer um ihn zu sehen. Sein ganzes Leben lang war er darauf bedacht uns nicht traurig zu machen und uns immer glücklich zu sehen."

Da ich selber die Situation auch nicht einschätzen kann, was wirklich besser wäre, sage ich nichts darauf, sondern lasse einfach Maria sprechen.

Eine Stunde verbringen wir noch bei Maria, die zum Abschied meint, „danke für das Zuhören. Karl ist gerade auch sehr sensibel was das Thema betrifft, da möchte ich ihn mit meinem Gespräch nicht auch noch belasten. Er ist ein Mensch, der eher ruhig ist und mit sich selber die Sorgen ausmacht. Darum hat es mir so gut getan, dass ihr mir zugehört habt. Es war heute passend, dass Karl auf einer Geschäftsreise ist. Ich glaube, wenn er daheim gewesen wäre, hätte sich Stefan nicht so gut öffnen können, wie vor uns drei Frauen." Bevor wir den Nachhauseweg antreten, verspricht mir Maria, dass sie sich Stefan nochmals zur Brust nimmt und mit ihm spricht. Damit er sich das Ganze mit der Operation in Ruhe überlegt und hoffentlich bald zustimmt.

Zum Abschied nehme ich Maria nochmals in den Arm und merke, dass uns der heutige Abend noch mehr zusammen geschweißt hat. Ich sage zu ihr, dass sie jederzeit bei mir anrufen kann, wenn sie jemanden zum Sprechen braucht. Dankbar schaut sie mich an und nickt nur, dabei hat sie wieder ihr gewohntes herzliches Lächeln aufgelegt.

Schweigend fahren Tanja und ich in dieser Nacht wieder Richtung München. Während der Fahrt muss ich an Andreas Worte denken. Er kann nicht glücklich sein, solange es Stefan so schlecht geht. Dabei schäme ich mich, dass ich es nicht war, die dieses gleich selber so gesehen hat, da ich ja Stefans Mutter bin und ihn über alles liebe.

Mir ist bewusst, dass ich Andreas zum freundschaftlichen Sprechen nicht mehr anrufen kann. Auch wenn ich seine Gespräche und Nähe sehr vermisse und gerade jetzt brauche, um die Geschehnisse des Tages zu berichten. Er würde verstehen wie schlecht es mir im Moment geht, da Stefan nicht gleich der Operation zugestimmt hat. Und weil ich wieder mal sehen musste, wie rapide Stefan körperlich und seelisch abbaut. Ihn heute so traurig gesehen zu haben, gibt mir ein totaler Stich in mein Herz. Andreas würde meine Gefühle teilen und mit mir ein Gespräch führen. Was zwar die Situation nicht ändert, aber trotzdem gut tun würde.

Kurz vor München beendet Tanja das Schweigen, „Mama, ich habe Angst um dich. Was ist, wenn dir bei der Operation etwas passiert?" Ich schaue kurz zu ihr und antworte dann mit genau gewählten Worten,

„Tanja, ich habe auch ein wenig Angst. Aber ich werde Stefan nicht im Stich lassen und könnte es mir auch nie verzeihen, wenn er der Operation nicht zustimmt. Wir müssen ihn zusammen dazu bringen, dass er sein OK gibt. Ich liebe Stefan so sehr und kann es nicht mehr mit ansehen, wie er täglich aufs Neue sich quält.

Er steht zwar auf der Spenderliste, aber es kann noch so lange dauern bis er an der Reihe ist. Diese Zeit haben wir einfach nicht. Das dauert mir zu lange. Wenn ich sehe wie Stefan bei jedem Besuch mutloser und kraftloser wird.

Falls mir bei der Operation etwas zustoßen sollte, dann sind du und Simone schon erwachsen. Ihr haltet zusammen. Finanziell seid ihr abgesichert. Ich habe eine gute Lebensversicherung, die auf euch beide läuft. Aber ich glaube nicht, dass wir diese brauchen. Ich werde Stefan helfen können und wir werden dann alle gesund und munter einen schönen Ausflug machen." Entschlossen beende ich den Satz mit fester Stimme.

Tanja nickt mit einem traurigen Gesichtsausdruck. Diesen hatte ich das letzte Mal gesehen in der Zeit, nachdem ihr alles geliebter Vater verstorben war. Ich versuche dabei stark zu bleiben und optimistisch. Auch wenn es mir das Herz zerreißt meine Tochter, voller Angst zu sehen.

In dieser Nacht kann ich wieder einmal nicht schlafen. Ich wälze mich im Bett hin und her, bis ich mich um 3.30 Uhr entscheide bei Jan anzurufen, da ich wirklich jemanden zum Sprechen brauche. So alleine mit meinen Ängsten und Gedanken werde ich wahnsinnig. Mit meinen Töchtern kann ich nicht darüber sprechen. Ich möchte die zwei nicht noch mehr belasten.

Ich habe Jan in der Nacht, direkt nach dem wir heimkamen, per SMS kontaktiert, um ihn nicht zu wecken.

Stefan wird sich ein paar Tage alles überlegen und dann sich bei mir melden.
Grüße Lissy

Da es zu diesem Zeitpunkt schon sehr spät war, kam keine Nachricht von ihm zurück. Er hatte sicher schon geschlafen. Aber wenn ich jetzt niemanden zum Sprechen habe, und zwar sofort, dann drehe ich durch. Mit schlechtem Gewissen wähle ich zielsicher Jans Telefonnummer.

Als seine erschrockene und gleichzeitig verschlafene Stimme an das Telefon geht, sage ich sofort, „Entschuldigung Jan, dass ich dich wecke." Bevor er etwas antworten kann, fange ich an zu erzählen. Wie schlecht es Stefan geht und dass sein Lebensmut schwindet.

„Jan, ich bin mir nicht sicher, ob er der Operation zustimmt. Wir müssen ihn gemeinsam dazu bringen. Er hat sich heute energisch gegen den Eingriff gewehrt. Er meint, er will mir die Entnahme nicht zumuten und hat Angst davor, dass mir dabei etwas passieren könnte."

Während des Erzählens kommen mir Tränen und ich spreche heulend weiter, „Jan unser Sohn baut körperlich und seelisch ab. Ich kann es nicht mehr mit ansehen, wie er leidet. Ich würde am liebsten heute schon zum Operieren gehen."

Tröstend meint Jan, „das schaffen wir. Ich bin mir sicher, wir werden ihn umstimmen. Lissy, wenn es dir recht ist, würde ich bei einem Kumpel schnell in die Backstube gehen. Der hat bestimmt schon Semmeln fertig gebacken und danach würde ich zu dir nach Hause kommen. Dann können wir zusammen Frühstücken. Wir zwei werden heute Nacht eh kein Auge mehr zu machen. Dabei überlegen wir uns, was wir mit Stefan anstellen können. Er muss einfach der Lebendspende zustimmen, vorher werde ich nicht ruhen."

Eine dreiviertel Stunde später, sehe ich Jan in die Einfahrt einbiegen und öffne gleich die Haustüre. Mit einer Tüte voll duftender Semmeln tritt er in das ruhige Haus. Da er mein Erstaunen merkt erklärt er, „mein Kumpel hat an seiner Backstube ein Fenster, an dem ich immer klopfe, wenn ich außerhalb der Ladens-Öffnungszeiten etwas brauche. Dafür behandle ich seine Zähne zu den unmöglichsten Nachtzeiten." Grinsend fügt er hinzu, „vor allem war er mir sowieso noch etwas schuldig. Nachdem er mich vor zwei Jahre aus meiner eigenen Geburtstagsfeier geholt hat, weil ich ihm seinen Eiterzahn behandeln musste."

Lächelnd nehme ich ihm die Tüte aus der Hand und frage ihn, ob er schon sehr hungrig ist oder ob wir noch ein wenig warten können.

„Es ist vollkommen in Ordnung, wenn wir erst später essen."

So kommt es, dass wir die weiteren Stunden damit verbringen uns zu unterhalten. Dabei kommen wir zu dem Entschluss, dass wir Stefan die kommende Woche Zeit geben. Damit er alles in Ruhe überdenken kann und sich dabei nicht überrumpelt fühlt.

Falls Stefan sich bis zum Wochenende nicht gemeldet hat, wird Jan nochmals in Ruhe unter vier Augen mit ihm sprechen.

Fast genau um 8.00 Uhr treten Simone und Samuel in das Esszimmer. Samuel meint scherzend, „irgendwie bin ich am Wochenende hier gerade Dauergast."

„Das ist doch schön", antworte ich und decke zusammen mit Simone den Tisch.

An diesem Morgen frühstücken wir ausgiebig. Als wir gerade fertig mit essen sind, gesellt sich Langschläferin Tanja zu uns. Für die wir noch genügend zum Essen übrig gelassen haben. Sie fängt gleich, wie üblich, Jan zu necken an, „Guten Morgen Herr Zahnarzt, heute keinen Notdienst? Mir wäre ein Zahn ausgebrochen."

Er erwidert darauf prompt, „Ein Doktor ist immer im Dienst. Ich kann ihn dir gleich ziehen. Aber hoffen wir mal, dass du später als Polizistin nicht immer auf Kontrolle bist. Sonst wird es für uns alle anstrengend." Beide fangen daraufhin schallend an zu lachen. Wir anderen drei schauen uns nur fragend an und wissen nicht, was an diesen Worten so lustig sein soll, dass man über zwei Minuten durchlachen kann.

Nach dem Frühstück verlassen Simone und Samuel das Haus, um einen Spaziergang zu machen.

Jan bleibt an diesem Tag noch bis zum späten Nachmittag. Wir verbringen eine lustige Zeit miteinander. Auch wenn die meiste Zeit Tanja und Jan sich unterhalten und ich nur zuhöre. Die beiden verstehen sich prächtig und haben den gleichen Humor und dieselben Interessen. Ich bin dabei mit meinen Gedanken viel bei Stefan.

Während der nächsten Woche ruft Jan jeden Abend bei mir an, um nachzufragen, ob unser Junge sich schon gemeldet hat. Leider muss ich ihm jedes Mal die gleiche Auskunft geben, da ich noch nichts von Stefan gehört habe.

Am Freitag sagt er zu mir am Telefon, „Morgen werde ich zu Stefan fahren und erst wieder heimkommen, wenn er sein OK gegeben hat."

Dabei erwähnt er nebenbei in einem normalen Ton, ohne hörbare Emotionen in der Stimme, „übrigens, ich habe gestern mit Nina Schluss gemacht, da wir uns jetzt wirklich auseinandergelebt haben. Sie hat es eingesehen und wir wollen zumindest versuchen, Freunde zu bleiben." Sprachlos und verwundert, da er diese Neuigkeit so beiläufig erwähnt, suche ich skeptisch nach Worten.

„OK, wenn du meinst!" Nachdem er mir mehrmals versichert hat, dass es nicht wegen mir ist, sondern weil er sowieso Schluss gemacht hätte, da er Nina nicht mehr liebt. Da bin ich erleichtert. Muss dabei zugeben, dass er die letzten Tage wirklich keine Annäherung mehr versucht hat und somit mich auch nicht unter Druck setzt. Daher verspüre ich keinerlei Schuldgefühle, dass die Beziehung der zwei zerbrochen ist.

Am darauffolgenden Tag schaue ich alle zwei Minuten auf mein Handy und hoffe, dass Jan mich mit einer guten Nachricht anruft oder mir eine SMS sendet, damit ich über den aktuellsten Stand informiert bin. Aber es bleibt still. Ich suche mir Arbeit zum Ablenken und so kommt es, dass ich das ganze Haus putze. Den gesamten Wäscheberg bügle ich durch und immer mit dabei, mein Telefon.

Ich komme nicht zur Ruhe und mache mich daran alle Küchenschränke auszuräumen und auszuputzen. Nur herumsitzen würde mich noch wahnsinniger machen. Die Stunden vergehen und es wird langsam Nacht. Ich weiß schon gar nicht mehr, was ich noch putzen könnte. Dabei hoffe ich nur, dass endlich das Telefon klingelt und Jan mir berichtet, dass Stefan der Operation zustimmt. Aber nichts passiert. Das Telefon bleibt mucks-mäuschen still neben mir.

Es ist schon nach 23.00 Uhr, als es endlich am Handy hupt. Mit zitternder Hand und zähneknirschend öffne ich die SMS. Eine Mitteilung von Jan. In der schreibt er, dass Stefan einen sturen Kopf hat. Er bleibt hier über Nacht und Morgen wird Stefan hoffentlich seine Meinung ändern. Sonst quartiert er sich in Isny ein, bis er seine Zustimmung gibt. Dann schreibt er noch, dass er ganz sicher nicht aufgeben wird, Stefan umzustimmen.

An Jan seiner Schreibweise und daran, dass er die Kraft nicht gefunden hat, mit mir persönlich zu sprechen, indem er mich anruft, merke ich, dass die Situation bei Stefan sehr schwer ist. Dabei kommt eine große Angst in mir auf, dass Jan es nicht schafft, Stefan umzustimmen. Ich spüre auch an Jan seiner Ausdrucksweise, dass er nicht mehr ganz so optimistisch ist, sondern sich selber Mut machen muss.

Ich habe gerade die Nachricht gelesen, als ich einen Schlüssel an der Haustüre höre. Langsam öffnet sich die Türe und ich vernehme das Lachen von Simone und Samuel, die zu mir ins Wohnzimmer treten. „Mama, du bist noch auf?" Stellt Simone erstaunt fest, „was ist passiert? Du siehst so traurig aus." Da die beiden noch gar nicht wussten, dass Jan heute zu Stefan gefahren ist, werden sie sehr nachdenklich, während ich ihnen davon berichte. Nachdem ich den Zweien den aktuellen Stand von Stefan erzählt habe, meint Samuel mit seiner ruhigen und besonnenen Art, „ich werde morgen früh auch zu Stefan fahren, um mit ihm zu sprechen. Ich glaube schlimmer kann ich die Situation nicht machen. Vielleicht hört er ein wenig auf mich." Simone und ich nicken nur. Dann lasse ich die zwei im Wohnzimmer allein, damit sie noch ungestört die DVD in Simones rechter Hand anschauen können.

In dieser Nacht schaue ich um 2.00 Uhr zum letzten Mal auf meinen Wecker. Nachdem ich eine Schlaftablette eingenommen habe, falle ich endlich in einen tiefen Schlaf.

Um 11.00 Uhr morgens höre ich ein lautes Geräusch von draußen, welches mich erwachen lässt. Schnell und voller Schuldgefühle, da es schon Jahre her ist, dass ich so lange ausgeschlafen habe, ziehe ich mir meine Kleidung an und spurte ins Esszimmer. Dabei denke ich, jetzt ist mir wieder bewusst, warum ich normalerweise keine Schlaftabletten einnehme. Dabei muss ich aber zugeben, dass der tiefe und lange Schlaf mir gut getan hat und auch bitter nötig war.

Auf dem Tisch sehe ich eine Nachricht von Simone. In der sie mit ihrer ordentlichen Handschrift schreibt, dass sie mit nach Isny gefahren ist. Sie werden, falls es bei Stefan eine schnelle Meinungsänderung gibt, das weitere Wochenende bei Samuels Eltern verbringen. Ich solle mir keine Sorgen machen. Er wird sich schon überreden lassen und zur Einsicht kommen. Ich starre den Brief lange an und hoffe, dass die zwei Recht behalten und Stefan seine Meinung heute ändert. Ihre gutgemeinten Worte bauen mich ein wenig auf. Während ich so dastehe und hoffe, dass die zwei Recht behalten, fällt mir Samuels Mutter, meine Schulfreundin Theresa blitzartig wieder ein. Die hatte ich vor lauter Sorgen vergessen. Darum nehme ich mir vor, in naher Zukunft ihr einen Überraschungsbesuch abzustatten.

Weil jetzt Simone heute auch nicht da ist, bin ich wieder alleine, da Tanja dieses Wochenende im Schülerwohnheim der Polizeischule geblieben ist.

Die Stunden vergehen schleichend. Da das ganze Haus von gestern schon sauber ist und ich nichts mehr zum Putzen habe, entschließe ich mich einen Spaziergang, in den naheliegenden Park zu machen. Mehrere Stunden verbringe ich damit, planlos umher zu laufen und habe dabei immer mein Handy in meiner rechten Hand. So kann ich das Klingeln sofort hören. Aber es bleibt still. Nichts rührt sich. Auch wenn ich es zeitweise anstarre. Es bleibt einfach still!

Endlich am Abend wieder daheim. Es wird draußen gerade dunkel, da klingelt mein Telefon. Ich habe nach dem ersten Schellen schon abgehoben und bringe keinen wirklichen Ton heraus. Bevor ich wieder meine

Stimme gefunden habe, höre ich schon Simone aufgeregt sprechen, „Mama, er hat zugestimmt. Er lässt sich operieren." Ungeduldig und wieder meiner Stimme fündig, will ich alles von ihr genau wissen. Sie meint darauf, da müsse sie mir Samuel geben. Da sie selber nicht beim Gespräch dabei war und Jan schon nicht mehr da ist. Der hat vorher telefoniert und danach ist er gleich heimgefahren.

Samuels freudige Stimme erzählt mir, wie Stefan lange nicht davon abzubringen war. Sein Argument war, er möchte nicht, dass sich irgendjemand wegen ihm unters Messer legen muss. Er werde warten bis er eine Spenderniere von einem Verstorbenen bekommt. Schlussendlich nach vielen Stunden des Diskutierens haben wir ihn überreden können. Er hat es schließlich eingesehen, dass es noch ewig dauern kann bis er an der Reihe ist. Er kann unter Umständen lange auf der Warteliste für Organspende stehen. Stefan merkt selber, wie er gesundheitlich schwächer wird und dadurch die Implantation immer schwieriger ist.

„Ich glaube", meint Samuel nachdenklich, „er hat es kapiert, dass er Glück hat, weil deine Werte zu seinen so gut passen." Erleichtert über Samuels Worte, verschwindet meine ganze Anspannung der letzten Tage.

„Lieber Samuel, was würden wir ohne dich machen. Vielen lieben Dank. Wir haben dir so viel zu verdanken." Verlegen erwidert er, „das alles ist doch selbstverständlich. Da es ja auch um meinen besten Freund geht und um Simones großen Bruder."

Fröhlich lege ich den Hörer wieder auf. Ich setze mich gerade auf einen Stuhl, als das Telefon erneut klingelt. Erwartungsvoll gehe ich an den Telefonhörer und vernehme eine freudige und erleichterte Stimme, „Hallo, ich bin es, Jan. Du hast es vielleicht schon mitbekommen. Er hat endlich zugestimmt. Ich würde dich jetzt gerne besuchen. Aber es geht heute nicht mehr, da ich gerade einen Termin bekommen habe. Wir hören uns einfach die nächsten Tage." Bevor ich antworten kann, hat er schon aufgelegt. Erstaunt denke ich mir: Was war das denn? So ein komisches Verhalten habe ich ja noch nie an ihm erlebt. Vor allem nach so einer wichtigen Entscheidung, die heute angestanden ist. Ich hätte schon erwartet, dass er mir alles genau von diesen zwei Tagen mit Stefan berichtet.

Ich bin sogar enttäuscht über Jan sein doofes Verhalten. Kann es nicht nachvollziehen, was in dem Moment jetzt wichtiger sein soll, als dass wir über Stefan sprechen und es feiern, dass er der Operation zugestimmt hat. Dabei werde ich das Gefühl nicht los, dass es sich bei dem Treffen das Jan hat, um eine Frau handelt.

Jetzt muss nur noch die Lebendspenderkommission zustimmen. Das sind meine letzten Gedanken, bevor ich an diesem Abend in einen tiefen und ruhigen Schlaf falle.

Stefan und ich werden vom Arzt nochmals genauestens über die Nierenspende informiert. Danach müssen wir an einem ausführlichen Gespräch mit einem Psychologen teilnehmen. Es folgen Untersuchungen für die wir im Krankenhaus stationär aufgenommen werden. Des Weiteren müssen wir zu einem Termin beim Chirurgen, der uns nochmals alles genau erklärt.

Dazwischen habe ich das schönste Weihnachtsfest meines Lebens. Denn ich darf den Heiligen Abend mit Stefan verbringen. Auch meine Mädchen sind mit in Isny. Maria bereitet uns eine gigantisch große Gans mit Blaukraut und Salzkartoffeln zu. Wir werfen für diesen Tag alle unsere Sorgen über Bord und haben eine richtig schöne Zeit zusammen. Karl spielt auf seinem Akkordeon Weihnachtslieder und wir singen alle bedächtig mit. Während wir bei „Stille Nacht, heilig Nacht sind", schneit es draußen dicke Flocken und in mir kommt ein unbeschreibliches Gefühl von Weihnachtsstimmung auf.

Danach geht es nur noch um das Warten, bis zur Lebendspenderkommission. Da ich abends viel daheim bin und die nächsten Tage keinen Besuch bei Stefan angedacht ist, nehme ich spontan den Hörer in die Hand und wähle Theresas Nummer. Diese geht mit den Worten an das Telefon, es sei Gedankenübertragung. Sie hätte mich heute Abend auch noch angerufen. Weil sie mir unbedingt gleich erzählen will, dass sie im Altersheim war, da sie eine Großtante dort besucht hat. Weil sie noch Zeit hatte, ist sie nach dem Besuch ihrer Großtante zu meiner Mutter in das Zimmer hinein, um nach ihr zu schauen. Meine Mutter hatte heute einen guten Tag und wusste gleich, wer sie ist, nachdem sie ihren Mädchennamen gesagt hat.

„Und dann hat sie bei mir geweint. Kaum zu glauben, aber deine Mutter, die ehrfürchtige Rektorin, hat bei mir geweint", berichtet Theresa, immer noch ungläubig und erstaunt darüber.

„Sie hat mir erzählt, wie leid es ihr tut. Sie kann es sich nie verzeihen, nicht dafür gesorgt zu haben, dass Stefan bei dir aufwachsen konnte." Überrascht über diese Worte, bedanke ich mich bei ihr, dass sie mich informiert hat.

Danach meint Theresa noch, wie gerne sie Simone hat und wie toll meine Tochter und ihr Sohn zusammen passen. Ich stimme ihr zu. Auch wenn ich ihren Worten gar nicht folgen kann, da meine Gedanken immer noch bei meiner Mutter sind. Vermutlich merkt das Theresa, da sie danach gleich das Telefonat beendet. Zuvor versprechen wir uns noch, bald wieder voneinander zu hören.

Meine Gedanken sind bei meiner Mutter und ich gehe viele Szenen von meiner Kindheit und Jugend nochmals geistig durch. Wie sie sich veränderte, als unser Vater uns verließ und sie danach ein ganz anderer Mensch war.

Ich weiß im Moment nicht, was ich von meiner Mutter denken soll. Kann es nicht glauben und realisieren, dass sie zu Theresa gesagt hat, dass es ihr Leid tut, weil sie mir mit Stefan nicht geholfen hat. Immer wieder zwicke ich mir in den Oberarm, um sicher zu gehen, dass ich in keinem Traum stecke.

Diese Nacht wird fürchterlich lang für mich, da ich keine Sekunde schlafen kann. So verwirrt bin ich. Der nächste Arbeitstag ist anstrengend und will nicht vorbei gehen. Ich bin so müde, am liebsten würde ich meinen Kopf auf den Bürotisch legen und nur schlafen.

Meine langjährige Arbeitskollegin Karin, mit der ich einen Büroraum teile, probiert mich den ganzen Tag aufzumuntern, was ihr nur bedingt gelingt. Ihr habe ich schon von Anfang an alles über Stefan und meiner Mutter anvertraut. Sie kann genau nachvollziehen wie schlecht es mir geht. Nur den Teil über Jan und Andreas Küsse, habe ich bei ihr ausgelassen. Denn ich schäme mich vor ihr doch ein wenig.

Als mir Karin an diesem Feierabend vorschlägt, zusammen noch etwas essen zu gehen, sage ich gleich freudig zu. Weil ich genau weiß, dass mir ein wenig Ablenkung nicht schaden kann und komischerweise bin ich inzwischen wieder hellwach und fit. So kommt es, dass wir zusammen in einer kleineren Kneipe sitzen und sich jede eine Currywurst mit Pommes bestellt. Während des Abends kann ich sogar ein wenig abschalten und höre Karins lustigen Alltags-Geschichten zu. Als dann noch eine Gruppe mit fünf Männern hereinkommt, welche alle so um die 35 Jahren alt sind und sichtlich mit mir flirten und Interesse an mir zeigen, da ist mein Ego in Bezug auf die Erniedrigung von Jan und Andreas, zumindest für diesen Abend wieder aufgebaut. Karin meint lachend, als wir das Restaurant gegen 11.00 Uhr verlassen, „ich wusste gar nicht, dass du in der Männerwelt so begehrt bist. Wie kommt es da, dass du seit deinem Ehemann keinen anderen Partner mehr hattest?" Ich grinse nur und winke das Thema ab. Dabei denke ich, wenn du wüsstest was für ein Männer-Wirrwarr ich die letzte Zeit hatte.

Da ich letzte Nacht gar nicht geschlafen hatte und an diesem Abend auch erst um 12.00 Uhr in meinem Bett liege, kann ich wenigstens vor lauter Schlafmangel, gleich gut und tief einschlafen.

Die Tage vergehen und ich komme immer noch nicht zu einem Nenner, wenn ich an meine Mutter denke. Es ist ein offenes Rätsel für mich. Ich wünsche mir so sehr, dass sie bei mir für einen kurzen Zeitpunkt einen lichten Moment hat und mir alles erklären kann. Ich habe so viele Fragen an sie, auf die ich eine Antwort brauche.

Bei meinen regelmäßigen Besuchen bei Stefan, merke ich von Mal zu Mal, wie er zuversichtlicher wird. Ich spüre sogar bei ihm ein wenig Vorfreude. Da die Hoffnung besteht, dass er, wenn die Implantation gut funktioniert, wieder ein einigermaßen normales Leben führen kann.

Heute besuche ich meine Mutter. Die erkennt mich leider nicht und meint, ich möchte ihr böses. So kommt es, dass ich keine fünf Minuten bei ihr sein kann. Ich bin danach ziemlich enttäuscht, da ich einen kleinen Funken Hoffnung hatte, etwas von ihr zu erfahren. Viele Fragen an sie gehen mir nicht aus meinem Kopf. Sie machen mich wahnsinnig, da sie unbeantwortet bleiben.

Mit Jan trete ich nur noch selten in Kontakt und wenn wir telefonieren, ist er kurz angebunden. Er möchte nur Neuigkeiten über Stefan wissen. Zwar ist er sehr freundlich zu mir, aber trotzdem merke ich, dass er an meiner Person keinerlei Interesse mehr hat.

Inzwischen bin ich mir ziemlich sicher, dass es eine neue Frau in seinem Leben gibt. Diese neue Situation ist mir sehr recht. Weil ich zugeben muss, dass ich in Jan einen guten Freund sehe und keinen Partner. Das wurde mir bewusst, als er an dem Morgen mit den Semmeln kam und bei uns frühstückte. Ich kann mir aber nicht erklären, warum es mir gerade an diesem Tag klar wurde. Aber gleichzeitig bin ich ein wenig enttäuscht und traurig, da er mich nicht mehr beachtet. Ich hatte es schon genossen in seinem Mittelpunkt zu stehen und wieder begehrt zu werden.

Jedoch geht mir Andreas gar nicht mehr aus dem Kopf. Mit seinem spitzbübischen Lächeln, seinem frechen Grinsen, seiner überaus attraktiven Ausstrahlung und seinen wunderbaren Gesprächen. Von ihm habe ich seit der Übernachtung nichts mehr gehört, geschweige gesehen. Dabei muss ich zugeben, dass ich ihn sehr vermisse. Auch wenn ich mich vor Stefan schäme, da im Moment nur er für mich wichtig sein sollte.

Manchmal probiere ich über Stefan heimlich etwas über Andreas herauszubekommen. Ich versuche sehr beiläufig zu fragen, „war Andreas wieder einmal bei dir?" Stefan gibt mir dann immer eine kurze Antwort mit „Ja" oder „Nein". Er weiß ja nicht, wie wichtig es für mich ist, etwas über Andreas zu erfahren. Auch, um zu planen, damit ich ihm nicht bei Stefan über den Weg laufe. Diese Vorstellung ist für mich qualvoll, da ich nicht weiß, ob ich mich dann vor lauter Nervosität unter Kontrolle hätte.

Allerdings denke ich täglich an die wunderbare Nacht mit Andreas. Gedanklich gehe ich immer wieder die leidenschaftlichen Küsse von ihm durch. Bin mir dabei zu hundert Prozent sicher, dass ein Mann, der noch an seiner verstorbenen Ehefrau hängt, nicht so zärtlich und liebevoll zu einer anderen Frau sein kann. In Andreas

Fall bin ich mir nämlich schon seit unserer gemeinsamen Nacht sicher, dass ich ihn liebe.

Da Simone viel mit Samuel unternimmt, Tanja viel lernt und dadurch die meisten Wochenenden zur Zeit im Schülerwohnheim bleibt, bin ich in den Wochen bis zur Kommission viel allein und einsam. Dabei grüble ich über viele Dinge in meinem Leben nach. Mich beschäftigt die Frage, ob meine Mutter jemals mütterliche Gefühle mir gegenüber besessen hat. Traurigerweise komme ich immer wieder zum Ergebnis, wenn ich so an die Zeit mit meinen Eltern zurückdenke, dass weder meine Mutter, noch mein Vater, mich je geliebt haben und mir richtige Geborgenheit geschenkt hatten.

Kapitel 8

Endlich ist der lang herbeigesehnte Tag da und ich stehe vor der Lebendspenderkommission. Ich fühle mich wie vor vielen Jahren als Jugendliche bei meinen Prüfungen. Mir schlottert der ganze Körper und ich muss versuchen meine Stimme in Griff zu bekommen, damit diese sich nicht zittrig oder sogar sich weinerlich anhört. Ich habe riesige Angst davor etwas Falsches zu sagen. In meinem Magen ist es ganz flau. Dabei habe ich das Gefühl von Übelkeit und gleichzeitig spüre ich eine Art Durchfall-Gefühl in meinem Bauch. Ich probiere mich zusammenzureißen. Bete innerlich, dass ich die Befragung durchstehe ohne zwischendurch auf die Toilette zu müssen.

Die Kommission besteht aus vier mir unbekannten Personen. Einem Vorsitzenden, ein Arzt, der mit der Entnahme nichts zu tun hat, einem Mann mit der Befähigung zum Richteramt und einer Psychologin.

Der Vorsitzende beginnt das Gespräch. „Wir überprüfen heute ob die Spende freiwillig erfolgt und kein Organhandel vorliegt. Ob sie die Mutter des Empfängers sind und die Untersuchungsergebnisse wie Blutgruppe, Gewebemerkmale usw. übereinstimmen."

Danach werde ich durcheinander mit vielen Fragen gelöchert. Bei der Frage, warum ich die Spende machen möchte und dadurch meine Gesundheit riskieren kann, antworte ich am längsten, „jeder der ein Kind hat, kann es mir nachvollziehen. Es gibt nichts Schlimmeres, als sein Kind leiden zu sehen, den körperlichen und seelischen Verfall mitzuerleben. Um alles in der Welt möchte ich meinem Sohn Stefan helfen. Damit ich ihn wieder gesund und glücklich sehen kann. Falls bei der Operation etwas schief geht, so liegt es in Gottes Hand. Meine drei Kinder sind groß. Die können für sich selber sorgen."

Der Arzt weist mich darauf hin, dass wegen meines leichten Herzinfarkts die Gefahr erhöht ist. Aber zum Glück sei mein jetziger Zustand gut.

Nachdem sie mir sagen, dass ich den Raum verlassen kann, bin ich Gott froh, da ich jetzt dringend auf die Toilette muss. Die Befragung hätte keine Minute länger dauern dürfen, sonst hätte es schief laufen können. Gleich spurte ich auf das WC.

Während Stefan vor der Kommission spricht, lasse ich mir aus dem Automaten einen schwarzen Kaffee heraus.

Der erste Schluck ist heiß. Darum puste ich erst einmal, um ihn ein wenig kälter zu machen. Ich bin noch mit meinem Getränk beschäftigt, da geht schon die Türe zur Kommission wieder auf. Mein Sohn kommt strahlend heraus. Ich sehe ihm an seinem Gesicht alles an und muss darum nicht fragen, wie es gelaufen ist. Glücklich fallen wir zwei uns in die Arme und ich weiß, wir sind heute einen großen Schritt unserem Ziel näher gekommen.

Die Zeit bis zum Operation-Termin vergeht schleichend. Vor allem weil wir den Termin einmal verschieben müssen, da Stefan zu diesem Zeitpunkt eine Grippe erwischt hat. So liegen zwischen unserem Treffen bei der Lebendspenderkommission bis zum Operationstermin, neun unendlich lange Wochen.

In der Zeit besuche ich zweimal meine Mutter. Die mich aber jedes Mal nicht erkennt und sogar immer eine Gefahr in mir sieht. Langsam gebe ich die Hoffnung auf, sie jemals in einem guten Zustand anzutreffen, in dem ich sie so einiges fragen könnte. Die Pflegekräfte haben mir bestätigt, dass ihre Demenz sich wieder extrem verschlimmert hat.

Als ich das Stefan erzähle, sagt er, „mich hat sie letzte Woche auch das erste Mal nicht mehr erkannt. Das war richtig schlimm für mich. Ich habe den Zeitpunkt genützt und ihr von meinem Unfall und meiner bevorstehenden Operation erzählt. Aber leider hatte sie für einen kurzen Moment, dann doch noch ein paar helle Sekunden und ich hatte das Gefühl, ihr einen Schrecken eingejagt zu haben mit meiner Schilderung.‟

Bei Theresa mache ich einen Überraschungsbesuch. Langsam fahre ich die lange Hofeinfahrt hinein. Die Blumenbeete, die sich rechts und links befinden, sind gerade winterfest. Ich kann mir aber genau vorstellen, wie sie zu den anderen drei Jahreszeiten in voller Blumen- und Farbenpracht erstrahlen. Sie wohnt in einem neu gebauten Haus mit südländischem Flair. Seitlich ist eine große Terrasse im Finkastil. Auf dieser stehen im Sommer bestimmt Palmen und Olivenbäume. Das Haus ist in einem warmen mediterranen Orange-Rot gestrichen und es hat ein Walmdach mit Terrakotta-Dachziegel. Viele große, runde Fensterbögen mit Sprossen sind am gesamten Haus eingebaut. Selbst ein kleiner Swimmingpool ist im Garten, der jedoch Jahreszeit bedingt gerade außer Betrieb ist. Schmunzelnd denke ich mir, Theresa hat sich die Toskana dauerhaft auf das eigene Grundstück geholt.

Während ich zur Haustüre laufe, wird diese schon stürmisch aufgerissen. Theresa rennt direkt auf mich zu. Lachend werfen wir uns in die Arme.

„Schön, dich nach so vielen Jahren wieder zu sehen." Fragend schaue ich sie an, „hast du mich gleich wieder erkannt?"

„Aber klar, du siehst immer noch aus wie früher. Natürlich nur ein wenig älter." Grinsend sage ich, „du Schmeichlerin. Aber du hast dich auch super gehalten. Sogar schlanker bist du geworden."

Gleich führt mich Theresa in ihr wunderschönes, gemütliches Wohnzimmer. Mit Erstaunen stelle ich fest, dass da ein schönes Bild von meiner Simone mit Samuel an der Wand hängt. Wie sie sich im Arm haben und beide strahlen dabei um die Wette. Ein warmes Gefühl durchflutet mich, weil mir bewusst wird, dass Simone bei Samuels Familie schon richtig dazu gehört.

Als Theresa meinen Blick sieht, habe ich das Gefühl, sie kann Gedanken lesen, „Simone gehört schon richtig zur Familie. Für mich ist es so schön, meinen Sohn so verliebt und glücklich zu sehen."

Mehrere Stunden verbringe ich bei Theresa. Unser Gesprächsstoff geht dabei nicht aus. Wir reden über vergangene, gemeinsame Zeiten. Zum Abschluss sage ich zu ihr, „ich freue mich so sehr für dich. Du hast alles erreicht. Den Mann, den du schon in deiner Jugend verehrt hast, guterzogene und wunderbare Kinder und ein großes Haus mit Garten in Isny." Daraufhin meint Theresa, „ich kenne ja nur Simone von deinen zwei Mädels, aber die ist traumhaft. Das hast du super hinbekommen. Da habe ich großen Respekt vor dir. Wie du nach dem Schicksalsschlag mit deinem Mann alles alleine gemeistert hast." Geschmeichelt werde ich auf ihre Worte hin rot im Gesicht. Theresa ignoriert es und spricht weiter, „und das mit Stefan, wird wieder werden. Ich habe ein so gutes Gefühl dabei. Stefan ist ein Kämpfer! Falls ich dir irgendwo helfen kann, ruf einfach an."

Als wir uns an diesem Abend voneinander verabschieden, kommt es mir vor, als ob sich Theresa und ich, nie aus den Augen verloren hätten. Nach diesem wunderbaren Treffen mit ihr fahre ich mit einem guten Gefühl nachhause. Daheim wartet wieder niemand auf mich. Bei Simone verstehe ich ja, dass sie viel Zeit mit Samuel verbringen will. So frisch verliebt und glücklich wie die zwei miteinander sind. Aber bei Tanja kann ich es nicht nachvollziehen. Sie verbringt scheinbar jedes Wochenende im Wohnheim, um zu lernen. Aber langsam nehme ich ihr diese Geschichte nicht mehr ab. Meine Tanja ist nämlich nicht die große Lernerin. Stattdessen genießt sie gerne ihr Leben in vollen Zügen. Darum mache ich mir bei ihr gerade auch Sorgen. Ich habe sie schon direkt darauf angesprochen. Dabei ist sie mir geschickt ausgewichen und hat mir zu verstehen gegeben, sie sei alt genug, um zu wissen, was sie tue.

Mit Stefan verstehe ich mich von Woche zu Woche besser. Leider hat er vom Gewicht her noch mehr abgenommen. Karl hat ihm inzwischen zusätzliche Löcher in den Gürtel gestanzt. Stefan und ich verbringen Stunden mit Gesprächen. Ich bekomme allmählich immer mehr das Gefühl, ich kenne ihn so gut, als wenn wir nie getrennt voneinander waren. Diese Empfindung ist einfach wunderbar und unbezahlbar.

Auch seine Freundin Julia lerne ich genau kennen und schätzen. Ich freue mich sehr darüber, dass er so ein tolles Mädchen gefunden hat. Die ihn liebt und dabei nicht von seiner Seite weicht. Mit viel Geduld ihm immer wieder beweist, wie sehr sie ihn braucht. Ich spüre auch, er ist wieder optimistisch und arbeitet an der Beziehung mit Julia.

Inzwischen haben wir Anfang April und überall sprießen die Blumen. Fünf Tage vor der Operation fahre ich nochmals zu Stefan, um ihn das letzte Mal vor unserem großen Termin zu treffen. Am kommenden Donnerstag ist der Eingriff vorgesehen. Während ich an der Haustüre klingle, öffnet Maria mir schon die Türe, mit ihrem typischen Strahlen im Gesicht, „schön, dass du da bist. Dann triffst du noch Andreas, der gerade am Gehen war. Aber jetzt wo du auch da bist, muss er natürlich noch ein wenig bleiben."

Wie angewurzelt stehe ich da und merke bei ihren Worten, dass meine Beine schlagartig in sich zusammen sacken. Dabei bringe ich kein Wort heraus. Meine Gedanken drehen sich im Kreis. Immer und immer wieder denke ich das Gleiche. Andreas! Nein, das schaff ich nicht, ihm gegenüber zu treten! O, nein Andreas!

Ich merke, dass es mir übel wird. Bin mir dabei ziemlich sicher, dass sich meine Gesichtsfarbe zu einer kreidebleichen Farbe verändert. Maria, die das bemerkt, fragt erschrocken, „Lissy, geht es dir nicht gut?" Mit piepsiger Stimme, die kaum hörbar ist, schwindle ich, „mein Kreislauf ist heute nicht der Beste." Dabei geht mir das Bild von Andreas nicht aus dem Kopf. Woher nehme ich die Kraft, um ihm gegenüber zu treten?

Mit weit aufgerissenen Augen schreit Maria inzwischen hysterisch, „hoffentlich müssen wir die Operation nicht schon wieder verschieben. Das wäre furchtbar!" Während ihrer Panikattacke wird sie ebenfalls kreidebleich neben mir und schwankt umher. Bei ihrem Anblick wird mir sofort bewusst, dass ich mich jetzt unbedingt zusammenreißen muss. Und das schnell! Bevor mir Maria vor lauter Angst noch umkippt. Ich versuche zu lächeln und sie zu beruhigen, indem ich klar stelle, dass nichts verschoben werden muss.

„Die Operation wird am Donnerstag, wie geplant stattfinden", kommt es mit einem überzeugten Ton aus mir. Langsam gehe ich Richtung Esszimmer, dabei merke ich, dass ich vor lauter Nervosität, auf die Toilette muss. Dort verbringe ich die nächsten Minuten und erhole mich ein wenig. So alleine auf dem WC sage ich immer wieder leise zu mir selber, „jetzt reiß dich aber am Riemen. Vordergründig ist jetzt Stefan und was mit Andreas in dieser Nacht war, ist ganz egal und völlig unwichtig!"

Nachdem ich mich wieder imstande fühle den Raum zu verlassen und Richtung Esszimmer zu gehen, kommt im Flur Maria zu mir hergelaufen und schaut mich besorgt an. Ich probiere sie anzulächeln und dadurch aufzumuntern. Dabei merke ich selber, dass mein Lächeln ziemlich verzerrt rüberkommen muss. Glücklicherweise scheint es Maria gar nicht gesehen zu haben, da sie mir erleichtert zunickt und jetzt auch wieder fröhlich schaut. Zusammen gehen wir ins Esszimmer. Dort sitzen Stefan und Andreas am Tisch. Stefan ist am Kekse essen und Andreas kann mir bei der Begrüßung mit Handschlag, nicht in die Augen schauen. Ich versuche, die Situation tapfer zu meistern. Auch wenn ich den Zwang verspüre, zu meinem Auto zu rennen und nur noch auf das Gas drücken, um Richtung München zufahren.

Die nächste Stunde verbringen wir in einem steifen Gespräch über die Politik. Andreas und ich haben keinerlei Blickkontakt, in der gesamten Zeit. Eigentlich unterhalten sich nur Maria und Andreas. Stefan und ich sitzen nur da und schauen überall umher, nur nicht in die Gesichter von den anderen. Ich merke Stefan an, dass er nervös ist wegen seiner bevorstehenden Operation. Während ich so vor mich hinstarre, steht plötzlich und unerwartet Andreas auf.

„Ich muss jetzt aber wirklich heimfahren." Er gibt Maria zu Verabschiedung förmlich die Hand und tritt dann zu mir. Ich möchte ihm meine rechte Hand reichen, da nimmt er mich spontan in seine Arme und drückt mich fest an sich. Erschrocken über die unerwartete Umarmung bin ich regungslos. Ich weiß nicht, was mit mir geschieht. Mir stockt der Atem. Mein Herz pocht wie wild, während ich seinen warmen, muskulösen Körper spüre. Ich rieche dabei seinen Duft, der mir durch Mark und Bein geht. In dem Moment ist mir wieder ganz bewusst, wie sehr ich die Nähe von Andreas vermisst habe. Wie sehr ich seine Wärme spüren möchte und seinen Duft riechen.

Während er mich fest im Arm hat, flüstert er mir leise in mein Ohr, „danke liebe Lissy, dass du die Operation auf dich nimmst. Ich kann gerade nicht anders. Ich muss dich einfach nah bei mir haben und dich fühlen." Nach endlosen Sekunden, in denen ich wieder aufgewühlt wurde, gibt er mich aus der Umarmung frei, um sich dann Stefan zuzuwenden.

„Ich bin mir sicher, die Operation wird gut verlaufen. Ich werde am Donnerstag bei euch in der Klinik sein und warten, bis ihr wieder aus der Narkose aufgewacht seid. Stefan begleitest du mich bitte zur Türe?" Schnell wirft er mir einen traurigen, ängstlichen letzten Blick zu und geht mit Stefan schnurstracks, ohne sich nochmals umzudrehen, aus dem Esszimmer. Ich merke Andreas an, wie schwer es ihm fällt, jetzt zu gehen.

Mit einem Kloß im Hals stehe ich steif da und unterdrücke das Weinen, bis Maria meint, „setzen wir uns doch wieder. Lissy, ich will nicht indiskret sein. Aber was ist mit Andreas und dir passiert? Ich kann die Situation gar nicht einschätzen. Aber ich merke ganz genau, zwischen euch ist etwas vorgefallen. Das war heute eine fürchterlich, erdrückende Stimmung. Du hast nicht mit ihm geredet und bist jedem Blickkontakt ausgewichen, bis er dich zum Schluss in den Arm nahm. Ab da sah man plötzlich etwas Vertrautes bei euch beiden. So als würdet ihr euch genauestens kennen."

Ich versuche, tapfer zu lächeln. Zögernd erzähle ich ihr die Einzelheiten. Dabei merke ich, wie befreiend es ist, alles von der Seele zu reden.

„Jetzt ist mir einiges klar", meint Maria, nachdem sie alles von mir vernommen hat. „Deine Kreislauf-Probleme und warum Andreas gleich gehen wollte, als er gehört hat, dass du kommst. Aber eines sage ich dir, Andreas liebt dich! Das merkt man." Erstaunt und gleichzeitig nachdenklich, schaue ich sie an und möchte verneinen und ihr erklären, dass sie das falsch gedeutet hat. Dass ich das Gefühl habe, für Andreas nur ein Spiel gewesen zu sein und …

Doch da tritt Stefan wieder in das Esszimmer und wir können nicht mehr weiter sprechen.

Man sieht ihm an, dass er gerade bei Andreas geweint hat, denn er hat gerötete Augen. Dieser Anblick reißt mir fast das Herz aus meinem Leib. Auch einen Blick zu

Maria zeigt mir, dass sie mit ihren Tränen kämpft und ihre Augen nicht von Stefan nehmen kann.

Wir sprechen nur noch über Allgemeines. Wegen der Operation ist schon alles besprochen und ich möchte das Thema in Stefans Gegenwart nicht mehr anschneiden. Am späten Nachmittag trete ich den Heimweg an.

Am Dienstagabend mache ich ein Essen für meine Töchter. Da ich schon am Mittwoch, ein Tag vor der Operation im Krankenhaus sein muss, ist dieser Abend die letzte Gelegenheit vor dem Eingriff.

Ein paar Stunden vorher hatte mich Tanja angerufen und gemeint, „man könnte doch Jan auch dazu einladen." Dabei erwähnt sie beiläufig, dass sie seine Handy-Nummer hat und ihm eine SMS-Einladung senden könnte. Überrascht darüber, dass sich meine Tochter so viel Gedanken um Jan macht, stimme ich ihr zu. Da er als Vater von Stefan zur Familie gehört und ich es schön und gut finde, wenn meine Mädchen und Jan miteinander super auskommen.

So kommt es, dass wir zu viert am Tisch sitzen. Als Erstes bedanke ich mich bei meinen Töchtern, dass sie unter der Woche vom Wohnheim nachhause gefahren sind. Obwohl Simone am nächsten Tag eine wichtige Klausur schreibt und mit hoher Wahrscheinlichkeit, sonst am Lernen wäre.

Danach kommt ein lockeres Gespräch in Gange. Ich bin dabei froh, dass das Thema nicht auf Donnerstag und die Operation fällt, da eigentlich dazu nichts mehr zu sagen ist. Vor zehn Tagen hatte ich Simone meine ganzen Unterlagen gezeigt für den Fall, mir würde etwas zustoßen. Sie kennt sich jetzt über meine Lebensversicherung, meinen verschiedenen Konten, übers Haus usw. aus. Ich hatte mir vorgenommen, dass ich nur meine älteste Tochter damit belaste. Da Tanja, die sonst so stark und keck ist, bei so einem Thema sehr sensibel wird. Simone ist dann die Starke von den zweien. Verwundert stelle ich fest, dass Jan und Tanja sehr vertraut miteinander umgehen.

Bei der Verabschiedung versprechen mir alle drei, dass sie mich morgen Nachmittag nochmals in der Klinik besuchen werden. Erleichtert schließe ich die Haustüre hinter ihnen ab und bin froh, dass sie nicht gemerkt haben, wie nervös und wie viel Angst ich vor dem Eingriff habe, da ich sie nicht beunruhigen will. Natürlich weiß ich, dass wahrscheinlich fast jeder Mensch Respekt vor Operationen hat und darum dieses Gefühl normal ist.

An diesem Abend habe ich das Glück, dass sich die schlaflosen Nächte der letzten Tage bemerkbar machen, so verfalle ich gleich in einen tiefen Schlaf. Am nächsten Morgen wache ich auf, lange bevor mein Wecker klingelt. Sofort bin ich hellwach und bekomme ein schreckliches Angstgefühl. Dabei verkrampft sich mein ganzer Körper. Ich versuche mich zusammen zu reißen und gehe warm duschen. Während das Wasser über meine Haut läuft, kann ich mich wieder ein wenig lockern.

Nachdem ich mich abgetrocknet habe, stehe ich nackt vor meinem großen Spiegel im Bad und schaue, meinen

Körper ganz genau an. Mir ist bewusst, mein Bauch wird ab morgen mit einer langen Narbe versehen sein.

Langsam lege ich meine Hand an die Stelle, an welcher meine linke Niere liegt, die entfernt wird. Mehrere Minuten stehe ich so da und nehme leise Abschied von ihr. In diesem Moment bin ich die Ruhe in mir selbst und fühle mich wie in Trance. Daraufhin fange ich langsam an, die Stelle sachte zu streicheln, als wenn ich sie trösten und beruhigen müsste. Ich habe das Gefühl, als ob der Spiegel nicht nur mein Äußeres im Spiegelbild zeigt, sondern bis in mein Inneres sieht und meine Angst freigibt.

Ein Piepen von meinem Handy lässt mich wieder von meiner Starre los. Ich spreche laut mit mir selber, „jetzt hör auf, sentimental zu werden. Du kannst deinem Sohn helfen, indem er einen Teil von dir bekommt. Reiß dich zusammen und freue dich!"

Mit neu gewonnener Kraft schaue ich auf mein Display. Darauf ist eine Nachricht von Jan, in der er schreibt, er wird mich in zwei Stunde abholen und zur Klinik bringen. Er möchte nicht, dass ich heute selber fahre.

Dankbar für dieses Angebot, weil es mir wirklich ein wenig mulmig wäre, in meinem Gefühlszustand hinter ein Steuer zu sitzen, schreibe ich ihm, mit zittriger Hand ein *OK* zurück.

Die nächsten zwei Stunden verlaufen in einem Gefühlschaos zwischen Angst und Vorfreude, dass ich endlich Stefan helfen kann. Es ihm hoffentlich bald besser geht.

Mit dem gepackten Koffer stehe ich zum vereinbarten Zeitpunkt vor meinem Haus und warte, als Jans Auto um die Ecke biegt. Nachdem er angehalten hat, steigt er aus und hält mir höflich die Beifahrertür auf, so dass ich nur noch einsteigen muss. Danach befördert er mein Gepäck in den Kofferraum, bevor er langsam losfährt.

Auf der Fahrt erkundigt sich Jan, ob ich sprechen möchte oder meine Ruhe will. Dankbar, dass er mir die Wahl lässt, sage ich, „Stille würde mir im Moment gut tun." So kommt es, dass wir schweigend zur Klinik fahren.

Dort angekommen bringt Jan meinen Koffer, in den ich mal wieder viel zu viel eingepackt habe, in mein Krankenhauszimmer. Währenddessen gehe ich gleich zu Stefan, der schon seit zwei Tagen hier ist. Er bekommt Medikamente, die eine Abstoß-Reaktion der Spenderniere verhindern soll. Während ich die Türe öffne und zu seinem Bett gehe, fragt er mich nochmals eindringlich und schaut mir dabei tief in meine Augen, „bist du dir sicher, dass du wirklich den Eingriff willst. Jetzt kannst du noch zurück. Ich wäre darüber auch nicht enttäuscht und würde es verstehen."

Ich greife nach seiner Hand und lasse meine Stimme optimistisch klingen, „nie war ich mir über etwas sicherer."

Trotz meiner großen Angst vor der Operation, sind meine Worte total ehrlich und genau so gemeint.

Es sind noch 18 Stunden bis zu Operation. Bei uns beiden wird Blut abgenommen und dabei wird nochmals getestet ob Spender und Empfänger zueinander passen. Falls Stefan in seinem Blut Antikörper gebildet hat, die gegen die Zellen von mir sind, dann würde die Transplantation nicht durchgeführt werden.

Zwei Stunden später muss Stefan nochmals und hoffentlich zum letzten Mal zu seiner Dialyse.

Julia ist schon während der ganzen Zeit seines Krankenhausaufenthalts bei ihm und lässt ihn tagsüber nicht allein. Für die Nacht hat sie sich in der Nähe ein Hotelzimmer gebucht.

Mein Gefühlszustand ist immer noch chaotisch. Der pendelt zwischen Aufregung und großer Vorfreude. Ich merke meinem Sohn an, dass es ihm ähnlich geht, dass er Respekt und vermutlich Angst davor hat. Aber auch die Hoffnung in sich trägt, dass es ihm danach besser geht. So dass er wieder ein einigermaßen normales Leben führen kann. Aber ich lasse es bleiben, Stefan auf seine Gefühle anzusprechen. Da ich mich in meinem jetzigen Zustand nicht imstande fühle dieses sensible Thema anzusprechen.

Am Spätnachmittag besuchen uns meine Mädchen, Maria und Karl. Jan ist ja sowieso die ganze Zeit nicht von unserer Seite gewichen. Somit ist die Familie noch einmal vereint.

Ich sehe Tanja an, dass sie sich sehr zusammenreißt um nicht bei mir zu weinen. Sie sitzt neben mir, hält krampfhaft meine Hand und spricht kein Wort.

Ich versuche die Starke zu spielen und lenke mich ab, indem ich mit Simone über die heutige Klausur von ihr spreche, die zum Glück gut verlaufen ist. Auch wenn sie gestern nicht mehr lernen konnte. Langsam kommt die Verabschiedung näher, die ich so sehr befürchte.

Maria nimmt mich in die Arme und sagt mit zittriger Stimme, „ich spüre, dass alles gut geht."

Karl blickt mir tief in die Augen, „Danke, Lissy!"

Bei meinen Mädchen kann ich die Emotionen nicht mehr zurückhalten und nehme beide fest in meine Umarmung. Ganz leise flüstere ich, „ihr seid die liebsten Kinder, die eine Mutter haben kann. Ich bin so stolz auf euch!" So liegen wir drei uns mehrere Minuten lang in den Armen, bis ich sage, „es ist besser, wenn ihr jetzt geht." Simone dreht sich am Hinausgehen nochmals um „du bist die beste Mama." Leise sagt Tanja, sodass ich ihre Worte fast nicht verstehe, „wir haben dich über alles lieb!" Dann verlassen beide mit Tränen in den Augen und spürbarer Angst den Raum. Während ich den zweien nachschaue, zerreißt es fast mein Mutterherz.

Die Verabschiedung von Jan geht relativ schnell. Er drückt mich und meint zuversichtlich, „du schaffst es. Ich gehe jetzt gleich und schaue nach deinen Mädchen und versuche sie zu trösten und aufzubauen, bevor wir zu Stefan gehen." Dankbar dafür, sage ich nur, „das ist lieb von dir. Mach das und sage nochmals den Zweien, dass so eine Operation in der heutigen Zeit kein Problem mehr für die Ärzte ist."

„Tanja und Simone werde ich gleich wieder beruhigt bekommen und du hast es auch bald hinter dir." Dankbar für seine aufbauenden Worte kann ich wieder leicht lächeln und sage nur, „tschüss, bis bald."

Dann ist Stille um mich. Fürchterliche, einsame, erschreckende Stille und ich weiß genau, dass alle jetzt im Moment in Stefans Zimmer sind und sich bei ihm auch verabschieden. Meine Fantasien fahren Achterbahn. Um mich abzulenken, versuche ich auf andere Gedanken zu kommen. Ich sehe mich als Kind, wie ich meinem Vater, nachdem er uns verlassen hat, nachweine. Auch aus dem Grund, da sich meine Mutter dadurch sehr verändert hat und nicht mehr die lustige und gelassene Frau war.

Plötzlich sehe ich die Geburt von Stefan so real vor meinem inneren Auge, dass ich mir kurz nicht sicher bin, ob ich den Schmerz den ich fühle, aktuell erlebe. Oder, ob es schon Jahre her ist, als man mir mein Baby entrissen hat.

Als ich merke, wie in meiner Vorstellung die Vergangenheit und die Realität sich vermischt, versuche ich mich zusammen zu reißen. Auch wenn das nicht wirklich gelingt, probiere ich mich auf schöne Geschehnisse in meinem Leben zu konzentrieren.

Ich sehe in meiner Einbildung, Simone und Tanja unter dem Weihnachtsbaum. Wie sie ca. mit sechs und vier Jahren freudig ihre Geschenke auspacken. Ich weiß noch genau wie die Mädchen in diesem Jahr einen Kinder-Einkaufsladen und ein Puppenhaus bekommen haben. Wie die Freude und das Lachen der Zweien durch das ganze weihnachtlich dekorierte Haus schallte. Mein Leben wäre damals perfekt gewesen, hätte Stefan auch bei uns sein können und säße ebenfalls, freudig mit seinem Geschenk unter dem Christbaum.

Zaghaft öffnet sich die Tür und eine junge Krankenschwester bringt mir das Abendessen.

„Die nächste Stunde dürfen sie noch essen. Danach ist vor der Operation Schluss. Weil sie 12 Stunden vorher nichts mehr zu sich nehmen dürfen." Langsam esse ich das fade Wurstbrot, den Joghurt und die Banane. Dabei komme ich mir vor, als würde ich die Henkersmahlzeit zu mir nehmen.

Nach dem fürchterlichen Essen liege ich einfach nur da und starre zur Decke. Dabei kaue ich alle meine Fingernägel ab. Mein Krankenhausfenster ist nach Westen gerichtet. So kommt es, dass die letzten Sonnenstrahlen des Tages direkt hereinscheinen und auf meinem Gesicht landen. Während ich zur Decke starre, sehe ich durch den Lichteinfall den vielen Staub um meinen Kopf herumwirbeln. Mir kommt es vor, wie wenn er mich unter sich begräbt. Diese Situation und diese Vorstellung ist ziemlich gruselig für mich und trotzdem wende ich meine Augen nicht ab, sondern richte meinen Blick weiterhin kerzengerade nach oben.

Ich weiß nicht wie viel Zeit vergangen ist. Ich habe kein Zeitgefühl mehr. Als plötzlich stürmisch die Türe sich öffnet und Dr. Zell tritt mit schnellen Schritten an mein Bett, „Guten Abend Frau Hess." Bevor ich antworten kann, spricht er aufgeregt weiter, „ich muss Ihnen leider mitteilen, dass ihre Mutter einen Hirntod erlitten hat. Allerdings die gute Nachricht dabei ist, dass sie eventuell Spenderin bei Stefan werden könnte. Sie müssten ihre Einwilligung geben. Dann könnten wir sie untersuchen, ob alle Werte passen."

Ich kapiere gar nichts. Die Worte des Arztes sind für mich ein buntes, Wirrwarr und prallen an mir ab. Es dreht sich alles um mich. Dabei fällt mein Blick auf das Kreuz-Christi im Zimmer, bevor ich langsam beginne zu sortieren. Meine Mutter soll hirntot sein. Es soll nur noch ihre Hülle da sein.

234

Ich stelle sie mir vor, wie sie leblos da liegt. Dabei sehe ich ihr Gesicht, wie es blass mit geschlossenen Augen friedlich ruht. Nie mehr ein Wort von ihr. Sie kann mir nicht mehr die ganzen Zusammenhänge über Stefan erklären. Bei diesen Gedanken läuft es mir kalt über den Rücken. Ich hatte immer noch Hoffnung, auf einen guten Moment bei ihr.

„Ich will sie doch noch so viel Fragen. Ich brauche noch Antworten", murmle ich leise vor mich hin. Der Arzt versucht mir nochmals zu erklären, „ihre Mutter wird nie mehr aufwachen und sprechen können. Wir könnten aber vielleicht die Niere von ihrer Mutter ihrem Sohn implantieren. Dazu müssen sie ihr Einverständnis geben!"

Ich versuche immer noch alles zu begreifen und zu sortieren. Es kann sein, ich muss mich nicht operieren lassen, falls meine Mutter als Spenderin passt. Da sie seine Oma ist, haben wir gute Chancen, dass die Werte passen.

Langsam und zaghaft realisiere ich das gesamte Ausmaß. Dabei schaue ich schockiert zum Arzt und frage, „was ist mit ihr passiert?"

„Vermutlich hat sie ihren Kopf an die Kommode gestoßen. Als die Altenpflegerin in ihr Zimmer kam, um nach ihr zu sehen, lag sie am Boden. Untersuchungen im Krankenhaus haben Gehirnblutungen und den Hirntod festgestellt. Eine andere Pflegerin im Altersheim wusste von dem Eingriff der Morgen stattfinden soll. Stefan hat es ihr beim letzten Besuch bei seiner Oma erzählt. Nachdem sie erfahren hat, dass der Hirntod eingetreten ist, hat sie gleich bei uns in der Klinik angerufen.

Jetzt brauchen wir erst ihre Unterschrift. Danach wird 12 Stunden nach der ersten Untersuchung, der Feststellung des Hirntodes bei ihrer Mutter, nochmals eine Untersuchung durchgeführt. Dabei geschaut, ob das zweite Ergebnis mit dem ersten übereinstimmt. Diese zwei Untersuchungen werden von zwei verschiedenen Ärzten durchgeführt. Dann werden die genauen Daten der Organe, die Blutgruppe und Laborwerte untersucht und mit denen von ihrem Sohn verglichen. Wenn alles passt, steht uns nichts im Weg, sodass wir die Operation ohne sie durchführen können. Der Eingriff an ihrem Sohn würde wiederum durch einen dritten Arzt, der mit den vorherigen Untersuchungen noch nichts zu tun hatte, durchgeführt werden. Wenn sie einverstanden sind, könnten wir die weiteren Organe über Eurotransplant an andere Menschen weitergeben und so nochmals Leben retten."

Nachdem er sehr schnell gesprochen und in Windeseile mir alles erklärt hat, schaut er mich fragend an und wartet ungeduldig auf eine Antwort. Man merkt ihm sichtlich an, dass er am liebsten ein schnelles JA von mir hören möchte.

Allerdings bin ich erst einmal sprachlos und weiß nicht, was ich sagen soll. Dabei fühle ich mich überrumpelt. Das merkt Dr. Zell und spricht jetzt ein wenig zurückhaltender weiter, „sprechen sie es mit ihren Kindern ab. Sie können zu Stefan in das Zimmer hinein und unter vier Augen mit ihm reden. Geben sie mir bitte gleich Bescheid, wenn sie sich entschlossen haben. Damit wir alle Vorkehrungen treffen können. Umso schneller sie sich entscheiden, umso schneller können wir Stefan operieren."

Als er das Zimmer verlassen hat, sitze ich erst einmal mehrere Minuten auf meinem Bett. Mit gesenktem Oberkörper gehen mir tausende Dinge durch den Kopf.

Ich fühle mich schäbig, weil ich in Betracht ziehe, die Niere meiner Mutter zu nehmen. Um sie Stefan zu geben und mich vor der Operation zu drücken. Dabei schäme ich mich auch, weil ich noch keine Trauer über ihren Hirntod empfinden kann. Ich kann es noch gar nicht realisieren, was geschehen ist. Das alles ist zu viel auf einmal. Fragen über Fragen schießen mir durch den Kopf.

Hätte sie eine Entnahme gewollt? Wie soll ich für sie entscheiden, ob wir ihre Organe spenden. Dies ist wieder ein Moment, der mich traurig stimmt. Ich habe meine Mutter nicht wirklich gekannt. Nie habe ich mit ihr über Organspenden gesprochen. Ich weiß gar nicht, wie sie zu diesem Thema steht und jetzt soll ich für sie entscheiden. Ich weiß einfach nicht was richtig ist. Was hätte sie gewollt?

Nachdem ich mich auf meine wackeligen Füße stelle, gehe ich in die kleine Krankenhaustoilette. Dort lasse ich den Wasserhahn laufen, hebe meine Handflächen darunter, um das Wasser in mein Gesicht zu befördern. Diesen Vorgang wiederhole ich mehrmals, bis ich einen einigermaßen klaren Gedanken habe.

Danach wähle ich Simones Nummer, die verschlafen an den Hörer geht. Ich erkläre ihr die ganze Situation und meine Gefühlswelt. Simone stellt vorher das Telefon auf laut, damit Samuel, der heute Nacht bei ihr übernachtet, mithören kann.

„Ich fühle mich, als wenn ich mich vor der OP drücken würde, wenn ich von eurer Oma die Niere freigebe. Parallel habe ich das Gefühl, dass meine Niere besser anwachsen würde. Vor allem weiß ich nicht, ob sie eine Organentnahme gewollt hätte."

Plötzlich, höre ich ein Rascheln und Samuel ist am Hörer, „Hallo Lissy, erst einmal tut es mir leid, wegen dem Hirntod deiner Mutter. Aber vielleicht war es Schicksal und gewollt von Gott, dass es gerade noch vor der Operation passiert ist.

Ich werde mir die Freiheit nehmen und für dich entscheiden, wenn du es zulässt, da du im Moment nicht klar denken kannst. Du musst auf alle Fälle die Niere von deiner Mutter nehmen. Vor allem aus dem Grund, weil ein Nierenempfänger nach 15 bis 20 Jahren eine neue Niere braucht. Dann hast du zum Glück noch deine und kannst dann die Spenderin sein. Stefan und ich haben früher oft mit deiner Mutter Zeit verbracht. Ich würde sagen, dass ich sie recht gut kenne. Sie hätte die Organentnahme gewollt. Da bin ich mir sicher. Auch schon aus dem Grund, um Stefan zu helfen."

Dankend für seine Worte und mir dabei das Gefühl gegeben zu haben, dass die Verantwortung nicht nur bei mir liegt, beenden wir das Telefongespräch. An diese Tatsache, dass Stefan in einigen Jahren eine neue Niere braucht, hatte ich gar nicht mehr gedacht.

Dann kommt Tanja an die Reihe. Diese geht hellwach an den Hörer und ich habe das Gefühl, als ob sie nicht allein im Raum ist. Auch wenn sie gleich, nachdem ich sie das frage, verneint und meint, sie sei allein in ihrem Schlafzimmer.

Tanja hört sich sehr betroffen an, nachdem sie erfahren hat, dass ihre Oma einen Hirntod erlitten hat. Darum probiere ich sie zu schonen und erzähle ihr nicht von meiner Entscheidung, die ich treffen muss, sondern von Tatsachen. Dabei erkläre ich ihr, dass es besser ist die Niere von Oma zu nehmen, damit ich meine behalten kann für einen späteren Eingriff. Als ich das Telefonat beendet habe, bin ich froh, dass Tanja im Moment nicht allein ist. Denn ich habe während wir gesprochen haben, eine leise Stimme im Hintergrund gehört, die versucht hat sie zu trösten.

Danach kommt der schwerste Gang. Da ich jetzt zu Stefan gehe und ihm erst einmal sagen muss, was mit seiner geliebten Oma passiert ist. Für ihn wird es am schlimmsten. Weil er die letzten Jahre am meisten Kontakt zu ihr hatte.

Mit leisen Schritten laufe ich zu Stefan, der in einem Einzelzimmer liegt. Während ich vorsichtig die Türe öffne, schaut er mir schon entgegen.

„Kannst du nicht schlafen?"

„So wie es aussieht, nicht nur ich", antwortet er lässig. Dabei bemerkt er meinen ernsten Gesichtsausdruck und will erschrocken wissen, „was ist passiert?"

Tränen füllen seine Augen, während er mir zuhört. Ich nehme ihn in den Arm und drücke ihn fest an mich. Dabei schluchzt er und ich merke wieder einmal, wie sensibel er ist.

Mir gehen Bilder meiner Mutter durch den Kopf, wie sie als ich noch klein war, probiert hat Mutter und Vater für uns zu sein. Nachts habe ich sie oft in ihrem Schlafzimmer weinen hören. Sie hat aber vor meiner Schwester und mir immer versucht, die Starke und Resolute zu sein.

Plötzlich kommt mir der Gedanke, dass ich Vera, meine Schwester auch informieren muss und ihr Einverständnis wegen der Organspende einholen. Nachdenklich sage ich, „meine Schwester muss auch noch ihr OK geben."

„Die war doch Jahre schon nicht mehr bei euch? Geschweige hat sich über eure Mutter erkundigt. Das hast du mir doch erzählt, oder?" Ich stimme nickend zu. Daraufhin erklärt Stefan mir, „da ich mich viel über Organspende informiert habe, weiß ich, dass wenn jemand über zwei Jahre keinen Kontakt mehr zur Person gehabt hat, um die es geht, kein Recht mehr hat, mitzuentscheiden."

Dankend für dieses Wissen gehe ich in den Aufenthaltsraum, der leer ist, und rufe nachts um 1.00 Uhr meine Schwester Vera in Hamburg an. Mit leiser und verschlafener Stimme geht sie an den Hörer. Ich erkläre ihr feinfühlig, was mit unserer Mutter passiert ist und frage sie, ob sie eine Möglichkeit sieht, zu uns in den Süden zu kommen. Sie meint, es sei die Tage schwierig, aber dass sie zur Beerdigung natürlich kommt. Bei diesen kalten Worten weiß ich wieder, warum ich mit ihr so wenig Kontakt habe.

Danach kläre ich sie über meine Situation auf und frage sie, ob es für sie in Ordnung ist, wenn wir die Organe spenden. Zum Glück stimmt sie gleich zu, was ich ihr hoch anrechne. Und muss ihr dadurch nicht mitteilen, dass sie an dieser Entscheidung, eh gar keine Rechte hätte.

Sehr traurig macht mich, dass sie sich für mich gar nicht freut. Keinerlei Emotionen oder Interesse zeigt, dass ich mein Kind nach so vielen Jahren wieder gefunden habe. Überhaupt nichts will sie über Stefan wissen. Auch nicht wie ich ihn wiedergefunden habe. Ihr ist einfach alles egal und ich merke ihr an, dass für sie wie immer, die Welt sich nur um sie dreht.

Wir verabschieden uns mit den Worten, dass ich ihr den Beerdigungstermin durchgebe, sobald ich die Trauerfeier organisiert habe. Somit weiß ich, dass die Planung der Beisetzung auf meinen Schultern alleine liegen wird, was mich schon ziemlich traurig stimmt. Vor allem ist das Risiko noch hoch, dass die Niere meiner Mutter gar nicht zu Stefan passt. Dann werde ich operiert. In diesem Fall wäre es unmöglich für mich, irgendetwas zu planen.

Mein erster Schritt nach diesem Telefonat ist, eine Krankenschwester zu finden und ihr mitzuteilen, dass ich der Organspende zustimme. Freudig schaut sie mich an, während ich die Einverständniserklärungen unterschreibe.

„Mit ihrer Entscheidung werden sie viele andere Familien glücklich machen."

Das ist der Moment, in dem ich mir sicher bin, dass die Organentnahme die richtige Wahl ist.

Ich werde meine Mutter nicht mehr sehen, solange ihr Herz schlägt. Sie liegt in einem anderen Krankenhaus.

Ich will nicht von Stefans Seite weichen und ihn jetzt alleine lassen.

Irgendwie kommt doch eine Art Trauer in mir auf, während ich sie mir vorstelle. Wie sie als leere Hülle da liegt. Sie ist doch meine Mutter und es war nicht alles schlecht an ihr. Sie hatte es schwer in ihrem Leben und hat es trotzdem geschafft, aus mir eine bodenständige Person zu machen.

Sehr traurig werde ich darüber, dass ich mich ohne die Chance mit meiner Mutter nochmals auszusprechen, jetzt für immer trennen muss. Bei so vielen Fragen von mir, kann sie keine Auskunft mehr geben und nimmt die Antworten mit in ihr Grab.

Am nächsten Tag rufe ich in aller Frühe im Altersheim von meiner Mutter an. Ich bekomme die Pflegerin an den Apparat, die sie als letztes munter gesehen hat und dann auch am Boden liegend gefunden.

„Ihre Mutter war gestern recht fit und hat mit mir über Stefan gesprochen. Sie meinte, dass es ihm nicht gut geht. Irgendwoher hat sie mitbekommen, dass er einen Unfall hatte und ihm eine Operation bevorsteht. Sie wusste nur nicht, wann der Eingriff ist und darum sagte sie zu mir, dass sie heute noch mit einem Taxi zu Stefan nach Hause fährt. Sie wiederholte mehrmals, dass ihr Junge sie dringend braucht. Zu dieser Zeit war sie sehr aufgedreht und sprühte vor Entschlossenheit. Nach mehreren Minuten konnte ich sie beruhigen und habe sie auf einen Stuhl gesetzt.

Während ich schnell in ein anderes Zimmer gerufen wurde, hat sie wieder ihren Rappel bekommen und ist aufgestanden. Dabei muss sie gestürzt sein und den

Kopf angeschlagen haben. In ihrer rechten Hand hielt sie verkrampft ihre Jacke, die sie wohl kurz davor vom Ständer abgehängt hat.

Ich war wirklich nur fünf Minuten weg und ich war mir sicher, sie hat Stefan und die Operation vergessen", versucht sich die Pflegerin zu erklären.

Vorsichtig wähle ich meine Worte, da ich ihr keine Vorwürfe machen will. „Danke für Ihre ehrliche Auskunft. Es war wohl alles Schicksal."

Während ich den Hörer auflege, bin ich sehr gerührt, wie eng Stefan mit meiner Mutter verbunden war. Dass sie selbst in ihrer Demenz seine Gespräche wahrnahm und sich Sorgen um ihn machte.

Danach heißt es erst einmal warten, ob meine Mutter überhaupt als Spenderin infrage kommt. Die Stunden und Minuten schleichen langsam voran. In dieser Zeit ist mir bewusst, es kann gut möglich sein, dass die Werte von meiner Mutter gar nicht zu Stefan passen, die Niere ein ganz fremder Mensch bekommen wird und ich darum doch noch operiert werden muss. Ich stelle mich schon voll auf den Eingriff an mir ein. Ich darf keine Nahrung zu mir nehmen und versuche ein wenig zur Ruhe zu kommen. Ich schaffe es zu dösen, da ich in der letzten Nacht kein Auge zu gemacht habe. Auch Stefan bekommt noch eine Mütze voll Schlaf.

Als wir das Ergebnis von Dr. Zell persönlich bekommen, dass die Werte passen, sind meine zwei Mädchen, Jan, Maria, Karl, Julia und ich in Stefans Zimmer und fallen uns überglücklich in die Arme. Selbst unser Arzt steht strahlend neben uns.

Danach kommt Trauer auf, weil wir wissen, dass heute meine Mutter sterben wird. Auf einem kalten OP Tisch, ohne uns. In fremden Händen.

Simone und Tanja haben sie heute Morgen besucht und konnten ein wenig Abschied nehmen. Sie berichten mir, dass ihr lebloser Körper friedlich auf einem Bett lag, sie lange daneben standen und mit ihr gesprochen hatten, als könnte sie es verstehen. Danach haben sie ihr einmal über die Stirn gestreichelt, bevor sie für immer Abschied nahmen. Simone meint, „mir hat es gut getan, mich von ihr zu verabschieden. Ich hatte ein sehr gutes Gefühl. Und bin mir sicher, dass Oma sich freuen würde, wenn sie wüsste, dass sie Stefan helfen kann." Tanja nickt und stimmt ihrer Schwester zu. Auf einmal geht alles sehr schnell. Ich fühle mich, als wenn ich in einem Albtraum stecke und hoffe, dass ich bald aufwache und alles ist gut.

Als Stefan abgeholt wird in den OP, ist er ganz ruhig und gelassen. Er verabschiedet sich tapfer von uns allen und auch wir halten mit letzter Kraft unsere Tränen von ihm fern. Ich vermute, Stefan hat schon ein Medikament zur Beruhigung bekommen.

Wir anderen bleiben nervös zurück und sprechen kein Wort miteinander. Jetzt ist der Augenblick gekommen, indem wir nichts mehr machen können. Nur noch hoffen, dass die Operation gut verläuft und die Ärzte alles richtig machen. Er ist jetzt voll und ganz in anderen Händen.

Maria und Karl laufen laut schnaufend den langen Gang auf und ab. Dabei den Blick immer auf den Fußboden gerichtet. Maria hat ihren Rosenkranz in den Händen und betet. Julia weint leise, sitzend vor sich hin. Meine Mädchen liegen je rechts und links in meinen Armen. Ich höre nur das schnelle Atmen der Zweien. Jan sitzt neben uns, dabei sieht er sehr besorgt auf uns alle.

Mir ist bewusst, dass von meiner Mutter das Herz im Moment schon nicht mehr schlägt. Ich bin mir dabei über meine Gefühle nicht im Klaren, ob ich traurig über ihren Tod bin oder wütend, weil sie mir niemals mehr sagen kann, woher sie wusste, wo Stefan wohnt.

Ungefähr zwei Stunden, nachdem Stefan in den OP abgeholt wird, trifft Andreas im Krankenhaus ein. Er blickt völlig erschrocken und sprachlos zu mir. Da tritt Maria schnell zu ihm hin und erklärt, warum ich nicht operiert werde. Ich vermeide jeglichen Blickkontakt zu ihm und höre meinen eigenen lauten Herzschlag. Im Seitenwinkel beobachte ich, wie sich Andreas neben Julia setzt und nervös an seinen Fingern spielt.

Der Zeiger auf der großen schwarzen Uhr an der Wand, geht langsam von einer Sekunde auf die nächste. Ich schaue ewig darauf, aber er fängt dadurch nicht an, schneller zu gehen. Noch nie in meinem Leben ist die Zeit bei mir so schleichend vergangen.

Langsam werden wir alle unruhig. Weil wir noch nicht die kleinste Information bekommen haben und dabei schon sehr viel Zeit verstrichen ist. Die vorbei eilenden Krankenschwestern können uns auch keine Auskunft geben, sondern versuchen uns nach unserer Nachfrage, jedes Mal zu vertrösten. „Habt Geduld. So eine Operation braucht seine Zeit. Der Arzt wird gleich nach dem Eingriff zu ihnen kommen und Bescheid geben." Uns ist bewusst, dass sie recht haben. Aber so wartend und nicht das kleinste von Stefan oder auch der Entnahme meiner Mutter zu wissen, das macht einen wahnsinnig. Es geistern tausend Dinge durch den Kopf! Es könnte bei der Entnahme etwas schief gehen. Meine größte Angst ist, dass bei Stefan etwas nicht nach Plan verläuft oder sein Kreislauf Probleme macht.

Es vergehen über vier Stunden, in denen wir voller Angst, stillschweigend die Zeit verbringen. Bis endlich ein Arzt zu uns tritt, welchen wir bis jetzt noch nie gesehen haben. Gleich springen alle auf und rennen auf ihn zu. Wie eine große Traube stehen wir um ihn und sterben fast vor Anspannung. Erwarten es kaum, bis er endlich den Mund öffnet, und anfängt zu erzählen.

„Die Operation ist sehr gut verlaufen. Den Umständen entsprechend geht es ihm gut. Er braucht aber noch viel Ruhe. Die Eltern dürfen heute schon zu ihm, auf einen kurzen Besuch, nachdem er aufgewacht ist. Der Rest erst morgen, weil es sonst zu viel für ihn wäre."

Erschrocken schauen Maria und Karl mich an und ich sage gleich darauf, „ihr seid seine Eltern. Ich warte aber solange hier und ihr berichtet mir genau, wie es ihm geht." Erleichtert nimmt mich Maria in den Arm und sagt, „Danke." Dabei versuche ich zu lächeln, schaffe es aber nicht, sondern wir bekommen beide gleichzeitig nasse Augen. Es sind Glückstränen und Tränen der Erschöpfung. Wir lassen unsere ganze Anspannung heraus und können noch nicht fassen, dass in diesem Moment die Operation wirklich vorbei sein soll. Auf diese wir solange hin gefiebert haben. Uns fällt eine große Last von den Schultern ab. Jetzt heißt es noch abwarten, dass Stefans Körper die Niere annimmt.

Während Maria und Karl bei Stefan sind, sitze ich allein in einer Ecke und trinke einen heißen Kaffee, der mir sehr gut tut. Denn ich hatte seit einer gefühlten Ewigkeit nichts anderes mehr im Mund, als Wasser.

Bis sich schüchtern Andreas zu mir gesellt und fragt, „darf ich mich zu dir setzen?" Ich nicke nur und er spricht unbeirrt weiter, „Lissy, ich kann mir vorstellen, wie schwer es war, Maria und Karl den Vortritt zu lassen. Dafür bewundere ich dich. Übrigens bin ich sehr erleichtert, dass du dich nicht operieren lassen musst.

Mein tiefstes Beileid wegen deiner Mutter. Falls du Hilfe brauchst wegen der Trauerfeier oder beim ganzen Bürokratischen, kannst du mich jederzeit anrufen. Ich würde mich freuen, wenn ich dir helfen dürfte." Dankend verspreche ich ihm, dass ich gegebenenfalls darauf zurückkomme.

In dem Moment sehe ich Maria und Karl mit einem lächelnden Gesicht auf mich zukommen. Gleich erhebe ich mich und laufe auf sie zu. Auch Jan, Julia und meine Mädchen, die zusammen ein wenig weg von mir gestanden sind, stürmen herbei.

Die beiden erzählen uns, dass Stefan noch ein wenig im Dämmerzustand von der Narkose ist, er aber keine Schmerzen hat. Natürlich ist er mit Schmerzmittel vollgepumpt, die mit der Zeit weniger verabreicht werden. Aber im Moment ist er schmerzfrei und sehr zuversichtlich, dass alles nach Plan läuft. Optimistisch strahlt Maria, „stellt euch vor, er hat mit seiner schläfrigen Stimme gesagt: Er fühlt sich wohl, mit einem kleinen Teil von seiner Oma in sich. Sie ist jetzt immer bei ihm und unsterblich, solange er lebt."

„Das stimmt", sage ich nachdenklich. Froh gestimmt unterbricht uns Karl, „jetzt habe ich aber einen Bärenhunger. Ich konnte die letzten zwei Tagen vor Aufregung keinen Bissen runter kriegen." Wir anderen müssen daraufhin lachen und stimmen ihm bei, dass unser Hungergefühl gerade auch sehr stark, nach dieser erleichterten Botschaft wird.

Ich bin überrascht, dass sich Andreas für die Nacht in das gleiche Hotel eingemietet hat, wie die ganze Familie und Julia. Meine Mädchen durften für zwei Tage das Studium schwänzen und Jan hat die ganze Woche die Praxis geschlossen. Glücklicherweise habe ich kurzfristig auch noch ein Zimmer im gleichen Hotel bekommen und das jetzt mit meinem Krankenhauszimmer getauscht.
So kommt es, dass wir alle am Abend frisch geduscht zusammen beim Essen sitzen. Dabei ist eine muntere, aber auch traurige Unterhaltung im Gange. Es wird viel über meine Mutter gesprochen. Jeder bringt von ihr eine schöne Erinnerung zutage.
Nur ich sitze still da. Neben mich hat sich Andreas gesetzt, der sich angeregt mit Jan unterhält. Man kann sich nicht mehr vorstellen, dass Jan vor nicht all zu langer Zeit fast Andreas an die Gurgel wollte. Dabei wundert es mich eh, wie Jan inzwischen mir gegenüber locker ist. Ich habe bei ihm schon lange nicht mehr das Gefühl, als wenn es für ihn mehr als Freundschaft zwischen uns ist. Auch Tanja, die neben Jan sitzt, hört den zweien zu und beteiligt sich ab und zu am Gespräch.

Es ist der Bedienung sichtlich anzumerken, wie sie sich wundert, welche großen Mengen wir an Essen verschlungen haben. Nach dem Abendessen verabschiedet sich zuerst Tanja in ihr Zimmer, um zu schlafen. Keine zwei Minuten später verabschiedet sich auch Jan eilig von uns und meint erklärend, „ich bin heute ziemlich müde nach der ganzen Aufregung." Wir anderen bleiben noch sitzen und bestellen uns einen Wein. In meinen Gedanken versuche ich mir vorzustellen; wenn ich heute operiert worden wäre, wie ich im Moment voller Infusionen und Katheder daliegen würde.

Plötzlich spricht mich Andreas an und ich bin wieder ganz Ohr, „Lissy, würdest du mich bitte, auf einen Spaziergang begleiten. Mir würde frische Luft und jemand zum Sprechen gut tun." Ich sitze steif da. Dabei merke ich, wie ich einen Schweißausbruch bekomme und überlege, was ich darauf sagen soll, während alle auf mich schauen.

Auf einmal übernimmt Maria das Wort und sagt, „ich glaub, das würde sie sehr gerne machen und wir anderen sind eh bettreif." Alle stimmen ihr bei und erheben sich. So kommt es, dass ich ohne meine Meinung äußern zu können, alleine mit Andreas dasitze. Mit zitternder Hand leere ich mein Weinglas auf einen Schluck. Andreas fragt lächelnd, „oder sollen wir uns hier nochmals einen Wein bestellen?" Immer noch sprachlos nicke ich und fahre mit meinen Fingern nervös durch meine Haare.

Nachdem er das Getränk bestellt hat, versucht er, die richtigen Worte zu finden. „Lissy, ich muss mich entschuldigen, weil ich unehrlich zu dir und zu mir war.

Meine verstorbene Frau ist meine Ehefrau. Die Mutter meiner Kinder und meine erste große Liebe. Das wird sie auch immer bleiben. Aber das heißt nicht, dass in meinem Herzen nicht Platz für eine zweite Frau ist und ich mich somit nochmals verlieben kann."

Ich zucke zusammen. Denn mein Körper reagiert viel zu sehr auf seine männliche Stimme und ich muss mich dabei beherrschen, dass ich ihn nicht umarme.

„Ich schäme mich immer noch", höre ich Andreas traurig sagen, „wie ich dich an diesem hochverschneiten Wintermorgen, nach einer so wunderbaren Nacht, alleine nach München fahren lassen habe. Es tut mir von Herzen leid!" Fragend schaut er mich an und erwartet wohl, dass ich darauf etwas sage. Vielleicht will er hören: Alles halb so schlimm. Ich verzeihe dir, nach deinen rührenden Worten.

In diesem Moment weiß ich selber nicht, was ich will. Da ich von ihm doch ziemlich verletzt wurde. Einerseits liebe ich ihn. Anderseits spukt mir der grauenhafte Morgen, an dem er mich so böse abserviert hat im Kopf umher und so sage ich zu ihm immer noch nichts. Er schaut mich weiterhin fragend an. Dabei spiele ich mit meiner rechten Hand zitternd an meiner Halskette. Meine Füße wippen unruhig hin und her und mein Blick ist auf den Tisch gerichtet.

Diese bedrückende Situation unterbricht die Bedienung, die uns die bestellten vollen Weingläser hinstellt. Danach nippe ich erst einmal mehrmals am Glas und tue so, als sei ich damit beschäftigt. Ich sehe im Augenwinkel, wie Andreas mich traurig und enttäuscht anschaut. Nach mehreren Minuten spricht er energisch, „schade Lissy.

Jeder Mensch macht einmal einen Fehler. Man muss ihnen aber auch eine Chance geben sich zu entschuldigen und alles wieder gut zu machen." Daraufhin erhebt er sich stürmisch und geht in einem rasanten Tempo Richtung Ausgang, nach draußen.

Vermutlich erwartet er, dass ich ihm folge. Aber da kommt mein Sturkopf ins Spiel. Ich trinke mein Glas mit einem Schluck leer und gehe Richtung Schlafräume nach oben. Ich wähle dabei die Treppen, da ich Panik vor Fahrstühle habe. Die große Angst alleine darin stecken zu bleiben, hatte ich schon als Kind. Während ich die Stufen hochlaufe, bin ich innerlich so aufgewühlt, dass ich über meine eigenen Füße stolpere. Ich kann mich gerade noch am Geländer festhalten und habe dadurch schlimmeres verhindert.

Endlich im vierten Stock angekommen, lehne ich mich an die Wand, atme schnell und lasse meinen Gedanken vollen lauf. Ich grüble über seine Worte nach, dass er noch Platz in seinem Herzen für eine zweite Frau hat und er sich nochmals richtig verlieben kann. Dabei läuft es mir eiskalt über den Rücken.

Ich selber habe während seiner Anwesenheit wieder einmal gemerkt, wie unwiderstehlich er für mich ist. Wie sehr er mich menschlich und körperlich anzieht. Wie ich seine Gespräche, seine Intelligenz, die sich widerspiegelt in guten Ratschlägen, das humorvolle Lachen, die leidenschaftlichen Küsse und die liebevolle Umarmung vermisse. Er hat verborgene Gefühle wieder aus mir rausgeholt.

Die Realität ist aber, dass ich alleine in einem Hotelgang stehe und dabei fast durchdrehe. Da mir bewusst ist, ich kann mit dem Wirrwarr in meinem Kopf jetzt sicher nicht schlafen, klopfe ich an Jans Zimmer. Ich habe die Hoffnung, dass er mich mit netten Gesprächen ablenken kann. Erst ganz leise klopfe ich und dann immer lauter. Aber nichts regt sich. Ich wundere mich über den tiefen Schlaf von Jan. Meine Töchter möchte ich so spät nicht mehr stören. Somit habe ich niemanden zum Reden und gehe in mein Schlafzimmer.

Ich verbringe wiedereinmal alleine eine schlaflose Nacht, die mir so endlos erscheint. Dabei stehe ich, zick Mal auf und öffne das Fenster, damit frische Luft hereinkommt. Draußen geht ein leichter Wind, sodass mir die Haare in das Gesicht flattern. Ich kann leider die Öffnung nie lange auflassen. Denn unser Hotel ist nicht weit weg von der Autobahn und der Lärm der dadurch entsteht, mir unerträglich erscheint. Irgendwie bringe ich diese schlaflose Nacht vorbei und meine Gedanken sind sowohl bei Stefan, der mich freudig stimmt, als auch bei Andreas, der mich nachdenklich macht.

Am nächsten Morgen beim Frühstück sind alle geschlossen da, bis auf Andreas. Ich muss Maria gar nicht fragen, wo dieser bleibt, da sie mir ansieht, dass gestern etwas vorgefallen ist. Darum erzählt sie es mir von ganz allein, „Andreas ist gerade bei Stefan und besucht ihn. Ich habe in der Klinik angerufen, dass er in das Zimmer darf, auch wenn er kein Familienmitglied ist. Danach fährt er gleich heim."

Während ich einen kurzen Moment alleine vor dem Hotel stehe, kommt sie erneut auf mich zu und fragt, „was ist gestern passiert? Du bist so traurig und Andreas war es heute Morgen auch." Ich erzähle ihr, was am

Abend vorgefallen ist und dass ich ihm einfach nicht verzeihen kann. Dabei brennen mir Tränen in meinen Augenwinkel, die ich tapfer zurückhalte.

„Stefan kommt vom Dickschädel genau nach dir. Der würde bei sowas auch auf stur stellen. Aber Andreas ist ein so lieber, toller, intelligenter und gutaussehender Mann, der mitten im Leben steht. Du kannst dich wirklich glücklich schätzen, wenn er Gefühle für dich hat. Viele Frauen wären auf dich eifersüchtig und würden sich über einen solchen tollen Mann freuen. Es ist doch viel wert, wenn er ein Mensch ist, der auch Bedenkzeit braucht. Und nicht eine schnelle, kopflose Entscheidung trifft."

„Maria, du hast es wieder einmal geschafft, die richtigen Worte zu finden und mir dabei klar deine Meinung gesagt. Diese Eigenschaft schätze ich sehr an dir. Aber ich brauche jetzt meine Bedenkzeit. Im Moment bin ich hin und her gerissen."

Im Krankenhaus dürfen wir nach einander zu Stefan in das Zimmer. Immer zwei Personen zusammen. Als Erstes sind Jan und ich dran. Schon leicht grinsend, aber doch mit einem schmerzverzerrten Gesicht, schaut Stefan uns entgegen. Dabei traue ich mich gar nicht ihn in den Arm zu nehmen. Ich will ihm nicht weh tun. Darum streichle ich ihn vorsichtig, zur Begrüßung über die Haare. „Wie geht es dir?"

„Ganz ok. Aber die Schmerzen werden langsam stärker. Jedoch psychisch geht es mir super und ich bin voller Hoffnung, dass alles gut anwächst." Während des Besuchs kann ich mein Glück nicht fassen, dass es Stefan den Umständen entsprechend sehr gut geht. Jetzt müssen wir warten, dass sein Körper die Niere nicht abstößt. Ich habe ein positives Gefühl in mir und darum bin ich mir sicher, dass alles gut verläuft.

Neben Stefans Bett steht auf dem weißen Nachttischchen ein bunter Blumenstrauß, zwischen seiner roten Teekanne und einem grünen Tablettendöschen. Mir ist bewusst, dass diese Blumen nur von Andreas sein können, der diese heute Morgen schon in aller Frühe besorgt haben muss. Ich komme mir während ich sie betrachte, so leer vor, da ich kein Geschenk für Stefan dabei habe. Ich starre den Strauß an. Dieser Blick sieht Stefan und weiß gleich was ich denke, „ich erwarte kein Geschenk von euch. Ihr gebt mir so viel mit eurer Anwesenheit." Ich nicke nur und dann unterhalten wir uns noch ein wenig. Wir verlassen aber nach wenigen Minuten sein Zimmer, da die anderen auch noch zu ihm möchten. Wir wollen nicht, dass ihm die vielen Besuche zu stark anstrengen.

Nach uns kommt Julia dran. Sie geht alleine zu Stefan und ist ziemlich lange bei ihm. Hinterher gehen erneut Maria und Karl kurz zu ihm und als noch Simone und Tanja bei ihm waren, verlassen wir gut gelaunt das Krankenhaus.

Alle fahren wieder nach Hause, bis auf Maria. Sie hat sich vorgenommen mehrere Tage im Hotel zu übernachten, damit sie tagsüber Stefan zur Seite stehen kann. Auch Julia tritt die Heimreise an, da sie ihrem Studienplatz erstmal nicht mehr fernbleiben kann. Ich wäre gerne auch noch länger geblieben. Aber ich muss alles für die Beerdigung meiner Mutter vorbereiten.

Den Bestatter habe ich gestern schon beauftragt. Es ist das gleiche Institut, welches sich auch um meinen verstorbenen Ehemann gekümmert hatte. So konnte ich ihm am Telefon schon sagen, dass es der gleiche Sarg sein soll, wie bei ihm damals. In mir kommt ein Unbehagen auf, da ich dieselben Schritte des Organisatorischen wie vor 10 Jahren, als mein Ehemann verstarb, wiederholen muss. Dadurch kommt in mir alles wieder hoch.

Mein erster Weg ist in das Bestattungsinstitut. Derselbe Mann von damals führt mich in einen Raum mit einem gedämmten Licht. Die Wände sind weiß gestrichen. Darauf sind schwarze Rosen gemalt. Ein Spruch ziert die Wand:

- das Schönste, was ein Mensch hinterlassen kann,
ist ein Lächeln im Gesicht derjenigen die an ihn denken-

Jener mir Gänsehaut verpasst. In diesem Moment spüre ich nach all der Anspannung der letzten Tage, zum ersten Mal schmerzhafte Trauer, über den Tod meiner Mutter. Aber auch immer noch den Kummer darüber, dass wir nicht in Harmonie auseinander sind, dass ich mich meiner Mutter überhaupt nicht nah gefühlt habe und ihr nie verzeihen konnte. Nie werde ich mich mit ihr aussprechen können, meine Wut bei ihr rauslassen, weil sie wusste, wo Stefan wohnt und es mir nicht gesagt hat. Ich werde jetzt nicht mehr erfahren, wie sie es geschafft hat, überhaupt zu wissen, wo Stefan wohnt. Und seit wann sie wusste, dass Stefan ihr Enkel ist. Aber ich werde mich auch nicht mehr bei ihr bedanken können, da meine Kindheit und Jugend gar nicht so schlecht waren.

Wie sie uns trotz Geldmangel versucht hat, vieles zu ermöglichen. Sie selber hat auf einiges verzichtet. Sie hatte nicht viele Kleider in ihrem Schrank. Eigentlich hat sie sich nie irgendetwas gegönnt. Nie war sie unterwegs mit Freundinnen. Wir waren an keinem Abend alleine daheim. Sie hat uns die Haare geschnitten. Auch sich selber hat sie es irgendwie geschafft, die Spitzen zu schneiden, um Geld zu sparen. Und wenn ich genau darüber nachdenke, dann hat sie sogar an ihrem eigenen Essen gespart, da sie uns immer zuerst geschöpft hat. Erst wenn wir satt waren, dann hat sie die Reste gegessen.

Der Mann im dunklen Anzug wünscht mir als erstes mit einem ernsten Gesichtsausdruck sein Beileid. Danach fragt er mich, „haben sie bestimmte Wünsche für die Trauerfeier?"

„Ich habe an viele rote und weiße Rosen gedacht. Die hat meine Mutter sehr gemocht."

Wir besprechen noch die Zeitungsannonce, Gedenkkärtchen, das Kreuz. Ich verspreche ihm, dass ich ein Foto her suche, welches in einen Rahmen kommt. Dieses Bild wird neben den Sarg bei der Trauerfeier gestellt. Daraufhin besprechen wir noch einiges Organisatorisches. Währenddessen überlege ich: Wie dieser Mann hier, der einen Ehering trägt und um die vierzig Jahre ist, abends seine Kinder in das Bett bringt und denen eine Gute-Nacht-Geschichte vorliest. Wie derselbe Mann sich tagsüber um Leichen und Trauernde kümmert.

„Möchten sie jetzt zu ihrer Mutter?" Werde ich aus meinen Gedanken gerissen.

„Ja bitte."

„Wir haben den Sarg schon geschlossen und ich würde ihnen empfehlen, dass wir ihn nicht mehr öffnen. Haben sie lieber ihre Mutter so in Erinnerung, wie sie zu Lebzeiten ausgesehen hat, da eine Organentnahme doch körperliche Spuren hinterlässt." Ich nicke und dann führt er mich zu meiner Mutter. Er verlässt mich gleich stillschweigend wieder, um mir Zeit zu geben, in der ich in Ruhe alleine Abschied nehmen kann. Nachdem die Türe hinter ihm in das Schloss gefallen ist, ist alles still um mich. Beängstigend ruhig. Nicht das kleinste Geräusch ist zu hören.

Alleine stehe ich in einem kleinen Raum, der auch hell gestrichen ist. Links an der Wand ist ein schwarzer Baum aufgemalt, von jenem die Blätter fallen.

Erst einmal bleibe ich zwei Meter vom Sarg entfernt. Bis ich mich langsam, zögernd mit kleinen Schritten ihm nähere.

Ich stelle mir meine Mutter vor, wie sie warm gebettet, hübsch aussehend, vor mir liegt. Ich friere bei dem Gedanken, dass sie nie wieder die Augen öffnet, mich anschaut und zu mir spricht. Gleichzeitig fühle ich mich genau in diesem Moment mit ihr verbunden. Meine rechte Hand lege ich auf den Deckel, um ihr noch näher zu sein. Dabei schließe ich meine Augen und da steht sie plötzlich in einer Halluzination vor mir. Mit klaren und entschlossenen Worten entschuldigt sie sich bei mir. Weil sie mir mit Stefan nicht geholfen hat. Genauso wie sie es bei Theresa gesagt hat.

Mit fester Stimme nütze ich meine Chance und fange an zu sagen, „ich weiß du hattest es nicht immer leicht. Du musstest uns alleine aufziehen und erziehen. Wenn man alleine die Verantwortung hat, muss man strenger sein. Das war richtig von dir. Du hast vor uns nie Schwäche gezeigt und musstest immer stark sein. Ich danke dir von ganzem Herzen für die Niere für Stefan. Auch danke, dass du dich so liebevoll um ihn gekümmert hast. Ich habe dir ja nie gesagt, wie sehr ich ihn vermisse und dass ich Stefan suche. Da kannst du nicht wissen, wie schlecht es mir ging in all den vielen Jahren. Aber als meine Mutter, hättest du es merken müssen oder zumindest es dir denken können."

Ich öffne wieder meine Augen und sehe den braunen Sarg. Dabei bekomme ich einen Weinanfall und umarme ihn mit meinen Händen. Lege meinen Kopf ungefähr in Höhe des Kopfes meiner Mutter. Minuten vergehen. Bis ich mit verweinter Stimme wieder sprechen kann, „ich verzeihe dir! Mama ich verzeihe dir! Entschuldigung, dass ich nie mit dir gesprochen habe. Ich verzeihe dir!" Immer lauter schreie ich und vergesse alles um mich herum. Dabei habe ich das Gefühl durchzudrehen und brülle inzwischen mit vollen Kräften, „ich verzeihe dir!"

Plötzlich legt sich eine Hand auf meine Schulter. Ich erschrecke mich fürchterlich und drehe mich schlagartig um. Ich sehe in das mitfühlende Gesicht, des Herrn vom Bestattungsinstitut, „Frau Hess. Ich glaube, wir gehen ein wenig in unseren Garten. Frische Luft tut ihnen bestimmt gut." Schluchzend verlasse ich vom Bestatter gestützt den Raum. Draußen beruhige ich mich langsam wieder.

„Kann ich jemand für sie anrufen, der sie abholt? Damit sie sich heute nicht mehr hinter ein Steuer setzen müssen."

„Danke, aber es geht wieder. Ich kann alleine weiterfahren", versichere ich ihm. Ungern lässt er es schließlich zu.

Mein direkter Weg ist in das Altersheim, in das Zimmer meiner Mutter. Die Pflegerinnen, denen ich auf dem Weg dorthin im Flur begegne, wünschen mir gleich mit einem Händedruck, „mein Beileid." Dabei komme ich mir schäbig vor. Weil sie mich nicht oft bei einem Besuch meiner Mutter gesehen haben. In mir kommt ein zu spätes Schamgefühl hoch, über meine Verantwortungslosigkeit.

Die Altenpflegerin, die meine Mutter als Letztes betreut hat, ist heute schon zu Hause. Darum lerne ich sie leider nicht persönlich kennen.

Im Zimmer angekommen, schaue ich in den Fotoalben nach einem geeigneten Bild von meiner Mutter. Darin finde ich viele Aufnahmen von Stefan, die sauber beschriftet sind. Stefan bei den ersten Schritten, Stefans erster Kindergartentag, Stefans erster Schultag ... Mir wird erneut bewusst, wie sehr sie ihn geliebt haben muss. Und dass sie wohl schon ziemlich früh wusste, dass Stefan ihr Enkel ist.

Weiter sehe ich in den Alben, dass meine Mutter viele Ausflüge alleine gemacht hat. Überall hat sie Fotos geknipst und dazu geschrieben, ich alleine auf dem Pfänder, ich alleine im Zoo... Wiederum wird mir bewusst, dass sie einsam war. Ich hätte nicht gedacht, dass sie so unternehmungslustig gewesen ist. Auch viele

Fotos meiner Töchter kommen in meine Hände, die sie bei ihren wenigen Besuchen bei uns gemacht haben muss.

Endlich nach längerem Suchen finde ich ein schönes Foto von ihr. Dieses ist an ihrem 65. Geburtstag entstanden. Darauf lacht sie herzlich und hat dabei ihre typische Ausstrahlung. Mir ist gleich bewusst, dass diese Aufnahme genau das Bild ist, welches ich gesucht habe. Lange betrachte ich sorgfältig das Foto und denke: Sie war eine attraktive Frau, selbst im Alter noch.

Danach wühle ich mich durch die gesamten Unterlagen. Darin finde ich die Adressen, damit ich in sämtlichen Stellen den Todesfall mitteilen kann, wie z.B. ihrer Krankenkasse. Verwundert sehe ich, dass sie eine hohe Lebensversicherung hat. Feinsäuberlich ist dabei vermerkt, die Telefonnummer von einem Notar, bei dem sie ein Testament hinterlegt hat. Das ist so typisch für meine Mutter, alles geregelt und idiotensicher notiert.

Eine Seite weiter, sehe ich, dass sie schon vor Jahren ihre Grabstelle gekauft hat. Also steht der genaue Platz jetzt schon fest, wo sie ihre letzte Ruhe findet. Bei diesem Gedanken läuft es mir kalt den Rücken runter.

Mir wird klar, dass ich weiter muss. Auch wenn ich mich am liebsten in das Bett meiner Mutter verkriechen würde und nur noch weinen möchte. Ich schnappe mir sämtliche Ordner und mein nächster Weg ist zum Standesamt um eine Sterbeurkunde ausstellen zu lassen.

Drei Tage später stehen wir alle in schwarz gekleidet vor der Kirche in Isny. Meine Schwester Vera ist alleine angereist. Ihr Göttergatte hält es nicht für nötig, zu der Beerdigung seiner Schwiegermutter zu erscheinen. Vera setzt gleich ein gespieltes weinerliches Gesicht auf, während sie mich begrüßt. Sie denkt wohl das gehört dazu, wenn man seine eigene Mutter begräbt. Auch wenn man schon Jahre keinen Kontakt mehr hatte, geschweige sich um sie gekümmert hat.

Stefan muss das Bett hüten. Wir haben ihm versprochen, wenn es ihm besser geht, dass sich die ganze Familie mit ihm am Grab trifft, damit er sich mit uns allen zusammen bei ihr verabschieden kann.

Das Grab, welches meine Mutter auserwählt hat, ist das schönste Fleckchen am ganzen Friedhof. Ein großer Baum gibt Schatten und eine Bank steht gleich in der Nähe, auf dem sich ihre Besucher setzen können.

In der Kirche spricht der Herr Pfarrer wunderbare Worte über meine Mutter. Er erzählt ihr gesamtes Leben. Wie sie mit ihren zwei Brüdern in einem armen, aber glücklichen Elternhaus aufwuchs. Über uns zwei Töchter berichtet er, wie sie uns ab früher Kindheit alleine aufzog. Sie dabei nie ihren Mut verloren hat und dass wir Mädchen ihr ganzer Stolz waren. Er erwähnt, dass er sie persönlich kannte und miterlebt hat, wie viel sie für die Kinder der Stadt Isny getan hat. Sie war für viele Familien, wie eine Oma und wenn sie gerufen wurde, hat sie sofort geholfen.

„Leider ging es ab dem Ausbruch ihrer Erkrankung vor drei Jahren nicht mehr. Aber immer wenn ich sie besucht habe und sie einen guten Tag hatte, erzählte sie mir, wie viel Spaß es ihr gemacht hat und sie heute noch von den vielen fröhlichen Kinderaugen und das freie, ehrliche Lachen der Kinder zerrt." Während seinen Worten merkt man ihm an, dass ihm der Verlust meiner Mutter auch zusetzt.

Erschrocken setze ich mich kerzengerade hin und weiß nicht was mit mir geschieht. Ich bin schockiert und muss feststellen, dass ich von dem Ganzen nie etwas gemerkt habe, geschweige erahnt. Ich schaue mich in der Kirche um und stelle fest, dass diese rammelvoll ist, dass ich die meisten Menschen noch nie zuvor in meinem Leben gesehen habe. Vor allem ist es auffallend, dass viele Kinder und Jugendliche darunter sind. Und wie viele ein Taschentuch in der Hand haben und echte Tränen vergießen.

Selbst mit dem Herrn Pfarrer hatte sie einen so guten Kontakt, dass er sie regelmäßig besucht hat. Und ich dachte immer, dass sie außer von Stefan und mir, kaum Besuch hatte. Auch Veras Augen sehen überrascht umher.

Meine Mutter muss dem Seelsorger selbst ihre Lebensgeschichte erzählt haben. Woher sollte er sie sonst kennen? Wieder kommt ein Schamgefühl in mir auf.

Im Stress und ohne Zeit bin ich zu dem Termin mit dem Herrn Pfarrer gespurtet. Habe mit ihm die Lieder und den ungefähren Beerdigungsabgang besprochen. Ich habe ihm gar nicht wirklich zugehört. Wenn ich jetzt zurückdenke, muss ich mir hinterher eingestehen, dass er mit mir mehr über sie sprechen wollte. Ich hätte ihm da schon anmerken müssen, dass er sie persönlich kannte. So ehrlich traurig wie er über ihren Tod war.

Auch seine Worte, wir Mädchen seien ihr ganzer Stolz gewesen, gehen mir nicht aus dem Kopf und verursachen mir Gänsehaut. Da ich nie vermutet hätte, dass sie sowas liebes über uns je gesagt hat.

Als die Predigt vorbei ist, gehe ich mit gesenktem Blick nach draußen. Dabei merke ich, wie viele fremde Augen mich verfolgen. Tapfer setzte ich einen Schritt vor den nächsten und hoffe, dass ich nicht hinfalle.

Im Freien stehen wir alle vor dem Leichenhaus. In dem Mutters Sarg aufgebahrt ist. Daneben steht ihr großes Foto, von dem sie zu uns her lächelt. Viele weiße und rote Rosen sind auf dem Sarg angebracht, genauso wie ich es mir gewünscht habe. Überall stehen viele Kränze in allen möglichen Farben.

Die vier Männer, die sie zur Grabstelle bringen werden, kommen langsam mit traurigen Gesichtszügen her geschritten. Jeder hebt einen Bügel. Jeden einzelnen dieser Männer kenne ich. Sie waren in unserem früheren Häuschen die Nachbar-Jungs. Als Kind haben Vera und ich mit denen oft im Sandkasten gespielt. Meine Mutter hatte es so gewollt, dass genau diese vier sie zur letzten Ruhestätte bringen. Auch das war in dem Ordner niedergeschrieben. Den genauen Text für die Zeitungsannonce fand ich auch darin. So hatte ich schnell beim Bestatter angerufen und den ersten Text wieder verändern lassen. Selbst nach ihrem Tod regelt meine Mutter noch alles. So, dass alles nach ihrem Willen und nach Vorschrift geschieht.

Die Männer heben langsam den Sarg aus dem Blumenmeer heraus. Jeder Kranz ist schöner als der andere und an vielen Bändern sehe ich Namen, von denen ich noch nie zuvor gehört habe. In diesem Moment sind meine Gefühle wie erfroren. Ich fühle gerade absolut gar nichts, nur Leere.

Wir laufen alle schweigend hinter dem Sarg her. Hier und da hört man ein Schnäuzen in der Stille.

An der Grabstelle spricht der Herr Pfarrer nochmals rührende Worte und dann wird meine Mutter hinab gelassen. Ich sehe zu, wie der Sarg immer mehr unter die Erde verschwindet. Es ertönt ein dumpfes Geräusch. Dabei stelle ich mir ihren Körper vor. In diesem Augenblick kann ich mich nicht mehr zurückhalten und muss weinen. Die Blockade in mir löst sich. Alles was ich die letzten Stunden zurückgedrängt habe, kommt aus mir heraus. Sie war ja meine Mutter, auch wenn sie einen großen Fehler gemacht hat.

Während ich weine, spüre ich plötzlich einen Arm, der sich um mich legt. Maria steht neben mir und versucht, mir einen Halt zu geben und das Gefühl, dass ich nicht alleine bin. Dankbar schaue ich zu ihr und es kommt wieder einmal ein bisher unbekanntes warmes Gefühl in mir auf, das man spüren müsste bei einer Mutter-Kind-Beziehung.

Meine Mädchen sind am Schluchzen und somit mit sich selber beschäftigt. Samuel und Jan versuchen für beide da zu sein. Die Männer haben jeweils ein Mädchen fest im Arm.

Wir hatten in der Zeitung geschrieben, dass wir kein Kondolieren am Grab wollen. Zum Glück halten sich alle daran. So kommt es, dass wir nach kurzer Zeit nur noch mit der engsten Verwandtschaft und guten Freunden da stehen. Da meint Maria immer noch hörbar überrascht zu mir, „Lissy, deine Mutter hat das Grab direkt neben unserem Freund vom Jugendamt, mit dem sie ein paar Jahre zusammen war und der uns bei der Adoption geholfen hat. Er ist zwar nicht tot, aber er hat es sich schon vor ein paar Jahren gekauft. Daraufhin hat er es mir gezeigt und ich war ziemlich verwundert, da er an so etwas in jungen Jahren denkt. Er ist nämlich bestimmt fünf Jahre jünger als deine Mutter."

Auch verblüfft über diese Nachricht denke ich mir; ich weiß genau, dass das keine Fügung war. Bei meiner Mutter ist nie etwas zufällig passiert. Dabei spüre ich genau, hinter diesem Mann steckt mehr. Irgendwie werde ich das Gefühl nicht los, dass dahinter sich noch ein Geheimnis verbirgt. Ich stelle mir heimlich die Frage, ob ich ihn einmal aufsuchen soll? Um ihn ein wenig auszufragen. Wie die Adoption von Stefan genau verlaufen ist.

Eine tiefe Erleichterung überrennt mich, da ich vielleicht doch noch Hoffnung habe. Selbst nach dem Tod meiner Mutter zu meinen ganzen Fragen eine Antwort zu bekommen. Umso mehr ich darüber nachdenke, umso sicherer bin ich, dass dieser Mann mir die fehlenden Puzzleteile beantworten kann. Ich bin mir sicher, dass er damals seine Finger mit im Spiel hatte.

Gesammelt gehen wir alle zum Leichenschmaus. Es wird viel gutes über meine Mutter gesprochen. Vera ist die Erste, die sich verabschiedet. Traurig stelle ich fest, dass ich mit ihr kaum zum Sprechen gekommen bin und sie sich immer mehr ins Negative verändert. Sie meint nur, „ich werde ja wegen dem Erbe einen Brief vom

Notar bekommen und dann sehen wir uns bei der Testamentseröffnung wieder."

Ich bin sehr enttäuscht über ihre kalten Worte. Wieder einmal merke ich, dass ihr das Geld am wichtigsten ist. Ich versuche meine traurigen Gefühle zu verdrängen und widme mich aufmerksam unseren Gästen. Probiere mit jedem zu sprechen und bin froh, dass es mit dem Restaurant und dem Essen super geklappt hat. Ich wollte nicht nur das typische Leichenschmausessen, Bratwürste mit Kartoffelsalat, sondern Schnitzel mit Pommes, Spätzle mit Bratensoße, Gemüse und gemischten Salatteller. Meine Mutter hatte, wenn Besuch angesagt war, auch immer viel und gut gekocht. So war es mir eine Herzensangelegenheit, dieses an ihrem letzten Fest auch so zu handhaben. Leider habe ich von den Kochkünsten meiner Mutter nichts geerbt. Aber ein schönes Restaurant konnte ich wählen und ein gutes Essen aussuchen.

Sehr stolz bin ich auf Simone und Tanja, die tapfer sich auch um die Trauergäste kümmern. Dabei allen zeigen, dass sie herzlich willkommen sind.

Irgendwie geht dieser fürchterliche Tag vorüber und abends kehrt in meinem Leben ein wenig Ruhe ein. Ich sitze alleine in meinem Esszimmer und höre vom Nachbarhaus Techno Musik und lautes Lachen. Der Sohn dort, wird heute 18 Jahre alt und dies feiert er mit seinen Freunden.

Traurigerweise muss ich an dem Tag, an dem ich meine Mutter beerdigt habe feststellen, dass ich sie überhaupt nicht gekannt habe. Die wunderschönen Worte vom Pfarrer über sie machen mich immer noch sprachlos.

Um mich abzulenken, gehe ich an den Briefkasten und hole die Post von heute heraus. Es sind um die 20 Trauerbriefe darin. Langsam und genau lese ich jedes Blatt durch. Menschen haben mir geschrieben, die ich gar nicht kenne. Sie schreiben wie wunderbar meine Mutter war und wie sehr sie ihnen geholfen hat, bei allen möglichen Problemen mit ihren Kindern. Von, dass es nicht schlafen will, bis zu Gesprächen bei Teenager. In einem Brief wird beschrieben, wie sehr sie ihrer Tochter geholfen hat, als diese an Bulimie erkrankte. Ich frage mich dabei, ob diese Menschen wirklich von meiner Mutter schreiben und gleichzeitig gibt es meinem Herzen wieder einmal einen Stich. Denn ich durfte sie so einfühlend nie kennenlernen.

Beim vorletzten Brief erstarre ich, während ich den Absender lese. Ich drehe ihn einmal herum und blicke ewig auf die ordentliche Handschrift. Dann gebe ich mir einen Ruck und öffne ganz vorsichtig den Brief, aus Angst ich könnte etwas zerreißen. Zitternd nehme ich das weiße Blatt heraus und rieche daran schon sein Parfüm. Darum nehme ich es ganz nah an die Nase und atme tief ein, damit ich es noch deutlicher riechen kann. Wie sehr ich diesen Duft vermisst habe, wird mir in diesem Moment klar. Auch wenn ich ihn erst vor ein paar Tagen gerochen habe. Nach mehreren Sekunden fange ich langsam an zu lesen, dabei geht mir ein Schauer durch Mark und Bein. Wieder und wieder lese ich ihn durch und weiß nicht, was ich von dem Brief von Andreas halten soll.

Zuerst schreibt er rührende Worte über meine Mutter. Wie dankbar er ihr ist, für die Niere an Stefan. Und, dass er sich sicher ist, es war Gottes Vorbestimmung, dass sie kurz vor der Operation gestorben ist und ihre Werte gepasst haben.

Danach richtet er seine Worte direkt an mich und schreibt, er möchte mich nochmals sehen, um sich richtig entschuldigen zu können. Von Angesicht zu Angesicht. Dabei bittet er um diese eine Chance. Er wird am kommenden Samstag um 20.00 Uhr bei der Pizzeria, bei mir um die Ecke auf mich warten. Falls ich nicht erscheine, brauche ich keine Angst zu haben, dann lässt er mich in Ruhe und ich werde ihn sicher nie mehr sehen müssen.

Kalt läuft es mir bei seinen Worten den Rücken runter und ich muss mir erst einmal ein Schnäpschen holen. Während ich mir einschenke und trinke, wird mir bewusst, dass er es ernst meint und eine klare Entscheidung von mir möchte. Mir kommen fast die Tränen bei dem Gedanken, dass ich ihn nie mehr sehen könnte.

Es sind noch ein paar Tage bis Samstag, in denen ich fieberhaft überlege, was ich tun soll. Die Nächte sind dabei wieder am schrecklichsten, da ich fast kein Auge zu kriege. Meine Gedanken gehen dabei hin und her. Ich schreibe eine pro und contra Liste.

Bei den Pro Punkten stehen: Ich vermisse ihn, in jeder Minute und wenn ich an ihn denke, fängt mein Herz wie wild das Schlagen an. Ich fühle mich bei ihm sehr wohl und geborgen. Ich kann mit ihm die besten Gespräche führen. Seine Intelligenz, seine sensible und mitfühlende Art, seinen Charme, sein Humor. Er ist ein gut situierter und fest im Leben stehender Mann und nicht zuletzt, sein wunderbar, männliches Aussehen. Dazu sein spitzbübisches Lächeln, welches ich nicht mehr aus meinem Kopf bekomme.

Bei dem Contra Punkt steht: Er hat mich maßlos enttäuscht und verletzt. Nachdem ich mit ihm eine traumhafte Nacht verbracht habe und somit kann ich ihm nicht mehr vertrauen.

In der Nacht zum Samstag träume ich, wie Andreas und ich zusammen einen großen Berg besteigen wollen. Der Weg ist mühsam und meine Kraft total am Ende. Erschöpft bringe ich einen Fuß vor den anderen. Die Strecke ist noch lang und uneinsehbar. Jedoch Andreas muntert mich bei jedem Schritt, den ich hinter mich bringe, wieder auf und gibt mir dadurch neue Kraft. Als ich vor lauter Schwäche, meinen Fuß falsch platziere, spüre ich eine Hand, die mich an meiner Hand sicher festhält. Ansonsten wäre ich den Abhang runtergefallen. Ich blicke zuerst erschrocken den Berg hinab und dann hinter mich, um dann in Andreas seine leuchtenden Augen zu schauen. Der zu mir beruhigend und zuversichtlich sagt, „ich werde dich nie im Leben fallen lassen und immer auf dich aufpassen und dich beschützen. Habe keine Angst. Meine Hand lässt dich nicht mehr los."

Ich fühle mich durch Andreas so sehr beschützt und behütet, dass wir den langen, kurvigen Weg mit unserer letzten Reserve hinter uns bringen. Auf dem Gipfel angekommen, sehen wir die gesamte Schönheit um uns und fühlen uns der Sonne und dem Himmel so nah. Dabei spüre ich ganz deutlich meinen verstorbenen Ehemann Paul. Der mir durch den Wind sagen lässt,

„Andreas ist der richtige für dich. Lass ihn nicht mehr los." Meine Gefühle sind dabei so frei, unbeschwert und voller Glück. Mein Leben scheint in diesem Traum ganz einfach und ohne Fragen zu sein.

Am Samstagmorgen wache ich auf und meine Entscheidung ist ganz klar. Ich werde zu dem Treffen gehen. Nach diesem Traum kann ich nicht anders. Mir würde es das Herz zerreißen, Andreas nicht mehr zu sehen. Und der Gedanke, dass er alleine und traurig auf mich wartet und niemand kommt, ist einfach schrecklich. Ich nehme mir vor, mit ihm in Ruhe zu sprechen und dabei genau anzuhören warum er so gehandelt hat.

Ich brauche an diesem Abend eine Ewigkeit um mich herzurichten. Ich möchte heute wunderschön aussehen. Nachdem ich vor dem Spiegel fünf Oberteile anprobiert habe, entscheide ich mich für eine weiße Bluse zu meinem blauen Jeansrock, den ich zu schwarzen Leggings kombiniere. An meine Füße kommen heute dunkle Pumps. Meine Haare lasse ich locker offen und mein Gesicht schminke ich dezent.

Obwohl ich ewig gebraucht habe, um das passende Outfit zu finden, stehe ich eine halbe Stunde zu früh vor meiner Haustüre. Daraufhin laufe ich in den Park, der nicht weit weg von meinem Haus ist, um eine Runde zu spazieren. Dort probiere ich die Nervosität zu zügeln, den Kopf klar zu bekommen und die Zeit rumzukriegen.

Endlich sind die 30 Minuten vorbei, in denen mir zum Glück niemand Bekannter begegnet ist. Da ich mit meinem Gefühlschaos in mir, kein normales Gespräch hätte führen können. Während ich langsam Richtung Pizzeria gehe, bekomme ich ein extremes Muffensausen. Eine richtige Panik kommt in mir auf, sodass ich am liebsten umdrehen und mich wie ein kleines Kind im warmen, geschützten Bett verkriechen will. Jedoch der Gedanke an Andreas, wie er alleine, traurig im Restaurant sitzt, gibt mir neue Kraft. Darum laufe ich meinen Weg zielstrebig weiter.

Als ich die Gaststätte betrete und Ausschau nach Andreas halte, stolpere ich über die Türschwelle. Zum Glück kann ich mich gerade noch fangen. Dabei schweift mein Blick in den Raum und ich sehe, wie Andreas sich erhebt und schnell in meine Richtung kommt.

„Hallo Lissy, schön, dass du gekommen bist. Ich bin von ganzem Herzen erleichtert. Du siehst übrigens umwerfend aus!" Freudestrahlend und sichtlich befreit blickt er mich an und kann seine Augen nicht von mir nehmen. Schüchtern und verlegen, sehe ich auf den Fußboden und male mit meiner Fußspitze unsichtbare Kreise in den braunen Parkett-Boden. Dabei höre ich aus seiner Richtung einen erleichterten Seufzer, der mich wieder zu ihm schauen lässt. Ich sehe, dass er immer noch über das ganze Gesicht strahlend zu mir schaut. In diesem Moment würde ich ihn am liebsten umarmen und küssen. Sein erleichterndes Lachen, weil ich gekommen bin, hat alle meine Wut und Aufregung weggewischt.

Wir setzen uns und er fängt ungeduldig zu sprechen an, „Lissy, meine Gefühle für dich sind so stark. Die Stunden der letzten Zeit, in denen ich nachts wach

271

gelegen habe und an dich gedacht habe, sind unzählbar. Der Ausflug und die Nacht mit dir waren wunderschön. Aber ich habe mich Stefan gegenüber geschämt. Weißt du, für mich ist es so schlimm, dass ich für sein Unglück verantwortlich bin.

Lissy, ich hatte solche Angst um dich, als ich gedacht habe, dass du operiert wirst. Zu diesem Zeitpunkt wurde mir klar, ich liebe dich mehr, als mein eigenes Leben."

Spontan frage ich, „sollen wir zu mir nachhause?" Andreas nickt und legt 10 Euro auf den Tisch für den Wein, den er sich schon bestellt hatte. Verdutzt schaut uns der Kellner nach, wie wir freudestrahlend das Restaurant verlassen.

Auf dem Weg zu meinem Haus nimmt er schüchtern meine Hand und blickt ängstlich zu mir rüber. Vermutlich ist ihm bange, ich könnte ihm dafür eine scheuern. Aber als er merkt, dass ich den Händedruck erwidere, kommt sein spitzbübisches Grinsen zurück, das ich so sehr an ihm liebe.

Bei mir zuhause angekommen frage ich ihn, was er trinken will. Statt eine Antwort zugeben, schaut er mir tief in die Augen und lächelt dabei. Streichelt mir eine Haarsträhne aus meinem Gesicht, bevor er zärtlich über mein gesamtes Haar streicht. Dabei rieche ich seinen unwiderstehlichen Duft ganz nah bei mir. Er nimmt mich entschlossen in seine Arme und liebkost meine Lippen, bis er mich leidenschaftlich küsst. Dabei vergesse ich die Welt um mich. Verfließe förmlich in seinen muskulösen Armen und es steigt so viel Liebe in mir hoch. Dabei hoffe ich, dass ich in keinem Traum stecke, der jäh endet. Währenddessen leite ich ihn in mein Schlafzimmer, in dem wir die wundervollste Nacht verbringen.

Als ich am Morgen in seinem Arm erwache, schaut er mich schon fröhlich an und meint, er wird mich nie wieder gehen lassen, da er mich über alles liebt. Mit einem guten Gefühl wird mir langsam bewusst, dass es kein Traum ist, sondern ich nach all den vielen Jahren der Einsamkeit wieder einen Partner an meiner Seite habe. Den ich sehr liebe und bewundere. Ich spüre seine Körperwärme. Ich fühle seinen langsamen Herzschlag und merke den Rhythmus seines Atmens. Dabei bin ich unbeschreiblich glücklich. Fühle mich geborgen und bin ihm sehr nah.

Nach dem Frühstück verbringen wir den ganzen Tag in meinem Schlafzimmer. Dabei müssen wir keine Angst haben, dass wir gestört werden, da meine Mädchen wieder einmal ausgeflogen sind. Tanja verschweigt mir immer noch, ob sie in einer Partnerschaft steckt. Was mich sehr beunruhigt und sogar ein wenig beängstigt ist, dass ich mich frage, was das für ein Mann ist, den sie sich nicht traut mir vorzustellen. Irgendetwas muss doch an ihm faul sein. Weil sie eigentlich weiß, dass ich eine lockere Mutter bin, die nicht viel umhaut. Sie hat mir immer alles erzählt und keine Geheimnisse vor mir bisher gehabt. Ich stelle mir die chaotischsten Männer vor, von volltätowiert bis zu einem Drogensüchtigen. Sogar ein Mädchen habe ich mir vorgestellt. Den Gedanken aber gleich wieder verworfen, da Tanja sicher nicht lesbisch ist. Dafür begehrt sie Männer zu sehr. Wer ist also der geheimnisvolle Liebhaber, den mein jüngstes Kind mir schon seit Monaten vorenthält.

Kapitel 9

Drei Wochen nach der Operation darf Stefan die Klinik verlassen. Maria und Karl haben ihn heute Morgen abgeholt. Ich bin jetzt auf dem Weg nach Isny, um dort ein paar Tage zu wohnen und Stefan behilflich zu sein. Es geht ihm zwar schon sehr gut. Aber ich lasse es mir trotzdem nicht nehmen, die ersten Tage ihn zusammen mit Maria zu bemuttern.

Nachdem ich die Autobahn verlasse und auf die Landstraße komme, habe ich eine wunderbare Sicht auf die Berge. Die Sonne scheint und die saftigen, grünen Wiesen sind übersät, von gelben Löwenzahnblüten. Bei vielen Bauernhöfe grasen schon die Kühe draußen und genießen die Frühlingswärme. Auch wenn ich jetzt in München wohne, bekomme ich immer im Allgäu dieses besondere Heimatgefühl.

Bei Stefan angekommen, sitzt er mit Julia schon im Garten und sieht freudestrahlend mir entgegen. Rund um die beiden herum sind Tulpen in allen Farben. Der Kastanienbaum bekommt grüne Knospen und erwacht wiedereinmal zum Leben. Viele Krokusse in den Farben weiß, orange und violett blühen im Rasen. Und man wünscht sich bei diesem Anblick, dass der noch lange nicht gemäht wird, um die Farbenpracht zu erhalten.

Auf die Frage, wie es ihm heute geht, sagt Stefan erfreut, „einfach genial. Julia und ich haben gerade beschlossen, dass wir in einem halben Jahr zusammen ziehen werden. Ich bin so sicher, dass die Niere von Oma bei mir bleiben will und sich nicht abstößt. Ich fühle mich schon richtig fit und merke, dass ich täglich

Fortschritte mache." Mir kommen bei seiner Antwort richtige Kullertränen und dieses Mal sind sie zu hundert Prozent nur aus Glück und Freude. Als Julia das sieht, kann sie ihre Tränen auch nicht mehr zurückhalten und meint, „endlich habe ich meinen alten Stefan wieder zurück. Der sprüht sichtlich vor Zuversicht."

In dem Moment kommt Maria aus dem Haus und muss lachen, als sie uns Heulsusen sieht. Gleich erzählt ihr Stefan von den neusten Plänen des Zusammenziehens. Erst schaut Maria sehr erstaunt und dann umarmt sie beide, „ich lasse zwar Stefan ungern aus meiner Obhut. Aber ich weiß ja, dass es unnormal wäre, wenn er bei mir bliebe, bis er alt ist. Ich freue mich so sehr für euch."

Nachdem wir zu viert fast einen ganzen Kuchen verschlungen haben, lassen Maria und ich die zwei alleine Zukunftspläne schmieden. Drinnen fragt mich Maria unter vier Augen, „du siehst so glücklich aus. Gib es zu, da ist nicht nur Stefan daran schuld. Hast du dir jetzt endlich eingestanden, dass du in den Andreas verliebt bist?" Erstaunt schaue ich sie an, „woher weißt du das? Es könnte ja auch Jan sein." Mütterlich lächelnd meint sie, „das hat man an dem Funkeln in deinen Augen gesehen, während du Andreas immer angeschaut hast. Du musstest nur noch lernen ihm zu verzeihen und die Dinge aus seiner Sicht zu sehen."

„Maria, ich bin sehr verliebt und das Schönste ist, ich werde geliebt. Ich weiß nur noch nicht, wie ich das Stefan und meinen Mädchen erklären soll."

„Aber Lissy, da brauchst du dir doch keine Sorgen machen. Stefan wird sich für euch freuen. Es geht ihm

wieder richtig gut. Und deine Mädchen sind doch beide selber schwer verliebt. Die gönnen es dir doch auch." Baff spreche ich dazwischen, „woher weißt du, dass Tanja einen Partner hat. Ich selber ahne es doch nur." Erstaunt schaut mich Maria mit großen Augen an und meint, „du hast es wirklich nicht gemerkt?" An meinem aufgeregten und fragenden Blick sieht sie wohl, dass ich null Komma null Ahnung habe. Sie räuspert sich, während sie nervös mit ihren eigenen Händen spielt, und spricht weiter, „ich bin mir schon sehr sicher, dass ich herausgefunden habe, wer der Freund ist."
Gespannt tipple ich von einem Fuß zum anderen und erwarte es kaum, bis sie mir einen Namen nennt. Ungeduldig frage ich weiter, „und wer soll es sein?" Angespannt schaut mich Maria an und man merkt ihr an, dass es ihr schwerfällt den Namen zu sagen. Darum platziert sie sich erst einmal auf einen Stuhl und bittet mich darum, dass ich mich auch setze. Nachdem ich das gemacht habe, beginnt sie mit einer leisen Stimme zu sprechen, „beim Abendessen, an Stefans Operationstag, hat sich Tanja als erste verabschiedet und ist in ihr Hotelzimmer verschwunden. Keine zwei Minuten später ist Jan eilig aufgestanden und auch Richtung Schlafräume gegangen. Und die Blicke, die sich die zwei zuwarfen, haben die eigene Sprache gesprochen."
Ich verstehe sie immer noch nicht und schaue sie wohl auch so an, darum sagt sie freiheraus, „Tanja und Jan sind ein Paar." Aufgeregt lachend und hustend sage ich, inzwischen mit einer sehr lauteren Stimme, „Maria, da liegst du einmal falsch. Er könnte ihr Vater sein. Er ist viel zu alt für sie. Tanja steht auf hübsche, junge

Männer. So auf richtige Surfer-Typen." Maria erwidert und streichelt dabei meinen Rücken, um mich ein wenig zu beruhigen, „Liebe kennt kein Alter. Jan ist noch ein sehr attraktiver Mann und steht mit seiner Zahnarztpraxis voll im Leben. Vielleicht hat sie ja von den Jungspunden die Nase voll." Geistig gehe ich alle Treffen durch, bei denen die zwei anwesend waren. Es stimmt schon, dass sie einen guten Draht zueinander haben, den gleichen Humor und sie sich gegenseitig bemuttern.

Am Operationstag, nach dem Abendessen, als mich Andreas sitzen gelassen hat, bin ich an Jans Zimmertür und habe geklopft. Aber er gab keine Antwort. Vielleicht war er nicht in seinem eigenen Zimmer, sondern bei Tanja. Bei dem Gedanken schüttelt es mich und ich sage nochmals laut, „das kann nicht sein. Die zwei sind nie und nimmer ein Paar."

Ich kann nicht mehr ruhig sitzen bleiben, darum stehe ich auf und laufe im Raum umher. Dabei spreche ich nichts. In meinem Kopf geht es drunter und drüber. Maria, die immer noch auf dem Stuhl sitzt, beobachtet mich und gibt mir die Zeit, die ich brauche. Bis ich nach zehn Minuten sage, „ich muss Tanja in die Augen schauen, wenn ich sie frage, ob sie mit Jan zusammen ist. Ich werde Morgen so früh losfahren, dass ich um 7.00 Uhr bei ihr bin, bevor sie das Haus verlässt."

Maria will mir zwar davon abraten und meint, „fahre doch Morgen erst gegen Abend", lässt es aber bleiben, nachdem ich gleich heftig abwehre. Da sie mein Dickkopf inzwischen auch kennt, weiß sie genau, dass diese Worte bei mir eh nichts bringen. Wenn ich mir etwas in den Kopf gesetzt habe, dann ziehe ich es auch durch. Dabei ist sie vermutlich sogar erleichtert, dass ich nicht sofort losfahre, sondern mich vorher noch ein paar Stunden schlafen lege.

An diesem Abend nehme ich eine Schlaftablette ein, weil ich mir sicher bin, dass ich sonst keine Sekunde meine Augen schließen werde. Vorher habe ich noch mit Stefan besprochen, dass ich schon am nächsten Tag heimreise. Als Begründung erfinde ich eine Notlüge, obwohl sie auch der Wahrheit entspricht, „ich merke, es geht dir sehr gut. Du sollst erst einmal mit Julia Zeit verbringen. Ich werde sofort wieder anreisen, wenn Julia am Studienplatz ist."

Um 4.00 Uhr in der Frühe stehe ich auf und habe dank Tablette fünf Stunden schlafen können. Dieses Mal habe ich einen Wecker gestellt, damit ich pünktlich erwache. Nach dem Duschen mache ich mich hektisch auf den Weg und stehe sogar schon kurz vor sieben, vor Tanjas Türe, da die Straßen frei waren und ich zu schnell gefahren bin. Zum Glück stand nirgends die Polizei oder ein Blitzgerät.

Vorsichtig drücke ich auf den Klingelknopf. Es vergehen ein paar Minuten, in denen sich nichts rührt. Während ich so wartend dastehe, bin ich mir plötzlich ganz sicher, dass dieses Mal Maria falsch liegt, und meine kleine Tochter nicht mit Jan in einer Beziehung steckt. Da er ja wirklich ihr Vater sein könnte und tatsächlich der Papa ihres großen Bruders ist.

Da sich immer noch nichts rührt, klingle ich nochmals und drücke dieses Mal fester drauf. Ich höre ein Rascheln hinter der Haustüre, bevor sie sich zaghaft öffnet. Während sie immer weiter aufgeht, sehe ich Jan in Boxershorts vor mir. Verschlafen und mit verstrubbelten Haaren steht er da. Bei diesem Anblick erschrecke ich. Dabei kann ich meinen Augen nicht trauen und starre auf Jan. Ich hätte gerade wirklich mit allem gerechnet, aber nicht, dass mir Jan halbnackt die Türe öffnet.

Obwohl ich schon von Maria vorbereitet wurde, so ist diese Situation so fremd und unreal für mich. Mein kleines Mädchen und Jan zusammen in dem Studentenwohnheim. Ich kann es immer noch nicht glauben. Aber die Realität habe ich gerade genau vor Augen.

Jan sieht auch erschrocken drein und ist gleich hellwach. Dabei murmelt er etwas von, „guten Morgen", vor sich hin. Diese Gegebenheit ist für uns beide so peinlich, dass man sie nicht in Worte fassen kann.

Da biegt auch schon Tanja um die Ecke und erstarrt, als sie mich erblickt. Sie bekommt eine schneeweiße Gesichtsfarbe und die Situation wird noch peinlicher für uns alle drei. Ich fühle mich wie in einem schlechten Film. Der Mann, mit dem ich zusammen einen Sohn habe, steht halbnackt vor mir an der Haustüre meiner Tochter.

Jan bekommt als erster die Fassung, „Lissy, komm doch bitte herein. Eigentlich wollten wir es dir demnächst sagen, dass wir ein Paar sind." Als er merkt, dass ich immer noch zu geschockt bin um etwas zu erwidern, spricht er weiter, „ich weiß, du denkst, ich könnte ihr Vater sein. Aber wir lieben uns vom ganzen Herzen."

Für mich wird gerade alles zu viel, darum brauche ich dringend eine Sitzgelegenheit, da meine Füße am Schlottern sind und ich mich nicht mehr lange aufrecht halten kann. Ich laufe an den Beiden vorbei, in das Zimmer und setze mich auf einen schwarzen Stuhl. Dabei atme ich tief ein und wieder aus.

Die zwei folgen mir ganz langsam und starren mich nur an. Sagen aber keinen Ton mehr. Es vergehen mehrere Minuten, bis ich einigermaßen die Fassung wieder finde. Ich fange langsam und stotternd an zu sprechen, „Tanja ist dir wirklich bewusst, was du eingehst. Im Moment ist es vielleicht für dich ganz lustig einen erwachsenen Mann an deiner Seite zu haben. Aber wenn du 40 Jahre alt bist, ist er ein richtiger Opa. Und nochmals ein paar Jahre später kannst du ihn pflegen, statt mit ihm das Leben zu genießen." Trotzig und wütend meint sie, „es werden Männer 100 Jahre alt und sind fit und wiederum andere, sind in jungen Jahren schon ein Pflegefall und im Übrigen, jetzt wird er erst einmal Vater. Ich bin in der 10. Schwangerschaftswoche."

Ich traue meinen Ohren nicht und will losschimpfen. Dabei wird's mir schwarz vor Augen und im nächsten Moment sehe ich nichts mehr. Nur noch Leere um mich.

Ich weiß nicht wie viel Zeit vergangen ist, bis ich spüre, wie Jan auf meine Backen tätschelt und immer wieder meinen Vornamen laut sagt. Als ich meine Augen öffne, sagt er erleichtert, „endlich wieder da. Lissy, du warst kurz ohnmächtig." Tanja steht schon mit einem Glas Cola daneben und drückt es mir in die Hand. Dabei sehe ich ihr in die Augen und stelle fest, dass diese feucht sind und sie kurz vor dem Weinen ist.

Daraufhin kommt in meinem innerlichen Auge der Moment, in dem meine Mutter erfahren hat, dass ich mit Stefan schwanger bin. Wie weh es mit tat, als sie nicht zu mir gehalten hat und mir keine Hilfe angeboten hat. Die Jahre später hatte ich mich tausendmal gefragt, warum sie so reagiert hat. Jedes neue Kind ist doch ein Glücksfall und nichts Trauriges. Egal wie alt die Mutter dabei ist. Man muss doch in einer Familie zusammenhalten. Große Schuldgefühle gegenüber meinem Kind, kommen in mir hoch.

„Tanja", sage ich und nehme sie dabei in den Arm, „ich freue mich auf ein Enkelkind und ich werde weniger Stunden arbeiten, damit ich dir helfen kann. Gemeinsam schaffen wir das." Daraufhin hat sie wieder ein fröhliches Gesicht, „Mama, ich freue mich so sehr auf mein Baby. Jan wird auch weniger arbeiten, damit ich meine Ausbildung fertig bekomme, und schon noch Polizistin werden kann."

Erschrocken schaue ich daraufhin zu Jan, „aber wer ist der Vater? Du kannst doch keine Kinder zeugen!" Lächelnd sagt er, „der Frauenarzt hat gemeint, es ist wie ein Sechser im Lotto. Aber es hat geklappt. Wir haben aus dem Grund nicht verhütet, weil es bei mir nie notwendig war. Aber da deine Tochter wohl sehr fruchtbar ist und bei mir ein verdammtes Glück im Spiel war, darf ich endlich von der Geburt an bei meinem eigenen Kind dabei sein. Ich werde die ersten Zähne, Schritte, Wörter miterleben, einfach alles.

Lissy, glaube mir, ich bin so glücklich darüber und will sehr viel Zeit mit ihm oder ihr verbringen. Somit kann Tanja in Ruhe ihre Schule beenden und danach Verbrecher jagen. Vor einem Jahr dachte ich noch, ich werde nie Kinder haben und jetzt sind es schon zwei", während seinen Worten strahlt er über sein ganzes Gesicht.

Danach macht sich Jan auf den Weg zur Arbeit und ich frühstücke noch gemütlich mit Tanja, die heute die ersten zwei Schulstunden ausnahmsweise ausfallen lässt. Dabei merke ich, wie glücklich und verliebt sie ist. So habe ich meine Kleine noch nie gesehen. Ich hoffe nur, dass sie in Jan nicht so etwas wie ein Papa-Ersatz sieht.

Aber langsam kann ich mich mit dem Gedanken anfreunden, dass die zwei ein Paar sind. Und ehrlich zugegeben, sieht Jan wirklich jünger aus und gibt sich auch noch sehr jugendlich.

Tanja erzählt mir, wie sie sich immer besser mit Jan verstanden hat, bei den Treffen an welchen ich auch dabei war, bis sie gemerkt hat, dass es Jan gleich geht. Und als ich einmal auf die Toilette musste und sie beide darum ungestört waren, da hatte Jan sich einen Ruck gegeben und nach ihrer Handy-Nummer gefragt. Danach haben sie sich heimlich zum Essen, ins Kino oder einfach nur zum Spazieren gehen, verabredet und so wurde nach mehreren Dates, wahre Liebe daraus. „Mama, ich liebe Jan so sehr. Solche intensiven Gefühle habe ich zuvor noch nie verspürt." Das alles sagt sie mit einem so wunderbaren Strahlen im Gesicht, das ich in meinem Leben nie wieder vergessen werde.

An diesem Vormittag gestehe ich Tanja meine Liebe zu Andreas, die sich sehr für uns beide freut. Zur Abendzeit fahre ich noch zu Simone, die auch nicht alleine ist, da Samuel bei ihr ist. Gar nicht überrascht, öffnet sie mir fröhlich die Türe. Als ich ihr von mir und Andreas erzähle, nimmt sie mich in den Arm und meint freudestrahlend. „Endlich! Es war nicht mehr auszuhalten, euch zwei leiden zu sehen. Ich freue mich so sehr, wenn es dir wieder gut geht und du dich wieder verlieben konntest. Ich bin mir sicher, auch Papa freut sich, da oben im Himmel für dich."

Ich bin überrascht, weil Simone gemerkt hat, dass es zwischen Andreas und mir gefunkt hat. Sie meint nur mit einem breiten Grinsen im Gesicht, „das war sowas von ersichtlich. Da brauchte man keine Brille dazu."

Ich verbringe den ganzen Abend bei den zweien. Dabei erfahre ich von Simone, sie wusste schon, dass ich sie heute noch besuche, da sie vorher mit Tanja telefoniert hat. Die ihr auch gesagt hat, dass ich jetzt über das Baby Bescheid weiß. Ein wenig enttäuscht bin ich schon, weil ich aus unserer Familie die Letzte bin, die vom Nachwuchs erfahren hat. Aber ich verstehe Tanja, dass sie vor meiner Reaktion ein wenig Angst und Respekt hatte. Und sie hatte ja recht, da ich mich unmöglich verhalten habe. Sogar in Ohnmacht bin ich gefallen. Das alles war ziemlich chaotisch und filmreif. Hinterher schäme ich mich sehr dafür.

Mir ist bewusst, ich habe aus dem Fehler meiner Mutter gelernt und ihn zum Glück dadurch nicht wiederholt, bis auf die Anfangsschwierigkeit.

Es ist schön zu erfahren, dass meine Mädchen keine Geheimnisse voreinander haben. Dadurch konnte sich Tanja, Simone anvertrauen und hatte jemanden zum Sprechen. Was ihr sicherlich sehr gut getan hat in ihrer Situation. In dem Moment dieser Erkenntnis bin ich sehr stolz auf mich. Da ich bei der Erziehung meiner Mädchen doch vieles richtig gemacht habe.

In den nächsten Wochen verbringe ich sehr viel Zeit mit Andreas. Wir können schon gar nicht mehr ohne einander. Jedes Wochenende sind wir zusammen. An den restlichen Tagen telefonieren wir nie unter einer Stunde. Dabei besuchen wir jeden Samstag Stefan und verbringen den ganzen Tag bei ihm. Dessen Fortschritte enorm sind und der jetzt auch wieder stundenweise zum Studieren geht. Julia und Andreas helfen ihm, dass er gut und schnell in den Schulstoff hinein kommt.
Er war gleich, als ich ihm gesagt hatte, dass Andreas und ich ein Paar sind, Feuer und Flamme. Dabei war er begeistert von dem Gedanken, dass er Andreas jetzt öfters sieht."
Ich bin so erleichtert, weil sich alle meine drei Kinder über die Partnerschaft von Andreas und mir freuen. Ich hatte schon Angst davor, dass eines meiner Kinder das nicht versteht oder Andreas nicht mag.

Heute ist der 15. Mai, Stefans 30. Geburtstag. Vergnügt fahren Andreas und ich mit einer großen zweistöckigen Torte, auf die ich 30 bunte Kerzen gequetscht habe, Richtung Isny. Es ist ein wunderschöner Tag. Das Thermometer zeigt 25 Grad an. Voller Vorfreude fahren wir Isny zu und immer im Blick die Alpen, auf dessen Spitzen noch Schnee liegt. Vorbei an malerischen Wäldern, an dessen Rand das rote Springkraut wächst. Vereinzelt stehen Ruhebänkchen in den grünen Wiesen oder am Wegesrand. Viele Menschen sind beim Wandern und genießen den traumhaften Nachmittag. In den Gärten an denen wir vorbeifahren, blüht es in allen Farben. An einem See mit spiegelnder Oberfläche und tiefem Blau, sind die ersten Abgehärteten schon beim Schwimmen und genießen das klare, frische Wasser.

Auf Gartenstühlen sitzen Stefan, Julia, Maria und Karl. Sie strahlen uns alle entgegen, als sie unser Auto erblicken. Schnell renne ich auf meinen Jungen zu und nehme ihn in meine Arme, „Herzlichen Glückwunsch zu deinem Geburtstag." Dabei schaut er mich zufrieden an, „Danke." Andreas steht hinter mir mit der Torte in den Händen, die ihm Maria gleich abnimmt und bewundert, „Lissy, bei diesem Kuchen hast du dich selber übertroffen. Wenn die so schmeckt, wie sie aussieht, dann ist sie sofort weg." Während Andreas gratuliert, biegen meine Mädchen, Samuel und Jan mit dem Auto in die Einfahrt rein. Lachend kommen sie uns entgegen und nehmen jeweils Stefan in die Arme, um ihn zu beglückwünschen.

Wir sitzen den ganzen Nachmittag zwischen den herrlich duftenden Fliederbüschen und genießen die Sonne. Im Blumenbeet neben uns blühen die rosa und weißen Pfingstrosen, die blauen Hortensien und die bunten Bartnelken. Dem schön gepflegten Rasen sieht man an, dass er wohl gestern frisch gemäht wurde. Wir haben eine ausgelassene, fröhliche Stimmung. Auch wenn wir nicht viele Gäste sind. Es war Stefans ausdrücklichster Wunsch, dass er dieses Jahr kein großes Fest will und auch nur uns als seine Gäste, da er das Ziel hat, nächstes Jahr seinen 31. Geburtstag sehr groß zu feiern. Bis dahin möchte er wieder top fit sein.

Meine Torte schmeckt perfekt und natürlich wie immer, Marias Kuchen auch. Während Stefan die 30 Kerzen auspustet, habe ich den großen Wunsch, dass der Gesundheitszustand von Stefan weiter solche guten Fortschritte macht.

Glückselig fahre ich an diesem Abend heim und habe den ersten Geburtstag von meinem Sohn gefeiert, an dem er anwesend war und welcher unbeschreiblich schön war. Ich bin mir sicher, dass noch sehr viele folgen werden.

An einem Freitag, Anfang Juni, kommt ein Brief vom Notar. Mit dem genauen Datum der Testamentseröffnung wegen dem Erbe meiner Mutter. Meine Töchter rufen mich am selben Abend an und berichten, dass sie das gleiche Formular bekommen haben. Als ich am nächsten Tag Stefan besuche, erzählt er mir, auch er habe einen Brief bekommen. Allerdings ist sein Notartermin zwei Tage nach unserem festgelegten Termin. Verwundert schauen wir Andreas an und dieser meint, „Stefan wird auch etwas von deiner Mutter erben. Allerdings hat sie ja gedacht, dass ihr zwei euch nicht kennt. So hat sie es zu Lebzeiten veranlasst, damit ihr nicht aufeinandertrefft, dass ihr zu verschiedenen Zeiten eingeladen werdet."

Auf diese Worte hin wird meine Neugier auf die Testamentseröffnung riesen groß. Vor allem stelle ich mir die Frage, wie sie es schaffen wollte, Stefan etwas zu vererben ohne, dass wir davon mitbekommen. Da ja bei unserem Nachlass dann ein Teil fehlen wird. Sie will es ja heimlich machen, sonst hätte sie Stefan zum gleichen Termin eingeladen.

Ich stelle mir weiter die Frage, ob sie ein geheimes Konto noch besitzt. Gleichzeitig bin ich verwundert, über so viel Intrigen meiner Mutter. Das hätte ich ihr gar nicht zugetraut.

Seit der Beerdigung meiner Mutter sind meine Gedanken viel bei dem Mann vom Jugendamt. Da ich das Gefühl habe und mir dabei immer sicherer werde, dass er etwas zu tun haben muss, mit dem Wissen meiner Mutter, in welcher neuen Familie der Junge untergebracht ist.

Fakt ist, die zwei waren lange ein Paar und er hatte damals die Adoption geregelt. So liegt es nahe, dass er mir Antworten auf meine ganzen Fragen geben könnte. Ich würde mir so sehr wünschen, dass ich ehrliche Auskunft bekäme, um einen inneren Frieden zu bekommen.

Ich könnte einfach zu dem Herrn hingehen und ihn direkt danach Fragen. Aber irgendwie bekomme ich Muffensausen bei dem Gedanken. Da ich mir nicht sicher sein kann, dass er ein guter Mensch ist und damals nicht eigennützig gehandelt hat.

Ich stelle mir die unmöglichsten Dinge vor. Wie er zum Beispiel von der Adoption profitiert hat und sich Geld in seine eigene Tasche eingesteckt hat. Mich lassen die

Bilder eines Mannes, der meine Mutter dazu gedrängt hat, dafür zu sorgen, dass sie ihr Enkelkind abgeben wird, nicht los. Vielleicht hat er ihr aus Liebe geholfen, damit Stefan zu guten Eltern kommt. Aber hätte er für meine Mutter seine Arbeitsstelle riskiert?

Irgendwelche Informationen hatte er ihr zukommen lassen! Darüber bin ich mir inzwischen sicher. Woher sollte sie sonst gewusst haben, wo Stefan wohnt. Eigentlich bin ich ein sehr mutiger Mensch und würde im Normalfall einfach an seiner Haustüre klingeln und nachfragen. Aber mein Gefühl gibt mir zu verstehen, dass sich dahinter ein großes Geheimnis verbirgt. Und umso mehr ich darüber nachgrübele, umso unmutiger werde ich. Darum verdränge ich es erst mal wieder, ihn zu besuchen.

Aber eines bin ich mir sicher, aufgehoben ist nicht aufgeschoben. Der Moment wird kommen, in welchem ich mich stark genug fühle, ihn zu besuchen. Mein Drang Informationen über Stefans Adoption zu bekommen ist riesen groß.

Zwei Wochen später ist der Tag der Testamentseröffnung gekommen. Dazu eingeladen sind meine Töchter, meine Schwester die kinderlos ist und darum alleine angereist ist und ich. Still sitzen wir beim Notar, in einem kleinen dunklen Raum auf alten, unbequemen Holzstühlen. Nur durch zwei kleine Fenster kommt ein wenig Tageslicht herein. Der Notar, in einem schwarzen Anzug gekleidet wünscht uns erst einmal sein Beileid und setzt sich vor seinen antiken Schreibtisch aus massivem Nussholz. In dem ist ein fliegender Adler mit weit ausgespannten Flügeln eingeschnitzt.

Mit einem strengen Gesichtsausdruck schaut er uns an, „es ist von ihrer Mutter und Oma der letzte Wille, dass ich ihnen ein paar persönliche Worte vorlese. Darum geht es erst einmal um sie Frau Hess." Die Augen von meiner Schwester und meinen Töchtern richten sich bei diesen Worten gespannt auf mich. Bei dieser Aussage des Notars wird es mir ganz mulmig und es läuft mir eiskalt über meinen Rücken.

Was will mir meine Mutter noch nach ihrem Tod sagen? Bekomme ich jetzt eine Antwort auf meine ganzen Fragen? Schießt es mir wie ein Blitz durch meinen Kopf. Dabei probiere ich, gefasst zu bleiben, und erwidere den Blick zum Notar. Der mit einer Frage fortfährt, „ist es in Ordnung, wenn die anderen Anwesenden im Raum bleiben?" Nur nicken traue ich mich nicht, darum sage ich mit einer angespannten, zittrigen Stimme laut, „Ja." Daraufhin öffnet er vorsichtig einen braunen, DIN A4 großen Briefumschlag mit einem Brieföffner. Danach holt er ein Papier heraus und fängt langsam, mit einem ruhigen Ton, aus dem Schriftstück zu lesen an.

„Liebe Lissy, Entschuldigung, dass ich mich nie getraut habe, zu Lebzeiten mit dir darüber zu sprechen. Ich war zu feige und voller Schuldgefühle, weil ich dich mit deinem Sohn im Stich gelassen habe. Da ich mir sicher bin, du hättest es mit ihm geschafft und wärst ihm eine gute Mutter gewesen. Ich habe genau gemerkt, wie du in all den Jahren mir ohne ein Wort zu sagen, Vorwürfe gemacht hast. Du hattest vollkommen das Recht dazu."

Ich stelle mir bei diesen Worten ihr Gesicht und ihre Stimme vor, dabei fange ich an zu weinen. Noch nie hat sich meine Mutter für irgendetwas bei mir entschuldigt und jetzt nach ihrem Tod, schreibt sie mir solche lieben und rührenden Worte. Ich kann es nicht fassen und weine immer stärker. Um mich herum vergesse ich alle, bis ich eine Hand spüre. Simone legt zuerst ihre Hand auf meine und dann nimmt sie mich besorgt in die Arme und streichelt mich am Rücken. Es verstreichen mehrere Minuten, bis ich mich langsam wieder beruhige und der Notar fragt, ob er weiterlesen kann. Dieses Mal nicke ich nur.

„Ich muss dir jetzt beichten und hoffe, dass du nicht enttäuscht und zornig auf mich bist. Ich wusste immer, in welcher Familie dein Sohn ist und hatte mit ihm Kontakt."

Besorgt schaut der Notar auf mich, nachdem er die Worte ausgesprochen hat, da er in Sorge ist, ich könnte darauf einen Nervenzusammenbruch bekommen. Aber da ich ja schon weiß, dass meine Mutter wusste, wo Stefan all die Jahre wohnte, kann ich mich zusammenreißen und bleibe regungslos sitzen. Erleichtert, dass ich die Fassung bewahre, liest er weiter.

„Er ist ein toller Junge und ein wundervoller Mensch geworden. Bei dem Ehepaar bei denen er aufwuchs, ging es ihm sehr gut. Es fehlte ihm weder an Liebe noch an finanziellen Mitteln. Sein Name ist Stefan. Ich habe tausende schlaflose Nächte gehabt und mir dabei überlegt, ob ich dir sage, wo dein Sohn ist. Jedes Mal wenn ich mir vorgenommen habe mit dir darüber zu reden, verließ mich der Mut und ich war zu feige.

Das Problem dabei war auch, dass ein Mann vom Jugendamt mit verwickelt war. Er hätte seine Arbeitsstelle verloren, wäre es rausgekommen, dass er mir geholfen hat, Stefan in eine Familie zu bringen die in meiner Nähe ist und bei denen es ihm zu hundert Prozent gut geht. Ich hatte ihm damals versprochen, dass ich mit niemandem darüber spreche. Zeitweise wollte der Mann es dir selber anvertrauen, da er ein schlechtes Gewissen dir gegenüber hatte. Aber ich war mir nicht sicher, ob es gut für Stefan und dich gewesen wäre. Vermutlich hätte es alle aufgewühlt und wäre an die Allgemeinheit gekommen.

Inzwischen ist der Mann in Rente und ich nehme mir das Recht es dir zu sagen. Ich wäre dir aber dankbar, wenn du diesen Teil nicht in der Öffentlichkeit herum erzählst und für dich behältst bzw. für euch.

Stefan wird zu einem eigenen Notartermin eingeladen, weil ich ihn gleich beerbe, wie alle meine Nachkommen. Der Notar wird ihm auch einen Brief von mir vorlesen, in dem ich ihm gestehe, dass er mein Enkel ist. Falls er dich sehen möchte, wird er vom Notar deine Adresse bekommen.

Lissy, ich bin mir sicher, er möchte dich kennenlernen. Er braucht vielleicht ein paar Tage Bedenkzeit, da er deinen Sturkopf geerbt hat. Aber er wird auf dich zukommen. Er hat ein wunderbares, offenherziges Wesen. Er ist ein toller Junge.

Liebe Lissy, ich hoffe von Herzen, dass du mir verzeihen kannst. Glaube mir, ich habe mein ganzes Leben für meine Schuld gebüßt. Weil ich dir damals nicht geholfen habe und dafür, dass ich dir nie sagen konnte, wo Stefan ist."

Wieder schaut uns der Notar mit einem ernsten Gesichtsausdruck an, „dieser Teil des Briefes ist an Frau Vera Schupp und Frau Lissy Hess gerichtet. Sind sie beide bereit, dass ich die Zeilen ihnen vorlese, und dürfen die Enkelkinder im Raum bleiben?" Mit einem lauten „Ja" beantworten wir im Chor seine Frage und einen kurzen Blick zu Vera zeigt mir, dass sie einen hochroten Kopf hat und ziemlich sauer dreinschaut. Vermutlich ist sie wütend, da ich noch einen unvermuteten Erben dazu bringe und dadurch ihr Erb-Anteil erheblich geschrumpft ist. Ich werde gleich wieder von meinen Gedanken abgelenkt, da der Notar mit seiner ruhigen Stimme fortfährt.

„Liebe Vera, liebe Lissy, ich habe euch im bezug über euern Vater nicht immer die Wahrheit gesagt. Es stimmt, er ist viel fremdgegangen, auch schon vor unserer Hochzeit. Ich möchte nicht von euch gehen, ohne die gesamte Wahrheit gesagt zu haben. Nach Jahren der Ehe fühlte ich mich so schlecht, allein gelassen und verletzt durch seine andauernden Affären, sodass ich mich in einen jüngeren, attraktiven, charmanten, warmherzigen und fürsorglichen Mann verliebt habe. Ich hatte mit ihm ein Jahr lang eine heimliche Beziehung geführt. Ich war so verliebt in ihn und es tut mir leid, euch sagen zu müssen, dieser war der einzige Mann, welchen ich wirklich geliebt habe.

Dabei fühlte ich mich schlecht, weil ich eine treue Ehefrau sein wollte. So wie ich es vor Gott an meinem Hochzeitstag versprochen habe. Darum machte ich schweren Herzens Schluss mit ihm. Drei Wochen später merkte ich, dass ich von ihm ein Kind unterm Herzen trug. Liebe Lissy, das warst du. Bitte sei mir nicht böse für die jahrelange Lüge.

In all den vielen Jahren habe ich dieses Geheimnis in meinem Herzen getragen. Euer Vater hat es bestimmt vermutet. Da er mich zu diesem Zeitpunkt links liegen gelassen hatte und darum gar kein Kind entstehen hätte können. Ich habe um den Friedenswillen, und aus Angst, dass er mich verlässt geschwiegen."

Während diesen Worten nimmt mich Simone wieder ganz fest in die Arme. Ich konzentriere mich auf den festen Druck von ihr, um stark zu bleiben und die Contenance zu bewahren. Dabei höre ich genau der Stimme vom Notar weiter zu und zittere am ganzen Körper.

„Mit Lissys Vater war ich drei Jahre lang nochmals in einer Partnerschaft. Zu diesem Zeitpunkt war ich schon viele Jahre von eurem Vater getrennt. Dann habe ich diese Beziehung aber beendet, da ich Angst hatte, er kommt dahinter, dass Lissy seine Tochter ist. Aus diesem Grund habe ich ihn euch nie vorgestellt, weil Lissy ihm ähnlich sieht. Dieser Mann ist übrigens jener vom Jugendamt, der mir mit Stefan geholfen hat.

Lissy, der Notar kann dir seinen Namen und Adresse geben. Wenn du willst, kannst du ihn kennenlernen. Er würde sich über eine Tochter sehr freuen, darüber bin ich mir sicher. Er wünschte sich immer eigene Nachkommen. Er ist ein wundervoller Mensch und wir haben uns sehr geliebt. Aber denke daran, er weiß noch nichts davon, dass du sein Kind bist. Ich habe ihn immer angelogen und gesagt, dass du ein Frühchen warst und entstanden bist, als wir schon getrennt waren. Vera und Lissy, bitte verzeiht mir. Ich würde mir wünschen, wenn durch dieses Wissen keinen Keil zwischen euch entsteht und ihr allgemein ein wenig mehr zusammenhalten würdet. Vergesst nie, ihr seid Schwestern und eine Familie. Ich liebe euch von ganzem Herzen und bin stolz auf euch!"

Das alles ist zu viel für mich. Ich bin nach diesen Worten schockiert. Im Moment weiß ich nicht mehr wo rechts oder links ist. Um mich dreht sich alles und ich sehe nur noch verschwommene Bilder. Simone hat mich immer noch in ihren Armen und Tanja merkt auch, dass es mir nicht gut geht. Darum probiert sie mich aufzumuntern und dadurch abzulenken, ,,Mama, das ist doch eine schöne Nachricht. Schlechter als dein immer gedachter Vater kann dieser Mann doch nicht sein. Vor allem denke ich, dass er ein ganz lieber ist, nach den Worten von Oma und da er mit Maria und Karl befreundet ist. Weil jemand, den Maria mag, der kann doch nur nett sein."

Während Tanja spricht, wandern meine Augen zu Vera die jetzt richtig böse, sogar stinksauer zu mir rüber schaut. Und genau dieser Blick muntert mich auf und ich kann alles wieder realistisch bedenken. Wenn meine große Schwester so erbittert zu mir herschaut und nicht voller Mitleid oder Schadenfreude, weil ich ja das Kuckuckskind der Familie jetzt bin. Dann bin ich doch in einer besseren Situation und sie beneidet mich. Ich habe einen neuen Vater. Der wirklich nur besser sein kann, als mein immer gedachter Vater. Schlechter kann es nicht mehr kommen. Da ich mit meinem Erzeuger schon mehrere Jahre keinen Kontakt mehr habe.

Schon als Kind habe ich mir einen anderen Papa gewünscht und ihn mir bildlich ausgemalt. In meinen Gedanken sah ich einen Ritter, der auf mich geradewegs zu ritt. Er zog mich vorsichtig auf sein Pferd und galoppierte mit mir zusammen weg. Weg in die Ferne und Freiheit. Dorthin wo mir zugehört und ich verstanden werde. Während wir so reiten, sagt er liebevoll und beschützend zu mir, „ich bin dein Vater. Ich habe dich über alles lieb! Habe keine Angst!" Bei diesen Tagträumen war ich glücklich und fühlte mich geborgen.

Als der Notar merkt, dass ich mich wieder gefangen habe, liest er noch das Erbe vor. Meine Mutter hat ihr Haus schon verkauft, als sie in das betreute Wohnen ging und die hohe Lebensversicherung hat sie schon vor Jahren abgeschlossen. Dadurch ist doch ziemlich viel Geld zusammengekommen, welches sie uns vererbt. Und dieses geht zu fünf gleichen Teilen, an meine drei Kinder, an Vera und mich. Ihr Schmuck, die Fotoalben und die wenigen Habseligkeiten dürfen Vera und ich untereinander aufteilen.

Als wir draußen vor dem Notargebäude stehen, meint Vera nur mit einer spitzen Zunge, „den Kram kannst du haben. Falls ein wertvoller Schmuck dabei ist, würde ich mir wünschen, dass du diesen verkaufst und mir die Hälfte des Betrages überweist. Ich fahre gleich wieder in den Norden.

Jetzt hast du deinen gewünschten wundervollen Vater. Der sich um dich kümmert, dich auf Händen trägt und vielleicht mit dir auf einem Pferd in die Freiheit reitet. Herzlichen Glückwunsch und Tschüss."

Schon braust sie, ohne sich nochmals umzudrehen, mit ihrem roten Cabrio davon. Ihre braunen langen Haare wehen im Wind. Ich sehe ihr nach und mir fällt es gar nicht mehr so schwer, dass sie so ein böser Mensch ist. Da ich jetzt weiß, es gibt einen Grund, warum wir so unterschiedlich sind. Wir haben nicht die gleichen Väter und darum auch verschiedene Gene. Sie tut mir auch leid! Sie weiß genau, da ich so viele Kinder habe, ist ihr Erbe ziemlich geschrumpft. Sicher dachte sie, es würde zu zwei gleichen Teilen aufgeteilt werden und nicht, dass ich noch einen Begünstigten dazu bringe.

Natürlich ist sie auch traurig, weil ich einen Vater habe, der sich über meine Existenz vermutlich freuen wird. Wir sind als Kinder oft nachts wach gelegen und haben uns einen tollen Papa vorgestellt. So einen, welchen die anderen Kinder aus unseren Schulklassen hatten. Der Ausflüge macht, im Garten zeltet oder einfach nur bei den Hausaufgaben hilft und in allen Lebenslagen gute Ratschläge gibt. Leider war unser Vater nur in den ersten Lebensjahren selten für uns da und danach gar nicht mehr. Von meinem Tagtraum habe ich Vera damals oft erzählt.

Am Abend schreibe ich per SMS an Andreas, dass er mir nicht böse sein soll, aber ich die Nacht für mich allein brauche um alles zu überdenken. Morgen werde ich ihm alle Neuigkeiten persönlich erzählen, die es für mich beim Notar gab. Im Moment kann ich noch nicht darüber sprechen.

In dieser Nacht schlafe ich keine Sekunde. Ich liege im Bett und bin traurig, dass meine Mutter es nicht geschafft hat zu Lebzeiten mit mir sich zu unterhalten. Dabei alle Geheimnisse um Stefan und meinem Vater aufzuklären und Vera und mir persönlich zu sagen, dass sie uns liebt und stolz auf uns ist. Unser aller Leben wäre ganz anders verlaufen!

Gleichzeitig bin ich erleichtert, dass sie es wenigstens auf diesem Wege geschafft hat und freue mich immer mehr auf meinen Vater. Diese Neuigkeit geht mir nicht mehr aus dem Kopf. Ich muss mir eingestehen, dass ich immer schon gespürt habe, dass mein gedachter Erzeuger mich nicht mag und wir auch total verschieden sind.

Ich probiere in Gedanken, das Foto welches mir Maria bei unserem ersten Treffen gezeigt hat, wieder vorzustellen, in dem mein leiblicher Vater, darauf war. Leider klappt es nicht. Ich weiß nur noch, dass ich dachte: Der Exfreund meiner Mutter sieht sehr gut aus.

Über meiner Mutter denke ich: Sie hat zum ersten Mal vieles nicht im Vorhinein geahnt und die Zügel nicht mehr in ihrer Hand gehabt. Was hätte sie gesagt, wenn sie gewusst hätte, dass ich Stefan schon kenne, bevor sie es mir nach ihrem Tod mitteilt.

Kapitel 10

Am nächsten Tag muss ich lange arbeiten und freue mich schon die ganze Zeit auf Andreas, um ihm die neue Nachricht zu überbringen. Gleichzeitig bin ich gespannt, was er dazu meint. Die schlaflose Nacht hat mir in dem Sinne sehr gut getan um alles zu überdenken und realistisch begreifen zu können. Ich sehe das mit meinem leiblichen Vater als wundervolles, gewonnenes Geschenk. Vielleicht auch als einen schönen Neuanfang mit einem Elternteil von mir. Weil ich immer noch sehr aufgewühlt bin, verspüre ich keinerlei Müdigkeit wegen der verpassten Nacht.

Andreas hat am Abend kaum auf den Klingelknopf gedrückt, da öffne ich schon die Haustüre. Zur Begrüßung gibt er mir einen zärtlichen Kuss, den ich kaum erwidere, da ich ihn schon ins Wohnzimmer zerre und fange gleich zu erzählen an. Wie meine Mutter mir über den Notar sagen lies, dass sie weiß, in welcher Familie Stefan lebt und sie immer schon Kontakt zu ihm hatte.

Hektisch spreche ich weiter, „unsere Vermutung war richtig. Der Freund von Maria und Karl, der vom Jugendamt, hat ihr dabei geholfen, dass der Kontakt und das Wissen in welcher Familie er ist, überhaupt möglich war. Aber jetzt kommt der Knüller von dem, was ich gestern erfahren habe." Aufgeregt schreie ich es förmlich heraus, „er ist mein Vater."

Andreas schaut mich fragend an und probiert alles zu sortieren, „also, dein Vater ist der Mann vom Jugendamt. Habe ich das richtig verstanden?" Ich nicke kräftig und sage lachend, „ich habe eventuell einen Vater, der sich über meine Existenz freut. Nicht so wie mein immer gemeinter Erzeuger." Freudig über meine Nachricht, da er merkt, dass ich darüber froh bin, sagt

Andreas, „dann sind wir ja beide durch Ziehväter groß geworden. Wieder etwas was uns verbindet."

„Aber wie", frage ich ihn ganz zappelig nach seinem Rat, „soll ich das meinem richtigen Vater sagen? Er weiß nicht, dass ich sein Kind bin. Ich kann doch nicht bei ihm klingeln und sagen: Hallo, ich bin Lissy, deine Tochter! Der würde doch den Schock fürs Leben bekommen."

Andreas überlegt eine Weile, „das ist eigentlich ganz einfach. Er ist doch ein guter Freund von Maria und Karl?" Ich nicke nur, da ich immer noch ganz hibbelig bin, und kann es nicht erwarten, dass er weiterspricht.

„Weihe die Zwei in das Ganze ein und die sollen ein Essen für deinen Vater arrangieren, zu dem du auch erscheinst. Und dann lernt ihr zwei euch erst einmal ungezwungen kennen. Irgendwann wenn ihr euch gut genug kennt und wenn ein guter Moment gekommen ist, dann erzählst du ihm alles. Es muss ja nicht beim ersten Treffen passieren."

Erleichtert schaue ich Andreas an und meine lachend, „wenn ich ihn dann unsympathisch finde, sage ich ihm einfach nicht, dass er mein Vater ist."

„Das glaube ich nicht, dass der nicht nett ist. Sonst wären Maria und Karl nicht mit ihm befreundet." Ich stimme Andreas zu und bin dankbar, über einen guten Ratschlag. Dabei schaue ich ihn an und bin wiedermal stolz auf so einen intelligenten und weitsichtigen Mann an meiner Seite. Ich könnte mir jetzt schon nach so einer kurzen Zeit kein Leben mehr ohne ihn vorstellen.

Am nächsten Abend wähle ich wiedereinmal Marias Nummer, die gleich an den Hörer geht. Nachdem ich von ihr vernommen habe, dass Stefans Fortschritte, ob gesundheitlich oder schulisch keinen Stillstand haben, bin ich fürs Erste beruhigt. Danach erzählt sie mir von Stefans Notartermin, der heute Nachmittag war. Dass meine Mutter ihm einen rührenden Brief hinterlassen hat. Indem sie sich entschuldigt und die ganze Schuld wegen der Adoption auf sich genommen hat.

„Darin hat sie ihm erklärt, dass sie dich als Jugendliche nach der Geburt völlig im Stich gelassen hat. Dass du ihn nie und nimmer hergeben wolltest. Aber so alleine und so jung hattest du keine andere Wahl, als der ganzen Adoption zuzustimmen. Als du nach der Geburt Stefans alles rückgängig machen wolltest, hat sie dafür gesorgt, dass niemand auf dich hört. Somit alle Beteiligten deinen Wunsch ignoriert haben. Da du ja noch minderjährig warst und mittellos, war das wohl ziemlich einfach.

Sie hatte noch einen großen Wunsch an Stefan. Er soll mit dir Kontakt aufnehmen. Dann hatte sie noch eine Bitte, dass er für die unterlassene Hilfe, welche zur Adoption führte und die jahrelange Lüge, ihr verzeiht."

Als mir bewusst wird, dass sie über mich nur das Beste geschrieben hat, bekomme ich einem richtigen Kloß in den Hals und erwidere mit brüchiger Stimme, „sie war gar nicht so schlecht, wie ich immer dachte. Nur schade, dass ich das zu Lebzeiten nicht erfahren habe. Ich würde mit ihr so gerne ein intensives Gespräch führen, so von Mutter zu Tochter. Das habe ich leider noch nie mit ihr gemacht und nun ist es zu spät."

Ich versuche mich zusammenzureißen, nicht zu sentimental zu werden, und fange wieder an zu sprechen, nachdem ich mich einmal geräuspert habe.

„Bei meinem Notartermin hat meine Mutter in dem Brief nicht nur hineingeschrieben, dass sie weiß wo Stefan wohnt, sondern, dass mein immer geglaubter Vater nicht mein Erzeuger ist. Meine Mutter hatte früher schon während sie noch verheiratet war, eine heimliche Liebschaft mit eurem Bekannten vom Jugendamt, der mein Vater ist."

An Marias lautem Schnaufen und daran, dass sie nichts darauf antwortet, merke ich, sie ist geschockt. Darum frage ich sie, „Maria, ist alles ok?" Das Schnaufen verändert sich langsam zu einem Ton, welchen ich als Ja deute. Ich merke aber, dass sie immer noch sehr überrascht und verwirrt ist, sodass sie nicht sprechen kann. Darum fange ich wieder an, „ich war auch sehr erstaunt über diese Neuigkeit. Aber was soll ich sagen, ich freue mich sehr. Dabei hoffe ich, dass er mich, als seine Tochter herzlich empfängt und sich über meine Existenz freut, da ich leider nie einen Vater hatte der mir Liebe, Geborgenheit oder seinen Stolz schenkte."

Jetzt kommt Marias feste und deutliche Stimme wieder zurück. Daraus entnehme ich, der erste Schock ist vorüber, „Lissy, wenn ich so darüber nachdenke, dann ist das wunderbar. Herman, dein Vater war immer traurig, weil er keine eigenen Kinder haben durfte. Der wird sich vor Freude nicht halten können, wenn er erfährt, dass er eine Tochter und drei Enkelkinder hat. Vor allem hatte er immer schon einen guten Draht zu Stefan. Eigentlich war er von je her wie ein Großvater für ihn. Er hat ihn sehr viel besucht und die tollsten Sachen mit ihm unternommen.

Bevor er uns besuchen kam, rief er immer kurz an, um nachzufragen, ob deine Mutter bei uns ist. Weil auf sie wollte er nicht treffen, nachdem sie getrennt waren. Ich glaube, es hätte ihm zu sehr wehgetan, sie zu sehen. Er war sehr verliebt in sie. Keiner hatte damals verstanden, warum sie sich von ihm trennte. Herman selber sprach nie darüber und gab uns dadurch keinerlei Erklärung."

„Sie hatte Angst, er könnte dahinter kommen, dass er mein Vater ist", sage ich leise, „aber ich verstehe auch nicht, warum Herman das jetzt erfahren darf. Jetzt wo sie tot ist und nicht zu ihren Lebzeiten. Nachdem meine Mutter geschieden war, wäre es doch kein Problem mehr gewesen, es uns anzuvertrauen."

Ich bringe Maria unsere Idee nahe, dass sie ein Mittagessen veranstalten könnte, damit ich Herman, erst einmal in Ruhe kennen lernen kann, bevor er die Wahrheit erfährt. Damit ist sie zum Glück gleich einverstanden und meint auch „so machen wir es."

Zum Abschied höre ich sie durch das Telefon lächeln, „eigentlich war ich schon doof, da ich die ganzen Jahre nicht merkte, dass die zwei verwandt miteinander sind. Denn Stefan ähnelt seinem Opa und auch der Charakter ist stellenweise gleich. Vor allem haben sie das identische Lachen."

Einen Tag später kommt von Maria die Nachricht, dass sie am kommenden Sonntag ein Mittagessen arrangiert hat, damit ich endlich Herman kennenlernen kann. Gleich danach rufe ich bei Andreas an und frage ihn, ob er am Sonntag mit nach Isny geht, um meinen Vater kennenzulernen.

„Selbstverständlich gehe ich mit. Das hat aber schnell geklappt, dass Maria ein Treffen organisieren konnte", antwortet er und fügt hinzu, „du bist ziemlich nervös. Das höre ich dir an. Bei mir ist gerade eine Gerichtsverhandlung ausgefallen und danach hätte ich Feierabend gehabt. Das heißt im Klartext, ich habe jetzt schon frei. Wenn du willst, komme ich gleich nach München. Dann bist du heute Abend nicht allein und wir können in Ruhe alles besprechen."

Leise und zögernd sage ich gerührt über sein Angebot, „die lange Fahrt, so ungeplant, jetzt herfahren und morgen früh wieder zurück zur Arbeit. Das kann ich doch nicht von dir verlangen." Lachend entgegnet er, „also ich komme, bin quasi schon auf dem Weg zu dir und freue mich die Nacht nicht alleine zu verbringen." Froh und erleichtert, dass er bald da sein wird, gehe ich erst einmal unter die Dusche und danach bereite ich ein deftiges Abendessen vor.

Als es an der Türe klingelt und ich einen Blick auf meine Uhr richte, wundere ich mich, dass er schon da ist. Da es eine ziemlich lange Autofahrt von über zwei Stunden bedarf, um von Ravensburg nach München zu kommen. Freudig öffne ich meine Haustüre und schaue erstaunt in Jans verstörtes Gesicht.

„Jan, was ist los? Ist etwas mit Tanja passiert?" Daraufhin steht er nur da. Mir kommt es endlos lange vor, darum dränge ich ihn und frage erneut mit einer angespannten Stimme, „was ist los?"

„Tanja hat mich gerade angerufen, weil sie wegen Blutungen in das Krankenhaus musste." Sofort ist mir vollkommen bewusst, dass das Anzeichen für eine

Fehlgeburt sein könnten. Erstarrt blicke ich Jan an, falte meine Hände zum Gebet und spreche zu Gott, „lasse mein Enkelkind nicht sterben! Du musst es retten, es muss leben!" Panik kommt in mir auf. Plötzlich spüre ich eine Umarmung, in die ich mich fallen lasse. Andreas drückt mich so fest an sich, dass es sogar schmerzt. Allerdings tut mir der harte Druck gut, sodass ich gleich klar denken kann.

„Wir müssen zu Tanja. Sie ist im Krankenhaus, weil sie Blutungen bekommen hat." Andreas schaut mich auf meine Worte hin, traurig an und sagt, „auf in mein Auto. Wir sind gleich bei ihr, dann wissen wir mehr." Mit hängenden Schultern verlassen wir eilig das Haus und fahren Richtung Klinik.

Während der ganzen Fahrt sprechen wir drei kein Wort miteinander. Dabei ist die Anspannung riesig. Dort angekommen, erfahren wir von einer Krankenschwester, dass Tanja gerade bei den Untersuchungen ist und wir uns gedulden sollen. Bei diesen Worten wird Jan zuerst rot im Gesicht und dann spricht er laut, dabei fixiert er die Schwester mit seinen Augen, „gedulden. Das ist einfach gesagt. Es geht ja nicht um das Leben ihres Kindes." Inzwischen liegen Jans Nerven blank. Andreas versucht, ihn zu beruhigen. Währenddessen läuft die Krankenschwester mit einem mitleidigen Blick weg.

Uns bleibt nichts anderes übrig, als zu warten. Jan läuft zitternd und schweißgebadet den Gang auf und ab. Andreas und ich haben uns auf klapprige Stühle gesetzt. Zum Glück geht es nicht lange und ein freundlicher Arzt tritt zu uns, „wir haben keinen offensichtlichen Grund für die Blutung gefunden. Dem Baby scheint es gut zu gehen. Trotzdem wird sie krankgeschrieben und sie soll viel liegen. Jeglicher Stress soll von ihr ferngehalten werden. Sie darf heute das Krankenhaus verlassen, wenn gewährleistet ist, dass sich jemand um sie kümmern kann."

Erleichtert fallen wir uns gegenseitig in die Arme und versprechen dem Doktor, wir werden alles regeln, damit sie heute mit nachhause kann und da versorgt wird. Danach gehen wir zu Tanja ins Behandlungszimmer. Ich erschrecke dabei, wie blass und zerbrechlich sie wirkt. Als sie uns erblickt, fängt sie an zu weinen, schaut zu Jan und sagt mit einer piepsigen Stimme, „ich hatte solche Angst, dass ich unser Baby verloren habe." Tröstend meint Jan und nimmt sie in die Arme, „ich auch. Aber jetzt wird alles wieder gut. Du musst dich halt jetzt sehr schonen." Ich merke Jan an, wie viel Überwindung es ihn kostet, so überzeugend zu sprechen. Da er selber immer noch unter Schock steht und es ihm genauso wie mir bewusst ist, dass jederzeit noch etwas mit dem Kind sein kann.

Zusammen besprechen wir, wie die nächsten Wochen verlaufen werden. Ich schlage dabei vor, „Tanja sollte zu mir ziehen, da meine Arbeitsstelle nicht weit weg ist von zu Hause. Ich könnte in jeder Mittagspause nach ihr schauen. Telefonisch könnten wir sowieso jederzeit in Kontakt stehen und wenn bei ihr eine Notlage wäre, bin ich in fünf Minuten bei ihr. Jan zieht am besten die nächste Zeit bei uns ein. So wäre sie nachts nicht alleine." Erwartungsvoll schaue ich die zwei an, die gleich erleichtert zustimmen.

Langsam gehen wir mit Tanja Richtung Auto und bringen sie zu mir nachhause. Jan fährt danach in seine Wohnung und in Tanjas Studentenheim, um alles Nötige zu holen.

Am Abend essen wir zu viert im Wohnzimmer. Damit Tanja auf dem Sofa bequem, halb liegend, bleiben kann. Ich nutze den Moment und entschuldige mich bei den Zweien, wegen meiner Vorwürfe bezüglich des Altersunterschiedes. Insbesondere dafür, weil ich vor lauter Schock in Ohnmacht gefallen bin, als ich von der Schwangerschaft erfahren habe.

„Heute ist mir bewusst geworden, wie sehr ich mich auf das Baby freue und ihr zwei perfekt zueinander passt. Vor allem ist das Wichtigste, dass ihr miteinander glücklich seid und euch liebt." Froh über meine Worte erwidert Tanja, „es ist ja auch ein wenig ungewöhnlich, wenn die Mutter und die Tochter vom gleichen Mann ein Kind bekommen. Da steht dir Zeit zu, dieses erst einmal verdauen zu müssen."

Jan schmunzelt, „ich habe vor, ein Haus bauen zulassen für uns. Ich schaue mich gerade nach einem geeigneten Bauplatz um, etwas außerhalb von München. Wir möchten einen größeren Garten dabei haben, damit unser Kind auch Platz zum Spielen hat und im Grünen aufwachsen kann. Ich sage es dir jetzt schon, weil ich keine Geheimnisse mehr vor dir haben möchte."

„Das ist aber eine schöne Nachricht", freue ich mich.

„In dir ist halt immer noch der gebürtige Schwabe. Schaffa, schaffa, Häusle baua."

„Ja mit lang und weit wegreisen ist jetzt erst einmal Schluss. Dann bleibt mir genug Geld übrig." Daraufhin sagt Tanja grinsend, „in Zukunft werden wir eher in der Nähe Urlaub auf dem Bauernhof machen, mit Traktorfahren und Ponyreiten."

Strahlend schaut Andreas uns an, „da bringst du mich auf eine Idee. Ich kann euch einen Bauernhof wärmsten empfehlen. Es ist so ein toller Ferienhof mit eigenem Restaurant und regionaler Küche. Dieses Urlaubsparadies liegt sehr zentral. Von dort aus ist man in 40 Minuten Fahrzeit am Bodensee und in den Bergen. Ein kleiner Fußmarsch entfernt, befindet sich das größte noch intakte Hochmoor Mitteleuropas, dessen Schönheit und Vielfalt einen immer wieder zum Staunen bringt.

Wir waren früher mit unseren Kindern oft dort im Urlaub. Ich habe heute noch die strahlenden Kinderaugen vor mir, während sie die kleinen Kätzchen herumtragen. Auf diesem Hof gibt es alle Tiere, die so auf einem Bauernhof leben. Dabei darf man allen nahe kommen und streicheln.

Genial waren auch die Kutschfahrten mit dem Bauern. Es ging durch Wald, Wiesen und Flur und es wurde sogar galoppiert. Die Kinder durften abwechselnd vor auf den Kutschbock und dort eine Strecke mitfahren."

Man sieht Andreas förmlich an, wie er in alten Erinnerungen schwelgt. Da er einen nachdenklichen Gesichtsausdruck hat, bevor er fröhlich weiterspricht, „wenn es so weit ist, dass das Kleine in Tanjas Bauch alt genug ist, dann werde ich euch die genaue Adresse geben." Fröhlich bedankt sich Jan für diese Information und man sieht jetzt seinem Gesicht an, dass er sich schon am Rumtollen im Heuboden, am

Traktorfahren oder am Ponyführen mit seinem Kind vor Augen sieht.

Am Abend als Andreas und ich im Bett liegen, meint er zu mir, „ich bin auf dich stolz, weil du dich bei den zweien entschuldigt hast."

„Dankeschön. Langsam muss ich aber auch zugeben, dass die zwei wirklich gut zueinander passen. Es vielleicht an der Zeit war, dass ein reifer, im Leben stehender Mann gekommen ist und meine wilde Tochter bändigt. So glücklich, zufrieden und entschlossen wie mit ihm, habe ich sie noch nie zuvor gesehen. Er tut ihr auf alle Fälle sehr gut. Aber jetzt zu dir Andreas, ich bin so froh, dass du heute zu mir gekommen bist. Ich weiß nicht wie wir das alles ohne dich geschafft hätten."

Auf meine Worte hin, lächelt Andreas und sagt neckend, „du kannst mich ja belohnen."

Am Samstagabend, dem Tag bevor ich meinen Vater kennenlerne, sitzen wir wieder auf dem Sofa bei Tanja. Andreas, Jan und ich leeren dabei eineinhalb Flaschen Wein aus Italien und haben es lustig. Der Alkohol verdrängt meine Gedanken an den nächsten Tag und die Aufregung hält sich dadurch in Grenzen. Jan meint auf einmal, „Lissy, wenn man bedenkt, was alles in der letzten Zeit in deinem Leben passiert ist. Das wäre doch glatt filmreif." Nachdenklich stimme ich zu, „das war eine richtige Berg- und Talfahrt.

Zuerst sehe ich zufällig nach 30 Jahren den Erzeuger meines Sohnes und stelle fest, dass meine immer geglaubte Meinung von ihm falsch ist.

Danach finde ich nach langer Suche meinen Sohn. Der mich die ersten Wochen abgewiesen hat und zudem schwer krank war. Er bekommt eine wichtige Operation, dabei denke ich bis kurz vor knapp, dass ich die Nierenspenderin bin.

Meine Mutter stirbt unerwartet und erst dann erfahre ich, dass mein immer gedachter Vater nicht mein Erzeuger ist.

Meine Tochter wird schwanger von dem Mann, von dem auch ich meinen Sohn habe. Die große Sorge, als Tanja Blutungen hatte und nicht zuletzt finde ich meinen Traummann." Ich schaue verliebt Andreas an, der mir einen Kuss gibt und meint, „nach so vielen Geschehnissen der letzten Zeit, ist doch das Treffen morgen einen Klacks für dich." Ich murmle nur und bin mir darüber nicht ganz sicher, „Hoffen wir es."

Am nächsten Morgen machen wir uns schon sehr früh auf den Weg nach Isny. Damit ich noch zwei Stunden Zeit mit Stefan habe, bevor das Essen beginnt und mein Vater eintrifft. Maria musste mir versprechen, dass ich Stefan persönlich erzählen darf, dass Herman sein Opa ist.

Bei unserem Eintreffen sitzen Julia und Stefan schmusend auf der Gartenbank. Als sie den Motor von unserem Auto vernehmen, heben sie den Kopf und lächeln uns entgegen. Bei diesem Anblick überschlägt sich fast mein Herz vor Freude. Wie munter und glücklich mein Sohn aussieht!

Bei den zweien an der Bank angekommen, werde ich langsam nervös. Die ganzen Ideen, die ich hatte, wie ich es ihm erzählen werde, sind auf einmal aus meinem

Gehirn verschwunden. Darum komme ich schnell auf den Punkt. Mit zittriger Stimme sage ich, „Stefan, bei meinem Notartermin hat Oma mir zwei Briefe hinterlassen. Im Ersten hat sie sich bei mir entschuldigt, weil sie mir nie gesagt hat, wo du wohnst. Und im zweiten hat sie geschrieben, dass mein immer geglaubter Vater gar nicht mein Erzeuger ist." Mit großen Augen schaut mich Stefan erwartungsvoll an.

„Mein Vater, dein Großvater, ist Herman, der uns heute besuchen kommt", schießt es wie eine Bombe aus meinem Mund. Irritiert und verwundert sagt er, „Herman soll mein Opa sein?" Ich nicke nur und Stefan sieht man förmlich an, wie es in seinem Gehirn rattert. Darum lasse ich ihn erst einmal seine Gedanken sammeln, bis er strahlend aufspringt, „das ist ja wunderbar. Ich habe mir als Kind gedacht, so einen Großvater, wie Herman zu haben, wäre toll. Gleichzeitig war er für mich irgendwie schon immer mein Opa, in meiner Gefühlswelt."

Mit leuchtenden Augen schaut er mich an, „inzwischen habe ich dich und Jan kennengelernt. Mit meiner Oma und meinem Opa bin ich unwissend aufgewachsen. Habe zwei Schwestern und ein kleines Geschwisterchen, gleichzeitig ist das mein Neffe oder Nichte, das noch in ein paar Monaten dazu kommt. Das ist ziemlich viel Verwandtschaft. Zudem, dass ich immer dachte, ich habe gar keine Blutsverwandte." Das alles sagt er so drollig und lustig, dass wir alle herzhaft lachen müssen und ich erleichtert durchatmen kann.

Nachdem Stefan mir versprochen hat, dass er bei Herman keine Andeutungen macht, bevor ich mit ihm gesprochen und ihm alles erklärt habe, sitzen wir zusammen im Garten. Julia und Stefan erzählen mir genauestens von ihren Plänen des Zusammenziehens. Maria werkelt währenddessen in der Küche um uns ein tolles Mittagessen zu zaubern. 20 Minuten vor zwölf gehen wir langsam Richtung Esstisch, wo sich dann auch Maria zu uns gesellt. Zeitgleich kommt Karl von der Kirche heim und setzt sich zu uns. Aufgeregt und angespannt warten wir alle auf das Eintreffen von Herman. Die Zeit schleicht voran. Aber kein Auto kommt in die Hofeinfahrt gefahren. Meine Nervosität steigt von Minute zur Minute und tausend Gedanken gehen mir durch den Kopf: Ist er ein sympathischer Mann? Wird er mich mögen? Wie viel Ähnlichkeit hat er mit mir? Fragen über Fragen, die mich ganz zappelig machen.

Von draußen hören wir den Kirchturm zwölf Uhr schlagen, aber Herman bleibt immer noch fern. Ein Blick auf die andern zeigt mir, dass denen ihr Gemütszustand auch vor Anspannung fast platzt. Zwei Minuten nach zwölf meint Maria mit einem sehr ernsten Gesichtsausdruck, „das ist aber jetzt schon ungewöhnlich. Normalerweise kommt er immer zehn Minuten früher, wie ausgemacht. Er ist ein überpünktlicher Mensch." Die Minuten vergehen und wir alle werden immer unruhiger, vor allem nachdem er auch nicht an sein Handy oder Festnetz geht. Maria probiert es öfters. Aber es klingelt nur und keiner geht ran.

Besorgt schaut Maria wieder auf die Uhr und meint, „es ist am besten, einer fährt zu ihm nach Hause und schaut nach, ob alles in Ordnung ist." Nachdenklich erwidert Karl, „vielleicht hat er das Essen bei uns vergessen und ist im Moment an einem Ort, an dem er keinen Handyempfang hat. Aber zugegeben, es ist schon untypisch für ihn, da er zuverlässig ist und sich sehr über die Essenseinladung gefreut hat. Vor allem war er sehr gespannt auf dich Lissy."

Nun sitzen wir alle wie auf heiße Kohlen. In mir kommt eine Angst auf, dass ihm etwas zugestoßen ist. Mit einem Blick zu den anderen merke ich, die haben den gleichen Gedanken. Keinerlei Hungergefühl haben wir noch, obwohl das ganze Haus nach köstlichem Essen duftet.

Still sitzen wir da und hören dem Ticken der Wanduhr zu. Bis kurz nach 13.00 Uhr Karl aufsteht und meint, „es lässt mir keine Ruhe. Da stimmt etwas nicht. Das alles passt so gar nicht zu Herman. Ich werde mit dem Auto zu ihm nach Hause fahren." Er nimmt seine Jacke, zieht sie an und will gerade zur Haustüre raus, da klingelt das Telefon und Maria stürzt sich darauf. An ihrem Blick merkt man, es ist etwas Schreckliches passiert. Sie spricht während dem Telefonat nicht viel, hört eigentlich nur zu. Wir alle stehen jetzt voller Angstgefühle um sie herum und versuchen etwas durch den Telefonhörer an Marias Ohr zu verstehen.

Als sie das Gespräch beendet hat, stehen wir immer noch wie angewurzelt da, „Herman hatte einen Unfall. Er hat einem Auto die Vorfahrt genommen. Zum Glück ist dem anderen Autofahrer nichts passiert und hatte keine weiteren Insassen dabei. Aber Herman musste in die Klinik und wird gerade untersucht. Mehr konnte und durfte die Krankenschwester nicht sagen. Er muss aber bei Bewusstsein sein, sonst hätte er ja nicht sagen können, dass jemand bei uns anruft und Bescheid gibt."

Wir stimmen alle zu und besprechen wie es weiter gehen soll. Andreas schlägt vor, „am besten ist es, wenn Maria und Karl in die Klinik zu ihm fahren. Wir anderen bleiben zuhause und sobald ihr etwas erfahren habt, gebt ihr uns Bescheid." Danach schaut er mich an und weiß genau was ich denke, „du kannst jetzt nicht dahin gehen und sagen -Hallo, ich bin deine Tochter und darum komme ich dich nach deinem Unfall besuchen, weil ich mir große Sorgen um dich mache." Ich nicke nur, da ich weiß, dass er Recht hat. Auch wenn es mir schwerfällt, nicht in das Krankenhaus zu gehen.

Nachdem die zwei gegangen sind, sitzen Stefan, Julia, Andreas und ich wartend und wieder einmal nervös herum. Die Minuten verstreichen langsam. Dabei versuchen wir die Zeit schneller herum zu bekommen, indem uns Stefan von Herman erzählt und was er alles mit ihm schon erlebt hat: Wie Herman dabei war, als er als Kind das Fahrradfahren erlernt hat. Und bei den ersten wackeligen Versuchen, im Wechsel mit Karl, neben ihm herrannten. Damit er sicher in seine Hände gefallen wäre, falls er mit dem Fahrrad stürzt.

Auch bei seinen ersten Schwimmversuchen war er immer dabei und später sind sie oft zusammen an den Baggersee gefahren. Da Maria und Karl nicht gut schwimmen können, war es natürlich super, dass Herman so eine Wasserratte ist und dabei noch ein guter Schwimmlehrer war.

Mit strahlenden Augen erzählt Stefan weiter und ich bin froh, dass er für einen kurzen Moment die Angst um ihn vergessen hat. „Einmal haben wir an einem See in der Nähe von Isny unser Zelt aufgebaut und sind den ganzen Tag über beim Angeln gewesen. Da wir beide gerne in Ruhe und ohne zu sprechen, die Natur beobachten, war das für uns einfach das Schönste. Nachdem wir vier Fische erfolgreich gefangen hatten, machten wir ein Lagerfeuer und grillten uns unsere selbst gefangenen Fische.

Welche Sorte Fisch es war, ob Forelle oder Karpfen, kann ich nach so vielen Jahren nicht mehr sagen. Aber ich spüre heute noch den besonderen, leckeren Geschmack an meinem Gaumen. So was Köstliches hatte ich noch nie zuvor verspeist. Natürlich weiß ich heute als Erwachsener, dass es auch daran gelegen hat, weil ich die Fische mit meinen eigenen Händen selber gefangen habe. Dadurch wurden sie etwas besonderes für mich. Ich war damals stolz darauf, da alle vier Fische an meiner Angel gehangen hatten.

Ich bin mir bis heute nicht sicher, ob Herman es irgendwie mit Absicht geschafft hat, dass er mit seiner Angel nichts gefangen hat. Wie er das gemacht haben soll, darüber schweigt er mit einem Grinsen bis heute. Er meinte nur, die wollten alle zu dir und von mir sind sie weggeschwommen.

In dieser Nacht schlief ich im Zelt wie ein Stein. Ich war so müde. Aber irgendwann so gegen Mitternacht, kitzelte etwas an meinem Gesicht. Erst nahm ich diese Berührungen gar nicht richtig wahr. Bis ich merkte, dass es real ist, vergingen bestimmt mehrere Minuten.

Daraufhin schrie ich so laut, dass man es im nächst gelegenen Ort vernommen hat und Herman sofort hellwach war. Der machte seine Taschenlampe an und leuchtete in meine Richtung. Er konnte gerade noch sehen wie eine Ratte das Weite suchte. Nachdem ich den ersten Schock überwunden hatte, mussten wir zwei von ganzem Herzen über mehrere Minuten lachen. Wenn einer langsam zum Ende gekommen wäre, dann hat ihn der andere wieder angesteckt.

Während wir das Zelt noch untersuchten, wo genau das Loch ist, an dem die Ratte hereinkommen konnte, da hörten wir ein Auto herfahren und Stimmen die zu uns näher kamen. Herman und ich schauten aus dem Zelt und vor uns standen zwei Polizisten. Wir haben wohl ziemlich verdutzt die Beamten angeschaut, als sie uns berichteten, dass man sie auf der Wache angerufen hat. Denn es hatte jemand meine Schreie vernommen und meinte, da sei etwas Fürchterliches geschehen.

Nachdem wir den zwei Polizisten unsere Geschichte erzählt hatten, mussten sie auch ein wenig schmunzeln. Jedoch das Ende des Geschehnisses war, dass Herman eine höhere Geldstrafe bezahlen musste. Da an dem Ort, an dem wir geangelt hatten, durfte man gar nicht fischen. Der Beweis für die Beamten waren die Gräten, die wir schön auf einen Stapel vor das Zelt drapiert hatten.

Das Fazit vom Ausflug war, dass wir durch die Strafe die Herman bezahlen musste, die teuersten Fische die wir jemals gegessen haben im Endeffekt hatten, jedoch auch eine aufregende und wunderbare Zeit verbracht hatten, die ich nie vergessen werde."

Während Stefan so erzählt, durchstreift mich ein dankbares Gefühl an Herman, da er für Stefan eine große Bereicherung war und ist. Ich freue mich sehr darüber, da er wohl sehr viel Sinn für Humor hat. Gleichzeitig kommt mir bei dem Gedanken wieder die Angst hoch, dass ihm etwas Schlimmeres beim Autounfall passiert ist. Ein Blick auf Stefan zeigt mir, dass er gerade wieder betrübt dreinschaut und vermutlich mit seinen Gedanken bei seinem Opa ist. Die Zeit schleicht weiter dahin und wir probieren uns durch Gespräche erneut abzulenken. Was uns aber nur noch bedingt gelingt.

Endlich kurz vor 16.00 Uhr klingelt das Telefon. Maria ist am anderen Ende, „es geht ihm den Umständen entsprechend gut. Allerdings hat er eine Gehirnerschütterung und seinen linken Arm gebrochen. Der muss morgen operiert werden. Und eine große Schnittwunde im Gesicht, die schon versorgt und genäht wurde. Sein Auto und das des Gegenfahrers sind Totalschaden. Aber er muss wohl großes Glück gehabt haben, dass nicht mehr passiert ist, da der andere Mann einen kleinen Lieferwagen hatte und Hermans Auto ganz schön eingedellt hat.

Lissy, ich würde vorschlagen, dass du und Andreas jetzt nachhause fahrt. Morgen früh müsst ihr wieder pünktlich bei der Arbeit sein und wir Herman erst wenn es ihm besser geht berichten, dass du seine Tochter bist. Im Moment ist er nämlich ganz schön durch den Wind und hat bei mir gejammert, weil er dich heute nicht kennenlernt. Dadurch merke ich, dass er noch unter Schock steht. Denn er weiß ja nicht, dass du seine

Tochter bist und eigentlich nur meint, du wärst Stefans Mutter."

Da uns bewusst ist, wir können im Moment nichts helfen, nehmen wir den Vorschlag an. Zuerst verabschieden wir uns von Stefan und Julia und können dabei das erste Mal seit Stunden richtig lachen. Fröhlich meint Stefan und man spürt dabei seine Erleichterung, „mein Opa haut halt nichts um." Ich bin bei seinen Worten sehr glücklich. Da Stefan das Wort Opa so überzeugend sagt, als wüsste er nicht erst seit heute, dass Herman sein Großvater ist.

Die nächsten Tage stehe ich täglich mit Maria im Kontakt und bin erleichtert, als ich erfahre, dass die Operation gut verlaufen ist. Er auch schon wieder in Kürze das Krankenhaus verlassen kann. Weiter berichtet sie mir, dass er nicht aufhört von mir zu sprechen und möchte mich schnellstmöglich kennenlernen. Darum setzen wir das Essen schon auf den kommenden Sonntag fest. Herman wohnt die nächste Zeit eh bei Maria, Karl und Stefan. Sie haben ihm versprochen für ihn zu sorgen, solange er sein Handicap mit dem Arm hat.

Wieder fahren wir nach Isny, um meinen Vater kennenzulernen. Nur bin ich dieses Mal noch viel nervöser und gleichzeitig dankbarer, ihn treffen zu dürfen. Die Angst um ihn hat mir gezeigt, wie schnell etwas passieren kann.

Am Haus angekommen, öffnet Maria schon, bevor wir auf den Klingelknopf gedrückt haben, die Haustüre. Mit einem fröhlichen, „schön, dass ihr jetzt da seid", begrüßt sie Andreas und mich.

„Komischerweise ist Herman richtig nervös euch zu treffen. So emotional habe ich ihn noch nie zuvor gesehen." Da ich selber auch total hibbelig bin, höre ich ihren Worten gar nicht wirklich zu. Mein Blick geht in den leeren Flur. Maria versteht sofort, dass es mir im Moment nicht nach Sprechen ist und geht zur Seite, damit ich eintreten kann.

Als wir in Richtung Esszimmer laufen, kommt uns schon Herman eilig entgegen und begrüßt uns herzlich. Dabei umarmt er mich vorsichtig, da sein Arm ja erst operiert wurde. Während ich ihn so ansehe, vermutlich sogar anstarre, erschrecke ich, weil er wirklich eine totale Ähnlichkeit mit Stefan hat und irgendwie auch mit mir. Stefan ist eine Mischung aus Herman, Jan und mir. Von jedem etwas.

In meinen Gedanken hatte ich ihn mir älter vorgestellt und opamäßiger. Jetzt wie er so vor mir steht, stelle ich fest, dass mein Vater noch ein attraktiver, ansehnlicher und vom Kleidungsstil moderner Mann ist. Er hat eine hellbraune Jeans an, ein hellblaues Hemd und dazu passende dunkelbraune glänzende Schuhe. Sein braunes, leicht lockiges Haar wird nur von einzelnen grauen Strähnen durchzogen. Jetzt weiß ich auch, wem ich es zu verdanken habe, dass ich selber noch kein einziges graues Haar bei mir entdeckt habe. Sein Gesicht hat nur wenige Falten. Das erkennt man, trotz einer großen Wunde mit mehreren Stichen, die sein Gesicht gerade dominiert. Seine Mundpartie sieht genauso aus wie bei

Stefan, wenn er lächelt. Auch in seinen Augen sehe ich eine ziemliche Ähnlichkeit zu unseren Augen.

Nach dieser herzlichen Umarmung stehen wir erst einmal schüchtern voreinander. Bis ich das Gespräch anfange, „geht es ihnen wieder gut, nach dem Unfall?" Er lächelt und meint, „ja, ich werde auch bestens von Maria versorgt. Da kann es einem nur gut gehen. Aber ich würde vorschlagen, dass wir zum Du übergehen, wenn sie einverstanden sind."

„Gerne, ich bin Lissy", grinsend und sichtlich erfreut schaut er mich an, „ich bin Herman."

„Jetzt setzt euch, sonst wird das Essen kalt", macht sich Maria plötzlich bemerkbar. Glücklich darüber, dass mein Vater ein wirklich sympathischer und freundlicher Mann ist, begrüßen wir noch mit einem Händedruck Stefan, Julia und Karl, bevor wir uns setzen.

Diese paar Minuten mit Herman haben mir schon gereicht, um sicher zu sein, dass er mich als Tochter lieben wird. Man spürt sofort, dass uns mehr verbindet und irgendwie werde ich das Gefühl nicht los, dass wir uns sogar sehr ähnlich sind.

Maria unterbricht meine Gedanken, da sie voller Stolz den Schweinebraten in die Mitte des Tisches stellt, der ihr heute besonders gut gelungen ist, was sie mehrmals betont. Während sie uns noch selbst gemachte Maultaschen, Gurken-, Tomaten- und Kartoffelsalat serviert, fällt die Anspannung etwas von mir ab. Ich kann sogar das Mittagessen genießen, das wirklich lecker schmeckt und darum auch von allen gelobt wird. Der Schweinsbraten ist so saftig, dass einem schon beim Durchschneiden, das Wasser im Mund zusammenläuft und auch die Maultaschen sind ein Highlight. Ich habe zuvor noch nie selber gemachte Maultaschen gegessen.

Karl und Andreas sind in einem interessanten Gespräch über die Umwelt und Windkrafträder vertieft. Wir Frauen, Herman und Stefan hören nur schweigend zu. Und ich genieße den Moment mit meinem Sohn, Freund und Vater. Meine drei wichtigsten Männer an einem Tisch. Wer hätte das noch vor ein paar Monaten gedacht.

Dabei muss ich auch an meinen verstorbenen Ehemann Paul denken. Was würde der wohl sagen, wenn er mich so sitzen sieht. Bestimmt wäre er sehr froh, dass mein Herz endlich ruhen kann und ich meinen Sohn, nach so vielen Jahren gefunden habe.

Aber was würde er zu Andreas sagen? Darüber denke ich länger nach, bis ich zu der Entscheidung komme, Paul würde sich freuen für mich. So einen wunderbaren Mann gefunden zu haben. Vor allem würde er es mir gönnen und wäre zufrieden, dass ich mich wieder verlieben konnte. Während ich in meinen Gedanken versunken bin, kommt mir wieder eine Situation vor ungefähr 15 Jahren in den Sinn, die ich total vergessen habe.

An einem kalten Winterabend saßen Paul und ich auf dem Sofa. Er hielt mich liebevoll in seinem Arm. Wir hatten gerade einen Film angeschaut, in dem eine Frau ihren Mann verloren hat. Dass sie Jahre später bei jeder neuen Beziehung, die sie einging, jenen mit ihrem Ehemann verglichen hat. Und jedes Mal das Gefühl hatte, als würde sie fremdgehen. Sie konnte nicht mehr glücklich werden und war total vereinsamt. Da sagte

Paul zu mir, „falls ich vor dir in den Himmel gehen muss, möchte ich, dass du wieder glücklich wirst. Suche dir einen neuen, liebevollen Mann und genieße deine Zeit, die dir noch bleibt." Grinsend fügte er damals noch dazu, „aber vergessen darfst mich natürlich nicht", und dann gab er mir ein dickes Bussi auf die Stirn.

In diesem Moment spüre ich das erste Mal, seit Paul seinem Unfall, dass ich seinen Tod akzeptieren kann. Bisher hatte ich immer den Gedanken: Warum ist der Unfall passiert? Warum musste er unsere Kinder und mich alleine lassen? Das Gefühl und die Frage, des Warums und darauf nie eine Antwort zu bekommen, waren schrecklich.

Jetzt denke ich: Hurra, ich lebe. Ich werde mit meiner Großfamilie schöne Tage erleben und mein nie vergessener und geliebter Ehemann schaut von einer Wolke herunter und ist stolz auf uns.

Ich merke, wie ich bei diesem Gedanken lächeln muss. Während ich aufblicke, sehe ich, dass ich gerade von Herman beobachtet werde, der darauf schnell, schüchtern und verlegen wegschaut. Aber dann wieder herschaut und das Gespräch beginnt, „Lissy, du hast wunderhübsche Töchter." Fragend schaue ich ihn an, „wann hast du die zwei gesehen?"

„Bei der Beerdigung deiner Mutter." Jetzt mischt sich verwundert Maria in das Gespräch ein, „Herman, du warst in der Kirche? Warum habe ich dich nicht gesehen?" Traurig schaut er zu mir und gibt in meine Richtung die Antwort. Auch wenn Maria, die gefragt hat, direkt neben ihm sitzt. „Lissy, du weißt bestimmt von Maria, dass ich mit deiner Mutter vor vielen Jahren liiert war." Ich nicke nur und er fährt fort, „ich hätte sie nie ihren letzten Weg ohne mich gehen lassen können. Aber ich wollte an diesem Tag mit niemand sprechen. So war ich während des Gottesdienstes auf der Empore beim Chor versteckt und draußen hielt ich mich hinter einem großen Baum in Deckung. Deine Mutter war meine große und einzige Liebe. Es gab keinen Tag, nachdem wir getrennt waren, an dem ich nicht an sie gedacht habe. Sie hatte außen eine so harte Schale voller Stolz, aber innen war sie butterweich."

Nachdenklich sage ich, „langsam habe ich das Gefühl, dass ich ihre eigene Tochter, der einzige Mensch bin, der sie nie richtig kennenlernen durfte."

„Aber nein", meint Herman erklärend, „sie hatte immer Angst, bei dir und deiner Schwester an der Erziehung Fehler zu machen. Dadurch war sie sehr streng zu euch und hat immer zeigen wollen, wie stark sie ist. Aber gleichzeitig ward ihr der Punkt in ihrem Leben, der am wichtigsten für sie war. Wenn es um euch ging, da war sie am verletzlichsten."

Nach seinen fürsorglichen und lieben Worten, brüte ich darüber nach, ob ich ihm gleich sagen soll, dass er mein Vater ist. Irgendwie fühlt es sich falsch an, ihm etwas vorzuspielen. Er hat es verdient, dass man ihm ehrlich gegenübertritt. Ich habe in dieser kurzen Zeit, in der wir uns jetzt kennen, gleich gemerkt wie nah wir uns stehen und dass er ein ganz besonderer Mensch ist.

Er ist mein Vater, denke ich mir. Dieser wunderbare Mensch vor mir, ist mein Vater. Während ich in seine Augen sehe, die so viel Wärme mir entgegenbringen, fällt es mir auf einmal nicht mehr schwer. Ich will keine

Sekunde mehr warten müssen. „Herman, ich bin deine Tochter", kommt es wie von einer Pistole aus meinem Mund geschossen.

Alle Augen sind jetzt auf Herman gerichtet, der sofort aufsteht und mich umarmt, dabei seinen Arm vergisst. Der bestimmt bei dem Druck ziemlich schmerzen muss. Unsicher schaut er mich an, „ich weiß, ich habe es immer vermutet und nachdem ich Stefan aufwachsen erleben durfte und er mir immer mehr ähnelte, war ich mir sicher. Entschuldigung, dass ich nicht zu dir gekommen bin und die Wahrheit gesagt habe. Aber da du einen Vater hattest, wollte ich nicht alles zwischen euch kaputt machen. Mein größter Wunsch war dich aufwachsen zu erleben. Aber ich hatte deiner Mutter versprochen, mich aus ihrem Leben heraus zu halten und dir fern zu bleiben. Lissy, würdest du mit mir einen Spaziergang machen?"

„Gerne, aber ist das nicht zu viel Bewegung nach deinem Unfall?", frage ich besorgt.

„Nein, da meine Füße, Gott sei Dank, gar nichts abbekommen haben. Aber lieb, dass du dir sorgen machst."

Erst laufen wir still, schweigend nebeneinander her. An Gärten vorbei mit wunderbaren, duftenden Sommerblumen. Bei einer Braunvieh-Herde überqueren wir die Wiese. Das Läuten der Glocken der Kühe, tönt in meinen Ohren. In diesem Moment kann ich an diesem Bimmeln nichts Schönes finden. Es nervt mich sogar. Auch wenn ich sonst dieses Geräusch liebe und beruhigend finde. Während ich so in Trance, vor Nervosität laufe, spüre ich auf einmal etwas Weiches,

Schmieriges an meinem gesamten rechten Fuß. Ich muss gar nicht nach unten schauen, sondern weiß sofort, dass ich in einen Kuhfladen getreten bin. Dieses nass, klebrige, das mir gerade durch die Sandalenbündchen läuft, kenne ich von früher, als kleines Kind. Ich war damals ein richtiges Landkind und bin bis in den späten Herbst hinein barfuß gelaufen. Und wenn ich dann wetterbedingt kalte Füße hatte, bin ich zum Aufwärmen freiwillig in einen frischen, warmen Kuhfladen gestanden.

Bei meiner Mutter gab es dann immer ein Donnerwetter, wegen meine dreckigen Füße. Aber jetzt im Moment würde ich am liebsten fluchen. Halte mich aber wegen meines Vaters zurück und probiere, mir nicht anmerken zu lassen, dass ich gerade meinen Fuß in einer braunen, klebrigen Masse, unfreiwillig bade. Ich versuche meinen Schuh in der Wiese heimlich abzustreifen, sodass er einigermaßen sauber wird.

Mein Vater ist neben mir so nervös, dass er von all dem gar nichts mitbekommt. Wir laufen immer noch schweigend nebeneinander her. Auch wenn mein Herz bis zum Hals schlägt und ich endlich etwas von ihm und meiner Mutter erfahren will. Wir kommen an Feldern vorbei, auf denen die Bauern heute ihre Heuernte machen. Große Traktoren mit Ladewagen fahren an uns vorbei und haben es eilig, um die Ernte trocken nach Hause zu bringen. Der Wetterbericht hat auf den Abend hin Regen vorhergesagt. Darum muss selbst am Sonntag hart gearbeitet werden.

Leider kann ich das frisch duftende Heu und die traumhafte Allgäuer-Landschaft nicht genießen, da ich immer noch darauf warte, dass Herman das Gespräch beginnt. Ich spüre ein seltsames, ungekanntes Gefühl in mir. Zwischen Anspannung, Neugier, Freude und Zuneigung. Ich merke Herman an, dass er fieberhaft überlegt, wie er zu sprechen beginnen soll und vermutlich darauf hofft, dass ich anfange zu reden. Allerdings weiß ich gerade auch nicht, wie ich das Gespräch beginnen könnte.

Nach vielen Minuten des Schweigens räuspert er sich und fängt schüchtern an, „Lissy, du darfst mich alles fragen. Ich verspreche dir, dass ich bei jeder Frage eine ehrliche Antwort geben werde."

„Weißt du, warum Mutter nicht zu Lebzeiten wollte, dass wir wissen, dass du mein leiblicher Vater bist?", höre ich mich selber, spontan und ohne zu überlegen, fragen.

„Das ist eine gute Frage und glaube mir, genau diese habe ich mir selber tausendmal gestellt. Als wir damals während ihrer Ehe ein Paar waren, hat sie ohne einen Grund mit mir Schluss gemacht. Später habe ich erfahren, dass sie schwanger ist. Da hatte ich schon das Gefühl, du könntest von mir sein. Darum habe ich sie spontan besucht.

An dem Morgen habe ich in der Nähe von ihrem Haus gewartet. Nachdem ich gesehen habe, dass ihr Ehemann aus der Hofeinfahrt gefahren ist, habe ich geklingelt. Mit einem Gesichtsausdruck zwischen Sehnsucht nach mir und Zorn, dass ich vor ihrer Türe stand, sah sie mich damals an. Ich fragte sie direkt, ob das Kind in ihrem Bauch von mir ist. Sie verneinte und sagte mir, du seist entstanden, als wir schon getrennt waren. Ich sollte sie bitte in Ruhe lassen. Traurig und nicht wissend, ob ich ihr das glauben soll, verließ ich ihr Haus.

Als du geboren warst, habe ich im Geburtsregister gesehen, dass du so auf die Welt gekommen bist, dass ich dich gezeugt haben könnte. So lauerte ich ihr im Park auf, in dem sie öfter mit dir im Kinderwagen spazieren war und da sah ich dich das erste Mal in meinem Leben. Du warst so wunderhübsch. Ich sah dich lange, stillschweigend an. Auch du schautest mich mit großen Augen, hellwach aus dem Wagen an. Dabei musste ich mich beherrschen, um dich nicht herauszunehmen. Während ich den Blick nicht von dir nehmen konnte, stellte ich ihr erneut die Frage, ob du meine Tochter bist. Dieses Mal sagte sie, du seist ein Frühchen gewesen, darum kannst du gar nicht mein Kind sein.

An dem Tag sah sie sehr müde und traurig aus. Ich fragte sie, ob ihr Ehemann sie wieder betrügt. Sie gab mir keine Antwort darauf. Sie meinte nur, ich solle mich bitte heraushalten, das mit uns sei ein Fehler gewesen. Sie musste mir nichts sagen. Ich wusste genau, dass ich Recht hatte. Aber mich verließ der Mut und ihre Worte gaben mir einen riesigen Stich ins Herz. Dabei nahm ich meinen ganzen Mumm zusammen, streichelte dir einmal über deine weiche Wange und warf einen letzten Blick auf dich, bevor ich ging.

Jahre später sah ich zufällig ihren Ehemann in einer öffentlichen Kneipe, vor allen Leuten, mit einer anderen Frau, herumknutschen. Lissy, ich weiß nicht, was mich getrieben hat. Normalerweise bin ich ein ganz ruhiger und gelassener Mann und halte mich an Abmachungen.

Aber als ich das sah und an Gertrud dachte, wie sie daheim weint, haben mich meine Emotionen überrannt.

Vor allem war für mich immer noch die Frage unheimlich wichtig, ob du meine Tochter bist. Darum bin ich stürmisch auf ihn zu und habe ihn gefragt, ob du ein Frühchen warst. Er sah mich neugierig an. Hatte ein hämisches Grinsen, bevor er antwortete, was geht sie das an. Aber wenn sie es interessiert, nein, war sie nicht. Sie ist auf den errechneten Tag genau gekommen. Aber man könnte schon manchmal meinen, sie sei ein bisschen zurückgeblieben.

Lissy, da sind mir die Sicherungen durch und ich habe ihm direkt, mit voller Wucht in sein lachendes Gesicht geschlagen. Ich will deinen Vater jetzt nicht schlecht machen, aber ich möchte dir die Wahrheit sagen und dich nicht anlügen. Leider gehört dieser Teil der Geschichte auch dazu, dass ich mich dir einigermaßen erklären kann. Glaube mir, es war das erste und das letzte Mal in meinem Leben, dass ich zugeschlagen habe und ich schäme mich heute noch dafür.

Vor allem bereue ich, was ich danach zu ihm sagte. Er war erst einmal so irritiert, da er damit gar nicht gerechnet hatte, dass er gar nicht zurückschlug. Ich nutzte die Gelegenheit zum Sprechen. Dann sage ich ihnen eines, ich bin mir ziemlich sicher, dass Lissy mein Kind ist. Ich würde endlich an ihrer Stelle Gertrud frei geben, als sie so schamlos zu betrügen. Sie benutzen sie doch nur noch als billige Putzfrau.

Ich rannte so stürmisch wie ich gekommen war, wieder hinaus. Alle Leute in der Kneipe sahen mir nach. Danach weinte ich die ganze Nacht. Ich schämte mich so sehr, weil ich mich nicht im Griff hatte. Vor allem hatte ich Angst, er könnte dich jetzt schlecht behandeln. Dieser Gedanke war so fürchterlich und fast nicht zum Aushalten. Es war damals Gertruds ausdrücklichster Wunsch, dass ich mich heraushalte. Aber ich habe mich richtig einfältig eingemischt und traute mich nicht sie danach nochmals aufzusuchen." Tiefbetrübt und verschämt sieht mich Herman an.

„Du warst in meine Mutter verliebt. Da tut man manchmal blöde und unüberlegte Dinge. Mein Vater war schon seit ich denken kann, schlecht zu mir, aber auch zu meiner Schwester. Wir waren ihm egal. Da warst du ganz sicher nicht schuld daran. Es gab leider nur wenige Tage in unserer Kindheit, in denen er mit uns etwas unternommen hat. Diese paar Stunden haben wir als Kinder immer sehr genossen. Es waren seltene Momente der Geborgenheit." Voller Mitleid und Schuldgefühl steht Herman vor mir.

„Hätte ich doch meinen Mund aufgemacht und um dich gekämpft!" Kopfschüttelnd sage ich, „du brauchst dir keine Vorwürfe zumachen. Am besten weiß ich, dass es nicht immer möglich ist. Siehe meinen Sohn, der bei fremden Menschen aufwachsen musste. Auch wenn ich mich jeden Tag dafür hasste, konnte ich es nicht mehr ändern. Aber wenigstens waren es die besten Eltern, die ich mir für ihn vorstellen kann. Und das dank dir. Diese perfekte Entscheidung von dir macht alles wieder gut, was du bei mir versäumt hast.

Aber wie ging es dann mit dir und meiner Mutter weiter?" Gespannt warte ich auf seine Antwort.

„Jahre später begegneten wir uns wieder. Sie kam zu mir nach Hause und bat mich, da du schwanger warst, geeignete Eltern in Isny oder Umgebung zu finden und ihr den Namen zu sagen, damit sie heimlich einen Kontakt aufbauen kann. Ich erklärte ihr, dass ich nicht helfen kann. Denn wenn diese Tat heraus käme, ich meinen Job verliere würde. Sie bettelte und flehte mich mit Tränen an. Dabei fragte ich sie nochmals, ob du meine Tochter bist. Sie verneinte wieder und ich ließ mich dann doch schnell überzeugen, da es Gründe gab.
1.   Da ich nicht ausschließen konnte, dass du meine Tochter bist. Dann wäre dein Kind, mein Enkelkind und dieses konnte ich ganz sicher nicht irgendwohin, zu irgendwelchen fremden Eltern vermitteln.
2.   Ich hatte immer noch ein schlechtes Gewissen. Da ich ihrem Ehemann meine Vermutung, ich sei der Vater von dir, gesagt hatte.
Sofort kamen mir meine Freunde Maria und Karl in den Sinn, die sich vergeblich ein Baby wünschten. Bei denen ein Kind die besten Eltern finden würde, das mit Liebe überschüttet wird. Gleichzeitig könnte ich es dort regelmäßig besuchen. Zum Glück ging alles gut und niemand bemerkte meine Schwindelei. Vor dreißig Jahren war sowas noch eher möglich. In der heutigen Zeit ging so ein Schmuh nicht mehr. Es würde gleich auffliegen. So kam es, dass Stefan nach dir natürlich, bei den besten Eltern aufwachsen konnte. Ich meinen Job behalten habe und deine Mutter und ich Stefan aufwachsen sehen durften.
Nach Jahren habe ich versucht, deine Mutter zu überreden, es dir zu sagen, wo Stefan wohnt. Aber du

kennst sie ja. Um es bei ihr nicht zu verscherzen, habe ich dann meinen Mund gehalten.

Wenn ich ehrlich bin, hatte ich natürlich auch Respekt und Angst vor dir. Ich konnte nicht einschätzen, ob du mich gleich anzeigen würdest, wenn du von meiner Betrügerei bei der Adoption erfahren hättest. Ich wusste nichts über dich. Ich durfte euch nie kennenlernen. Tausendmal habe ich deine Mutter dazu gedrängt, mir ihre Mädchen vorzustellen. Aber sie wollte verhindern, dass ihr hinter ihr Geheimnis kommt und merken würdet, dass wir uns ähnlichsehen, weil ich dein Vater bin."

Nachdem eine Minute Stille zwischen uns ist, ich die Zeit nutze, um nachzudenken, muss ich ihm Recht geben und nicke zustimmend.

„Du hast mich nicht kennen können. Nichts von meiner Trauer und Verzweiflung gewusst, weil ich Stefan hergegeben hatte", murmle ich leise.

„Deine Mutter gab später zu, dass sie nie aufgehört hat, mich zu lieben. Aber da ihr sehr wichtig war, was die Leute über sie sagen, hat sie an ihrer geträumten heilen Welt gehangen. Sie wollte nicht sehen, wie ihr Ehemann sie immer und immer wieder betrog. Zu mir hat sie gesagt, es wäre eine Schande für sie, dass sie eine Affäre während der Ehe hatte. Als Rektorin war ihr ihre Vorbildfunktion sehr wichtig.

Ich versuchte ihr begreiflich zu machen, dass die Leute selber alle -Dreck am Stecken- haben und die Affäre von uns niemand weiß. Wenn es trotzdem jemand rausbekäme, so wäre es auch egal, da es ziemlich schnell kein Schwein mehr interessiert. Aber leider war Gertrud auf die Art stocksteif!

Und jetzt komme ich auf deine Frage zurück. Ich glaube, dass das der Grund war, weshalb sie es uns nicht erzählt hat. Da sie Angst hatte, die Leute sprechen schlecht über sie und ihr vorbildliches Auftreten wird dadurch zerstört. Aber für sich behalten wollte sie es auch nicht für immer. So hat sie sich entschieden, es uns zu sagen, wenn sie verstorben ist."

Mir brennt erneut eine Frage auf den Lippen, die ich gleich loswerde, „ihr ward ja später, als Stefan schon bei Maria und Karl war, erneut ein Paar. Warum habt ihr euch da dann nochmals getrennt?"

„Es war wieder Gertrud, die sich trennen wollte. Ich für meinen Teil habe sie über alles geliebt. Nie im Leben hätte ich die Beziehung beendet. Ich hatte herausgefunden, dass ihr Ehemann damals nichts von unserem Zusammentreffen in der Kneipe erzählt hatte, auch die Trennung der beiden, erst viele Jahre später erfolgte. Trotzdem waren meine Schuldgefühle ihr gegenüber riesig. Ich überlegte lange Zeit hin und her, ob ich es ihr sagen soll. Mein schlechtes Gewissen, weil ich sie anlog bzw. etwas so Wichtiges verschwiegen hatte, wurde immer größer und darum erzählte ich ihr von dieser Nacht. Nachdem ich dieses Päckchen lange mit mir herumgetragen hatte und es nicht mehr aushielt.

Sie wurde stinksauer und schrie mich an. Wenn das jemand gehört hat. Wie peinlich. Und ich sage dir ein letztes Mal, du gehst mir nämlich schon total auf den Nerv damit, Lissy ist nicht deine Tochter.

Mittlerweile in Rage geraten schrie ich zornig zurück. Mal wieder die Leute, was die denken. Ich sag dir eines, das ist mir sowas von egal. Übrigens werden sie sich das Maul wässrig geredet haben, dass dein Mann in der Kneipe vor allen, an einer anderen herumleckt und du daheim stillschweigend seine schmutzige Wäsche wäscht.

Daraufhin warf sie mir einen Blick zu, den ich nie vergessen werde. Der bohrte sich voller Hass förmlich durch mich hindurch und dann ist sie stumm, ohne nochmals ein Wort zu sagen, gegangen. Jeglichen Versuch den ich unternommen habe mit ihr zu sprechen, ist sie ausgewichen. Im Nachhinein muss ich sagen, was ich für ein Esel war. Hätte ich doch meinen Mund gehalten und einfach alles verschwiegen."

Bedrückt steht Herman vor mir. Darum sage ich mit munterer Stimme, „zum Glück hat sie uns doch noch die Wahrheit gesagt, sodass wir uns kennenlernen durften. Meine Mädchen freuen sich schon sehr auf dich. Du kommst mich sobald wie möglich in München besuchen. Dann lernst du die ganze Rasselbande kennen. Meine Tochter Tanja wird übrigens Mutter. Das heißt, du wirst Ur-Großvater."

„Das ist aber eine schöne Überraschung. Ich werde versuchen, der beste Ur-Großvater zu sein, den die Welt je gesehen hat." Deutlich fröhlicher setzen wir unseren Weg fort.

„Mich interessiert noch eine Frage", Herman schaut mich erwartungsvoll an. „Ich habe von Maria erfahren, dass dir die Grabstelle neben meiner Mutter gehört. Wie ist es dazu gekommen?" Gleich und ohne zu zögern bekomme ich auch auf diese Frage eine ehrliche Antwort. „Ich wusste von einem Bekannten, der für den Verkauf der Grabplätze zuständig ist, dass deine Mutter sich ihre letzte Ruhestätte gekauft hatte. Ich ließ durch diesen Mann sie fragen, ob es in Ordnung ist, wenn ich die Stelle daneben kaufe. Sie hat gesagt, ihr sei es egal. Somit habe ich dieses Fleckchen Erde für mich erworben."

„Ich glaube, meiner Mutter hatte diese Vorstellung, dass ihr im Tod nah beieinander seid, gefallen. Sonst hätte sie nein gesagt." Sage ich nachdenklich und erzähle ihm, dass sie in dem Brief beim Notar geschrieben hat: Er sei der einzige Mann gewesen, den sie jemals geliebt hatte.

Geknickt schaut Herman mich an, „vielleicht hätte ich ihr nochmals einen Besuch abstatten sollen. Als mehrere Jahre vergangen waren und sie genug Bedenkzeit hatte."

Schulterzuckend stehe ich da und bin mir nicht sicher, ob das bei meiner Mutter etwas verändert hätte.

Themawechselnd, spricht er zögernd weiter, „Lissy, ich hatte solch eine Angst dich kennenzulernen, dass du mich abweisen würdest. Darum war ich letzte Woche so flatterig, dass ich schlichtweg Gas und Bremse verwechselt habe. Das ist peinlich, aber so war es."

Schockiert schaue ich ihn an, „oje, dann bin ich mit Schuld an deinem Unfall!"

„Aber nein, so war das nicht gemeint. Wenn jemand Gas und Bremse vertauscht, dann ist das ganz alleine seine Schuld. Ich wollte nur damit sagen", dabei fängt er ein wenig das Stottern an, „wie wichtig du mir bist, dass ich schon ganz doof werde. Ich hoffe inständig, keinen Fehler zu machen oder zu sagen."

Freudestrahlend nehme ich ihn in den Arm, dabei kann er sich einen kleinen Schmerzschrei nicht mehr verkneifen. Deshalb lasse ich ihn gleich wieder los, „Papa, das Wichtigste ist, dass du mich magst und ehrlich zu mir bist. Genau das spüre ich, dass alles was du sagst, auch so gemeint ist. Du hast mir sehr geholfen, das Geschehene zu verstehen, und somit werde ich es verarbeiten können."

„Wie schön, du hast Papa gesagt. Du weißt gar nicht, wie viel mir das bedeutet. Lissy, du bist meine Tochter. Ich werde mein restliches Leben für dich, meine Enkelkinder und Ur- Enkelkinder da sein." Auf diese lieben Worte kann ich nichts mehr erwidern.

Fröhlich laufen wir durch eine frischgemähte Wiese zu einem Bach. In diesen hängen wir zur Abkühlung unsere nackten Füße hinein. Meinem durch den Kuhfladen dreckigen Schuh, sieht man gar nichts mehr an, da er durch die Wiesen wieder sauber gestreift wurde. Und meinem Fuß tut das Bachwasser sehr gut, um auch noch ganz schmutzfrei zu werden. Ein wunderbares Gefühl kommt in mir auf. Das kalte Wasser kribbelt an den Zehen und ich bin einfach nur glücklich, so neben meinem Vater sitzend. Auf einmal bin ich ganz offen für die ganzen Schönheiten um mich herum;

Die herrlich duftenden Blumen am Bach Rand.

Die umherfliegenden bunten Schmetterlinge.

Der blaue Himmel und die Vögel.

Den Obstbaum, der viele Äpfel trägt.

Die Ameisen, die schwer am Arbeiten sind.

Der Frosch, der ganz in der Nähe quakt.

Und die Berge, die ganz nah sind.

Dabei rieche ich das frisch gemähte Gras.

Mir erscheint, als wenn eine große Last von mir fällt. Endlich weiß ich, wo meine Wurzeln sind und erfahre die Geborgenheit eines Elternteils. Ich atme tief durch und bin einfach nur glücklich und frei von jeglichen Sorgen. Schweigend sitzen wir nebeneinander und genießen den Moment. Ich spüre die frische Sommerluft um meine Nase. Rieche das frisch duftende Heu und beobachte die Vögel über uns. Es ist herrlich einen Vater zu haben, mit dem man auch schweigen kann, ohne sich dabei komisch vorzukommen. Von weitem hören wir die Kirchenglocken, die uns zu verstehen geben, dass wir schon 18.00 Uhr haben.

Da meint Herman aus der wohligen Stille heraus, „ich glaube wir müssen los. Sonst geben die anderen eine Vermisstenanzeige auf. Auch wenn ich noch Stunden mit dir hier verharren könnte." Vergnügt gehen wir in die Richtung von Maria und Karls Haus.

Die anderen sitzen schwatzend und lachend im Garten, bis sie uns erblicken. Dann ist es auf einmal ruhig und alle schauen erwartungsvoll uns entgegen. In diesem Moment hätte man eine Nadel fallen hören, so still ist es geworden. Herman beginnt das Gespräch, „wir haben vieles durchsprechen können und ich bin stolz und dankbar, eine so wundervolle Tochter zu haben. Ich freue mich sehr darauf, dass ich mit ihr jetzt Zeit verbringen kann." Nach diesen rührenden Worten ist das Lachen der anderen wieder da und auf einmal klatschen alle in die Hände. Das ist mir peinlich und unangenehm, aber alle freuen sich so sehr dabei, dass ich schlussendlich mitklatsche.

Maria bringt mir ein Glas Wasser zum Trinken. Da merke ich erst, wie durstig ich eigentlich bin und leere den Inhalt mit einem Schluck. Ich sehe im Seitenwinkel, wie Herman zu Stefan geht. Wie die beiden sich vorsichtig umarmen, bevor sie ein intensives Gespräch führen. Da ich zu weit weg bin, verstehe ich kein Wort, erahne nur an ihrer Mimik, dass es sehr persönlich ist. Währenddessen richtet Maria auf der Terrasse das Abendessen und ich eile ihr zur Hilfe.

Aus der Küche holen wir die Teller, Besteck und das Essen. In einem geeigneten und ungestörten Moment fragt sie, „weißt du jetzt, wie damals alles zustande kam?" Ich erzähle ihr einfach alles und es tut wieder so gut, mit ihr zu reden.

„Ich glaube da hat Herman Recht, dass das einzige Problem bei deiner Mutter ihr Stolz war. Sie hätte sich geschämt, wenn es an die Öffentlichkeit gekommen wäre, dass sie während ihrer Ehe fremdgegangen ist. Schade für Gertrud! Mit Herman an ihrer Seite und dich und Vera als Tochter, wäret ihr so eine schöne und glückliche Familie gewesen. Euch allen wäre so vieles erspart geblieben. Aber Gertrud erlebt es nicht mehr und es wäre so einfach gewesen, hätte sie ihren Stolz über Bord geschmissen und die Wahrheit gesagt."

Stürmisch kommt Stefan zu uns in die Küche und berichtet uns fröhlich, „mein neuer, gigantischer Opa will mit mir nächstes Wochenende an den Bodensee. Dort bleiben wir einen Tag und eine Nacht. Er will uns ein erstklassiges Hotel buchen. Dabei mit mir die Zeit verbringen um Gespräche zu führen und zu Angeln." Grinsend und mit einem Augenzwinkern meint er, „dabei will er mir endlich nach so vielen Jahren verraten, warum damals bei unserem kurzen Angeltrip mit der Übernachtung im Zelt, alle vier Fische an meiner Angel gehangen sind und an seiner, kein einziger. Ist das nicht toll. Mein erster kleiner Ausflug nach meinem Unfall und das Beste ist, ich verpasse keinen Unterricht." Misstrauisch meint Maria, „der Arzt hat gesagt, dass du einen Urlaub, auch wenn er innerhalb Deutschland ist, frühestens ein halbes Jahr nach der Operation machen darfst. Im Ausland sogar viel später."

Daraufhin prustet sich Stefan vor Lachen, das mich ansteckt. Böse schaut Maria zu uns, fängt dann aber auch das Grinsen an, „ihr habt ja recht. Eine halbe Stunde Autofahrt kann man nicht als richtige Urlaubsfahrt bezeichnen. Vielleicht tut dir eine kleine Auszeit wirklich gut."

Nach ihren Worten hakt sich Stefan bei Maria und mir ein und geht mit uns fröhlich nach draußen, wo wir alle zufrieden und ausgelassen essen. Wir verbringen den Abend vergnügt und entspannt miteinander. Wie immer ist Marias Essen, auch wenn es nur ein Abendvesper ist, einfach köstlich. Selbst der Wetterbericht hat sich geirrt und der vorhergesagte Regen für die Dämmerung ist ausgeblieben. Somit können wir lange im Garten verweilen, bevor es dann doch zu kalt wird und wir noch im Esszimmer beisammen sitzen.

Zum Abschied vereinbaren wir, dass in zwei Wochen mein Vater, Stefan, Julia, Maria und Karl zu mir nachhause kommen, damit sie endlich einmal sehen, wie wir wohnen. Ich hatte ihnen bisher nur Fotos von meinem Haus gezeigt. Bis vor ein paar Tagen war Stefan gesundheitlich noch nicht imstande, uns in München zu besuchen. Jetzt ist er aber wieder voller Power und Tatendrang. Wir alle konnten Maria davon überzeugen, dass die Fahrt für ihn total stresslos wird und er darum keinerlei Schaden nehmen würde. Ich freue mich so sehr, wenn die fünf uns besuchen kommen und vor allem, dass es durch Stefans guten Genesungsverlauf auch kein Problem darstellt. Bei dem Gedanken bekomme ich eine Freudenträne, die zum Glück niemand bemerkt.

Winkend fahren Andreas und ich Richtung München und während der Fahrt erzähle ich ihm jede Kleinigkeit vom Spaziergang mit meinem Vater. Wahrscheinlich habe ich dabei hundertmal erwähnt, was ich für einen tollen Vater habe. Aber Andreas wäre nicht Andreas, wenn ihn das stören würde. Stattdessen freut er sich richtig für mich. „Jetzt hast du zum Glück Klarheit, warum deine Mutter nichts gesagt hat. Ich finde es schade, dass ich sie nicht mehr kennenlernen durfte. Sie war laut deiner Erzählung, ein interessanter Mensch mit einer besonderen Persönlichkeit."

Kapitel 11

Tanja geht es derweil sehr gut und es sind keine Komplikationen mehr aufgetreten. Langsam sieht man bei ihr einen leichten Ansatz des Schwangerschaftsbäuchleins.

Die vierzehn Tage vergehen rasant und es ist der Tag gekommen, an dem uns alle besuchen. Simone und ich werkeln aufgeregt in der Küche umher und versuchen ein leckeres Gericht zu zaubern. Da Maria so gut kochen kann, möchte ich mich natürlich nicht lumpen lassen, was sich allerdings als ziemlich schwierig herausstellt. Denn ich bin nicht die beste Köchin und heute läuft irgendwie alles schief. Die Salzkartoffeln verkochen und sind total weich. Die Marinade vom Tomaten- und Gurkensalat schmecke ich zehnmal ab und bin zum Schluss immer noch nicht zufrieden und die Hautkruste von der Ente ist statt knusprig, eher ledrig geworden. Dabei habe ich Hoffnung, dass sie sich verändert, da sie noch einige Zeit im Ofen sein muss.

Tanja unterhält sich währenddessen mit unseren drei Männern auf dem Sofa über Filme, die gerade im Kino laufen. Ich bekomme nur am Rand Teile des Gespräches mit.

Als es eine Stunde vor dem abgemachten Termin an der Haustüre klingelt, erschrecke ich ziemlich, da ich in bequemer Jeans, dazu ein ausrangiertes T-Shirt gekocht habe. Ich wollte mich noch bevor die Gäste eintreffen schick machen. Es bleibt mir nichts anderes übrig, als in meinem nicht zu schönen Outfit, die Türe zu öffnen. Dabei fühle ich mich sehr unwohl, was jedoch über die Freude, alle zu sehen, gleich vergessen ist.

Strahlend stehen die fünf vor mir. Herman umarmt mich als erster und ich merke ihm an, wie nervös er ist, meine Töchter kennenzulernen. Darum stelle ich ihm gleich die zwei vor. So muss er nicht mehr länger warten. Freudestrahlend begrüßt er sie und meint zu Tanja, wie sehr er sich freut Ur-Großvater zu werden. An dem Gesichtsausdruck meiner Mädchen sehe ich, dass sie ihn gleich in ihr Herz geschlossen haben und positiv überrascht sind, über so einen jugendlichen Opa. Danach lernt er Jan kennen. Andreas kennt er ja schon und Samuel sowieso. Da dieser der beste Freund von Stefan ist.

Mir kommt mein Aussehen wieder in den Sinn. Da ich mich in meiner Kleidung immer noch nicht wohl fühle, erwähne ich, dass ich mich noch umziehe. Maria meint darauf, „wir sind viel zu früh gekommen. Aber Herman ist so wirbelig bei uns im Garten umher gelaufen, dass wir ihn nicht mehr länger leiden sehen konnten und sind zügig losgefahren. Dann war heute noch kaum Verkehr und die Fahrt ging reibungslos."

Mein Vater schaut mich schuldbewusst an und sieht dabei wie ein kleiner Schuljunge aus, der etwas angestellt hat. Darum muss ich grinsend sagen, „das ist aber schön, dass du so gespannt bist. Ist doch toll wenn ihr früher da seid. Dann haben wir heute schon mehr Zeit miteinander. Ihr dürft mich ruhig in meinem Küchen-Arbeits-Outfit sehen."

Während des Mittagessens erzählt Herman ausführlich aus seiner Kindheit und von seinen Eltern. Da es sich um meine Großeltern handelt, höre ich gespannt zu und habe dabei das missratene Essen völlig vergessen. Leider wurde die Haut der Ente nicht mehr knusprig. Somit gibt es heute nichts, mit dem ich richtig zufrieden bin.

„Lissy", höre ich meinen Vater sagen, „ich habe Fotos dabei, falls du sie sehen willst? Von mir als Kind, von meiner Mama, meinem Papa und meiner Schwester, die dich bald kennenlernen möchte. Meine Eltern haben sich immer von mir ein Enkelkind gewünscht. Leider können sie dich nicht mehr treffen. Aber vom Himmel sehen sie bestimmt runter und freuen sich für mich. Sie würden dich sehr mögen, da bin ich mir sicher." Gespannt schauen wir alle die Aufnahmen an und ich sehe daran, dass Herman eine schöne, geborgene Kindheit und Jugend hatte. Seine Schwester sieht ihm total ähnlich und wirkt sehr adrett.

Abwechselnd erzählen Herman und Stefan von ihrem gelungenen Wochenende am Bodensee, einer der größten Seen in Europa. Sie hatten traumhaftes, sonniges Wetter. Sie schildern uns wie die Bäume, der vielen Apfelplantagen, voller Äpfel waren. Stefan sagt nachdenklich, „die Vierländerregion ist sehr beeindruckend. Wie durch das Gewässer Deutschland, Österreich, die Schweiz und Lichtenstein voneinander getrennt wird und anderseits vereint der Bodensee sie aber auch wieder miteinander."

Ihr Hotel hatten sie auf der Insel Lindau. Mit einem tollen Blick auf die zwei Leuchttürme und dem bayrischen Löwen in Lindaus Hafen. Nach einem kleinen Fußmarsch durch die Altstadt, über eine Brücke auf das Festland, erreichten sie bald die österreichische Grenze und standen in Bregenz. Dort bestaunten sie Europas größte Seebühne. Der Blick auf das nahe gelegene Alpenpanorama rundete das besondere Flair ab.

Ausgelassen berichten sie uns weiter. Wie der Himmel und der Bodensee in einem wunderbaren Kontrast blau getaucht waren und sie in der Luft die Wolken beobachtet hatten. Wie sie langsam vorbei zogen. Dabei aussahen, als beständen sie aus Zuckerwatte. Sie haben lange in einer grünen Wiese gelegen und einfach nur geschaut und getüftelt, welches Tier oder welcher Gegenstand die jeweilige Wolke darstellt. Wunderbar waren auch die vielen unterschiedlichen Schiffe auf dem klaren Wasser des Bodensees, die kreuz und quer herumfuhren. Bis auf die großen Passagierschiffe, welche Autos mitbefördert und genau ihre Route haben.

Mit leuchtenden Augen erwähnen die beiden, dass sie geangelt haben und dabei keinen einzigen Fisch gefangen. Amüsiert meint Herman, „das hat wohl daran gelegen, da wir viel zu besprechen hatten und keine Minute unser Mund stillstand. Auch wenn wir normalerweise die Ruhe genießen und sie für uns sehr erholsam ist, hatten wir dieses Mal den Drang zu reden. Ich habe Stefan alles über Gertrud und mich erklärt." Während Herman das sagt, schaut er mich an.

Interessiert und gespannt will ich von Herman wissen, „hast du Stefan erzählt, warum alle vier Fische bei ihm damals an der Angel waren und bei dir kein einziger gelandet ist?" Nachdem er schmunzelnd „Ja" sagt, gebe ich ihm zu verstehen, dass ich ein sehr neugieriger Mensch bin.

Bis über beide Ohren grinsend und zu Stefan schauend, der auch strahlt, fängt er das Erzählen an, „eigentlich war das ganz einfach, da er noch ein Kind war und somit leicht zu täuschen. Dazu kam, dass er an dem Tag so aufgeregt war, weil er mit mir zelten durfte. Nachdem er sich beim Zeltaufbau mit dem Hammer aus Versehen auf den Finger geschlagen hatte, war er so deprimiert, weil er dachte, er sei zu blöd um einen Hering in den Boden zu schlagen. Und da ich Stefan noch nie traurig sehen konnte, musste ich ihm einfach eine Freude machen, um ihn wieder aufzumuntern. An meiner Angel habe ich heimlich den Köder weggelassen. Ich musste Stefan nur ein wenig ablenken und dann hat er gar nicht gemerkt, dass ich an meinen Haken gar keinen Wurm befestigt hatte."

Daraufhin müssen wir alle lachen und ich stelle mir Stefan als kleiner Junge beim Angeln vor. Wie er stolz nacheinander seine vier Fische aus dem Wasser zieht.

Herman und meine Mädchen verstehen sich auch wunderbar und ihnen geht der Gesprächsstoff nicht aus. Der Tag vergeht viel zu schnell und zum Abschied sagt Herman, „danke für die Einladung. Das Essen war sehr lecker." Ich weiß genau, dass er nur höflich sein will. Darum sage ich scherzend, „ist der Ruf erst ruiniert, lebt es sich ganz ungeniert. Das nächste Mal erwartet keiner von mir ein perfektes Dinner."

„Das ist eine Top Einstellung. Da hätte sich deine Mutter eine Scheibe abschneiden können. Aber ich finde, deine Mahlzeit war wirklich sehr gut. Es hat mir richtig super geschmeckt." Bei diesem großen Lob werde ich ein wenig rot und freue mich darüber, dass er vor lauter Erzählen und durch unser aller Beisammensein, wohl wirklich nicht gemerkt hat, wie missraten das Essen war. Nachdem ich alle fünf nochmals zum Abschied umarmt habe, stehen wir winkend am Straßenrand, während sie langsam wieder Richtung Isny fahren.

Sechs Wochen später besuche ich Stefan über das ganze Wochenende in Isny. Maria und Karl sind für zwei Tage in die Berge zum Wandern. Darum hat mich Maria gebeten ein wenig nach ihm zu schauen. Auch wenn sie selber dabei lachen musste, weil er ja kein Kind mehr ist. Und eine wunderbare Freundin an seiner Seite hat, die vermutlich eh die gesamte Zeit bei ihm ist. Gerne erfülle ich ihren Wunsch. Da ich jede Minute mit meinem Sohn genieße und genau weiß, dass Maria nur wenn ich bei Stefan bin, im Urlaub abschalten kann.

An der Haustüre klingele ich mehrmals. Doch niemand öffnet die Türe. Verwundert schaue ich auf meine Armbanduhr, um festzustellen, dass wir genau die Uhrzeit haben, die ich zu Stefan gesagt habe. Normalerweise ist Stefan ein pünktlicher Mensch. Darum fange ich langsam an mir Sorgen zu machen. Ängstlich laufe ich um das Haus und sehe in jedes Fenster hinein. Zuerst ist mein Tempo noch normal. Jedoch von Sekunde zur Sekunde wird mein Gang schneller, sodass ich sogar ins Rennen verfalle. Beim Wohnzimmer angekommen, sehe ich ihn weinend und zusammengekauert auf dem Sofa liegen. Zum Glück steht die Terrassentüre auf, so kann ich gleich reinstürmen.

„Ist etwas mit deiner Niere?" Ich rüttle ihn sacht, aber er antwortet nicht. Nach endlosen Sekunden, die mir wie eine Ewigkeit vorkommen, schüttelt er nur den Kopf und ich bin für das Erste beruhigt. Ich denke mir, alles andere ist irgendwie lösbar. Vorsichtig setze ich mich neben ihn und streichle über seine schwarzen Haare. Dabei lasse ich ihm die Zeit, die er benötigt. Es vergehen zehn Minuten, bis er sich die Nase putzt, sich beruhigt und stark genug ist zu erzählen.

„Ich hatte vorher mit Julia einen riesigen Streit. Sie will nicht nur mit mir zusammen ziehen, sondern heiraten und eine Familie gründen. Dabei hat sie erwähnt, dass wir jetzt solange Zeit schon ein Paar sind und es mir wieder gut geht. Sie hat mich gefragt, wie lange ich warten will, da bei ihr die biologische Uhr tickt. Daraufhin habe ich ihr erklärt, dass ich keine Kinder in die Welt setzen möchte. Man weiß ja nie, ob ich eine Abwehrreaktion bekomme."

Mit glasigen Augen schaut Stefan mich an und spricht weiter, „ich bin nicht zu hundert Prozent gesund und möchte das keinem Kind zumuten. Es müsste immer in Angst leben, dass ich sterbe. Ich weiß nicht, wie meine Zukunft aussieht. In jedem Moment könnte ich einen Rückschlag haben.

Nachdem ich Julia das so gesagt habe, ist sie wütend geworden und hat mir ihre Worte an den Kopf geknallt. Wenn du keine Kinder zeugen könntest, dann würde ich mich damit abfinden. Aber nur weil du Angst hast, das sehe ich nicht ein und finde es sehr egoistisch. Dabei denkst du gar nicht an mich und meinen Kinderwunsch. Nach ihren Worten hatte sie aufgebracht das Haus durch die Terrassentüre verlassen." Stefan kann gerade noch das letzte Wort fertigsprechen, bevor ihm wieder Tränen kommen.

Ich umarme ihn und versuche die richtigen Worte zu finden, „Stefan, keine Eltern wissen, wie lange sie für ihr Kind da sein können. Was meinst du, wie viele Menschen es gibt, die irgendwelche Erkrankungen haben. Dabei immer in Sorge sind, dass diese schlimmer wird oder wieder ausbricht. Da dürften viele nicht mehr Kinder bekommen.

Oder denke an meinen Ehemann, der Vater von Simone und Tanja. Der war nie krank. Wenn wir alle erkältet waren, war er der Einzige, der gesund blieb. Ich war mir immer sicher, dass Paul bestimmt hundert Jahre alt wird. Und dann war er wegen eines Autounfalls von heute auf morgen tot.

Keiner von uns weiß, wie lange er auf Erden sein wird und das ist gut so. Die Zeit die man miteinander hat, ist wichtig und sollte man sinnvoll nützen. Jeden Tag in vollen Zügen genießen. Es gibt einen sehr schönen Spruch, den ich mir als Lebensmotto gewählt habe:

Gestern ist Geschichte,
Morgen ist ein Geheimnis,
Heute ist das Leben.

Glaube mir, alle werdenden Eltern, auch wenn sie gesund sind, haben Angst das Kind zu früh zu verlassen. Und diese Befürchtung bleibt das Leben lang. Das ist auch der Grund, warum man im Normalfall ruhiger wird, wenn man Kinder hat. Beim Autofahren geht man automatisch vom Gas und macht sich über alle möglichen Gefahren viel mehr Gedanken. Als Jugendlicher macht man sich darüber keinen Kopf und lebt viel freier. Aber das ist der ganz normale Reifeprozess von uns Menschen. Sonst würden wir ja niemals erwachsen werden. Stefan, ich werde dir versprechen, falls dir wirklich etwas zustoßen sollte und du Kinder hast, dann kündige ich meinen Job in München und ziehe wieder nach Isny, damit ich bei Tag und Nacht Julia helfen kann."

Nochmals erwähne ich eindringlich und schaue ihm dabei tief in die Augen, „ich bin mir sicher, dass du soweit gesund bleibst. Das habe ich im Gefühl und dieses hat mich noch nie getäuscht. Ich werde euch, auch wenn es dir gut geht, sehr viel helfen. Dabei immer zur Stelle sein, damit ihr als Rechtsanwälte arbeiten könnt. Denke mal an Maria, wie die sich freuen würde über ein Enkelkind. Sie wäre die perfekteste Oma von der ganzen Welt, auf die man immer bauen kann." Bei dem Gedanken bekommt Stefan jetzt sogar ein kleines Grinsen in das Gesicht und sagt nachdenklich, „ja sie wäre eine tolle Oma. Aber ich habe trotzdem das Gefühl, etwas Falsches zu tun."

Daraufhin nehme ich seine Hand in die meine, „ich glaube nicht, dass es ein Fehler ist, einem Menschen das Leben zu schenken. Angenommen, auch wenn ich mir darüber keine Gedanken machen möchte, du stirbst", beim letzten Wort verspüre ich einen dicken Kloß im Hals und kann dadurch fast nicht reden. Aber ich weiß, dass Stefan über seine Situation mit klaren und eindeutigen Worten sprechen will und darum probiere ich mich zusammenzureißen, „dann sind so viele Menschen für das Kind da. Julia und ihre Eltern, Maria und Karl, Jan und ich. Du darfst nicht vergessen, Julia ist eine tolle und starke Frau. Sie liebt dich! Gib diese Liebe nicht leichtsinnig auf. Es wäre so schön, wenn ich einen kleinen Stefan oder eine Stefanie in den Armen halten dürfte." Stefan schaut mich immer noch unschlüssig an.

„Langsam glaube ich, dass du allgemein vor der Vaterrolle Angst hast. Es gibt nichts Schöneres, aber auch nichts Schwereres, als ein Kind groß zu ziehen. Man wächst da aber ganz schnell hinein. Wenn du den Schritt nie wagst, dann wirst du nie wissen, wie schön es ist, sein eigenes Kind lachen zu sehen. Du wirst nie den Stolz spüren, den Eltern haben, wegen jeder Kleinigkeit, die das Kind kann. Es bereichert das Leben ungemein. Denke an deine Eltern, Maria und Karl, wie schwer es für sie war ohne Kind leben zu müssen. Erst als sie dich adoptieren konnten, war das Puzzle vollständig."

Stefan sagt darauf nichts. Ich sehe ihm an, dass er über meine Worte nachdenkt. Nach ein paar Minuten meint er, „du hast recht. Ich habe einen großen Fehler gemacht. Ich habe wirklich Angst und Respekt vor der Vaterrolle. Aber ich habe die beste Partnerin an meiner Seite, mit der ich diese Herausforderung schaffen werde. Wenn nicht mit Julia, dann mit keiner Frau mehr. Ich liebe Julia über alles und keine andere Frau, hätte mir während meiner Krankheit so bedingungslos zur Seite gestanden. Dabei war ich gerade in dieser Zeit nicht sehr nett zu ihr. Sie musste auf vieles verzichten und konnte kein normales Leben führen. Aber so böse, wie sie vorhin auf mich war, bin ich mir nicht sicher, ob sie mich noch will. So impulsiv habe ich sie noch nie zuvor gesehen."

„Bestimmt hat das ihrer Liebe zu dir keinen Abbruch getan", beruhige ich ihn, bevor ich neugierig frage, „möchtest du sie denn auch heiraten?" Strahlend sagt Stefan, „ich bin mir gerade ganz sicher, dass ich mit ganzem Herzen Julia heiraten möchte."

„Das musst du nicht mir sagen, sondern deiner Julia", erwähne ich fröhlich. Nachdenklich und gleichzeitig zielsicher meint er, „ich möchte mit ihr so schnell wie möglich reden. Ich halte es keine Nacht unausgesprochen aus. Heute möchte ich ihr noch einen Hochzeitsantrag machen!"

„Bist du dir sicher? Willst du keine Nacht darüber schlafen?"

„Ich bin mir sowas von bombensicher. Ich werde heute noch vor ihr auf die Knie fallen und sie fragen, ob sie meine Frau werden möchte."

„Na dann, schmeiß dich in deinen besten Anzug. Ich fahre dich an einen Blumenladen, indem du den schönsten und größten Rosenstrauß kaufst. Danach gehen wir zum Juwelier und holen einen Verlobungsring."

Stefan umarmt mich glücklich und sagt, „das ist eine super Idee. Nur den Ring kaufe ich nicht beim Juwelier. Ich habe als Kind aus einem Kaugummiautomaten schon einen Verlobungsring rausgelassen." Verwundert schaue ich Stefan an und bin mir nicht sicher, ob ich mich verhört habe. Stefan erzählt grinsend weiter, „diesen hat Julia, als wir frisch zusammen waren, in meinem Zimmer gefunden. Ich habe ihr damals eine Geschichte aus meinen Kindergartentagen erzählt: Ich war, als ich fünf Jahre alt war, in meine Erzieherin unsterblich verliebt.

Irgendwann habe ich von Herman eine Deutsche Mark geschenkt bekommen. Davon konnte ich mir diesen Ring aus dem Automaten rauslassen. Ich habe mir dabei vorgenommen, wenn ich einmal groß bin, werde ich sie fragen, ob sie mich heiraten will. Dann bekommt sie zur Verlobung genau diesen Fingerring. Damals meinte Julia lachend, das ist aber eine schöne Geschichte und die Frau, die dieses Geschenk von dir bekommt, ist ein wahrer Glückspilz. Welcher Mann hat schon mit fünf Jahren den Verlobungsring für seine Traumfrau eingekauft.

Sie versuchte mit ernster Stimme zu sprechen, was aber in einem Lachen wieder endete. Ich hoffe nicht, dass deine damalige Erzieherin die Glückliche ist. Die ist inzwischen wahrscheinlich nicht mehr so knackig."

Auf diesen lustigen Gedanken hin, den ich mir bildlich vorstelle, muss ich jetzt auch grinsen.

Gesagt, getan, Stefan zieht seinen besten Anzug an, der leider viel zu groß ausfällt. Denn er hat durch seine Krankheit viel Gewicht verloren. Während ich ihn prüfend betrachte, sage ich, „das geht nicht! Wir kaufen dir sofort einen Neuen. Mir ist es eine Ehre, dir das erste Mal ein Kleidungsstück zu schenken."

So kommt es, dass wir kurze Zeit später in einem schicken Herrenladen einen Anzug suchen. Ein älterer freundlicher Herr berät uns dabei. Nachdem wir ihm erklärt haben, dass in unserer Vorstellung ein Hellbrauner herumschwirrt, sucht er uns einen

Geeigneten aus. Stefan verschwindet damit in der Umkleidekabine.

Während ich auf ihn warte, kommt in meinen Gedanken die Erinnerung, wie ich früher mit meinen Mädchen Klamotten kaufen war. Damals habe ich jedes Mal bei den jungen Sachen auch geschaut. Immer in der jeweiligen Größe, in der sich Stefan vermutlich zu dem Zeitpunkt gerade befinden müsste. Dabei überlegte ich, welches Kleidungsstück ihm wohl gefallen würde. Ich musste mich zusammenreißen, um nicht etwas einzukaufen.

Als Stefan aus der Kabine kommt, durchflutet mich wieder einmal eine dankbare Stimmung, weil ich meinen Jungen jetzt bei mir habe. Der Verkäufer sagt als erster seine Meinung „wenn ich ehrlich sein darf, finde ich, dass sie eher ein blasser Typ sind und diese Farbe macht sie noch weißer im Gesicht." Ich stimme ihm bei, da Stefan immer noch von seiner Krankheit gekennzeichnet ist. Der nächste Anzug, der dunkelbraun ist, steht ihm perfekt. Da sind wir drei uns gleich einig. Er ist glänzend und glitzert in der Sonne. Mein Sohn sieht darin sehr hübsch aus.

„Den werde ich zur Hochzeit auch noch tragen." Nachdenklich spricht er leise zu sich selber, für mich fast nicht hörbar, „falls Julia Ja sagt." Seine Nervosität steht ihm dabei ins Gesicht geschrieben.

Am Hinausgehen sage ich zu Stefan, „wenn sich Julia für kein cremefarbenes Kleid entscheidet, dürfen wir nochmals einkaufen gehen. Da schneeweiß nicht zu braun, passt. Ich würde mich freuen, dir erneut einen Anzug zu kaufen. Und hoffe eh, dass du bis dahin einiges zugenommen hast und dieser dir gar nicht mehr passt." Mit leuchtenden Augen meint er, „wenn ich mir meine Julia in einem Brautkleid vorstelle, muss ich aufpassen, dass ich vor Rührung nicht nasse Augen bekomme."

Lächelnd steige ich in mein Auto und bin froh, dass ich das erste Mal meinem Sohn aus einer Patsche helfen darf und bei einem so emotional großen Schritt begleiten kann.

Am Blumenladen angekommen, geht Stefan in das Geschäft hinein und entscheidet sich für 20 rote Rosen. Es ist ein wunderschöner Blumenstrauß. Während er wieder zum Auto läuft, sehe ich, dass er lächelt. Stolz hält er den Strauß in seiner Hand. Ich spüre langsam, wie die Anspannung in mir hochkommt und hoffe, dass Stefan die richtige Entscheidung getroffen hat, weil er gleich heute den Antrag macht. Ich trete das Gaspedal durch und presche rückwärts auf die Straße, dabei übersehe ich einen silbernen VW Golf. Der Fahrer kann mir zum Glück gerade noch ausweichen. Er tippt sich böse an die Stirn. Aggressiv hupend fährt der Golf weiter. Erschrocken schaue ich zu Stefan. Der versucht mich zu beruhigen, „das kann jedem Mal passieren und es ist ja zum Glück nichts geschehen. Der VW-Fahrer soll sich nicht so aufspielen." Dankbar für seine lieben Worte, fahre ich jetzt ängstlich im Schneckentempo Richtung Julias Elternhaus. Mir tut dabei Stefan leid, der jetzt starr neben mir sitzt und vermutlich, am liebsten selber aufs Gas drücken würde.

Aber ich kann gerade nicht schneller fahren. Da ich mir nie verzeihen könnte, wenn ich mit Stefan einen Unfall machen würde. Eine innere Blockade hemmt mich. Aber ich bin sicher, dass das morgen wieder weg ist.

Am Haus von Julias Eltern angekommen, staune ich nicht schlecht, dass sie in einer so großen Villa wohnen. Mit einem Garten, der einem Park ähnelt. Der Rasen sieht aus, als wäre gerade jemand mit Kamm und Bürste darübergegangen. Unzählige Trompetenbäume, Oleandersträucher und Mandelbäume stellen eine Art Allee dar. Ich kann mir dabei nicht vorstellen, wie groß der Raum sein muss, indem sie alle überwintern.

Es gibt verschiedene Blumenbeete. Eines besteht aus Rosen, das nächste aus Lilien und noch eines aus Dahlien. Weiter hinten am Haus, sieht man eine Wiese mit bestimmt fünfzig verschiedenen Obstbäumen. Ich bin mir sicher, dass für dieses Anwesen nicht nur ein Gärtner ausreicht.

Einen Blick zu Stefan zeigt mir keine Anzeichen mehr von Nervosität, sondern von Zielstrebigkeit und Konzentration. Ich wünsche ihm viel Glück, bevor er mein Auto verlässt mit seinem großen Blumenstrauß und dem einen Deutschen-Mark-Ring in der Hosentasche. Er läuft nicht, sondern rennt zum Haus und klingelt. Ich kann nur noch sehen wie die Türe sich öffnet und er eintritt.

Dann beginnt für mich das lange Warten. Ich versuche mich abzulenken und drehe an den Radioprogrammen herum. Nachdem ich jeden Sender einmal drin hatte, schaue ich mir eine Landkarte an, die in meinem Auto herumliegt. Da das alles nichts hilft, um mich ruhiger zu kriegen und abzulenken, steige ich aus meinem Auto und laufe um das Fahrzeug mehrmals herum. Sport hilft mir bei vielem. Dabei hoffe ich inständig, dass mich vom Haus niemand beobachtet, da das ziemlich peinlich für mich werden würde. Ich hadere immer noch mit mir selber, ob es richtig war, gleich heute einen Hochzeitsantrag zu machen. Oder hätte ich ihm energisch abraten sollen?

Ich warte schon eine Dreiviertelstunde, als Stefan und Julia glücklich umarmt aus dem Haus treten. Als sie bei mir angekommen sind, meinen sie, ich soll ins Wohnzimmer kommen, da Julias Eltern mich gerne kennenlernen möchten.

Allerdings bin ich so neugierig und gespannt, darum schaue ich erwartungsvoll die beiden an, „könnt ihr mir zuvor noch schnell erzählen, wie es gelaufen ist. An eurem Blick und eurer Gestik sehe ich natürlich, dass es euch gut geht. Aber hast du Ja gesagt?" Dabei schaue ich prüfend zur Julia. Stefan lächelt und meint, „ich fange am besten von vorne an. Julias Vater hat, nachdem ich geklingelt habe, die Türe geöffnet. Ich habe natürlich, da ich ein gut erzogener Junge bin, zuerst ihn gefragt, ob ich um die Hand seiner Tochter anhalten darf. Stürmisch hat er mich umarmt und gemeint, ich könnte mir keinen besseren Schwiegersohn vorstellen. Dann könnt ihr zusammen meine Kanzlei übernehmen."

Da Julia meinen verwirrten Gesichtsausdruck sieht, versucht sie mir zu erklären, „meinem Vater ist seine Kanzlei sehr wichtig. Er hat immer davon geträumt, dass ich einen Rechtsanwalt heirate und wir das Büro zusammen vergrößern." Ich nicke in ihre Richtung, was so viel bedeutet, dass ich es verstehe.

„Auf einen Schlag kam bei mir die Nervosität. Ich bin mit zittrigen Beinen die Treppe zu ihrem Schlafzimmer hoch und habe angeklopft. Nichts hat sich gerührt. Darum habe ich lauter geklopft. Julia hat endlich darauf reagiert und mit verweinter Stimme gesagt: Papa lasse mich doch bitte in Ruhe. Auf diese Worte hin, bin ich in das Zimmer hinein, das zum Glück nicht verschlossen war. Und dann hättest du ihr Gesicht sehen müssen. Das ist förmlich stehen geblieben und sie stand da, wie angewurzelt."

Grinsend blickt Stefan zur Julia und meint, „aber jetzt erzähl du weiter. Da ich absolut nicht mehr weiß, was ich genau gesagt habe."

„Ich brauchte ein paar Sekunden, um mich zu sammeln und zu begreifen, dass Stefan vor mir steht. Aber die gab er mir auch, weil er wie versteinert, kerzengerade und still schweigend vor mir stand, mit seinem großen Blumenstrauß. Die Rosen hielt er wie ein Schutzschild vor seinem Körper. Nachdem ich merkte, dass er nicht imstande war, das Gespräch zu beginnen, begann ich irgendwann zu fragen, ob die Blumen für mich sind. Weil ich eine Vase holen würde, bevor sie welk werden.

Daraufhin kniete er wie in Trance vor mich hin und fing an zu sprechen. Ganz leise und undeutlich. Es war mehr ein Raunen, da er so fürchterlich süß nervös war. Ich musste meine Ohren ganz schön spitzen, um alles zu verstehen. Er sagte, er möchte keinen Tag ohne mich verbringen. Da ich seine ganz große Liebe sei. Dass er Angst vor der Zukunft hat und vor der Verantwortung mit Kinder. Aber wir werden es zusammen hinbringen.

Er kann sich nur mich als die Mutter seiner Nachkommen vorstellen und er sich sehnlichst wünscht, dass ich seine Frau werde. Und dann fragte er mich, ob ich ihn heiraten will. Auf diese schönen Worte konnte ich natürlich nur noch mit einem klaren JA antworten." Während Julia zu Ende spricht, gibt Stefan ihr schon einen liebevollen Kuss. Die Zwei grinsen mich bis über beide Ohren an, dabei zeigt Julia mir ihren Finger, an dem jetzt etwas glänzt. „Nachdem er mich, nach dem Antrag, mehrere Minuten umarmt hat, ist ihm wieder in den Gedanken gekommen, dass er ja noch diesen Verlobungsring dabei hat. Darum ließ er mich los und wurstelte in seiner Hosentasche, bis er mit einem strahlenden Gesicht diesen Ring herauszog. Dazu meinte er, seit er ein fünfjähriger Junge war, wartet dieser Verlobungsring auf die perfekte Frau für ihn, um deren Finger zu zieren.

Mir kam sofort die Geschichte, die er mir vor Jahren erzählt hatte wieder in den Sinn. Ich war so glücklich, dass er auch noch daran dachte und mir dieses Symbol schenkte." Neckend schaut sie zu Stefan rüber und meint scherzend, „und ich bin natürlich froh, dass nicht deine Kindergärtnerin diesen Ring bekommen hat."

Daraufhin müssen wir herzhaft lachen. Ich habe das Gefühl, dass bei uns allen die Erleichterung zu spüren ist, weil der Tag, so bitter wie er angefangen hat, umso schöner enden wird. Plötzlich meint Stefan mit einer ernsten Mimik, „jetzt müssen wir aber zu meinen zukünftigen Schwiegereltern. Denn mein Schwiegervater wartet nicht gerne."

Während wir zum Gebäude gehen, denke ich mir wieder einmal, was für ein tolles Mädchen Stefan gefunden hat. Sie freut sich riesig über einen Ring im Wert von einer Deutschen Mark, obwohl sie puren Luxus gewöhnt ist.

Als wir das Haus betreten, lasse ich meine Augen umherschweifen. Dabei staune ich nicht schlecht, bei den vielen pompösen Gegenständen. Es ist mit einem sehr teuren Stil eingerichtet. Jedes Detail passt und ist ganz stimmig zueinander. Alles ist so mächtig und schön. Mir wird bewusst, dass mein Haus dagegen die reinste Bruchbude ist. Bei mir sind alle Möbel kreuz und quer durcheinander gewürfelt. Keines ist abgestimmt zum anderen, da auch viele alte Erbstücke dabei sind. Die meisten Lampen und Bilder wurden von mir bei Ikea gekauft. Die Gardinen habe ich so gut es ging selber genäht, nachdem ich einen recht preisgünstigen, einigermaßen gutaussehenden Stoff gefunden habe. Mein eigenes Stilempfinden ist gleich null.

Hier ist alles aufgeräumt. Kein Gegenstand, der nicht hingehört, steht herum. Kein Staubkörnchen ist sichtbar. Ich glaube, man könnte sogar vom Fußboden essen. Bisher dachte ich, mein Haus sei ordentlich und sauber. Aber wenn ich das hier sehe, dann ist es bei mir ziemlich chaotisch. Da liegt schon einmal auf der Eckbank eine Zeitschrift. Ein Glas mit Wasser steht auch mal den ganzen Tag herum und es wird nicht täglich abgestaubt. Sogar nur einmal in der Woche. Wenn die Sonne tief steht, kann man den einen oder anderen Staub sehr deutlich erkennen.

Ich kann meine Augen nicht von dem goldenen Kronleuchter in der Empfangshalle nehmen. Da dieser so riesig ist, wie ein Kleinwagen und mit tausenden kleinen Lichtern versehen. Julia sieht meinen Blick und meint, „die ganzen teuren Dinge haben mir noch nie etwas bedeutet. Mir würde eine einfache Baumarkt-Lampe reichen und ein kleines Haus, das wir auch ohne Reinigungskraft sauber halten können." Dankbar schaue ich sie an und komme mir durch ihre lieben Worten nicht mehr ganz so schäbig vor.

Julias Eltern warten im Wohnzimmer auf uns und begrüßen mich freundlich per Handschlag. Beide sind sehr schick und akkurat angezogen. Er in einem schwarzen Anzug mit Krawatte und sie in einem hellblauen, sehr teuer aussehenden Kleid. Heimlich stelle ich mir die Frage: Ob sie immer so schick im Alltag ist oder sie sich schnell noch für mich umgezogen hat. Allerdings, die hochgesteckten Haare und das ordentlich geschminkte Gesicht, konnte sie in so kurzer Zeit nicht hinbringen. Sie ist vermutlich immer so gepflegt und perfekt. Ich schaue an mir herunter und hoffe inständig, dass mein Kleid nicht zu schäbig und preisgünstig aussieht.

Er ist ein wenig älter, hat aber immer noch braune Haare. Man sieht kein einziges graues, zwischen seinen vielen Haaren. Ich überlege mir, ob er vielleicht zu den wenigen Männern gehört, die vor lauter Eitelkeit, sich die Haare färben. Nach diesem Gedanken geht mein Blick zu Julias Mama. Ich stelle fest, dass die schwarzen, glatten und glänzenden Haare, Julia von ihrer Mutter geerbt hat, die einfach wunderhübsch aussieht. Sie ist ein älteres Ebenbild von Julia. Ihre Eleganz und Weiblichkeit spürt man im ganzen Raum.

Die Mutter weckt mich aus meinen Gedanken, während sie das Wort ergreift, „Frau Hess, es ist schön sie kennenzulernen. Julia hat schon viel über sie erzählt." Julias Vater lässt seine Frau kaum aussprechen, fällt ihr in das Wort und übernimmt dann selber das Gespräch. Er erzählt wie Julia und Stefan, gleich wenn sie mit dem Studium fertig sind, in seine Kanzlei einsteigen werden. Falls Julia irgendwann ein Baby bekommt, dann könnte seine Frau darauf aufpassen, sodass seine Tochter in der Kanzlei weiter arbeiten könnte. So wie er Maria kennt, ist diese eh auch einmal eine gute Oma und jederzeit verfügbar.

Euphorisch spricht er weiter, „es ist gut, dass Stefan sich auf Strafrecht spezialisiert und Julia auf Familienrecht. So können wir viele Mandanten anlocken und auffangen. Wir werden dann allem gerecht und unsere Kanzlei hat die Möglichkeit, enorm zu wachsen und einen noch höheren Bekanntheitsgrad zu bekommen."

Nachdem er eine halbe Stunde alleine das Wort hatte, uns alle seine Zukunftspläne über die Kanzlei genauestens erklärt hat, schaut er auf seine goldene Rolex Armbanduhr, verdreht die Augen und meint erschrocken, „schon so spät! Ich habe total die Zeit vergessen. Ich muss jetzt schnellstens gehen, da ich eine Verabredung zum Golf spielen habe. Zuvor muss ich mich noch kurz mit einem Kollegen treffen." Eilig verabschiedet er sich von mir und tritt in einem schnellen Schritttempo aus dem Zimmer, Richtung Haustüre.

Als er weg ist, meint seine Frau entschuldigend, „mein Mann steht gerne im Mittelpunkt und seine Kanzlei ist ihm sehr wichtig. Aber er ist ein herzensguter Ehemann und Vater. Er würde für seine Familie alles machen. Sie dürfen mir glauben, er freut sich riesig darüber, dass Stefan und Julia heiraten werden. Nicht nur wegen der Kanzlei, sondern weil er Stefan schätzt und vor allem ist er ihm ans Herz gewachsen und gehört quasi schon lange zu unserer Familie. Mein Ehemann kann nur leider über Gefühle nicht gut sprechen oder sie zum Ausdruck bringen."

Dann schaut sie Stefan an, „du brauchst keine Angst haben. Da ich schon dafür sorge, wenn du in die Kanzlei eintrittst, er in seinen wohlverdienten Ruhestand geht und euch zweien die Führung überlässt. Nicht, dass er euch bevormundet oder erdrückt."

Grinsend antworten Stefan und Julia im Chor, man merkt ihnen an, dass sie es wirklich so meinen wie sie es sagen, „wir sind froh, wenn er noch mithilft. Denn er ist ein super Rechtsanwalt und wir können noch viel von ihm lernen. Wir haben kein Problem damit, wenn er die ersten Jahre der Chef bleibt, da wir wissen, dass er es im Grunde nur gut mit allen meint."

Jetzt übernimmt Stefan alleine das Wort und bekommt dabei rote Wangen, „es ist nicht selbstverständlich, wenn man nach seinem Studium in eine so gut funktionierende Kanzlei einsteigen kann. Ich freue mich riesig darauf und würde am liebsten heute schon beginnen, als erst morgen. Aber ich muss leider erst das Studium hinter mich bringen. Es ist aber ein sehr schönes Gefühl, wenn es mein zukünftiger Schwiegervater fast nicht mehr erwarten kann, dass wir bei ihm mitarbeiten."

Auf diese wohlbedachten und lieben Worte meines Sohnes, die er an Julias Mutter gerichtet hat, spüre ich wieder den unendlichen Stolz auf meinen Buben. Dabei bin ich Maria zum hundertsten Mal dankbar, dass sie Stefan so bodenständig und wohl erzogen hat.

Wir führen zu viert noch schöne und interessante Gespräche. Dabei stelle ich fest, dass Julias Mutter eine herzensgute und angenehme Person ist. Über diese Feststellung bin ich sehr froh und erleichtert. Nachdem ich mich von ihr verabschiedet habe, bringe ich Stefan wieder heim und Julia schließt sich fröhlich uns an, „wir sind ab heute verlobt. Da lasse ich Stefan bestimmt nicht alleine. Keine zehn Pferde halten mich daheim.“

Noch ein wenig ungläubig sagt Stefan leise vor sich hin, „ich bin jetzt wirklich verlobt, das hört sich so erwachsen an.“

Verkrampft beginnt Stefan auf der Fahrt das Gespräch mit mir, „ich kann mir vorstellen, dass du von Maria den Auftrag hast, auf mich aufzupassen. Aber jetzt ist ja Julia bei mir. Die Operation ist so lange her, inzwischen ist alles in bester Ordnung. Darum fahre ruhig heute schon nach München zurück.“

Weil ich mich wie das fünfte Rad am Wagen fühle und genau weiß, dass die zwei jetzt eine sturmfreie Bude möchten und niemand, der den Wachhund spielt, darum trete ich die Heimreise an. Nachdem mir Stefan versprochen hat, dass er gleich bei seiner Mutter anruft und ihr Bescheid gibt, dass ich nicht mehr da bin. Mir ist es sehr wichtig, dass Maria informiert wird. Aber selber bei ihr anrufen will ich nicht. Da ich ja dann verraten müsste, dass die zwei bald ein großes Fest haben. Und diese freudige Nachricht darf Stefan schon selber überbringen.

Als ich nach der langen Fahrt wieder in München angekommen bin und erschöpft in mein Haus trete, höre ich schon das Telefon klingeln. Während ich den Telefonhörer abnehme, habe ich schon im Gefühl, dass das Maria sein wird und bei dem Gedanken werde ich gleich wieder top fit, vor Vorfreude auf das Gespräch mit ihr. Völlig aufgebracht und aus dem Häuschen, jault Maria mir in den Hörer, „ich muss dich einfach anrufen, ich bin so Feuer und Flamme. Ich brauche jetzt eine Frau zum Sprechen. Mit Karl geht das nicht so gut. Das ist so wunderbar, dass die zwei heiraten. Die beiden passen perfekt zueinander. Stefan hat gerade eben bei mir angerufen und mir die schöne Neuigkeit und die dazugehörige Geschichte erzählt. Ich freue mich so sehr für Stefan und Julia, dass sie endlich den Schritt wagen und ich freue mich darauf, dass wir bei den Hochzeitsvorbereitungen helfen dürfen. Das hat mir Stefan eben am Telefon versprochen."

Natürlich sind Maria und ich uns einig, dass wir uns nicht einmischen werden bei der Hochzeitsplanung, sondern nur beim ausführenden Part helfen. Und nur so viel, wie es vor allem Julia recht ist. Aber gedanklich planen, das dürfen wir schon. Da sind wir uns einig. Auch wenn danach eventuell alles ganz anders gemacht wird. Aber die Vorfreude bei uns beiden ist halt so riesig, dass uns zweien über drei Stunden Themen einfallen bezüglich der Hochzeit. Dabei unser Mundwerk keine Sekunde still steht. Nachdem wir die vielen Details durchgesprochen haben und sie von mir auch noch einmal die genaue Version des heutigen Tages gehört hat, verabschiede ich mich von ihr. Ich wünsche ihr trotz der Aufregung, eine gute und ruhige Nacht.

Während ich den Hörer weglege, denke ich grinsend und verständnisvoll: Der Schlawiner hat nicht sofort bei Maria angerufen, um ihr zu sagen, dass ich heimgefahren bin, sondern erst nach zwei Stunden. Aber natürlich verstehe ich es vollkommen, dass die zwei die Verlobung selber erst einmal sacken lassen mussten und alles nochmals genau durchsprechen wollten.

Kapitel 12

Die Wochen vergehen und Tanja und ihrem Baby im Bauch, geht es zum Glück sehr gut. Es gab keine weiteren Komplikationen und bei den gesamten Untersuchungen war alles in Ordnung. Trotzdem wohnt sie weiterhin bei mir und nachts schläft Jan immer noch bei uns, sodass es ihr vorzüglich geht und sie das Bemuttern von uns beiden sichtlich genießt. Auch ich finde es wunderbar, meine Tochter so nah bei mir zu haben und mit ihr viel Zeit zu verbringen.

Eines Abends, Tanja und ich schauen zusammen einen Liebesfilm an und Jan ist auf einer Zahnarztfortbildung über Parodontose, da lässt Tanja einen lauten Schrei. Erschrocken drehe ich mich gleich ihr zu und überlege dabei schon in Gedanken, wie die Nummer vom Notruf lautet. Damit ich, falls es nötig ist, gleich die richtigen Zahlen wählen kann. Tanja bemerkt von meiner Angst und der dazugehörigen Aufregung nichts. Darum stülpt sie, ohne mir zu sagen was eigentlich los ist, ihr T-Shirt über ihren inzwischen dicken Bauch und zeigt mir eine Wölbung, die nach außen geht und sich bewegt. Zuerst bin ich ziemlich verwirrt. Aber als ich begreife, was los ist, muss ich vor Erleichterung und Freude über den schönen Anblick lachen und Tanja schließt sich mir an. Als ich wieder in der Lage bin, um etwas zu sagen, meine ich, „wie wunderschön. Ich bin Zeuge wie euer kleiner Knirps das erste Mal sich sichtbar für uns alle bemerkbar macht." Ich lege meine rechte Hand auf die Stelle, wo der Popo, Fuß oder die Hand raus boxt und zur gleichen Zeit ist schwups, die Wölbung wieder verschwunden.

Trotzdem genieße ich den Moment. Da ich immer noch eine Bewegung im Bauch spüre, lasse darum meine Handfläche liegen. Genau zu diesem Zeitpunkt kommen im wahrsten Sinne, richtige Oma-Gefühle in mir auf. Und ich erwarte es kaum noch, dass ich mein Enkelkind im Arm halten darf und es in vollen Zügen genießen kann. Da ich dieses Mal nicht, wie bei den eigenen Kindern, für die Erziehung zuständig bin, sondern ich bin als Oma verantwortlich für das Verwöhnen.

Am liebsten würde ich jetzt schon in einen Spielwarenladen gehen und einkaufen. Jedoch nehme ich mir vor, dieses Kind mit materiellen Dingen nicht allzu sehr vollzuschütten. Damit es die Chance hat zu lernen, sich über Kleinigkeiten zu freuen. Aber mit Liebe und Zeit darf ich es voll und ganz verwöhnen.

Nie hätte ich gedacht, dass man sowas wie Mutter-Gefühle auch als Oma so stark bekommen kann, auch ohne Hormon-Umstellung. Glücklich gehen Tanja und ich an diesem Abend zu Bett. Ich bin mir sicher, dass ich diesen besonderen Moment, als sich mein erstes Enkelkind für mich das erstmals gezeigt hat, nie wieder in meinem Leben vergessen werde.

Mit Maria bin ich zur Zeit täglich telefonisch in Kontakt, da die Hochzeitsvorbereitung voll im Gange sind. Der Hochzeitstermin ist zwar erst auf das kommende Frühjahr, Anfang Mai, festgelegt. Aber heutzutage muss alles frühzeitig geplant sein. Sonst kann es sein, dass man keine Lokation, Live-Musik oder Fotograf mehr bekommt. Ganz erstaunt bin ich, als ich höre, dass selbst ein Brautkleid mehrere Monate vorher besorgt werden muss.

Julia verrät uns, dass sie ein schneeweißes Kleid gefunden hat, was ich mir schon gedacht habe. Da weiß zu ihren dunklen Haaren und ihrer immer gebräunten Haut besser passt, als creme. So kommt es, dass Stefan nochmals eine Ausstattung kaufen darf. Da der erste Anzug, den wir ihm zum Hochzeitsantrag gefunden hatten, zu einem weißen Kleid nicht ideal ist. Ich merke Maria an, sie würde gerne für den Neuen zuständig sein. So einigen wir uns, dieses Mal bezahlt sie, aber zum Aussuchen gehen wir beide mit. Allerdings werden wir damit bis kurz vor der Hochzeit warten, da Stefan noch fleißig zunehmen soll und wir ihn dann passend kaufen werden.

Inzwischen sind Julia und Stefan am Zusammenziehen. Die zwei haben in der Nähe von Maria und Karl ein kleines Häuschen zur Miete gefunden, mit einem zurückgezogenen, pflegeleichten Garten. Es ist nicht sehr modern, aber ordentlich und preisgünstig.

Humorvoll und mit Selbstironie sagt Julia immer, „unser kleines Hexenhäuschen." Irgendwie hat sie damit Recht. Beim genaueren Betrachten hat es wirklich eine Ähnlichkeit mit einem Hexenhaus, wie man es sich, in dem Märchen von Hänsel und Gretel vorstellt. Von außen betrachtet, ist das Haus eher hoch als breit. Das Dach erscheint dadurch ziemlich spitz. Darauf ragt ein überdimensional großer Kamin. Die Haustüre und die Fenster sind in der Farbe dunkelbraun gestrichen und zieren sich durch dicke Sprossen.

Julias Eltern, Maria und Karl, unterstützen die beiden vorerst finanziell, da sie ja noch kein eigenes Geld verdienen. Das Studium lastet sie voll und ganz aus. Die Eltern von Julia wollten den beiden eine große, moderne Wohnung kaufen und schenken, was Julia und Stefan dankbar abgelehnt haben. Darauf bin ich richtig stolz und habe totale Hochachtung. Erst wenn sie eigenes Geld verdienen, wollen sie sich ein Eigenheim kaufen oder bauen lassen, ohne Unterstützung der Eltern.

An einem verregneten Wochenende findet der Umzug statt. Andreas und ich haben uns für die Zeit bei Maria und Karl einquartiert, damit wir fleißig helfen können. Der Samstagmorgen ist so aufgeteilt, dass Maria, Karl, Andreas und ich bei Stefan helfen. Die vielen Kartons, die er schon die letzten Tage ordentlich mit seinen Kleidern und weiteren Gegenstände befüllt hat, in den Lieferwagen zu bringen. Dann zum neuen Häuschen zu fahren und dort alles wieder auszuladen und in die jeweiligen Räume zu befördern. Das gleiche geschieht parallel bei Julia auch. Dort hilft ihre Mutter, Samuel und Simone.

Jan wollte auch helfen. Aber wir haben uns alle dafür entschieden, dass es besser ist, wenn er bei Tanja bleibt. Um sie zu umsorgen und zu schauen, dass sie nicht alleine ist, falls es Probleme geben würde. Ich weiß schon auch, dass ich inzwischen übertreibe mit der Fürsorge meines jüngsten Kindes. Aber ich spüre in meinen Gliedern immer noch den Schock über den damaligen Krankenhausaufenthalt von Tanja und die Angst, die damit verbunden war. Darum kann ich nicht anders, auch wenn die Ärzte schon lange Entwarnung gegeben haben und sie eigentlich wieder zur Schule könnte. Jedoch wird sie fast ein ganzes Jahr aussetzten. Damit sie sich zurzeit ausruhen kann und sich nicht zu viel zumutet. Da sich ihre Schwangerschaft durch große Müdigkeit zeigt, fällt es ihr nicht schwer, viel zu liegen. Denn sie schläft eh die meiste Zeit. Ihr Körper braucht im Moment Ruhe und Schlaf.

Wir fangen, nachdem alle Kartons da sind, das Auspacken und Verstauen an. Nach der Regie von Julia und Stefan. Da die zwei ihre Schachteln sehr ordentlich beschriftet haben und wir darum nicht lange suchen müssen, klappt das alles sehr gut.

Um 16.00 Uhr kommt Julias Vater und meint, man hätte leichter eine Umzugsfirma beauftragt, so wie er es schon immer vorgeschlagen hat. Nach diesen Worten geht er auf Kontrollgang und sucht nach Fehlern, die wir gemacht haben. Darauf müssen wir alle innerlich grinsen und arbeiten gut gelaunt weiter. Denn wir nehmen ihn alle in dieser Hinsicht nicht für ernst.

Früher als erwartet, sind wir schon am Samstagabend mit allem fertig. Konnten sogar das ganze neue Geschirr, Schüsseln und Töpfe, welches sich die zwei neu angeschafft haben, einmal in der Geschirrspülmaschine durchspülen. Und in die jeweiligen, vorgesehenen Schränke verstauen. Auch den Fußboden haben wir säuberlich gewischt. Somit werden wir alle am Sonntag einen freien Tag haben, da es bei Julia und Stefan nichts mehr zu tun gibt.

Aber natürlich werden wir die Nacht noch bei Maria und Karl verbringen. Da es schon spät ist und wir nach diesem arbeitsreichen Tag zu müde sind, um heimzufahren. Während wir erschöpft, aber glücklich im Flur der Zweien stehen, lädt uns Maria noch zu einem deftigen Abendessen zu sich nach Hause ein, dem wir alle gerne folgen. Da sich unser Magen bemerkbar macht und ein richtiges Hungergefühl aufkommt. Wir hatten durchgearbeitet, außer Finger-Food zwischendurch hatten wir nichts.

Selbst Julias Vater kommt mit zu Maria und ist ziemlich kleinlaut, da er keinen ernstzunehmenden Fehler in unserer Arbeit entdeckt hat. Denn wir waren gegen seine Erwartungen sehr schnell mit allem fertig. Wir verbringen zusammen einen schönen Abend in Marias Esszimmer. Es wird zwar ein wenig eng, aber das leckere Vesper und die lustige Unterhaltung entschädigt das. Gegen 11.00 Uhr abends, stehen plötzlich Julia und Stefan auf. Stefan klopft mit einem kleinen Löffel an sein Glas und bittet uns somit um Ruhe. „Wir werden jetzt in unser neues Reich fahren, da wir nach diesem arbeitsreichen Tag sehr müde sind. Vorher wollen wir uns aber bei euch allen bedanken, für diese großartige Mithilfe und Unterstützung. Ohne euch hätten wir das nie geschafft."

Maria steht zaghaft auf und fängt stotternd das Reden an, „lieber Stefan, liebe Julia, für mich ist heute ein lebensverändernder Tag gekommen, dem ich zwiespältig gegenüber stehe. Mit einem weinenden Auge, weil mein Sohn von uns wegzieht und uns nicht mehr so sehr brauchen wird. Und ein lachendes Auge, weil wir Julia so sehr mögen und wissen, dass es ihm bei ihr sehr gut geht. Das Lachende steht auch dafür, weil es Stefan gesundheitlich wieder fantastisch geht und dadurch es erst möglich ist, dass er überhaupt ausziehen kann. Ihr wisst, ich habe euch beide über alles lieb, darum wird mein Haus auch immer eures bleiben. Ihr könnt jederzeit selbstständig hereinkommen. Auch wenn wir nicht da sind, falls ihr etwas benötigt." Symbolisch hebt sie zwei neuangefertigte Schlüssel hoch und übergibt jeweils einen an die beiden. Bei ihren rührenden Worten bekomme ich Tränen und auch bei allen anderen bleibt kein Auge trocken.

Stefan probiert die Stimmung wieder aufzulockern, wischt sich zuvor übers Auge und meint, „jetzt habe ich zwei Schlüssel von dir. Meinen Alten und den Neuen. Da kann ich sogar einen verlieren und komme immer noch bei euch in das Haus hinein", dabei umarmt er sie und flüstert in ihr Ohr, für uns anderen fast nicht hörbar, „danke, liebe Mama. Ich habe dich auch über alles lieb und keine Angst, ich werde dir noch viel zu oft auf der Matte stehen."

Komischerweise kommt in mir bei seinen Worten keine Eifersucht hoch, sondern Dankbarkeit, dass Stefan in Maria, eine so tolle Mutter gefunden hat. Dabei bin ich für sie froh, dass Stefan nicht weit wegzieht, so wird ihr der Auszug leichter fallen. Er wohnt jetzt quasi nur ums Eck.

Eilig sagt Julias Mutter, „natürlich ist bei uns auch jederzeit für euch beide die Türe offen." Dann blickt sie zu Julia, „du hast ja deinen Haustürschlüssel!"

Als Julia und Stefan freudestrahlend und ausgelassen gegangen sind, erleben wir anderen weiterhin einen lustigen Abend. Sogar Julias Vater war noch recht angenehm und wir alle haben mit ihm sehr nette Gespräche geführt. Ich falle um 2.00 Uhr nachts, wie tot in mein Bett.

Kapitel 13

Tanjas Geburtstermin rückt immer näher. Darum verlasse ich München nicht mehr. Ich möchte, wenn es losgeht, gleich zur Stelle sein, um meine Tochter unterstützen zu können. Darum besucht mich jetzt Andreas bei jedem Treffen. Er tut mir zwar leid, weil er dadurch viel auf den glatten und verschneiten Straßen ist. Aber nachdem das Baby da ist, komme ich ihn in Ravensburg wieder regelmäßig besuchen.

Es ist ein Freitagabend, Andreas und ich sind beim Sushi Essen. Die ganze Woche über habe ich mich darauf gefreut, dass wir zum Chinesen gehen, da ich dort schon lange nicht mehr war.

Glücklich macht mich, dass Andreas in dieser Richtung nicht typisch schwäbisch ist. Da die oft sehr eingefahren sind und nach dem Motto leben: Was der Schwab nicht kennt, das isst er nicht. Man merkt halt doch auch, dass er italienisches Blut in sich hat.

Während ich mit meinen Stäbchen im Reis herum stochere, höre ich Andreas laut neben mir schnaufen. Dabei wackelt er nervös mit seinen Beinen. Ich merke den gesamten Abend schon, dass er überreizt ist und fast keinen Bissen runter kriegt. Durch diese unangenehme Situation habe ich plötzlich auch keinen großen Appetit mehr und würge das Essen hinunter. Darum frage ich ihn, weil dieser Zustand nicht schön für mich ist und ich Klarheit möchte, auch wenn ich weiß, dass er Schweigepflicht hat, „hast du gerade einen schwierigen Fall bei deiner Arbeit?" Er verneint und schaut dabei weiter angespannt aus. Gibt mir aber keine Antwort, was ihn heute so unruhig macht. Dadurch ist jetzt eine unangenehme, erdrückende Stille zwischen uns. Keiner fängt eine weitere Unterhaltung an. Bis er endlich nach mehreren Minuten einen Ton von sich gibt, „Lissy, würdest du mit mir in den Park gehen, um frische Luft zu schnappen?"

Ich nicke, da mein Hungergefühl eh vergangen ist. Dabei hoffe ich, dass er mir dort gesteht, was ihn heute bedrückt. Auf dem Weg in den verschneiten Naturpark kommt in mir plötzlich Panik auf. Da mir der Gedanke in den Sinn kommt, vielleicht will er unsere gemeinsame Beziehung beenden. Ich stelle mir die letzten Treffen von uns bildlich vor und gehe alles gedanklich nochmals durch. Ich kann aber keine Gründe finden, was ihm nicht gefallen hat. Eigentlich war alles sehr harmonisch und ich hatte immer das Gefühl, Andreas fühlt sich wohl mit mir. Die Vorstellung, dass er sich möglicherweise in eine andere Frau verliebt hat, macht mich wahnsinnig. Irgendetwas muss ja passiert sein, warum er sich so komisch und unnahbar verhält.

Jetzt bin ich unruhig und zittere, weil ich Angst davor habe, was er gleich zu mir sagt. Wir laufen, ohne ein Wort zu sprechen. Unverhofft hält Andreas behütend meine Hand fest. Ich spüre deutlich seinen Druck und seine Körperwärme. Diese Handlung von ihm beruhigt mich wieder ein wenig. Zögernd beginnt er das Gespräch, „Lissy, du weißt, dass ich dich über alles liebe und unter der Woche es kaum erwarte, dass es Freitagabend wird und ich dich wieder sehen kann. Diese Wochenendbeziehung macht mich traurig und ich finde sie bescheuert, da ich dich sehr viel vermissen muss und ich voller Sehnsucht nach dir bin. Ich denke, es ist Zeit für Veränderungen.

Ich habe mir die Freiheit genommen und mich heimlich erkundigt. Es gebe in München eine Stelle als Richter für mich. Meine Villa in Ravensburg könnten wir als Urlaubsdomizil behalten und wenn es dir recht ist, würde ich einfach bei dir einziehen. So, jetzt ist es raus. Lissy, sollen wir zusammen ziehen?" Bei dieser Frage schaut er mich ängstlich und gespannt wartend auf die Antwort an.

Ich bin erst einmal sprachlos, da ich mit allem gerechnet habe, außer mit dem. Dabei merke ich, wie mein Gesicht errötet. Ich probiere zu vertuschen, dass ich misstrauisch und überrumpelt bin und versuche nicht zu schockiert dreinzuschauen. Es gehen mir viele Dinge durch den Kopf, die ich ihm dann auch direkt mit einer stotternden Stimme mitteile, „aber deine Villa kann man ja so gar nicht mit meinem Haus vergleichen. Mein Eigenheim würde fünfmal in deines passen und ist auch ziemlich schäbig gegen dein Haus."

„Einsam in einem großen Haus, indem man sich verlaufen könnte, genauso wohne ich. Dein Zuhause ist urgemütlich und voller Leben und Liebe. Ich habe mich beim ersten Treffen bei dir, auch in deinen Hausstand verliebt. Darin stecken so viele kleine Details von dir."

Ich stammle und suche nach einem Haken, warum das Zusammenziehen nicht funktionieren kann. „Meine Töchter wohnen öfters bei mir und im Moment ist Tanja sogar ganz eingezogen. Ist das ein Problem für dich?"

„Überhaupt nicht. Im Gegenteil. Ich mag die zwei sehr gerne und hoffe natürlich, dass sie mit mir kein Problem haben."

„Meine Mädchen mögen dich, da gibt es keine Schwierigkeit. Jedoch bin ich unter der Woche ein ziemlicher Morgenmuffel, wenn ich früh aufstehen muss. Hoffentlich macht dir das nichts aus?"

Daraufhin mustert Andreas mich lange und fängt dann erleichtert das Lachen an, „jetzt hatte ich gerade Angst bekommen, bei deiner kritischen Reaktion, ob du überhaupt mit mir zusammen ziehen willst. Aber an deinen Fragen merke ich, dass du einfach nur Muffensausen und Respekt davor hast, deine nicht so tolle Seite mir zu zeigen. Aber auf was willst du warten? Wir werden älter und noch verkorkster. Darum wird das

Zusammenziehen immer schwerer. Allerdings bin ich mir sicher, ich werde auch deine negativen Eigenschaften lieben und freue mich sehr diese kennenzulernen."

Liebevoll und grinsend, wobei sich seine Grübchen zeigen, nimmt er mich in den Arm. Schaut mir tief in die Augen und meint mit einer inzwischen ernsten Stimme, „Schatz, ich will gerade deine Alltagsseite kennenlernen und mit dir den normalen Trott erleben. Es wird für uns beide erst einmal eine Umstellung sein, nicht mehr allein Herr über alles zu sein. Aber ich glaube, wir sind uns einig und lassen jeweils dem anderen seine Freiräume, die er benötigt. Ich halte es nicht aus, so viel ohne dich zu sein, da ich dich sehr liebe. Ich möchte mit dir an meiner Seite alt werden und dich nicht nur am Wochenende sehen.

Keine Angst! Ich mache dir jetzt keinen Heiratsantrag. Da ich denke, dass wir zwei schon einmal verheiratet waren. In unserem Alter können wir auch ohne den Trauschein zusammen ziehen und in wilder Ehe leben. Darum könntest du mich auch, wenn wir zusammen gezogen sind und ich dich nerve, jederzeit mit meinem Koffer vor die Türe stellen. Ich möchte klarstellen, dass ich keinerlei Besitzansprüche bei dir fordere. Du hast gar nichts zu verlieren. Du musst dich nicht um mich sorgen, da ich meinen Job in Ravensburg gleich wieder hätte. Aber ich bin mir sicher, soweit kommt es nicht."

Überwältigt von seinen lieben Worten und dem gut durchdachten Vorschlag, muss ich schmunzeln und stimme ihm zu. Ich sage ganz laut und mit einer zielsicheren Stimme, „ich will mit dir jeden einzelnen

Tag verbringen." Daraufhin nimmt mich Andreas stürmisch hoch und wirbelt uns beide im Kreis. Dabei lässt er einen lauten Freudenschrei raus.

In diesem Moment wird er vom Mann zum Jungen, mit dessen Unbeschwertheit, da es ihm gerade wenig interessiert was Menschen denken könnten, die zufällig auch zu später Stunde, sich im Park aufhalten. Für ihn ist nur noch von Bedeutung, dass wir zusammen ziehen und die große Freude darüber. Ich fange auch an zu lachen und fühle mich so schwerelos wie ein Teenie, dem die Welt und das ganze Leben offen steht. Ich spüre, wie eine große Vorfreude in mir aufkommt, weil Andreas zu mir zieht.

Verliebt und voller Pläne schmiedend, laufen wir mindestens eine Stunde schon eng aneinandergeschmiegt durch den dunklen Park. Vor lauter freudiger Aufregung und Kribbeln im Bauch, haben wir die Kälte ganz verdrängt. Plötzlich klingelt mein Handy. Erschrocken stelle ich fest, dass es Jans Nummer ist, und gehe gleich daran. Ich höre seine aufgeregte Stimme, „wir fahren in die Klinik. Der Krankenwagen ist schon da. Tanja hat einen Fruchtblasenriss und weil das Baby noch nicht im Becken ist, darf sie nur liegend transportiert werden." Ich verspreche ihm, dass wir gleich nachkommen.

Während der Fahrt sacke ich in den Sitz und rechne nach. Dabei stelle ich fest, dass es noch genau 18 Tage bis zum errechneten Geburtstermin sind. Aber ich weiß und bin dadurch für das Erste beruhigt, dass es nicht so sehr zu früh ist, als dass das Baby noch in Brutkasten müsste.

Im Krankenhaus angekommen, stürmen wir gleich Richtung Kreißsaal und warten davor in einem Wartebereich. Das Ungewisse dabei, macht mich ganz fertig. Andreas versucht mich zu beruhigen. Was er nur bedingt schafft. Ich weiß ja selber, dass eine Geburt etwas ganz normales und natürliches ist. Aber wenn es die eigene Tochter betrifft, dann sieht das Ganze anders aus und es kommen einem tausend schlimme Gedanken hoch.

Eine Stunde vergeht, bis Jan aufgewühlt zu uns tritt, „sie hat noch keine Wehen bekommen und hängt darum jetzt an einem Wehentropf. Jetzt heißt es warten, bis es losgeht. Das kann aber dauern. Darum könnt ihr heimgehen. Wir geben euch Bescheid, wenn es Neuigkeiten gibt."

In dem Moment hören wir eine Frau laut schreien, die wohl gerade eine starke Wehe hat. Mir kommen dabei meine drei Geburten in den Kopf. Mit Abstand die schlimmste war die von Stefan. Nicht unbedingt wegen den körperlichen Schmerzen, sondern den seelischen. Ich habe damals während der gesamten Geburt geweint und war total kraftlos, da ich ihn eigentlich gar nicht auf die Welt bringen wollte. Ich wusste ja genau, dass er mir gleich genommen wird. Dieser Moment in meiner Vergangenheit gibt mir jedes Mal, wenn ich daran denke, einen Stich mitten ins Herz.

„Lissy, sollen wir heimgehen?", höre ich Andreas fragen. Ich bin mir unsicher und meine, dass ich gerne dableiben möchte. Daraufhin meint Jan, „im Moment nützt du Tanja nichts, da sie auch nur da liegt und wartet. Schlafe lieber und sei fit, wenn die Wehen losgehen. Denn so wie ich deine Tochter kenne, möchte sie, wenn es ernst wird und sie starke Schmerzen hat, auch ihre Mutter bei sich haben. Und dann wäre es gut, wenn du ausgeschlafen bist."

Einsehend, stimme ich zu und wir fahren heim. Dort angekommen gehen wir gleich in das Bett. Allerdings bekomme ich kein Auge zu. An Andreas regelmäßigem Atemzug merke ich, dass dieser tief und fest schläft. Meine Gedanken sind ganz bei meiner Tochter. Dabei beobachte ich den Zeiger an meinem Wecker, der sich schleichend bewegt. Morgens um vier halte ich es nicht mehr aus und gehe langsam und leise, damit ich Andreas nicht aufwecke, in das Wohnzimmer. Nehme mein Handy in die Hand und will Jans Nummer wählen. Aber dann reiße ich mich wieder zusammen. Vielleicht schlafen die zwei gerade und ich würde sie wecken. So eine Weheneinleitung kann ja schon länger dauern. Jede Minute, in der sie sich ausruhen können ist gut. Dabei bekommen sie Kräfte für die Geburt.

Ich gehe in die Küche an den Kühlschrank. Aber wenn ich das Essen nur sehe, wird es mir schlecht. Darum schalte ich im Wohnzimmer den Fernseher ein und versuche mich so ein wenig abzulenken. Aber das funktioniert nur bedingt, obwohl überraschenderweise um diese Samstagmorgenzeit doch ein paar gute Filme kommen. Während ich im Programm umherzappe, tritt langsam Andreas zu mir, „kannst du nicht schlafen?"

„Ich habe kein Auge zugemacht und seit einer Stunde tigere ich im Haus umher. Entschuldigung, wenn ich zu laut war und dich geweckt habe." Daraufhin meint er verständnisvoll, „wenn es sich um mein Kind drehen würde, könnte ich auch nicht schlafen. Aber wegen dir bin ich nicht wach geworden, sondern meine Nase hat mich gekitzelt."

Andreas bleibt bei mir im Wohnzimmer und wir lenken uns in den nächsten zwei Stunden ab, indem jeder von den Geburten seiner Kinder berichtet. Interessiert höre ich zu, wie Andreas erzählt, dass die Hebamme ihn damals nicht zur Geburt seines ersten Sohnes reinlassen wollte. Er aber solange nicht locker ließ und schließlich dabei sein durfte.

Während die Haare des Babys schon sichtbar waren und es nicht mehr lange dauern konnte bis der Junge da war, wurde es ihm schlecht und er wurde ohnmächtig.

Die Hebamme hat geschimpft wie ein Rohrspatz, während er wieder wach wurde. Von wegen, sie hatte ihm doch gesagt, dass er draußen bleiben soll. Männer gehören nicht in den Kreißsaal. Die sind viel zu schwach für sowas. Im Hintergrund vernahm er während der altmodischen Standpauke schon seinen Sohn, da dieser weinte. Er konnte das Lachen vor lauter Überwältigung, dass er zum ersten Mal seinen Sohn hörte, nicht verkneifen. Die Hebamme war zwar darauf stinkwütend, weil sie dachte, er lacht sie aus. Aber das war ihm sowas von egal.

Bei seinem zweiten Sohn gingen sie in eine andere Klinik. In der war es zu dieser Zeit schon normal, dass Väter bei der Niederkunft dabei sind. Er hatte sich schon Wochen vorher immer geistig die Geburt vorgestellt, sodass er hoffte, dieses Mal durchzustehen. Und zum Glück wurde ihm nicht schlecht, geschweige denn fiel er in Ohnmacht.

Während unserem gesamten Gespräch habe ich meinen Blick auf das Handy gerichtet, das auf dem Sofa neben mir liegt und stumm bleibt. Um 8.00 Uhr haben wir immer noch nichts von Tanja und Jan gehört. Darum schlägt Andreas vor, dass er mir ein schönes Frühstück zaubert. Dankend lehne ich ab und so isst er ein Marmeladebrot alleine.

Die Stunden vergehen schleichend. Fünfmal versuche ich Jan telefonisch zu erreichen. Es geht aber immer nur seine Mailbox hin. Am liebsten würde ich in die Klinik fahren und persönlich nach den zweien schauen. Aber Andreas rät mir ab, „die beiden melden sich schon, wenn sie dich brauchen. Lass ihnen ihren Freiraum." Tief in mir weiß ich, dass er Recht hat. Aber als wartende Mutter ist das alles nicht so einfach. Ich versuche mich, indem ich den gesamten Fußboden durchputze, abzulenken. Jeder kleinste Winkel wird gereinigt. Ich lasse meine überschüssige Energie und die ganze Anspannung an der Putzbürste aus und hoffe, dass ich sie durch meine Kräfte nicht abbreche.

Endlich um 15.00 Uhr, meine Nerven sind schon am Anschlag, klingelt mein Handy. Jan berichtet mir, dass Tanja seit 9.00 Uhr in starken Wehen liegt. Aber es sich nichts tut. Aufgeregt und hörbar gestresst fügt er hinzu, „ich vermute, dass das Baby zu schwer und zu groß ist und darum zu wenig Platz hat um herauszukommen. Bei der letzten Untersuchung hat es geheißen, das Kind wiegt ca. 3,4 kg. Da Tanja zierlich gebaut ist, hat sie natürlich nicht das größte Becken. Die Herztöne sind teilweise schon schlecht, da die Geburt zu anstrengend für unser Kind ist. Ein Arzt hat am Kopf, an den man schon rankommt, blutabgenommen, um zu überprüfen, ob es dem Kind gut geht."

Zügig spreche ich vor lauter Nervosität dazwischen, „wir sind gleich bei euch."

Als wir 17 Minuten später, nach einer rasanten Fahrt, in der mein Andreas, obwohl er Richter ist, die Geschwindigkeit überschritten hat und gerade noch rechtzeitig vor einer roten Ampel bremsen konnte, in der Klinik eintreffen. Da berichtet mir eine Krankenschwester, dass bei Tanja gerade einen Notkaiserschnitt durchgeführt wird. Voller Anspannung laufe ich den Gang auf und ab und bete mehrmals das „Vater unser."

Erst eine endlose Dreiviertelstunde später tritt die gleiche Krankenschwester zu uns und sagt, „Herzlichen Glückwunsch. Ein gesundes Baby ist da. Die Mutter wird gerade noch genäht und der Vater ist bei der Erstversorgung des Säuglings dabei." Auf meine Frage wie das Baby heißt, lächelt sie nur und meint, „die Eltern wollen ihnen selber das Geschlecht und den Namen mitteilen."

Es vergeht nochmals über eine Stunde, bis Tanja im Bett auf ihr Zimmer gebracht wird. Schneeweiß im Gesicht und schwach versucht sie zu lächeln, während sie uns entdeckt. Der stolze Vater mit dem Baby auf dem Arm, grinst überglücklich über das ganze Gesicht. Seine ganze Panik, die ich vorher deutlich am Telefon gespürt habe, ist wie weggewischt.

Zuerst streichle ich meiner Tochter über die Haare und sage ihr, wie stolz ich auf sie bin. Und dann darf ich endlich, was ich fast nicht mehr erwarten kann, das kleine Bündel Baby auf den Arm nehmen.

Ich betrachte genau das Gesicht. Alles ist so zierlich und klein. Einfach alles daran ist ein großes Wunder und wunderhübsch. Jedes einzelne Fingerchen ist am richtigen Platz. Ich nehme die kleine Hand in die meine, die darin förmlich versinkt, so winzig ist sie und doch schon so groß. Vorsichtig streichle ich über die Finger. Ganz vorsichtig, aus Angst, etwas zu erdrücken.

Mein Enkelkind hat schon ziemlich lange schwarze Haare, die in alle Richtungen stehen. Vorsichtig streichle ich darüber. Währenddessen sind die Haare ganz glatt. Sobald aber meine Hand wieder weg ist, gehen sie gleich wieder in ihre alte Position.

Das Baby schaut schon neugierig in meine Richtung und nullt an seinem Daumen. Davon, dass es zu früh auf die Welt gekommen ist, sieht und merkt man dem Kind gar nichts an. Meine Gefühle in diesem Moment sind nicht zu beschreiben. Es überwältigt mich total. Es ist so lange her, dass ich meine Kinder so klein an mein Herz drücken konnte und jetzt wird sich alles wiederholen. Dieses kleine Wunder hat jetzt schon einen festen Platz in meinem Herzen und ich würde für das Kind zur Löwin werden.

Meine Neugier ist jetzt riesig, da ich immer noch nicht weiß, ob es ein Junge oder Mädchen ist. Da es ein beiger Strampler an hat, kann man durch die Farbe der Kleidung nichts erkennen. Darum frage ich direkt, „welchen Namen habt ihr gegeben?" Lächelnd und geheimnisvoll, schauen mich Jan und Tanja an. Dabei sehen sie bedacht aus, „wir haben ihn nach unserem

Himmel-Opa genannt, Paul." Glücklich muss ich mir eine Träne wegwischen, „das freut ihn aber sehr, wenn er zu uns runter sieht."

Ich bin sehr überrascht und zufrieden, dass Tanja ihren Vater durch ihren Sohn ehrt, da jetzt beide den gleichen Vornamen haben. Obwohl sie gar nicht wusste, dass wir unseren Mädchen, falls eine ein Junge geworden wäre, den Namen auch gegeben hätten. Da es den Namen Paul schon oft bei seinen Vorfahren gab, wollten wir diese Tradition fortführen.

Ich kann mir bildlich vorstellen, wie gerührt mein Ehemann in diesem Moment wäre. Bei diesem Gedanken muss ich mir erneut mit einem Taschentuch eine Freudenträne wegwischen. Andreas hat sich die ganze Zeit, während dieses emotionalen Moments, ruhig in der Ecke aufgehalten. Jetzt tritt er vor und geht an Tanjas Bett, dabei fragt er besorgt, „wie geht es dir? Du siehst sehr blass aus." Tanja nickt und lässt Jan für sie sprechen, „sie hat sehr viel Blut während der Operation verloren. Unser Kleiner ist sehr groß und schwer. Er wiegt 3610g und ist bei der Geburt immer an Tanjas Becken gestoßen. Die Herztöne sind dabei deutlich schwächer geworden. Darum haben sich die Ärzte für einen Notkaiserschnitt entschlossen. Das Ganze ging nach meinem Anruf bei euch sehr schnell."

Erschrocken blicke ich zu Paul, „so schwer bist du. Obwohl du 18 Tage früher zu uns wolltest. Ich will mir gar nicht vorstellen, wie viel du gewogen hättest, wenn du zu deinem errechneten Geburtstermin auf die Welt gekommen wärst."

Während wir so sprechen, meint auf einmal Tanja, „ich glaube es ist besser, ihr zwei geht jetzt. Ich möchte gerne mit Jan und Paul alleine sein. Weil ich gerade starke Nachwehen bekomme." Während sie so spricht, merkt man ihrer Stimme an, dass sie teilweise keinen anständigen Ton mehr herausbekommt, vor lauter Schmerzen.

Schnell verabschieden wir uns. Aber ich lasse es mir nicht nehmen, meiner Tanja und dem kleinen Paul ein Bussi auf die Stirn zu geben. Und mache von ihm das erste Foto, bei dem er schon recht fotogen ist, da er schön zur Kamera schaut.

Überglücklich als frischgebackene Oma gehe ich mit der Aufnahme in meiner Hand, in Richtung Parkplatz. Andreas strahlt neben mir auch übers ganze Gesicht. Im Auto angekommen rufe ich sofort bei Stefan und Simone an und übermittle ihnen die freudige Nachricht. Bei Stefan geht zu aller erst Julia an das Telefon, die einen Freudenschrei rauslässt. Danach nimmt ihr gleich Stefan den Hörer ab, der auch hörbar gerührt über die neue Nachricht ist, „da freue ich mich. Wir kommen morgen auf alle Fälle nach München und besuchen den kleinen Paul."

Bei Simone läuft es ähnlich ab. Zuerst geht Samuel ans Telefon und dann Simone, die sich vor Freude fast nicht halten kann und meint, sie sei jetzt so hibbelig und kann wahrscheinlich eh die ganze Nacht nicht schlafen. Sie möchte gleich in das Krankenhaus fahren und Paul besuchen. Nachdem ich ihr erklärt habe, dass das für heute keine gute Idee sei, da die junge Familie erst einmal ihre Ruhe braucht und Tanja voller Schmerzen ist. Da fragt sie, ob sie mit Samuel vorbei kommen kann. „Natürlich", sage ich erfreut und wir verabreden uns in einer Stunde bei uns Zuhause.

Wieder einmal bestelle ich bei der üblichen Pizzeria für jeden eine Pizza. Da muss ich gar nicht mehr meine Adresse angeben, weil sie die schon in- und auswendig kennen. Als Simone und Samuel eintreffen, sehen sie sich sehr genau und ausgiebig das Bild von Paul an. Simone scannt es förmlich ein und fährt mit ihrem Zeigefinger die Konturen von Paul nach. Schlussendlich sagt sie, „ich bin mir sicher, er sieht aus wie unser Papa. Da ist es passend, dass er auch seinen Namen trägt. Ich finde das richtig schön." Bedachtsam schaue ich nochmals das Foto an und muss ihr zustimmen. Er hat seinen Mund und das Kinn, jedoch die Augen sehen sehr nach Jan aus.

Nachdem wir die Pizza gegessen haben, gehe ich in die Küche, um jedem ein Vanilleeis mit heißen Himbeeren herzurichten. Auf einmal steht Simone neben mir. Lehnt sich mit verschränkten Armen an die Glastüre, schnauft tief durch und sucht das Gespräch, „Mama, ich muss mit dir sprechen." Angespannt schaue ich zu ihr rüber und denke mir: Oje, was kommt jetzt. Was hat sie angestellt?

Deshalb stelle ich mich mit einem verzerrten Gesichtsausdruck ihr gegenüber und schaue sie fragend an. Daraufhin fängt sie nochmals an zu sprechen. „Mama, ich habe meinen Traummann in Samuel gefunden. Wir möchten auch einmal Kinder bekommen und heiraten. Aber das hat noch Zeit, da wir noch jung sind. Ich bin gerade dabei, ein offenerer Mensch zu werden. Mit Samuel zusammen fühlt sich alles so leicht und unbeschwert an. Das Leben ist auf einmal für mich wie ein großes lustiges Fest und nicht mehr durchgeplant von A bis Z. Und genau das brauche ich. So macht einfach alles Spaß und mir geht es dabei gut. Das heißt aber nicht, dass ich wichtige Dinge nicht mehr ernst nehme. Aber du weißt genau, wie zurückgezogen ich gelebt habe und öfters auch traurig war. Samuel tut mir gut und ich komme ganz aus meiner Haut heraus."

Während sie so spricht, kapiere ich gar nichts mehr und frage mich: Was will Simone mir damit sagen. Zum Glück kommt sie dann auch zum Punkt. Viel länger hätte ich diese Ungewissheit nicht mehr ausgehalten und wäre ihr in das Wort gefallen.

„Wir wollen eine Weltreise machen." Ich schaue sie an und bin für das Erste sprachlos. Simone ist so in ihrem Element, darum merkt sie das gar nicht, sondern spricht eilig weiter und versucht mich dabei zu überzeugen.

„Ich weiß, dir ist es wichtig, dass wir schnellst möglichst einen Beruf erlernen. Aber das ist eine großartige Chance und diese muss man in jungen Jahren nützen. Mama, das wird so wunderbar. Ich werde sehr viel dabei lernen. Es werden auch negative Dinge dabei sein, aber auch die werden mich prägen. Später wenn wir Familie haben, ist eine Weltreise nicht mehr möglich.

Samuel hat schon eine Tour zusammengestellt, die zeigen wir dir nachher. Um gefährliche Gegenden werden wir natürlich einen großen Bogen machen. Ich müsste beim Studium ein Jahr auslassen, kann aber danach wieder einsteigen. Samuel könnte sich für ein

Jahr beurlauben lassen und während der Zeit halten wir uns mit Jobs über Wasser. Wir werden in Gaststätten fleißig Teller waschen, in Hotels Betten überziehen, auf Landwirtschaften mithelfen, einfach überall wo man uns brauchen kann." Das alles sagt sie so zügig und voller Lebensfreude, da habe ich gar keine Zeit, um etwas zu erwidern.

Simone nimmt meine Hände und dreht uns beide lachend im Kreis. Immer schneller drehen wir uns dabei. An meinen Augen huschen meine Möbel vorbei und ich habe die Orientierung im Raum verloren. Langsam wird mir von den Umdrehungen schwindelig und ich sage zu Simone, „komm, setzen wir uns auf die Stühle."

Immer noch lachend, setzt sich Simone hin und schaut mich erwartungsvoll an. Ich gebe mir einen innerlichen Ruck und sage zu mir selber, „Lissy es ist Zeit, dass du deinen Kindern Flügel zulässt und die Freiheit die ihnen zusteht. Von dir brauchen sie nur noch Unterstützung."

Darum sage ich laut und probiere überzeugend zu klingen, „Simone, du kannst dir nicht vorstellen, wie glücklich es mich macht, dass es dir so gut geht. Mit Samuel an deiner Seite hast du einen Traummann gefunden und seine Mama wird bestimmt einmal die perfekte Schwiegermutter sein. Du weißt ja, dass sie lange meine beste Freundin war und seinen Vater kenne ich auch gut, aus unserer Schulzeit."

Fragend schaut mich Simone an und ich merke, ich muss zum Punkt kommen, „ich will damit sagen, dass ich Samuel vertraue. Er wird dich nicht in Gefahr bringen. Er ist aus einer bodenständigen Familie und hat eine gute Erziehung genossen.

Es fällt mir zwar schwer, dich ein Jahr in die weite Welt gehen zu lassen, aber ich vertraue ihm und natürlich dir, dass ihr vor Bedrohungen einen großen Bogen macht. Und du hast recht, wenn nicht jetzt, wann dann. So einen Trip muss man in jungen Jahren und ohne Kinder machen. Ich denke, du wirst dabei viel lernen, was dir in deinem Leben und als Lehrerin zu Nutze sein wird. Vor allem wirst du noch mehr Stärke bekommen. Wenn ihr nach diesem Jahr, in dem ihr zu jedem Zeitpunkt zusammen sind, immer noch gleich verliebt seid, kannst du dir sicher sein, dass er der Richtige für dich ist."

Voller Glückstränen umarmt mich Simone, „danke, weil du gleich zustimmst und es mir dadurch nicht schwer machst. Mir fällt so ein Stein vom Herzen. Deine Meinung ist mir nämlich sehr wichtig. Ich bin jetzt voller Abenteuerlust und Tatendrang. Am liebsten würde ich heute schon die Reise beginnen. Natürlich erst, nachdem ich den kleinen Paul gesehen habe", fügt sie grinsend dazu.

Ich nehme ihren Kopf in meine Hände und gebe ihr ein Bussi auf die Stirn, „ich kann dich sogar gut verstehen. Ich selber habe als Jugendliche immer davon geträumt, in die weite Welt zu kommen und viele Abenteuer zu erleben. Dieser Wunsch hat sich für mich nie erfüllt.

Aber jetzt hören wir auf, von mir zu sprechen, sondern gehen mit unserem Nachtisch zu unseren Männern. Dort soll mir Samuel die genaue Route zeigen und erklären. Ich bin schon total gespannt. Aber ich werde ihm eindringlich sagen, dass er gut auf dich aufpassen muss, sonst bekommt er von mir großen Ärger", sage ich lachend. Gleichzeitig weiß ich, dass ich meine Worte genauso meine. Ich stehe auf und gehe zu unseren Dessertschalen, in denen inzwischen unser Eis verschmolzen ist.

Fröhlich gehen wir mit dem nicht mehr ganz appetitlichen Eis in das Esszimmer. Aber unsere Männer wären nicht unsere Männer, wenn die das stören würde. Und so trinken sie ohne ein Murren den Nachtisch.

Plötzlich kommt mir in den Sinn, dass ich gar nicht weiss, wann die Tour beginnen soll und darum frage ich gleich nach. Samuel beruhigt mich, indem er sagt, dass sie natürlich noch auf Stefans Hochzeit im Mai da sind. Und sogar bis zu den Sommerferien, die Ende Juli beginnen, warten werden. Damit er mitten im Schuljahr nicht einem anderen Lehrer seine Klasse übergeben muss. Das wäre nicht gut für seine Schüler. Erleichtert schnaufe ich einmal durch und bin froh, dass es noch acht Monate dauert, bis die zwei auf Reisen gehen.

Ich bin so gespannt auf die Route der Weltreise, sodass ich ganz zappelig dasitze. Samuel merkt das und nimmt unverzüglich die Landkarten zur Hand, um mich nicht länger auf die Folter zu spannen.

Es werden alle Karten der gesamten Erde auf dem Fußboden ausgelegt. Da alles ein wenig eng wird, lösen wir das Platzproblem, indem wir die Tische und die Stühle verstellen. Nachdem wir alle Länder ordentlich sortiert ausgelegt haben, knien wir uns rundum und Samuel zeigt uns genauestens, wo die Tour beginnt.

„Zu aller erst werden wir mit meinem alten BMW nach Polen fahren. Auf diese Reise kommen meine Eltern und mein Opa mit einem anderen Auto nachgefahren.

Da mein Großvater Vertriebener aus Ostpreußen, im Zweiten Weltkrieg war, möchte er mit seinen 91 Jahren nochmals, seit seiner Flucht, das erste Mal, seine alte Heimat sehen. Bevor er zu schwach wird und für immer von uns gehen muss.

Wir werden mehrere Tage zusammen verbringen. Mein Opa wird uns alles was noch vorhanden ist, genauestens erklären und zeigen." Mit einem Kloß im Hals und merklich misstrauisch, sagt Samuel, „ich hoffe nur, dass von seinem Bauernhof noch etwas übrig ist. Damit er zumindest ein wenig mit innerer Ruhe von seinem früheren Hab und Gut, Abschied nehmen kann.

Er musste damals bei Nacht, innerhalb einer Stunde verschwinden. Nur mit den Kleidern, die er am Leib trug und eine Tasche voll Erinnerungen und Proviant. Darum gab es keinen Abschied. Vor allem möchte er nochmals an die ungefähre Stelle, an der seine Eltern, die früh verstarben, begraben waren. Er meint und ist sich sicher dabei, wenn er vor der Kirche steht, kann er es genauestens sagen, wo das damalige Grab war.

Ich bin schon total gespannt darauf. Ich kenne seinen Hof und die Ortschaft nur aus endlosen Geschichten und einem Foto von ihm. Als ich ein kleiner Junge war, haben wir Stunden damit verbracht, wie er mir alles aus seinen Kindertagen erzählte.

Er gehört zu den letzten Zeitzeugen des Krieges und der Flucht aus Ostpreußen. Alles was danach geschildert wird, ist aus zweiter Hand. Die ganz genauen Geschehnisse von damals, hat er mir erst gesagt, als ich um die 18 Jahre war und dadurch alt genug, um alles zu realisieren und zu verarbeiten. Denn während der langen

Flucht sei sehr viel Leid geschehen. Der gesamte Wegesrand war gleichzeitig ein Totenlager. Es lagen überall Menschen herum, jedes Alters. Welche erfroren, verhungert oder kraftlos das Leben verloren. Selbst Intrigen, Gewalt, Vergewaltigung und Mord gab es unter den Flüchtigen.

Ich bin froh, dass mir mein Opa alles genau erzählt hat. Aber wiedergeben will und kann ich es nicht in gesprochenen Worten. Es ist einfach zu grauenhaft, was er erleben und mitansehen musste.

Ich habe es aber mit Hilfe von ihm, vor fünf Jahren zu einem Buch niedergeschrieben. Seine gesamte Lebensgeschichte, welche wir begonnen haben, als seine Kindheit jäh endete. Wie seine geliebten Eltern innerhalb zwei Jahren starben und ihn dadurch zum Vollwaisen mit gerade Mal 14 Jahren machten. Wir ließen das Buch enden, als er finanziell wieder Fuß gefasst hat, sich in unsere Oma verliebt und überglücklich mit seinem Leben war. Es war meinem Opa ein großes Anliegen, alles schriftlich zu hinterlegen, falls meine Kinder oder die meiner Brüder, Interesse dafür zeigen. Damit seine gesamten Nachfahren, wenn sie möchten, alles über die Familiengeschichte wissen."

Samuel schluckt einmal, bevor er mit neuen Kräften weiterspricht, „in Polen verkaufen wir den BMW. Mit dem Geld werden wir die weiteren Länder per Flugzeug, Schiff oder Zug bereisen. Mein Opa hat mir Bargeld gegeben, auf dieses wir zur Not zurückgreifen können. Aber eigentlich liegt der Reiz genau indem, dass wir während der Reise durch unsere Arbeitskraft uns über Wasser halten. Genauso lernen wir am besten Land,

Leute und Kultur kennen. Es soll ja kein Erholungsurlaub werden, sondern ein Abenteuerurlaub mit großem Lerneffekt."

Samuel zeigt mir genau auf den Landkarten die Reiseroute. Dabei wird es mir mulmig zumute, wenn ich daran denke, dass meine Tochter dort überall in naher Zukunft sein wird. Darum sage ich mit einem ernsten Ton und merke selber, dass ich dabei ziemlich böse schaue, „Samuel, du musst sehr gut auf mein Mädchen aufpassen. Du hast dann die Verantwortung für sie."

Lächelnd sagt Samuel und versucht mich dadurch zu beruhigen, „Simone ist das Wichtigste in meinem Leben. Auf die passe ich auf, wie wenn sie ein Rohdiamant wäre. Wir müssen aber und wollen diese Erfahrung sammeln. Auch wenn wir danach vielleicht nur festgestellt haben, dass es im Allgäu am schönsten ist. Weil wir eigentlich schon da wohnen, wo andere Urlaub machen. Die saftigen, grünen Wiesen und die Berge sind ein Wunder und ich werde sie sehr vermissen.

Jedoch ist diese Tour für unsere Beziehung etwas Besonderes. Und wenn wir so glücklich, verliebt heimkommen, wie wir gegangen sind, dann ist alles perfekt.

Ich habe mit Stefan auch eine Weltreise gemacht. Dieser Zusammenhalt, auch in schwierigen Situationen und dass wir uns aufeinander zu hundert Prozent verlassen mussten, genau das hat uns so sehr zusammengeschweißt. Das will ich auch mit Simone erleben. Ich will, dass wir uns genauestens kennen. Uns aufeinander verlassen können und wissen, wie der andere in bestimmten Situationen reagiert."

Zustimmend meint Simone, „Mama, du glaubst nicht, wie sehr ich mich auf die Reise freue, ohne jegliche Zeiteinteilung sich durch zu angeln. Wir wissen zwar, welche Länder wir bereisen werden, aber nicht zu welcher Zeit. Das lassen wir ganz darauf ankommen. Dort wo es uns gefällt, bleiben wir länger und sonst fahren wir schneller wieder ab."

Ich habe meine Tochter noch nie zuvor so euphorisch, glücklich und selbstsicher gesehen. Darum bin ich mir sicher, dass es für die zwei die richtige Entscheidung ist. Ich bin stolz auf die beiden, dass sie so mutig sind und meinen Traum erleben dürfen.

Kapitel 14

Die Wochen und Monate vergehen. Der kleine Paul entwickelt sich prächtig. Tanja wohnt seit sie das Krankenhaus verlassen hat, in Jans Wohnung. In der Anfangszeit, nachdem das Baby da war, mussten die drei sich erst aneinander gewöhnen, da Paul vor allem nachts wegen Blähungen viel geweint hat. Tanja war die ersten Tage noch sehr schwach, darum musste Jan sich viel um ihn kümmern. Was er aber mit Bravour und Freude machte. Er hat Nächte lang seinen Sohn herumgetragen und geduldig sein Bäuchlein gestreichelt. In der Hoffnung, dass er dabei eine Linderung spürt.

In der Praxis hat er einen zusätzlichen Zahnarzt eingestellt, damit die Öffnungszeiten, wie bisher bestehen bleiben können. Er selber behandelt nur noch am Montag- und Donnerstagnachmittag. An diesen zwei

Tagen arbeite ich nur bis zur Mittagspause, damit ich danach gleich zum Babyhüten kann und dadurch Jan ablöse. Somit kann Tanja ihr Studium fortsetzen. Ich genieße die Stunden mit meinem Enkelkind und die Zeit vergeht für mich, immer wie im Flug.

An einem Montagnachmittag, Mitte März, klingele ich wie gewohnt an der Haustüre. Jan öffnet und hat dabei Paul auf dem Arm. Lachend meint er, jetzt habe er Zahnmedizin studiert und erkennt erst beim zweiten Blick, bei seinem Sohn, den ersten Zahn. „Mein erster Gedanke war, was hat Paul da."

Vorsichtig nehme ich mein Enkelkind in meine Hände. Ich schaue in seinen Mund, den er gerade schön offen hat und betrachte mir genau sein erstes Zähnchen, welches frech heraus spitzt. Dabei schaut mich Paul mit großen Augen an, darum muss ich grinsen. Währenddessen erkenne ich ein leichtes, zaghaftes, erstes Lächeln auch von ihm.

Jan muss gleich zur Arbeit aufbrechen. Es gibt dabei kein Problem, da Paul mich gut kennt. Den Mittag über ist der Junge ein braves Baby. Weint kaum, aber will die ganze Zeit getragen werden. Somit laufe ich mit ihm auf dem Arm, von Raum zu Raum. Auch wenn dabei mein Rücken schmerzt, genieße ich die Zeit in vollen Zügen, da ich ihn genauestens mustern kann. Seine Entwicklung macht von Mal zu Mal große Fortschritte. Er nimmt alles um sich herum schon richtig wahr und greift gerne nach Gegenstände. Simone hatte damals Recht, sein Äußeres kommt total nach meinem verstorbenen Ehemann.

Ich bin sehr froh, dass es mit Jan und mir so gut funktioniert, da wir eine gewaltige Vorgeschichte miteinander haben. Inzwischen habe ich es geschafft, ihn nur noch als Lebensgefährten meiner Tochter zu sehen. Dass er auch der Vater meines Sohnes ist, kann ich sehr gut verdrängen und dadurch vergessen. Nur wenn bei meinen regelmäßigen Besuchen bei Stefan, das Gespräch auf Jan kommt. Dann kommt auch die Erinnerung, dass wir einen Sohn zusammen haben, was mich aber nicht mehr stört. Ich kann sogar mitlachen, wenn Stefan witzelt, dass es wohl selten vorkommt, dass jemand Bruder und Onkel in einem ist.

An diesem Tag kommt Tanja spät von der Schule heim und meint, „es war heute sehr anstrengend." Darum bade ich für sie den Kleinen und wir bringen ihn gemeinsam zu Bett. Als er zufrieden schläft, sitzen wir noch gemütlich bei einer Tasse Cappuccino zusammen und Tanja gibt mir die Einladung zur Taufe. Darauf ist das erste Familienfoto der dreien zu sehen. Tanja und Jan sehen richtig glücklich darauf aus und der kleine Paul auf Jans Arm, ist kurz vor dem Einschlafen. Das sieht man seinen kleinen, müden Augen sichtlich an. Ein schöner Spruch ziert die Karte:

Durch ein Kind wird aus dem Alltag ein Abenteuer, aus Sand eine Burg, aus Farbe ein Gemälde, aus einer Pfütze ein Ozean, aus Plänen Überraschungen und aus Gewohnheiten Leben.

Das Datum der Taufe ist mir nicht unbekannt, da sie mich vor längerer Zeit gefragt haben, ob der Termin bei mir geht. Aber, dass es eine Dirndl- und Trachtenhosen-

Taufe wird, wusste ich nicht und ist mir neu. Auf der Einladung steht: Wer ein Dirndl oder eine Trachtenhose im Schrank hat, solle sie doch bitte an diesem Tag anziehen. Verwundert frage ich, „das hört sich an, als wenn ihr nicht nur wie üblich bei einer Taufe die Familie und sehr enge Freunde eingeladen habt." Daraufhin meint Tanja, mit einer gelassenen Stimme, „es sind um die 110 Personen."

Als Tanja meinen erschrockenen Blick sieht, redet sie sich ganz konzentriert heraus, „da wir wahrscheinlich von Gott nur ein Kind bekommen werden, weil Paul ein wahres Wunder ist, möchten wir das Fest etwas größer gestalten." Dabei schaut sie mich nicht mehr an, sondern ihr Blick ist steif auf den Tisch gerichtet und in ihrem Gesicht sehe ich eine kleine Röte aufkommen. Irgendwie werde ich das Gefühl nicht los, dass sie mich anschwindelt. Aber in welchem Punkt das sein soll, ist ein offenes Rätsel für mich. Daraufhin lassen wir das Thema. Aber ich weiß genau, sie hat meinem verwunderten und verwirrten Blick angemerkt, dass ich 110 Leute für eine Taufe völlig übertrieben finde. Insgeheim sage ich mir, ich muss nicht alles, was meine Kinder machen für gut halten und verstehen können. Sie haben ihr eigenes Leben und tragen dafür die Entscheidung. Darum lasse ich das Thema und widerspreche ihr nicht. Wir fangen ein neues Gespräch über Pauls Entwicklungen an. An diesem Abend bleibe ich noch bei meiner Tochter, bis Jan von der Arbeit kommt.

Am Sonntag, den 14. April, stehen Andreas und ich, schick angezogen im Dirndl und Lederhose alleine vor der Kirche und warten auf die weiteren Gäste. Heute bekommt mein Enkelkind das Sakrament der Taufe. Da wir viel zu früh gekommen sind, stehen wir da wie bestellt und nicht abgeholt.

Andreas nützt den Moment und umarmt mich. Gleichzeitig streichelt er mich zärtlich am Rücken und im Nacken. Ganz wehrlos gegen dieses schöne Gefühl, genieße ich die Sekunden. Dabei höre ich ihn in mein Ohr flüstern, „du bist so hübsch in deinem Dirndl. Das Gelb deiner Schürze strahlt um die Wette mit der Sonne." Während seinen lieben Worten, gibt er mir ein dickes Bussi. Genau in solchen wunderbaren Momenten wird mir bewusst, wie sehr ich ihn liebe.

Wir wohnen jetzt seit sechs Wochen zusammen und es ist wunderschön, dass wir täglich den Abend miteinander verbringen können. Wir lassen uns sein, so wie wir sind, mit unseren menschlichen Fehlern. Klar strengt sich nach so kurzer Zeit des Zusammenwohnens, jeder noch an. Aber meine größte Macke hat er schon akzeptiert. Da ich ein Morgenmuffel bin, spricht er die erste halbe Stunde des Tages mit mir nichts, sondern lässt mich in Ruhe. Er schaut, dass ich das Bad für mich alleine habe, sodass ich mich langsam für den Tag herrichten kann. Nach dieser Zeit bin ich dann wieder wie ausgewechselt und man kann mit mir etwas anfangen.

Natürlich war es erstmal eine große Veränderung für uns beide, dass er nicht mehr in Gastfunktion bei mir ist, sondern in meinem Haus wohnt und seine dreckige

Wäsche da liegt. Da er viele Jahre eine Haushälterin hatte, die alles für ihn geputzt und gewaschen hat, musste er sich nun daran gewöhnen mir zu helfen.

Inzwischen gehört zu seinen Aufgaben die gesamte Wäsche. Vom Aufhängen, bügeln, zusammenlegen und in den Schrank verräumen ist alles sein Part. Das macht er sogar recht gut und ordentlich. Ich bin dankbar darüber, da ich die Wäsche noch nie gerne gemacht habe. Ich habe sogar das Gefühl, dass es ihm Freude macht und eine Abwechslung zu seiner sonstigen Tätigkeit im Beruf ist.

Zu unseren Anfangsschwierigkeiten gehörte auch, dass wir festgestellt haben, meine Decke im Bett ist auf Dauer zu klein, da immer einer von uns in der Nacht ohne Zudecke da lag. Nur fürs Wochenende ging es schon, da man einfach näher zueinander gekuschelt ist. Aber so im Alltag braucht man seinen Abstand bei Nacht, damit man tief schlafen kann. So kam es, dass wir ziemlich schnell in ein Geschäft gingen, um uns eine zusätzliche Decke zu besorgen.

„Hallo, ihr zwei", werde ich jäh von Jans Stimme aus meinen Gedanken gerissen. Ich drehe mich um und da sehe ich die drei. Tanja und Jan grinsen um die Wette und sind sehr gut gelaunt. Auf Jans Arm liegt der kleine Paul in einer Baby-Lederhose und einem karierten Hemdchen. Er sieht so goldig aus.

Überrascht stelle ich fest, dass Tanja jetzt völlig übertreibt. Sie hat eine wunderbare Hochsteckfrisur, die sie nur vom Friseur machen lassen konnte. Selber bekommt man das nie im Leben so schön hin und das Dirndl, welches sie trägt, habe ich noch nie an ihr gesehen. Darum ist es vermutlich neu und sieht sehr teuer aus. Es ist ein weißes Kleid, nur die Schürze ist goldfarbig und bestickt. Das Oberteil ist mit zierlichen Blütenstickereien versetzt und die Miederhaken weisen Verzierungen mit kleinen Strass-Steinchen auf. Am unteren Rocksaum findet sich eine verspielte Borte. Das Dirndl erscheint modern, elegant und stilvoll zugleich.

Tanja sieht wunderhübsch aus, aber für eine Taufe völlig fehl am Platz. Ich kann gar nichts dazu sagen, so sprachlos macht mich das Ganze. Ich merke Tanja und Jan an, dass sie wiederum merken, dass ich überfordert mit der Situation bin, da Tanja ganz genau weiß, dass für mich eine Taufe nicht allzu pompös sein darf. Denn das Baby soll im Mittelpunkt stehen.

Während ich die zwei anstarre, und denke, jetzt ist sie übergeschnappt, versucht Jan, die Situation zu lockern und in eine andere Richtung zu lenken, „ich hoffe, ihr habt Hunger. Da wir nach der Kirche viel zu essen haben." Bevor wir antworten können, kommt ein unbekanntes Paar zu uns. Die zwei umarmen fröhlich Jan und Tanja.

Danach werden wir gegenseitig vorgestellt. Wie ich gleich vermutet habe, sind dies Jans Eltern. Wir sind uns noch nie über den Weg gelaufen. Ich habe das Gefühl, dass es Jan mit Absicht solange hinausgeschoben hat. Aber jetzt kann er nicht mehr anders, als uns aufeinandertreffen zu lassen.

Ich merke seiner Mutter an, wie sie mich von oben bis unten mustert. Immerhin habe ich mit ihrem Sohn ein Kind. Sie ist ein wenig molliger und trägt eine braune Kurzhaarfrisur. Ich stelle fest, dass Jan seinem Vater total ähnlichsieht, der immer noch recht jugendlich aussieht. Da hat er wirklich gute Gene geerbt.

Die Schwester von Jan mit Ehemann und Kinder sind mir gleich gut gesinnt, die ich auch noch vor der Kirche kennenlernen darf. Wir halten ein wenig Smalltalk über das schöne Wetter von heute. Weil ich Jans Familie jahrelang Stefan vorenthalten habe, frage ich mich schon, was die wohl von mir denken.

Da es inzwischen kurz vor zehn Uhr ist, meint Jan zu allen die sich zwischenzeitlich angesammelt haben, „ich glaube, wir gehen jetzt in die Kirche hinein. Nicht, dass der Herr Pfarrer ohne uns beginnt." Darauf hakt sich Andreas bei mir liebevoll ein und wir laufen Richtung Eingang. Die Kirche ist an jeder Sitzbank mit einer roten Rose geschmückt. Am Altar ist ein großes Blumengesteck mit roten und weißen Rosen aufgestellt. Innerlich schüttle ich meinen Kopf und verstehe die Übertreibung meiner Tochter nicht.

Pünktlich um zehn Uhr fängt der Herr Pfarrer an zu sprechen. Dabei schaue ich mich um und sehe, dass wohl alle 110 Leute der Einladung gefolgt sind, so voll wie die Kirche ist. Feierlich begrüßt er zuerst die junge Familie und uns Gäste. Dann spricht er darüber, dass er den kleinen Paul beim Vorgespräch schon kennenlernen durfte. Es ist ihm eine große Ehre, ihm heute das heilige Sakrament der Taufe zu geben und ihn damit in der christlichen Gemeinschaft aufzunehmen und willkommen zu heißen. Aber bevor er den neuen Erdenbürger taufen wird, darf er erst einmal das junge Paar trauen.

Während er diese Worte spricht, schaue ich geschockt zu meiner Tochter. Erst denke ich, dass ich mich verhört habe. Aber als ich sehe, dass sie in dem Moment auch mich kritisch anschaut weiß ich, dass alles real ist. Mir wirbeln eine Million Gedanken in meinem Kopf umher, darum versuche ich mich zusammenzureißen und ihr zuzulächeln. Dabei klopft mir mein Herz bis zum Hals. Es sieht so aus, als wenn sie nur auf das Lächeln gewartet hat, da sie daraufhin wieder fröhlich ist und sich ganz dem Herrn Pfarrer und Jan widmet.

Während der Herr Pfarrer einige Worte über das Paar spricht, bin ich mit meinen Gedanken ganz woanders. Ich frage mich: Warum sie mir nicht erzählt hat, dass sie heute heiratet. Und das ganz ohne weißem Hochzeitskleid, das ich mit ihr so gerne ausgesucht hätte.

Jetzt wundere ich mich nicht mehr, dass sie so viele Leute eingeladen haben und sich Tanja so hübsch gemacht hat. Auch die übertriebene Blumendeko, hat auf einmal einen Sinn.

Plötzlich in meinen Gedanken, merke ich einen Stupser von Simone, die ich neben mir sitzend ganz vergessen habe, „hast du gewusst, dass die zwei heute heiraten?" Kopfschüttelnd frage ich sie das Gleiche zurück und bin gespannt auf ihre Antwort.

„Nein, aber ehrlich gesagt vermutet, da es zu ihr passt. Überraschungen für andere sind immer schon Tanjas Ding gewesen. Wiederum geplante große Feste, die viel mit Organisation zu tun haben, passen gar nicht zu ihr. Wenn wir ehrlich sind, unsere werdende Polizistin würde doch nicht in ein normales weißes Hochzeitskleid passen. Das wäre zu prinzessinenhaft für sie. Da sieht das schicke, freche Dirndl doch viel besser an ihr aus."

Während Simone spricht, muss ich zugeben, dass sie mal wieder Recht hat. Da die zwei zusammen ein Kind haben, wäre eine Hochzeit eh in künftiger Zeit angestanden. Dabei muss ich mich über mich selber wundern, dass mir keine Vermutung gekommen ist, als sie mir die Anzahl der Gäste nannte. Ich hatte ja sogar gemerkt, dass da irgendetwas nicht stimmt und sie mich in irgendeiner Weise anschwindelt. Aber auf eine Hochzeit wäre ich nie und nimmer gekommen.

Während der Herr Pfarrer zur Trauung kommt, dabei Tanja und Jan nacheinander fragt, ob er den anderen zur Ehefrau bzw. Ehemann nimmt, bin ich wieder ganz Ohr. Als dann meine Tochter ein lautes, selbstsicheres, fröhliches aber auch gleichzeitig emotionales, „Ja, ich will", von sich gibt und Jan den Ehering überstreift, bin ich voll in meiner Mutterrolle. Mir kommen vor Stolz, Glück und Rührung richtige dicke Kullertränen. Mein Herz pocht immer noch wie verrückt.

Andreas beobachtet mich während der Zeremonie und nimmt, dabei meine Hand und hält diese liebevoll und beschützend in seiner. Ich selber spüre auch, dass ich angekommen bin, im Hafen des Mannes, den ich liebe und bei der Sonnenseite des Lebens. Auch Jans Worte, in denen er dem Herrn Pfarrer die Antwort gibt, mit „Ja, ich will", drückt Zielstrebigkeit aus und man sieht ihm an, wie verliebt er in meine kleine Tochter ist.

Danach wird Paul getauft, der dies ohne eine Träne meistert. Selbst als er das kalte Taufwasser über den Kopf bekommt, hält er ganz lieb hin und macht einen

Schmollmund. Er sieht so zuckersüß dabei aus. Nach dem Sakrament hebt Jan den Kleinen freudig hoch und der Herr Pfarrer meint, „alle Gäste dürfen jetzt Klatschen. So wird Paul nochmals willkommen geheißen, in unserer Runde des christlichen Glaubens und in der Familie."

Es ist ein solch emotionaler Augenblick für mich, dass ich ihn nicht in Worte fassen kann. Ich muss mein Taschentuch herausholen, mir meine Freudentränen wegtupfen und einmal laut schnäuzen. Langsam geht die Zeremonie zu Ende. Tanja und Jan gehen glücklich den Gang der Kirche hinaus, während der Chor, „Oh happy Day", spielt. Paul ist auf Jans Arm eingeschlafen. Wir blicken ihnen nach, bis wir sie nicht mehr sehen und uns ebenfalls erheben.

Draußen bin ich die Erste, die zu meiner Tochter eilt, um zu gratulieren. Entschuldigend meint Tanja, dabei hat sie gerötete Wangen, „Mama, mir ist es so schwergefallen, dir nichts von unserer Hochzeit zu sagen. Aber Jan und ich haben uns dafür entschieden es geheim zu halten und kein großes Tamm Tamm darum zu machen." Verständnisvoll, was ich auch wirklich inzwischen bin, sage ich, „das war von euch eine tolle Idee. So eine große und gigantische Überraschung hatte ich noch nie zuvor." Auf meine Worte hin, strahlt Tanja über das ganze Gesicht.

Danach kommen die anderen Gäste an die Reihe, um das Paar zu beglückwünschen. Während Simone und Stefan dran sind, bin ich stolz und glücklich über meine Kinder. Wie fröhlich sie alle drei dastehen. Dabei ist jeder für sich so einzigartig. Insgeheim danke ich in diesem besonderen Moment Gott, für meine drei fantastischen Kinder. Und ein unendliches Glücksgefühl überströmt mich, da ich meinen Jungen bei mir haben darf. Ich weiß genau, hätten wir Stefan nie gefunden, wäre ein solch freudiges Familienfest gleichzeitig ein Trauerfest für mich gewesen. Denn ich hätte endlose Tränen heimlich vergossen, weil ich den Wunsch, meinen Sohn bei mir zu haben, an solchen Tagen nicht verdrängen könnte.

Kurze Zeit später gehen wir zum Feiern über. Alles ist für eine Hochzeit ein wenig schlichter gehalten. Wir grillen Steaks und Würste im Garten vom Vereinsheim. Da es wunderbares Wetter ist, sitzen wir alle draußen. Es gibt dazu viele verschiedene Salate und Semmeln. Genau das Urige und Gemütliche daran, passt zu Tanja und Jan.

Leider merke ich die ganze Zeit, wie die Mutter von Jan mich beobachtet. Ich spüre ihre ernsten Blicke im Nacken. Das beunruhigt und belastet mich inzwischen schon. Ich versuche mich zu beruhigen und verdränge sie ganz aus meinem Kopf, was aber nicht gelingt. Trotzdem lasse ich mir nichts anmerken.

Zum Abschluss des Essens werden noch mehrere Kuchen serviert. Das Highlight ist eine fünfstöckige Hochzeitstorte, aus Vanille-, Schoko- und Erdbeereis. Als diese hergetragen wird, geht ein überraschtes Raunen durch die Menge und man sieht viele strahlende Gesichter.

Im Hintergrund legt ein DJ ruhige, schöne Musik auf. Man sieht immer irgendwer auf der provisorisch gerichteten Tanzfläche. Nur das Brautpaar nimmt sich dabei raus, da sie beide nicht tanzen können.

Die Stimmung ist genial. Andreas und ich verbringen viel Zeit beim Tanzen. Dabei fühle ich mich in seinen Armen federleicht und blutjung. Ich vergesse sogar teilweise Tanjas Schwiegermutter. Wenn es nach mir ginge, würden wir die ganze Nacht durchtanzen. So sehr genieße ich das Gefühl, in Andreas Arm zu liegen und schwerelos von ihm geführt zu werden. Während einer Tanzpause holt uns Andreas einen Cocktail und ich beobachte Tanja und Jan. Ein warmes Gefühl durchflutet mich, da es nichts Schöneres für eine Mutter gibt, als sein Kind glücklich zu sehen.

Plötzlich sehe ich im Seitenwinkel, wie Jans Mutter auf direktem Weg auf mich zukommt. Ich würde mich am liebsten ducken oder sogar verschwinden. Aber dafür ist es zu spät, da sie zehn Sekunden später schon vor mir steht. Mir schlottern bei ihrem strengen Blick die Knie. Dabei versuche ich, ihr meine Angst nicht anmerken zu lassen und schaue in ihre Augen.

Nach mehreren Sekunden, in denen wir voreinander stehen, macht sie endlich den Mund auf und fragt mich, „darf ich mit ihnen reden?" Angespannt zucke ich zusammen. Nicke nur und warte, bis sie mir eine Standpauke hält. Doch diese bleibt aus. Das Gegenteil geschieht. Sie fängt erleichtert an zu lächeln und meint, „irgendwie war ich gerade richtig nervös. Aber mir ist es so wichtig mit ihnen das Gespräch zu suchen. Jan hat mir ihre genaue Situation von damals geschildert. Ich muss ihnen frei raus sagen, dass ich sie bewundere, wie

sie alles alleine ertragen mussten. Allerdings bedauere ich sehr, dass Jan nicht früher von Stefan erfahren hat."
Das sagt sie so liebevoll und mitfühlend für meine Situation. Dass man ihr anmerkt, es soll kein Vorwurf an mich sein. Sie erzählt mir, dass sie schon öfter ihr neugewonnenes Enkelkind Stefan besucht hat. Sie möchte mit ihm eine richtige Oma-Enkelkind Beziehung aufbauen, da er ihr sehr wichtig ist. Darüber freue ich mich sehr, denn ich merke, dass Stefan es sehr genießt und auch verdient hat, bei vielen Menschen im Mittelpunkt zu stehen. Dass sie ihn öfters besucht, wusste ich natürlich schon aus erster Hand von Stefan, der sie auch sehr sympathisch findet. Abschließend sind wir uns einig, dass wir uns mögen und in Zukunft uns duzen werden. Da wir uns jetzt durch unsere Kinder Tanja und Jan, Stefan und unser gemeinsames Enkelkind Paul, auch öfter sehen werden. Wir sind eine Familie.
Paul ist an diesem besonderen Tag das bravste Kind, das man sich vorstellen kann. So kommt es, dass erst spät in der Nacht das Fest endet. Und jeder nach diesem wunderbaren Tag sich glücklich und zufrieden auf den Heimweg macht.

Die Hochzeitsvorbereitungen von Stefan und Julia laufen auf Hochtouren. Wir alle sind im Hochzeitsfieber. Der Anzug ist bereits gekauft worden. Für Maria und mich war dieser Tag ein ganz besonderer. Wir haben es sichtlich genossen unseren Jungen einzukleiden. Im Herrenladen bekamen wir gleich ein Glas Sekt zur Begrüßung. Dieser Alkohol hat gereicht, dass wir zwei

Frauen einen leichten Schwips bekamen und nur noch am Lachen waren. So im Nachhinein gesehen, auch peinlich uns benommen haben.

Wir ließen Stefan in mindestens 15 Anzüge schlüpfen und gaben jedes Mal unser Urteil ab. Für dieses genaue Urteil schämen Maria und ich uns hinterher gesehen, jetzt vor dem Verkäufer und den anderen Kunden. Da es doch ziemlich deutlich war, unser Urteil. Und natürlich war nie unser Sohn schuldig, wenn es nicht schön aussah. Sondern der Anzug hatte unserer Meinung nach, einen groben Fehler. Aber da es nicht mehr zu ändern ist, nehmen wir es als lustige, unvergessliche Hochzeitsgeschichte hin.

Also, ließen wir Stefan Modeschau für uns machen und er nahm es geduldig hin. Er zuckte nicht einmal mit der Wimper und fand es glaube ich, auch ziemlich spaßig mit uns zwei gackernden Hühnern.

Zum Schluss waren wir uns alle einig. Es wurde ein Anzug aus einem schwarzen, glänzenden Stoff. Darin sieht er einfach phänomenal aus. Inzwischen hat er 13 Kilo zugenommen, die ihm prächtig stehen. Seine Gesichtsfarbe ist wieder ganz normal und er hat sogar eine leichte Bräune.

Heute gehe ich mit Julia die Gast-Geschenke abholen. Denn es ist Sitte, dass die Gäste vom Brautpaar ein kleines Andenken an den besonderen Tag bekommen. Ich freue mich riesig, weil ich die ehrenvolle Aufgabe habe, ihr dabei zu helfen.

In einer Konditorei sind Pralinen mit dem Hochzeitsdatum versehen worden. Jeweils drei sind in eine durchsichtige Folie mit gelber Schleife verpackt. Darauf wurde ein rotes Herz befestigt mit je einem Namen von einem Gast. So kann man es zuerst als Tischkärtchen und danach als Geschenk benützen, das jeder mit nach Hause nehmen darf, für ein tolles Geschmackserlebnis nach dem Fest.

Plötzlich sagt Julia aus der Stille heraus während wir zur Konditorei fahren, „du denkst bestimmt, was für eine übertriebene Hochzeit. Aber für meine Eltern ist es sehr wichtig, dass sie pompös und groß wird. Wir konnten ihnen zum Glück ein paar Hochzeitsgäste abschwatzen, bei denen sie meinten, die müssten unbedingt eingeladen werden. Teilweise waren es Menschen, die ich gar nicht kenne und somit noch nie ein Wort gewechselt habe. Da ich aber das einzige Kind bin, möchte ich schon, dass meine Eltern ein wenig ihren Willen bekommen. Und so ist manches übertrieben, teuer und luxuriös. Ich muss aber auch zugeben, dass ich mich sehr darauf freue, mich einmal im Leben wie eine Prinzessin zu fühlen.

Tanjas und Jans Hochzeit fand ich richtig schön und sehr romantisch. Ich glaube sogar, Stefan wäre so eine kleine, unbeschwerte Hochzeit lieber gewesen. Aber meinen Eltern und mir zuliebe sagt er nichts. Hoffentlich überrumpeln wir ihn nicht."

Ich freue mich sehr, weil Julia bei mir ein freundschaftliches Gespräch sucht und ihr Herz ausschüttet. Dabei merke ich, dass es ihr ein Anliegen ist, sich bei mir zu erklären. Darum antworte ich bedacht, nachdem ich einmal geschluckt habe, weil ich einen sehr trockenen Mund habe, „es ist doch lieb, wenn es deine Eltern gut mit euch meinen. Und der Wunsch mit den unbekannten Hochzeitsgästen, habt ihr ja abgeklärt und verneint. Solange du dich auf eine große, aufwändige Hochzeit freust, ist alles gut. Stefan nerven vielleicht die Vorbereitungen und Planungen. Aber ich glaube, dass er sich gar nicht so viele Gedanken darüber macht und solange wir ihn von allem ein wenig fernhalten und nicht überfordern, ist für ihn alles in Ordnung."

„Ich glaube, du hast Recht und ich werde versuchen, bei ihm nicht mehr so viel über die Hochzeit zu sprechen. Nicht, dass er das Wort bald nicht mehr hören kann. Ich freue mich halt so sehr auf unsere Trauung. Vor allem da ich für mich meinen Traummann gefunden habe und ihn an diesem einzigartigen Tag zum Ehemann bekomme. Ich kenne Stefan, seit ich 15 Jahre alt bin und genauso lange liebe ich ihn. Er hatte die Musikunterrichtsstunde vor mir. Ich bin extra immer viel zu früh hingegangen, damit ich bei ihm zuschauen und zuhören konnte. Wir spielen beide Trompete. Ich bin immer noch in der Musikkapelle. Stefan musste wegen seinem Unfall aufhören und kann hoffentlich bald wieder zu uns dazu stoßen. Im Moment wäre es ihm zu anstrengend, da er erst einmal schulisch alles aufholen will. Aber zu unserem traditionellen Kinderfest im Sommer, indem wir auf der Straße marschieren und spielen, wird er mich sicher als Zuschauer begleiten.

Ich konnte es damals gar nicht fassen, als wir später zufällig das gleiche Studium anfingen. Bevor wir ein Paar wurden, hatte ich andere Jungs zu einem Date getroffen. Musste aber immer an Stefan denken und so war mir schon sehr früh bewusst, Stefan oder keinen.

Zu diesem Zeitpunkt hat er mich leider noch ignoriert und war mit einem anderen Mädchen in einer Beziehung." Das alles sagt Julia so aufrichtig, dass ich vor Rührung Gänsehaut bekomme. Darum kann ich bei ihren Worten nicht anders, als ihr zu sagen: Wie froh ich bin, dass Stefan sie gefunden hat und ich mir sicher bin, dass sie die beste Frau für ihn ist.

Mit ernstem Gesichtsausdruck schaut sie mich an und ich merke, dass sie den Tränen nahe ist, vor lauter Ergriffenheit über meine Worte. Darum mache ich schnell einen Themawechsel und beginne das Gespräch über ihr Studium. Strahlend lenkt sie in das neue Thema ein.

Endlich ist der lang herbeigesehnte Tag gekommen. Heute wird geheiratet! Der Wetterbericht hat Sonne und 26 Grad vorhergesagt. Die Nacht zuvor haben Julia und Stefan bei den jeweiligen Eltern übernachtet. Dieser Wunsch hat Julia geäußert. Sie meint zwar, dass es altmodisch ist, aber sie findet es sehr romantisch. So kommt es, dass Julia am Hochzeitsmorgen bei ihrer Mutter angekleidet wird und Maria und ich uns um Stefan kümmern. Überglücklich bin ich über diese ehrenvolle Aufgabe und auch Maria strahlt über das gesamte Gesicht.

Mit verstrubelten Haaren steht Stefan vor uns und gähnt. Auf meine Frage wie die Nacht war, sagt er, „wenn es hochkommt, habe ich vier Stunden die Augen zu gehabt, weil ich mich die ganze Nacht hin und her gewälzt habe. Jedoch Julia hat noch weniger geschlafen. Sie hat mir schon eine Nachricht auf mein Handy zukommen lassen und darin hat sie geschrieben: Dass sie, nachdem sie vor lauter Nervosität erst um 2.00 Uhr eingeschlafen ist, auch schon um 4.00 Uhr mit Böllerschüsse aufgeweckt wurde. Freunde von uns haben das traditionelle Brautwecken organisiert", fügt er grinsen hinzu.

„Danach hat unser Bekanntenkreis natürlich das typische Weißwurst-Frühstück bei Julia bekommen. Somit war ihre Nacht vorbei. Aber jetzt gehe ich erst einmal unter die Dusche um richtig wach zu werden."

Während er im Badezimmer ist, warten Maria und ich. Dabei sprechen wir kein Wort. Wir werden beide langsam sehr nervös und brauchen unsere Ruhe vor dem Sturm. Als Stefan frisch gewaschen den Raum wieder betritt, schauen wir Frauen uns nur an und jede weiß, was die andere denkt: Wie viel Glück wir haben, dass es unserem Sohn wieder so gut geht. Während unser Junge schnell in seinen Anzug schlüpft und Maria mit einer Freudenträne im Auge, die Krawatte voller Stolz, akkurat befestigt, klingelt es schon an der Haustüre. Maria spurtet runter, um die ersten Gäste hereinzulassen. Es ist in dieser Familie Brauch, vor der Hochzeits- Zeremonie, ein Schnäpschen zu trinken. Im Haus der Eltern, des Bräutigams.

Entschuldigend meint Stefan, dabei ist sein Gesicht abgewandt von mir, „ich muss schnell auf die Toilette." Bevor ich etwas erwidern kann, ist er schon raus.

Daraufhin nicke ich trotzdem und warte, bis er wieder zurückkommt. Die Minuten vergehen. Unten höre ich das Lachen der Gäste und wie sie mit Maria und Karl auf den Bräutigam anprosten.

Ein Blick auf meine Armbanduhr zeigt mir, dass inzwischen fünf Minuten vergangen sind, seit Stefan den Raum verlassen hat. Aber nichts rührt sich. Darum setze ich mich auf seine Bettkante. Wippend mit meinen Füßen versuche ich, mich abzulenken. Dabei schaue ich das Foto von Julia und Stefan, das auf dem Nachtisch steht, genau an. Darauf sieht man die zwei, wie sie engumschlungen verliebt und glücklich in Paris vor dem Eiffelturm stehen.

Ich schaue nochmals auf die Uhr und sehe, dass inzwischen zehn Minuten vergangen sind. Darum werde ich jetzt ungeduldig, bekomme richtiges Herzklopfen. Ich stehe auf und sehe einmal in den Gang hinaus, aber nichts tut sich und so warte ich weiter, da ich nicht als hysterische Mutter wirken will. In meinen Gedanken probiere ich mich zu beruhigen und sage zu mir selber: Vielleicht braucht er ein paar Minuten für sich alleine, um sich zu sortieren.

Im Schlafzimmer laufe ich inzwischen im Kreis und zähle dabei die Runden, um mich abzulenken. Während ich weitere zehn Minuten damit verbringe und über 100 Runden gelaufen bin, werde ich immer unruhiger und die Sorge und Angst in mir steigt von Minute zur Minute. Darum entschließe ich mich zum Badezimmer zu gehen. Langsam, aber doch zielsicher, laufe ich durch den Flur und habe in mir die Hoffnung, dass sich die Türe gleich alleine öffnet und ein strahlender Stefan kommt heraus. Aber nichts tut sich und so stehe ich vor dem Bad und höre von außen nichts. Nicht das leiseste Geräusch vernehme ich.

Nach einer kleinen Überwindung in mir klopfe ich vorsichtig an die Türe, aber immer noch tut sich nichts. Inzwischen zittert mein ganzer Körper vor Panik und ich habe das Gefühl untätig zu sein. Mir kommen die unmöglichsten Gedanken hoch. Was ist, wenn alles für ihn zu viel war und er ohnmächtig am Boden liegt. Seine Operation ist noch nicht lange her.

Prompt entschließe ich mich, tatkräftiger zu werden und halte mein Ohr an die Türe um Geräusche zu hören. Dabei vernehme ich ein leises Schluchzen. Ich nehme meinen ganzen Mut zusammen und klopfe lauter, „Stefan, mach bitte auf!"

Er sagt darauf mit einer verweinten Stimme, die er versucht zu verbergen, „gleich, gib mir eine Minute." Ich höre ihn kräftig schnäuzen. Es vergehen nochmals endlose Sekunden, bis er mit einem verzehrten Lächeln, die Türe öffnet. Man sieht ihm an, dass er geweint hat. Auch wenn er im Moment versucht, alles zu überspielen. Mir kommen Vorwürfe an mich selber hoch. Ist ihm der ganze Hochzeitsrummel doch zu viel? Hat er Lampenfieber? Hätte ich Julia abraten sollen so groß zu feiern. Aber vor zwei Wochen, als sie mit mir gesprochen hat, war doch alles schon geplant. Was hätte ich ändern können?

Stefan merkt mir an, dass ich jetzt kurz vor dem Tränen vergießen bin und darum fragt er erschrocken, „was ist passiert?"

„Ich habe dich schluchzen gehört. Bist du traurig, weil die Hochzeit so groß und pompös ist. Wird dir das alles zu viel?"

„Aber nein, mir hätte zwar eine Hochzeit wie bei Tanja und Jan auch sehr gut gefallen, aber schlussendlich ist es mir egal. Hauptsache Julia wird meine Frau. Ich kann es nur nicht glauben, dass plötzlich alles in meinem Leben wieder perfekt sein soll. Darum sind mir die Tränen gekommen."

Stefan sieht mir an, dass ich ihn nicht verstehe. Darum versucht er weiter zu erklären, „letzten Monat habe ich zufällig einen alten Klassenkameraden getroffen. Der hat mich gefragt, wie es mir geht. Ich konnte daraufhin das erste Mal seit langer Zeit, mit sehr gut antworten. Und es war wirklich so gemeint. Nicht nur so dahingesagt, nach dem Motto, meine Probleme gehen dich eh nichts an.

Verstehst du, mir könnte es im Moment nicht besser gehen. Gesundheitlich geht es mir gut und ich fühle mich fit. Mit Julia bin ich glücklich und habe mit ihr das große Los gezogen. Sogar mit meinem Studium läuft alles nach Plan. Mein Leben könnte nicht schöner sein. Aber was ist, wenn morgen wieder alles vorbei ist, wie eine Seifenblase die zerbricht. Ich habe solche Angst, vor einer bösen Diagnose oder sonstigen Schicksalsschlägen. So gut wie ich es im Moment habe, kann es nicht normal sein."

Ergriffen schaue ich ihn an, „doch Stefan, es darf einem auch gut gehen. Und nach so viel Pech darf man auch Glück haben. Jetzt sehe es mal so, dass du durch deinen Unfall die Fähigkeit erlernt hast, die normalsten Dinge zu genießen und zu schätzen.

Schaue mal Gleichaltrige von dir an. Wie die zum Teil alles als selbstverständlich ansehen. Sie merken nur, was gerade nicht so läuft oder welchen materiellen Wert ein anderer hat, wie zum Beispiel ein teures Auto, das sie auch wollen. Dabei entwickeln sie sich selber eine Unzufriedenheit. Du hingegen siehst, was wirklich wichtig ist und weißt, dass man sich über Kleinigkeiten nicht aufregt. Und so wirkt das Leben sehr harmonisch und perfekt.

Wegen deiner Krankheit mache ich mir inzwischen keine Sorgen mehr. Wenn da in vielen Jahren erneut eine Nierentransplantation ansteht, dann bin ich zur Stelle. Ich passe gut auf mich auf und lebe gesund, so bekommst du nochmals eine Niere. Die Medizin und Operationsmethoden machen täglich Fortschritte. Darum denke ich, dass es das nächste Mal sogar einfacher für dich wird."

Erleichtert nimmt Stefan mich in den Arm, „deine Worte sind ziemlich plausibel und aufbauend. Mir fällt ein großer Stein vom Herzen und ich fühle mich befreit. Du hast Recht, ich genieße die besonderen Augenblicke und Schicksalsschläge haben vor meiner Haustüre keinen Platz mehr, die werden gleich verjagt. Heute soll es der schönste Tag in Julias und meinem Leben werden. Danke für dein Gespräch. Du hast die Worte gefunden, die ich gebraucht habe." Glücklich und beschwingt gehen wir zu den Hochzeitsgästen hinunter, um diese zu begrüßen.

Gut gelaunt kommen zu diesem Zeitpunkt meine Töchter mit Anhang die Haustüre hereingestürmt, „da wir jetzt zur Familie gehören, haben wir gedacht, dass wir diesen Brauch von euch in Anspruch nehmen." Das lässt sich natürlich Maria nicht zweimal sagen und gleich haben die drei ein volles Schnapsglas in der Hand. Tanja trinkt nichts, da sie nachts noch stillt.

Während wir es lustig haben und jeder ein Scherz auf den Lippen hat, klingelt die Haustüre erneut. Mein neu entdeckter Vater kommt im feinsten Anzug, fröhlich durch die Türe. Direkt tritt er auf Stefan zu und sagt laut, sodass alle Anwesenden zuhören können, „mein Enkelsohn. Du glaubst gar nicht, wie glücklich und stolz du mich machst. Für mich ist es so wunderbar, heute als Großvater in deinem Leben teilhaben zu dürfen. Wenn ich ehrlich bin, ist dieser besondere Tag, der beste und schönste von meinem bisherigen Leben.

Ich habe dir ein Familienerbstück dabei. Es ist mir eine große Ehre und macht mich überglücklich, dieses heute in deine Finger zu legen. Meine goldene Taschenuhr übergebe ich an dich. Sie ist schon sehr lange in unserem Familienbesitz. An der Hochzeit wurde sie immer an die nächste Generation übergeben. Ich selber war nie verheiratet, darum habe ich sie erst am Sterbebett meines Vaters bekommen. Es war sein letzter Wunsch an mich. Falls ich doch noch Vater werden würde, dass ich sie dann weitergebe. Ich bin so stolz und froh, dass ich das große Glück habe diese Uhr weiter geben zu können."

Nach diesen rührenden Worten schaut er mich prüfend an und fragt, „ich hoffe Lissy, dass du nichts dagegen hast, wenn ich eine Generation überspringe. Da eigentlich du die wahre Besitzerin im Moment für diese Uhr wärst und heute diese ehrenvolle Aufgabe hättest, diese an Stefan weiterzugeben."

„Ich finde es richtig und freue mich darüber, dass du die Taschenuhr übergibst", sage ich lächelnd.

„Danke, Lissy", dann schaut er wieder zu Stefan, bevor er weiterspricht. „Es wäre mir eine Freude, wenn du diese Uhr in deinem Besitz hältst. Falls Gott euch ein Kind schenkt oder auch mehrere, dann gib es bitte an das Älteste weiter."

Gerührt umarmt Stefan seinen Großvater, „ich verspreche es dir und es ist mir eine große Ehre sie zu tragen."

Mit einer stockenden Stimme und einem Kloß im Hals, meint Maria, nachdem sie sich einmal geräuspert hat, „ich will diesen besonderen Augenblick nicht stören. Aber wir müssen langsam aufbrechen. Nicht, dass du zu deiner eigenen Hochzeit zu spät kommst."

Fröhlich fahren wir mit unseren Autos hintereinander her zur Kirche. Dort angekommen gehen wir langsam hinein. Maria, Karl, mein Vater, Andreas und ich sitzen in der ersten Reihe. Eine Bank hinter uns kommt Tanja mit ihrer Familie und Simone. Die restliche Verwandtschaft und die Freunde sind in den weiteren Sitzreihen dahinter. Auf der linken Seite sitzt Julias Mutter mit Verwandtschaft und Freunde.

Natürlich, wie schon vermutet, sieht das Kleid von Julias Mutter prunkvoll aus, im Gegensatz zu Marias und meinem Kleid. Es war bestimmt auch zehnmal teurer. Wenn es nicht in Altrosa gehalten wäre, sondern in weiß, würde es glatt als Hochzeitskleid durchgehen.

Maria und ich haben uns für ein dezentes, festliches Kleid entschieden. Marias hat die Farbe Rot und ein wenig Spitze dran mit Rüschen. Meines ist blau und sehr gradlinig geschnitten. Wir waren vor mehreren Wochen zusammen beim Einkaufen, da wir inzwischen richtige Freundinnen geworden sind. Maria ist für mich auch ein wenig mein Mama-Ersatz. Von gegenseitiger Eifersucht, wegen Stefan ist von uns beiden keine Spur. Im Gegenteil, wir genießen es sogar ihn gemeinsam bemuttern zu können und ihm durch Rat und Tat zur Seite zu stehen.

Stefan steht vorne neben dem Altar und wartet aufgeregt und schweißgebadet auf das Erscheinen seiner Braut. Er tippelt angespannt von einem Fuß auf den anderen. Seine Mimik und die Gesichtszüge sind vor lauter Nervosität verzerrt. Neben ihm steht Samuel schick angezogen in einem braunen Anzug, der die ehrenvolle Aufgabe des Trauzeugen übernommen hat. Zwei Meter weg von den beiden, steht die Trauzeugin und beste Freundin von Julia. Man merkt den dreien an, dass es ihnen sehr unangenehm ist, so im Mittelpunkt zu stehen. Denn die ganze Hochzeitsgesellschaft und das sind so um die dreihundert Leute, starren nach vorne und beobachten die drei, bei jeder einzelnen Bewegung, die sie von sich geben.

Mir tut mein Sohn leid und ich fühle mit ihm seine Aufregung. Am liebsten würde ich vorspringen, ihn in meine Arme schließen und ihn behüten. Aber natürlich weiß ich, dass es ein unvergesslicher Augenblick für ihn ist, der ihm immer in Erinnerung bleiben wird.

Neben dem Altar ist das schöne Foto meiner Mutter, das wir auch für die Beerdigung benützt haben, aufgestellt. Es ist Stefans Wunsch, weil sie an diesem besonderen Tag für ihn dazu gehört. Sie hat ihm das größte Geschenk gemacht:

Das geschenkte neue Leben.

Während ich auf meine Mutter schaue, stelle ich fest, dass ich inzwischen tiefe Dankbarkeit ihr gegenüber empfinden kann.

Plötzlich höre ich von der Menschenmenge ein Raunen. Dabei sehe ich auf meinen Sohn, der kerzengerade mit einem Lächeln im Gesicht zur Kircheneingangstüre schaut. In diesem Augenblick würde man eine Nadel fallen hören, so still ist es auf einmal geworden.

Alle Gäste schauen in die Richtung der Braut. Während ich mich umdrehe und auch dahin blicke, sehe ich Julia mit ihrem Vater am Eingang stehen. Wunderschön und elegant steht sie mit einem Lächeln im Gesicht da. Es erinnert an einen königlichen Anblick und überwältigt mich so, dass ich mir ein Taschentuch griffbereit hinlege. Eine mir unbekannte Frau sorgt dafür, dass die lange Schleppe ihres Kleides gerade auf dem Boden liegt.

Als die Musik erklingt, schreitet Julia langsam mit ihrem Vater den Gang vor. Ihm sieht man den ganzen Vaterstolz an und er drückt dabei fest ihre Hand.

Vor den zweien laufen drei kleine, süße, zierliche Blumenmädchen in rosa Kleidern. Die stolz den Gang vorgehen und mit den kleinen Augen, ihr Ziel den Stefan, fest im Visier haben.

Graziös läuft Julia mit ihrem gradlinigen, schneeweißen Kleid Richtung Stefan. Stickerei erstreckt sich über Teile des hinteren Oberteils bis zu den Trägern. Die durchscheinende, filigrane Spitze sieht auf der Haut besonders schön aus. Einerseits verhüllt sie, lässt aber trotzdem einen Blick auf die nackte Haut zu. Die kleinen Ärmelchen sind aus feinem Tüll. Der Seidenstoff mit seiner glatten Oberfläche wird als wunderschöner Glanz wahrgenommen. Am gesamten Kleid sind Schmucksteine, Perlen und Pailletten eingelassen. In den Schmucksteinen wird das Licht reflektiert und lässt das Kleid erstrahlen.

Man sieht Julia die Anspannung an. Aber auch, dass sie den Augenblick sichtlich genießt. Ihre Haare sind elegant nach oben gesteckt. Ein funkelndes Diadem mit Perlen und Kristallsteine ist darin eingearbeitet. Ihr Gesicht ist gekonnt geschminkt. Es sieht phantastisch aus, da genau das richtige Maß gefunden wurde.

Man kann die Augen fast nicht von ihrer Schönheit nehmen und doch zwinge ich mich den Blick auf Stefan zu werfen, der immer noch kerzengerade dasteht und sichtlich um Fassung ringt. Dabei sieht man, wie er immer wieder versucht, tief Luft zu holen, damit er das Atmen nicht vergisst. Seine Überwältigung über die Ausstrahlung von Julia ist ihm sichtlich ins Gesicht geschrieben. Inzwischen hat er ein Taschentuch in der Hand und tupft sich regelmäßig den Schweiß ab.

Als Julia von ihrem Vater an Stefan übergeben wird, legt er langsam die Hand von Julia, in die Hand von Stefan und sagt dabei ein paar leise Worte, die ich nicht verstehen kann. Aber ich sehe Stefan kräftig nicken. Danach streichelt ihr Vater nochmals über Julias Hand und geht zur Seite. Man sieht ihm an, dass sich Freude und Wehmut in einem vermischt.

Bei Julia laufen inzwischen Tränen über die Wangen. Und genau zu diesem Zeitpunkt, der so überwältigend ist, bleibt wohl kein Auge in der Kirche trocken. Es ist ein überragender Moment, wie die zwei händchenhaltend, vor den Herrn Pfarrer treten. Man sieht ihnen an, wie sehr sie sich lieben und jedem in der Kirche ist bewusst, was es für ein Gottesgeschenk ist, dass Stefan so fit vor dem Traualtar stehen kann. Es folgt eine wunderbare Ansprache und der Chor umrandet die Festlichkeit.

Als es an die eigentliche Trauung geht und die beiden ihren Trauspruch sagen. In dem die Worte vorkommen, ich werde Dich lieben, ehren und achten in guten wie in schlechten Tagen bis, dass der Tod uns scheidet, da läuft es mir kalt den Rücken runter und gleichzeitig sind meine Gefühle voller Rührung.

Danach richtet Stefan mit entschlossener und zielsicherer Stimme an Julia noch persönliche Worte: „Liebe Julia, du bist der Beweis, dass die Liebe über große Hürden gehen kann. Vor allem in der Zeit, in der es mir durch meine Krankheit schlecht ging. Ich allen Lebensmut verloren hatte, bliebst du an meiner Seite und gabst mir Mut und Zuversicht. Wie ein starker Fels in der Brandung warst du mein Licht am Ende eines Tunnels. Ich danke dir dafür, für deine Geduld und allseitige Liebe.

Ich weiß, mit unserer starken Liebe, werden wir alle Herausforderungen, die unser Leben noch gibt, zusammen durchstehen. Wir werden auch sehr viele schöne Augenblicke und Geschehnisse erleben, die ich in jeder Sekunde mit dir genießen werde. Ich liebe dich über alles und kann mir ein Leben ohne dich nicht vorstellen."

Mit einem gerührten und tränenverschmierten Gesicht, versucht jetzt Julia ihr Gelübde zu sagen. Sie schaut mit festem Blick in Stefans Augen und beginnt mit zitternder Stimme. Man merkt ihr an, dass sie in diesem Moment, uns alle um sich herum vergessen hat und diese besondere Minute nur ihr und Stefan gehört: „Geliebter Stefan, als ich dich das erste Mal sah, war es sofort um mich geschehen. Ein Blitz traf mich und ich war verliebt in dich. Für mich warst du von Anfang an, die Liebe meines Lebens. Dein Lächeln, deine Augen, deine Stimme, einfach alles an dir ging mir nicht mehr aus meinem Kopf. Ich wusste ziemlich schnell, entweder du oder kein anderer Mann. Mein größter Wunsch ist mit deiner Liebe an mich, in Erfüllung gegangen."

Julia kann gerade noch das letzte Wort sagen, da fängt sie an zu schluchzen. Stefan nimmt sie fest in seine Arme und streichelt ihr über den Rücken. Dabei spricht er ihr ganz leise etwas in das Ohr. Man merkt, dass diese Worte Julia ein wenig beruhigen. Sie gibt sich einen Ruck und mit voller Emotion und Liebe im Gesichtsausdruck spricht sie weiter. „Du, bist meine Luft zum Atmen. Du bist meine tägliche Sonnendosis. Du bist mein Glück, damit ich glücklich sein kann. Stefan du bist mein Leben. Ich liebe dich."

Zärtlich drückt nach diesen rührenden Worten Stefan seine Julia näher zu sich her. Dabei merkt man, dass er ihr am liebsten einen Kuss geben würde. Er hält sich zurück und es folgt der Ringtausch. Dabei sehen sich Julia und Stefan so intensiv und verliebt in die Augen, sodass mir der Atem kurze Zeit still steht. Noch nie zuvor habe ich ein so starkes Knistern zweier Verliebter miterlebt.

Nachdem der Herr Pfarrer mit den Worten, „jetzt seid ihr Mann und Frau", die Trauung beendet hat, gibt Stefan seinem Verlangen nach und gibt seiner frischgebackenen Ehefrau einen langen und innigen Kuss.

Daraufhin steht Karl mutig auf, klatscht in die Hände und nach kurzer Zeit, steht fast die gesamte Hochzeitsgesellschaft und tut es ihm nach. In diesem Augenblick bewundere ich meinen Sohn und auch Karl für so viel Mut, da es in der katholischen Kirche unüblich ist, sich zu küssen und zu klatschen. Der Herr Pfarrer beendet noch freudig die Hochzeitszeremonie. Ich habe im Gefühl, dass ihm diese Lockerheit von Stefan und der gesamten Gesellschaft, die geklatscht haben, auch gefallen hat.

Gemeinsam laufen Julia und Stefan strahlend den Kirchgang hinaus. Dabei spielt der Chor das Lied, „Halleluja", so wunderschön, dass ich mein Taschentuch mehrmals benötige. Ich kann meinen Blick von den zweien nicht abwenden, die überglücklich und wunderhübsch zusammen aussehen. Die drei süß aussehenden Mädchen laufen wieder voraus und streuen alle Blumen auf den Boden, damit ein bunter Teppich entsteht. Über den dürfen wir alle gehen.

Draußen werden Julia und Stefan von einem Reisregen, als frisch vermähltes Ehepaar begrüßt. Alle Studienkollegen haben sich zusammengetan, um Spalier zu stehen. Nachdem die gesamte Hochzeitsgesellschaft dem Brautpaar gratuliert hat, geht es für die enge Verwandtschaft in einen nahen gelegenen Park, um Hochzeitsfamilienfotos zu machen. Der Rest der Gäste geht so lange schon in die Festlichkeiten über. Nach einer Stunde hat der Fotograf alle Bilder im Kasten und ist sehr zufrieden.

Maria, Julias Mutter und ich stehen gerade zusammen und unterhalten uns über das schöne Brautkleid von Julia, als Stefan und Julia zu uns treten. Glücklich schaut Stefan uns an und meint mit einem Grinsen im Gesicht. Wie froh sie über drei Mamas sein können. So haben sie viele Kindsmägde. Wir brauchen ein paar Sekunden um uns zu sammeln. Bis wir kapieren, dass wir Großeltern werden.

Im Seitenwinkel bekomme ich nur halb mit, wie Tanja, die alles auch gehört hat, scherzhaft und lachend zu Jan sagt, „so schnell geht es, dass man einen Opa im Bett hat." Dabei schaut sie ihn liebevoll an und gibt ihm einen Klaps, auf seinen immer noch recht knackigen Popo.

Maria und ich sind derweil schon mit Freudentränen in den Augen, bei unserem gemeinsamen Sohn und umarmen ihn ganz fest. Ich weiß dabei nicht, über was ich gerührter und glücklicher bin. Über mein Enkelkind, das im Bauch von Julia ist oder darüber, dass er das erste Mal in seinem Leben zu mir Mama gesagt hat.

Rezept von unseren geliebten schwäbischen Kässpätzle

Für 3-4 Personen

Zutaten:
- 400 g Mehl (Spätzlemehl oder Mehl Typ 405)
- 1 TL Salz
- 5 Eier
- Kaltes Mineralwasser (mit Kohlensäure) nach Bedarf
- 100g bis 200g Bergkäse und Emmentaler gemischt, je nach Wunsch
- Reichlich Salzwasser zum Spätzle kochen
- 1 Zwiebel

Zubereitung:

Mehl, Eier und Salz miteinander verrühren und so viel kaltes Wasser hinzugießen, bis ein zäher Teig entstanden ist. Den Teig mit dem Spätzlehobel ins kochende Salzwasser hobeln.

Wenn die Spätzle an der Oberfläche schwimmen, mit einem Schaumlöffel abschöpfen.

Die fertigen Spätzle nacheinander in die angewärmte Form geben, nach jeder Portion Spätzle, fein geriebener Käse darüberstreuen. Zum Schluss die Spätzle-Käsemischung vermischen, sodass die Spätzle mit Käse Fäden ziehen.

Die Zwiebel abziehen und in feine Ringe schneiden. Das Öl in einer beschichteten Pfanne erhitzen. Die Zwiebelringe darin bei mittlerer Hitze goldbraun werden lassen.

Viel Spaß und guten Appetit

Rezept von unserem leckeren schwäbischen Kartoffelsalat

Für 3-4 Personen

Zutaten:
- 1 kg Salatkartoffeln
- 3 EL Essig
- 4 EL Öl
- ¼ l warme Fleischbrühe je nach Bedarf
- 1 TL Salz
- etwas Pfeffer
- 1 kleine Zwiebel, fein gehackt
- 1 TL Senf

Eventuell noch eine halbe Gurke fein in Scheiben gehobelt und ein gekochtes Ei als Garnitur.

Zubereitung:

Kartoffeln in der Schale kochen, anschließend pellen. Noch etwas warm in dünne Scheiben schneiden. Die Zwiebeln, ÖL, Essig, Senf, Salz, Pfeffer und die heiße Brühe vorsichtig unterheben. Nach Bedarf noch Brühe, Salz und Pfeffer dazu geben.
Ein typisch schwäbischer Kartoffelsalat muss „schlonzig" sein und „schwätza". Das heißt er darf nicht trocken sein.
Noch leckerer wird er, wenn man feine Gurkenscheiben untermischt.
Vor man ihn dekoriert noch 2-4 Stunden an einer warmen Stelle ziehen lassen. Am besten schmeckt er einfach wenn man ihn leicht warm genießt.
Dekorieren mit gekochten Eier oder Tomaten und Petersilien.
Kartoffelsalat passt fast zu allem und schmeckt einfach gigantisch.

Viel Spaß und gutes Gelingen